KB072424

르네 마그리트의 '연인' 1

르네 마그리트의 '연인'

유지나 장편소설

차
례

PROLOGUE

그 여자의 이야기

한 여자가 카라바조의 작품 〈홀로페르네스의 목을 치는 유디트〉 앞에 서 있다. 여자는 보자마자 그림에 매료됐다. 이스라엘 여인 유디트가 오만한 표정을 지으며 민족의 원수였던 바빌론 총사령관 홀로페르네스의 목을 베려 하고 있다. 여자는 그림을 보면서 혼잣말을 한다.

"내가 너를 찾을 거야. 그래서 내가 너를……, 내가 너를 저렇게……."

여자는 새하얀 주먹을 불끈 쥐었다. 그리고 오랜 시간 꿈꿔왔던 그녀의 복수를 이 그림에 투영시켰다. 생각만 해도 짜릿했다. 그를 죽이는 바로 그 순간만을 위해 살아갈 것이다.

하지만 피를 손에 묻히기 싫어서, 될 수 있는 대로 적에게서 멀리 떨어져 있는 유디트가 과연 저 남자를 죽일 수 있었을까? 아무리 홀로페르네스가 술에 취해 있었다 해도 그는 한 나라 군대의 총사령관이었다. 전쟁이라는 전쟁은 다 겪으면서 머리카락 끝까지 긴장을 늦추지 못하고 살아왔던 자가 저렇게 어설픈 유디트에게 순순히 죽임을 당하다니, 도무지 말이 되지 않는다. 어쩌면 유디트와 사랑에 빠져버린 그가 그녀에게 기꺼이 죽임을 당해준 것은 아니었을까?

한참 동안 그림을 응시하던 여자는 이윽고 발걸음을 돌렸다. 폐관 시각이 가까워진 전시관에 남아 있는 사람은 오직 그녀뿐이었다. 길게 늘어진 회색 그림자와 또각또각 구두 소리가 여자와 함께 멀어졌다. 남은 것은 소름 끼치는 적막과 숨 막히는 살의뿐이었다.

그 남자의 이야기

"너는 어떻게 죽고 싶어?"

오래전, 남자에게 죽음에 대한 모든 것을 가르쳐준 그의 선생이 물었다. 남자가 답했다. 죽음이 가까이에 와 있다는 사실을, 숨이 제대로 끊어지는 그 순간까지 몰랐으면 좋겠다고. 이 세상을 향한 미련 같은 것은 없으니 내가 왜 죽는지 이유 따위는 알고 싶지 않다고.

"네가 어떻게 죽고 싶은지 항상 기억해. 그리고 네가 죽고 싶은 그 방법 그대로…… 죽여."

남자에게 죽음에 대한 모든 것을 가르쳐준 선생은 그것이 인간에 대한 최소한의 예의라고 늘 말해왔다. 그것이야말로 마지막 순간까지 인간성을 잃지 않을 유일한 방법이라고 했다.

남자는 서서히 자리에서 일어난다. 언제나 그 일을 하러 떠나는 순간에 드는 생각.

'이곳에 다시 살아서 돌아올 수 있을까?'

남자는 의자를 가지런히 책상 속으로 밀어 넣었다. 손가락으로 책상 위에 있는 티끌도 말끔하게 닦아냈다. 곧 주인을 잃게 될지도 모르는 이 공간이 먼지 하나 없이 고요했으면 좋겠다고, 그래서 그 누구도 그가 이 세상에 살았던 흔적 따위를 느낄 수 없었으면 좋겠다고 생각했다.

폐건물 높은 지붕으로 나 있는 창틈으로 뜨거웠던 하루 해가 지고 있었다. 틈을 비집고 들어온 빛이 남자의 뒤로 그림자를 만들었다. 길게 늘어진 회색 그림자와 무거운 구두 소리가 남자와 함께 멀어졌다. 남은 것은 소름 끼치는 적막과 숨 막히는 살의뿐이었다.

오늘, 사람을 죽이러 간다.

자비의 사신

남자가 눈을 떴다. 그가 첫 번째 질문을 던졌다.

"이…… 이 새끼, 너…… 너 뭐야?"

수현의 마음이 대신 답했다.

'오늘 당신을 죽일 사람입니다.'

밧줄로 단단히 묶여 있는 불편한 몸을 비틀어 주위를 살피더니 그 남자가 두 번째 질문을 던졌다.

"여…… 여기가 어디야?"

이곳은 인천 수성항에 있는 어선 수리소였다. 예전에는 제법 잘 나가던 수리소였다고 했다. 이곳이 관광 어항으로 지정될 계획이라는 사실이 알려지며 빗발치는 민원 때문에 얼마 전 폐쇄된 곳이었다. 문을 닫은 지 고작 석 달의 시간이 지났을 뿐인데, 벌써 쇠가 삭는 냄새가 진동했다. 지금 막 사람 몸에서 뿜어져 나온 피와 묘하게 닮은 냄새라고 수현은 생각했다.

"금방 끝날 겁니다. 죄송합니다."

수현은 그의 질문에 대답하는 대신 정중하게 사과했다.

그의 눈앞에 있는 이 남자는 한때 강남 일대 모든 마약의 유통을 맡았던 자라고 했다. 자신의 스타렉스에 언제라도 사람을 수장시킬 수 있는 드럼통과 시멘트를 가지고 다닌다고 해서, '드럼통'이라고 불리는 자였다.

그는 시도 때도 없이, 귀찮은 사람들이 나올 때마다 드럼통에 넣어 시멘트로 발라버렸다고 했다. 제대로 확인도 안 하고, 자신이 찾는 사람과 이름이 같다는 이유로, 혹은 눈빛이 비슷하다는 이유로 엄한 사람을 발라버린 적도 여러 번이라 했다. 그를 가리켜 잔악무도하기로는 한국 조폭 역사상 최고라고 하는 자들도 있었다. 그런 그가 졸레타놀에 내성이라도 있는지 10분이 지났는데도 여전히 숨이 붙어 있었다.

상대방이 죽음에 대한 두려움이나 고통을 느낄 겨를도 없는 찰나, 모든 것을 완벽하게 끝내는 것이 수현의 고유한 암살 방식이었다. 이 바닥에서는 그것을 '시그니처(signature)'라고 불렀다. 그것이 인간으로서 유일하게 해줄 수 있는 마지막 배려라고 수현은 생각했다. 그래서 이 바닥에서 그의 존재를 아는 몇 안 되는 사람들은 그를 '자비의 사신'이라고 이름하였다.

18세기 독일의 사형 집행인들은 자비에 가까운 방법으로 사형을 집행하기 위해 나름대로 노력했다고 한다. 거열형 순간의 고통을 덜어주기 위해 형이 집행되기 직전 목을 졸라 미리 죽이기도 했고, 화

형을 선고받은 자들이 최대한 빠르게 질식할 수 있도록 장작더미에 황을 넣어두기도 했다. 사형수들에게 짧은 고통과 편안한 죽음을 주기 위한 나름의 고민이었다.

그럼에도 불구하고 세상은 그들을 어떻게 기억할까? 그들의 가상한 노력에도, 어쨌든 세상은 그들을 살인자로 기억할 것이다. 여전히 그들을 괴물이라 손가락질하고, 죽음을 가지고 오는 불길한 존재라고 멸시할 것이다. 사형 집행인들 역시 세상의 인정을 받으려고 그런 가상한 노력을 했던 것은 물론 아닐 것이라고 수현은 생각했다. 그 역시 세상의 인정을 받으려고 '자비의 사신'이 된 것은 아니었다.

수현은 이런 비상사태를 대비해 준비한 두 번째 주사기를 꺼냈다. 그런 수현을 보고 그가 바들바들 떨리는 목소리로 물었다.

"너, 이 새끼……, 누…… 누가 보냈어?"

이제 5분이 채 지나기 전에 망자가 될 사람이 궁금했던 것이 고작 "누가 나를 죽이라고 했어?"였다. 인생의 마지막 순간에 던지는 질문이 그렇게 쓸데없는 것이라니, 참으로 덧없는 인생이 아닌가?

"죄송합니다."

수현은 그의 질문에 대답하는 대신, 다시 한번 정중하게 사과했다. 진심이었다.

"사…… 살려주세요. 목…… 목숨만 살려주시면……."

단호한 수현의 말투와 몸짓에 그제야 상황을 파악한 드럼통은 질질 오줌을 지리며 울기 시작했다. 수현은 고개를 돌렸다. 최후의 순간, 인간의 마지막 존엄마저 내던진 그의 모습을 외면하고 싶었다. 저런 모습으로 죽고 싶지는 않다고 생각했다.

두 번째 마취제를 투여한 지 5분이 안 돼 그렁그렁하던 드럼통의 숨소리가 멈췄다. 죽기 바로 직전까지 극도의 공포에 시달린 사람치고는 꿈을 꾸는 어린아이같이 평온한 표정이었다. 다행이었다. 수현은 반쯤 감긴 드럼통의 눈을 완전히 감겨주었다.

오늘은 끈 자국에 대해서는 걱정하지 않아도 될 것이다. 드럼통의 사체는 아이러니하게도 자기가 차에 싣고 다니던 드럼통 중 하나에 담겨 시멘트로 발린 후 바다에 던져질 테니까. 드럼통의 시신은 아무도 찾을 수 없을 것이다. 만에 하나 그의 시신이 수면에 떠오른다 해도, 경찰에서는 조직 간의 보복 살인으로 단정 지을 것이다. 그가 생전에 저지른 수많은 악행대로 보복을 당한 것뿐이라며 누구 하나 조폭 중간 보스의 죽음에 대해 깊게 파고들려 하지 않을 것이다. 이런 사건은 경찰에서도, 심지어 조직에서조차 아무도 건드리고 싶어 하지 않는다.

자신의 수하인 창진이 조그마한 모터보트를 타고 해안에서 먼 곳으로 나가 드럼통의 사체를 유기할 동안, 수현은 부두에 우두커니 서서 검은 바다를 바라보고 있었다. 사람을 죽이는 일은 절대로 적응되지 않는다. 생명이 사람을 떠나가는 바로 그 순간을 견디는 것이 여전히 힘들었다.

수현이 이 더럽고 끔찍한 일을 시작한 지도 어느덧 20년이 지났다. 그동안 여러 명의 목숨이 세상에서 사라졌다. 고백하건대, 단 한 번도 사람을 쉽게 죽여본 적은 없었다. 언제나 주사기를 들고 있는 오른손이 벌벌 떨려, 한 번쯤은 깊은숨을 들이마셔야만 했다.

드럼통의 마지막 모습이 떠올라 수현은 눈을 질끈 감았다. 눈을 감으니 드럼통의 얼굴이 더욱 선명하게 떠올랐다. 입에서 단내를 풍기며 살려달라 애원하던 목소리와 마지막으로 몸이 한 번 부르르 떨릴 때의 감촉까지 생생하게.

수현은 담배에 불을 붙였다. 담배 연기가 안개 가득한 검은 바다 위로 퍼져 나갔다. 그리고 마치 자기가 안개라도 된 듯, 연기는 해무 사이로 종적을 감추었다. 담배를 입으로 가져가는 그의 오른손이 덜덜 떨리고 있었다.

상기에게 전화로 간단한 보고를 마치고, 막 다섯 번째 담배에 불을 붙였을 때였다. 수현은 무릎에서 시큰한 통증을 느꼈다. 평소에 자주 있던 일이었다. 대수롭지 않게 넘기려는데, 이번에는 느낌이 달랐다. '몸이 왜 이러지?' 하고 의아해할 겨를도 없이 통증은 온몸을 관통했다. 몸속 관절이 모두 삭아 내리고, 세포가 모두 터져버리는 것 같은 극심한 고통이 순식간에 그를 휘감았다.

평소에는 아무리 깊이 찔리고 베이고 부러져도 신음 한 번 내지 않는 그였다. 육체적인 고통으로 인해 입 밖으로 신음이 튀어 나간 것은 이번이 처음이었다. 무릎이 힘없이 꺾였다. 팔로 어떻게든 균형을 잡아보려 했으나 역시 무리였다. 팔을 뻗치려는 그 몸짓조차 거대한 통증이 되어 다시 한번 수현을 강타하고 있었다. 그의 손가락 사이에 있던 담배가 불빛을 날리며 허공으로 떨어지는 것이 보였다. 곧이어 그의 가슴이 척박한 회색 땅에 부딪히는 소리가 들렸고, 바로 그의 머리가 땅을 쳤다. 그러고는 검은 해무가 그를 덮친 것 같은 깊은 암흑……

❖

갑자기 어려운 일이 닥치면 하늘이 노랗게 보인다는 말은 지금 보니 거짓말이었다. 하늘은 여전히 파랬다. 구름은 아무 근심 없이 평화롭게 흐르고 있었고, 사람들은 오늘도 바쁜 거리를 무심히 지나갈 뿐이었다. 서러웠다.

여름이 거의 막바지에 이른 8월의 어느 평범한 날이었다. 수현은 담배를 하나 입에 물며 창진이 검은 세단을 몰고 병원 입구로 미끄러지듯이 들어오는 것을 무심하게 바라보았다. 딱히 담배를 피우고 싶은 건 아니었다. 하지만 담배라도 입에 물지 않으면 이 순간을 견딜 수 없을 것 같았다. 그는 불을 붙이지도 않은 담배를 그냥 입에 물고 창진이 모는 차에 올랐다.

창진은 수현이 차에 타자 슬쩍 백미러로 그의 눈치를 살폈다.

"형님, 어디로 모실까요?"

초점 잃은 눈으로 잠시 창밖을 바라보다가 수현이 답했다.

"상기 형님 사무실로."

수현은 의자에 깊숙이 눌러앉아 눈을 감고, 창문에 기댄 팔로 눈썹을 어루만졌다. 미간에 골이 깊게 팬 주름이 잡히고, 눈썹이 파르르 떨렸다. 수현이 깊은 생각에 빠져 있다는 의미인 것을, 지난 10년 동안 수현의 밑에서 충직한 오른팔 역할을 해온 창진은 알고 있을 것이다. 눈치 빠른 창진은 더 이상 그에게 아무것도 묻지 않았다.

"만성 골수성 백혈병입니다."

30분 전에 만났던 의사는 이렇게 말했다.

몇 개월 전부터 몸이 심상치 않다는 생각을 하긴 했었다. 자고 일어나면 식은땀이 흥건했고, 이유 없는 복통과 구토가 잦아 곤란했던 경우가 한두 번이 아니었다. 결정적으로 얼마 전 드럼통을 해결하러 간 인천 수성항에서…… 창진이 드럼통의 시신을 유기하고 돌아왔을 때, 수현은 의식을 잃은 채 땅에 쓰러져 있었다.

"제때 항암 치료를 받으면 살 수 있는 확률이 높습니다. 하지만 지금 백혈구 수치가 조금 높기 때문에 바로 입원하셔서 우선 그것부터 응급처치해야 할 것 같습니다. 안 그러면 생명에 지장이 있을 수도 있습니다."

순간 무슨 말을 어떻게 해야 할지 아무 생각이 나지 않았다. 수현은 오른쪽 눈썹을 몇 번 어루만지다가 어렵게 침묵의 무게를 깨트렸다.

"치료를 받지 않으면 몇 년……"

그는 말을 꺼내놓다가, 다시 바꿔 물었다.

"몇 개월 남았습니까?"

바로 항암 치료 진단서를 쓰려고 수현의 차트를 보고 있던 최태웅 박사는 고개를 들어 찬찬히 수현을 보았다. 전혀 예상하지 못했던 질문이라는 표정이었다. 살 수 있다고 말하고 있는데, 굳이 언제 죽는지 물어보는 환자는 처음이었을 것이다.

"다행히도 급성이 아닌, 만성 골수성 백혈병입니다. 환자분이 젊고 건강하니 항암 치료의 효과를 기대할 만합니다. 치료받으면 살 수 있습니다."

최 박사는 한 번 더 진심으로 수현을 설득했다. 젊고 건장했던 남자 하나가 기꺼이 생을 포기하려 한다는 것을 알아차린 모양이었다.

"왜 치료를 거부하려는지 이유를 물어봐도 되겠습니까? 병동에는 죽어가는 그 순간까지도 어떻게든 살아보겠다고 발버둥 치는 환자들이 많습니다."

최 박사가 안경 너머로 그를 응시하며 물었지만, 수현은 대답하지 않았다.

창진이 모는 차는 이제 막 올림픽대로에 들어서서, 상기의 사무실이 있는 명동으로 향하고 있었다. 수현은 묵묵히 창밖을 내다보았다.

늦여름의 햇살 가루가 수면 위를 낮게 떠다니고 있었다. 눈이 부셨다. 지금 이 순간이 어쩌면 인생의 마지막 늦여름이 아닐까? 구질구질하게 항암 치료에 의존하여 목숨을 연명하고 싶은 생각은 추호도 없었다. 죽음이 두렵진 않았다. 20년 전, 피비린내 진동하는 삶을 선택한 이후부터 단 한 번도 죽는 것을 두려워해 본 적은 없었다. 어쩌면 죽음의 순간을 열망해 왔는지도 모르겠다. 단 한 번도 생각지 못했던 곳에서, 단 한 번도 만나본 적 없는 사람에게, 왜 죽어야 하는지 영문도 모르는 채, 순식간에 죽기를. 그것이 이 세상에, 그리고 이 세상을 만들었다는 신에게 바라는 그의 유일하고도 소박한 소망이었는데…….

인생의 거의 모든 시간이 비극이었던 수현에게 신이라는 작자는 이렇게 끝까지 지독한 장난질이었다. 그의 유일하고 소박했던 마지막 소망조차 신은 저렇게 비웃고 있다. 수현은 이 세상을 만들었다는 신에게 침이라도 뱉고 싶은 심정이었다.

어둠이 내려앉은 늦은 저녁, 창진이 모는 차가 지하 주차장으로 서서히 들어가자, 센서가 달린 CCTV들이 마치 살아 있는 생명체처럼 제각각 움직이며 그들의 움직임을 주시했다.

"형님, 다 왔습니다."

낡은 건물을 개조한 아지트 주차장에 도착하자, 창진이 낮은 목소리로 수현을 깨웠다.

"수고했어. 오늘은 들어가 쉬어."

수현이 차에서 내리려고 하자 창진이 그의 눈을 피한 채 물었다.

"형님, 정말 괜찮으십니까?"

지난 10년간 수현이 이렇게 피곤해하는 모습을 본 적이 없었다. 게다가 지난주에 땅에 쓰러져 있는 그를 발견한 것도 모자라, 오늘은 평소에 잘 가지 않던 병원까지 다녀온 것이다. 수현은 대답 대신 창진에게 미소를 지어주었다. 입꼬리만 흘깃 올리는, 초겨울 아침처럼 서늘한 미소였다. 늘 그렇듯이 그는 바로 화제를 바꾸었다.

"현수랑 여기서 한잔하기로 했어. 현수만 들여보내 주고 가."

창진은 더 묻지 않았다. 물어도 대답해주지 않는다는 것을 알고 있었다. 지난 10년 동안 그의 밑에 있으면서 터득한 거였다.

"오늘 병원에 다녀오신 일은……"

창진은 조금 뜸을 들이더니 말을 이었다.

"상기 형님께는 보고하지 않겠습니다."

수현은 그런 창진을 잠자코 바라보다가 슬며시 고개를 끄덕였.

창진은 바로 차에서 내려서 수현의 문을 열어주고는 허리를 90도 꺾어 깍듯하게 인사를 했다. 수현은 뒤도 한 번 돌아보지 않고 바로 들어가 버렸다. 그런 그의 뒷모습이 왠지 모르게 불안해 보여서 창진은 계속 신경이 쓰였다.

수현은 언제나 어려운 보스였다. 참으로 말이 없는 사내였다. 상기의 지시로 수현의 밑에 들어온 지 이제 10년하고 두 달째가 되었지만, 그 세월 동안 사적인 대화를 나눈 건 과장을 조금 보태서 백 마디가 채 안 될 터였다. 수현은 창진 앞에서 흐트러진 모습을 보인 적이 단 한 번도 없었다. 일을 하다가 찔려서 피를 철철 쏟아낼 때도, 수현은 한 번도 신음을 내거나 아픈 기색을 보이지 않았다. 언제나 무표정했고, 무슨 생각을 하고 있는지 도무지 종잡을 수가 없었다. 대답하기 곤란한 질문을 받을 때는 예의 방금 지어 보였던, 입꼬리만 올라가는 거짓 미소가 전부였다. 그는 아무런 감정 없이 사는 사람 같았다.

아마 수현은 오래전부터 알고 있을 터였다. 조상기 사장이 그를 감시하기 위해서 창진을 보냈다는 것을. 그래서 어쩌면 창진을 경계하고 있는 것인지도 몰랐다. 그러나 지난 10년간, 수현은 창진에게 불편한 기색을 보이거나 창진을 추궁한 적이 없었다. 그는 그저 창진과 일정한 거리를 둔 관계를 유지하며, 묵묵히 자신의 본분을 지킬 뿐이었다. 비록 수현의 일거수일투족을 감시하고 상기에게 보고해야 하는 난처한 처지에 있긴 했지만, 창진은 수현을 누구보다 신뢰했다. 물론 처음부터 그랬던 것은 아니었다.

수현을 수행한 지 3년째가 되던 해, 창진이 수현을 대신해 그를 겨냥해 오는 칼침을 맞은 적이 있었다. 지지리도 재수가 없었는지, 혹은 그 반대였는지, 일부러 그를 살리려고 뛰어든 것도 아니었는데, 어쩌다 보니 그런 모양새가 되어버렸다. 수현은 창진을 인근 창고로 급히 옮겼다. 그러고는 지혈을 위해 간단히 응급처치를 해놓고, 흔적도 없이 사라졌다.

얼마나 시간이 흘렀을까. 혼자 창고에 남겨진 창진은 정신이 점점 아득해지고 있었다. 숨이 점점 더 가빠오고, 숨을 쉴 때마다 검붉은 피가 끝도 없이 솟아올랐다. 사람의 몸 안에 이렇게 많은 피가 들어 있었구나. 죽으려면 대체 얼마나 더 많은 피를 쏟아내야 하는 걸까? 창진은 그 날이 세상의 마지막 날이 되리라고 믿어 의심치 않았다.

조직 세계에 발을 들인 후, 하루라도 폭력을 쓰지 않은 날이 없었다. 그렇다면 그의 생명 역시 언젠가는 폭력에 의해 끝이 나게 되리라는 것쯤은 늘 예감하고 있어야 했다. 병원 침대에 편안하게 누워 가족들의 눈물 어린 작별인사를 받으며 그의 생을 마감하게 되리라는 사치스러운 생각은 결코 해본 적이 없었다. 이게 쓰레기같이 살아왔던 인간이 가져야 하는 일말의 양심이 아닐까? 죽어가는 이 순간 사람들은 무슨 생각을 할까? 아니, 무슨 생각을 해야 하는 걸까? 요양원에 혼자 남겨질 불쌍한 엄마 생각을 해야 하는 걸까? 이렇게 나를 남겨두고 혼자 살겠다고 도망쳐버린 저 비열한 보스 새끼를 생각해야 하는 걸까? 딱히 생각나는 건 없었다. 그저 머릿속이 하얘지고 너무나 춥다는 것. 그리고 어서 이 모든 것이 끝났으면 하는 바람 정도뿐. 죽음은 이런 것이었구나. 아무것도 남지 않고, 시리도록 춥고, 그리고 미칠 듯이 허무한 것.

그때였다. 어디선가 한 줄기 빛이 쏟아져 들어왔다. 20년 남짓 살아오면서 난생처음 느껴보는 따뜻하고 환한 빛이었다.

'아, 드디어 이제 내가 죽는구나.'

쓰레기 같은 인생이었지만, 그래도 죽음의 순간에 신은 빛을 보내주시는가 보다. 눈을 꽉 감았다. 죽음을 마주할 자신이 없었다. 무서웠다. 그러나 그를 찾아온 건 죽음의 신이 아니었다. 그를 찾아온 건 '자비의 사신'이라는 별명을 가진 그의 보스였다. 죽어가는 창진을 버리고 비겁하게 혼자 도망간 줄만 알았던 수현이 온몸에 피 칠갑을 하고 돌아온 것이다. 수현의 성격대로라면 창진에게 칼침을 놓은 새끼를 끝까지 추적해 요절을 내고 왔을 터였다.

창진이 무언가를 말하려 하자, 수현은 낮은 목소리로 "아무 말 하지 마"라는 한마디만 던진 후, 창진을 둘러업고 들입다 뛰기 시작했다. 어림잡아도 10km가 훨씬 넘는 인근 병원까지 수현은 창진을 업고 그렇게 몇 시간을 달렸다. 병원에 도착해서는 무작정 의사의 멱살을 잡고 평소와 다르게 협박까지 해댔다.

"의사 양반, 이 사람 못 살리면 나는 당신을 죽일 겁니다. 알겠습니까?"

수현의 외침이 창진의 귀에 들려왔다. 그다음부터는 정신이 가물가물해 수현이 뭐라고 소리쳤는지, 왜 그렇게 소리쳤는지 잘 기억나지 않았다. 그래도 창진이 분명하게 기억하는 것은, 그날 병원에서 수현이 고래고래 소리 지르며, 이것저것 의사와 간호사에게 간섭하며 했던 말들이, 지난 3년 동안 수현이 자신에게 했던 얘기를 모두 합쳐놓은 것보다 더 많았다는 거였다.

'이렇게 말이 많은 분이셨습니까?'

창진은 입가에 잔잔한 미소를 지었다. 응급실 침대에 누워 있는 내내, 창진은 여전히 수현의 심장박동이 느껴지는 것 같았다. 수현이 창진을 업고 그 긴 거리를 뛰어오는 내내 느꼈던 따뜻하고도 치열했던 심장박동. 얼마나 처절하게 뛰고 있었는지, 마치 수현의 심장이 지금이라도 터져버릴 것 같다고 창진은 생각했다. 여태껏 살아오면서 자신을 살리기 위해 심장이 터질 듯이 달려준 이가 있었던가?

얼굴도 모르는 아버지라는 작자는 창진이 태어나기도 전에 엄마를 버렸다고 했다. 그나마 남아 있던 엄마는 언제나 무엇인가에 중독되어 있었다. 약물에, 도박에, 알코올에.

그가 기억하는 인생의 모든 순간, 창진은 늘 스스로 살기 위해 고군분투해야만 했다. 그가 자신을 스스로 살리지 못하면 그의 엄마도 그와 함께 죽을 수밖에 없기 때문이었다. 이건 아마도 자신처럼 몸을 쓰고 피를 흘리며 사는 사내들이나 본능적으로 알 수 있는 일일 거였다. 그러나 그 터져버릴 것 같은 수현의 심장박동을 느꼈을 때, 그의 와이셔츠 목 뒤로 점점 새어 들어오는 비릿한 땀 냄새를 맡았을 때, 창진은 수현의 본심을 알 수 있었다.

'이 사람, 진심으로 나를 살리려고 하는구나.'

수현의 본심을 아는 데 말이 필요한 것은 아니었다. 수현의 터질 것 같은 심장박동이, 비릿하고도 뜨거운 땀방울이 모든 것을 말해주고 있었다. 처음이었다. 누군가가 쓰레기 같은 자신을 살리려고 저렇듯 온 힘을 다하는 것. 그 순간, 창진은 자신이 누구를 위해, 어떻게 살아야 할지 정했다. 물론 창진이 의식을 회복한 이후에는 '괜찮냐'

는 그 흔한 질문조차 하지 않는, 수현은 그런 보스였다.

❖

아지트에 들어온 수현은 반쯤 남은 조니 워커 블루를 꺼내 잔에 따랐다. 일단 첫 번째 잔을 스트레이트로 들이켰다. 뜨겁고도 달큰한 기운이 부드럽게 식도를 따라 내려가더니 금세 위장이 화르륵 타오르는 느낌이 들었다. 생각해보니 종일 먹은 것이 없었다. 수현은 두 번째 잔을 따른 뒤 책상 옆으로 갔다. 평소 버릇대로 재킷 주머니에 들어 있던 물건들을 협탁 위에 꺼내놓는데, 주머니에 생소한 것이 하나 만져졌다. '미술치료사 강희주'라고 적힌 명함이었다.

오후에 만났던 최태웅 박사는 수현이 항암 치료를 거부하는 것이 못내 마음에 걸렸는지, 곧바로 후배 정신과 의사를 자신의 진료실로 불러 상담을 의뢰했다.

"왜 치료를 받지 않으려고 하십니까?"라고 정신과 의사가 물어봤을 때, 수현은 "모르겠다"라고 짧게 대답했다. 가장 솔직한 대답이었다. "꼭 살아야 합니까?"라고 묻고 싶었지만 그렇게 물어봤다간, 이 두 명의 의사들이 당장에라도 그를 정신과 병동에 처넣어버릴 것만 같았다.

정신과 의사가 수현에게 명함을 하나 건네주며 말했다.

"우울증 때문에 치료를 거부하는 분들이 가끔 계십니다. 미술치료가 도움이 될 수도 있습니다."

유학파에, 실력 있는 미술치료사라고 했다. 명함 뒤에는 조그만 지도와 함께 '하늘공방 오시는 길'이라고 적혀 있었다.

'미술치료라……'

수현은 미술치료사의 명함을 만지작거렸다. 의사들은 수현이 우울함에 젖어 있는 나약하기 짝이 없는 인간으로 착각하는 모양이었다. 그러기에는 수현의 삶이 너무나 척박했고 위험했고 분주했다. 하루하루, 내가 죽이지 않으면 죽임을 당하는 전쟁을 치르고 있는 사람에게 우울해질 틈이 있을까? 그는 다시 한번 위스키를 거칠게 들이붓고는 명함을 협탁 위에 아무렇게나 휙 던져버렸다.

넥타이가 담쟁이덩굴처럼 목을 죄고 들어오는 것만 같았다. 수현은 넥타이 매듭을 거칠게 풀어헤쳤다. 백혈병 때문인지, 빈속에 스트레이트로 들이켠 위스키 때문인지 피곤이 엄습해 왔다.

쉬고 싶었으니 차라리 잘된 일인지도 모른다. 이 피곤하고 공허한 삶으로부터. 그가 있어도 아무도 반겨주지 않고, 그가 떠나도 아무도 슬퍼하지 않을 이 초라하고 보잘것없는 인생으로부터. 적막의 무게가 그를 짓눌러왔다. 어쩌다가 여기까지 오게 된 것일까?

그때 현관 밖에서 시끌시끌한 소리가 들려왔다.

"형! 저 프락치 새끼, 아직도 데리고 있는 거야? 저 또라이 새끼, 내가 죽여버리든지 해야지."

현수였다.

'아니, 한 명 있었군. 내가 떠나면 슬퍼해줄 사람.'

수현의 눈가가 천천히 휘어지며, 입가에 잔잔한 미소가 떠올랐다. 현수는 수현이 이렇듯 소년같이 웃을 수 있다는 사실을 아는 유일한 사람이었다. 그는 이 바닥에서 유일하게 수현을 '형님'이라고 부르지 않고 '형'이라고 부르는 녀석이기도 했다. 수현이 이 세상을 떠나면 소리 내어 울어줄 유일한 사람일 것이다. 저 녀석은.

"아니, 형! 왜 이렇게 말랐어? 저 창진이 새끼가 또 형 못살게 굴어? 아이, 저 프락치 같은 새끼. 내가 지금 확 죽여버릴까?"

현수는 수현을 덥석 안고는 마음에도 없는 소리를 한다. 수현은 또 한 번 소년 같은 미소를 지으며 현수를 바라본다.

'죽이지도 못할 거면서.'

메두사를 닮은 남자

그들이 임 선생의 작은 은신처에서 처음 만났을 때, 수현은 열네 살, 현수는 열세 살이었다. 둘 다 지금 막 변성기를 지나려 하는, 그래도 얼굴에는 아직 하얀 솜털이 채 가시지 않은 어린 소년들이었다. 그때의 기억은 여전히 짙은 안개에 싸여 가물거렸다.

수현이 첫 살인을 저지르고 경찰에 쫓기는 신세가 되었을 때, 청운파 중간 보스였던 조상기가 며칠 동안 자기가 관리하던 업소의 주류 창고에 수현을 숨겨준 적이 있었다. 수현은 사흘 내내 정신이 나간 사람처럼 밥도 물도 입에 대지 않고, 초점 없는 눈으로 허공만 바라보고 있었다. 실어증 걸린 사람처럼 말도 하지 않았다.

그가 유일하게 소리를 내는 때는 잠을 잘 때뿐이었다. 잠이 들었다 싶으면 지독한 악몽에 시달렸다. 온몸이 젖을 정도로 식은땀을 흘리며 이해하지 못할 말들만 중얼거리다 결국엔 날카로운 비명을 지르고 깨어났다. 몇 번이나 그렇게 악몽을 꾸고 나서, 수현은 더 이상 자려고 하지 않았다.

상기는 수현이 주류 창고에 숨어든 지 나흘째 되던 날 이른 새벽, 수현을 검은 승용차에 태워 임 선생에게 데려갔다. 임 선생 집에 와서도 처음 며칠간 수현은 여전히 넋이 나가 있었다. 그런 수현에게 임 선생은 링거를 놓아주었다. 수현이 누워 있는 방은 늦은 오후가 돼서야 햇살이 빼꼼히 들어왔다. 도시에는 여전히 바스락거리는 11월 늦가을의 기운이 기세를 부렸지만, 지리산 뒷자락에 자리 잡은 만복골은 이미 한겨울로 접어들고 있었다. 밤마다 사락사락 눈이 내렸고 아침이면 마당에 소복이 쌓여 있었다. 집 옆에는 기역 자로 된 꽤 넓은 축사가 있어 소 몇 마리와 닭들이 살고 있었고, 집 안팎으로 유기된 동물들이 평화롭게 뛰어다니고 있었다. 겉으로 보기에는 조그맣고 아늑하고 평화로운, 오래된 단층 슬래브 지붕의 시멘트 집이었다.

수현이 임 선생 집으로 온 지 이틀째 되던 날, 임 선생이 죽을 만들어 그에게 내밀었다. 수현은 그제야 처음으로 수저를 들고 꾸역꾸역 죽을 목구멍으로 넘겼다. 고소한 참기름 띠를 두르고 있던 따뜻한 죽이 뱃속에 들어오자, 비로소 수현의 눈에 초점이 돌아오기 시작했다. 왜인지는 모르지만 눈물이 났다. 기력을 차리고 나서도 꽤 오랫동안 임 선생은 수현에게 주사를 놔주었다. 그동안 몸이 너무 상해서 체력을 보강해야 한다고 임 선생은 말했다. 임 선생 말대로 주사를 맞고 나면 몸도 마음도 한결 가뿐해졌다.

임 선생은 수의사라고 했다. 아니, 적어도 그 산동네 사람들은 그를 그저 마음씨 좋은 동네 수의사로 알고 있었다. 그는 늘 허허 웃는 얼굴로 집집이 찾아다니며 가축들에게 예방 주사도 놔주고, 그 집 대청마루에 앉아 넉살 좋게 막걸리도 한잔 얻어 마시고 오는 그런 인물이었다. 허허 웃을 때마다 그의 눈은 반달 모양이 되어, 실제로 그의 눈빛을 본 사람은 의외로 많지 않았다. 하지만 그의 눈빛을 오랫동안 자세히 본 사람들은, 그의 눈가에 흐르는 오싹한 냉기를 느낄 수 있었다. 어릴 적 읽었던, 그리스 신화 속 메두사가 동양 남자였다면 분명 임 선생같이 생겼을 것이라고 수현은 늘 생각했다. 수현은 처음 몇 달 동안 임 선생의 눈을 제대로 쳐다보지 못했다. 그와 눈을 마주치면 온몸이 그대로 돌덩이로 변해, 흔적도 없이 산산이 부서져 버릴 것만 같았다.

임 선생 아지트에 도착하고 일주일쯤 지나서 현수를 만났을 것이다. 현수에게는 그 나이 또래 아이들 같지 않은 야생의 냄새가 났다. 하지만 현수가 처음부터 야생 동물이었는지, 아니면 오래전 길바닥에 버려져 이제는 야생의 냄새가 배어버린 애완견이었는지는 잘 구별이 되지 않았다.

"난 사람도 죽여본 놈이야. 그러니까 알아서 기는 게 좋을 거야."

현수는 수현을 처음 보자마자 거들먹거리며 유세를 떨었다. 수현이 아무 말 없이 자기 갈비탕의 제일 큰 고기 한 덩이를 그의 그릇에 덜어주자 현수는 금방 눈웃음을 치며 "형!"이라고 부르더니 살기 어려 있던 꼬리를 내렸다. 현수는 먹을 것을 많이 주는 사람들에게는 무조건 충성하는, 어이없을 만큼 단순한 녀석이었다. 투명하도록 맑은 현수의 눈웃음을 보고 있노라면, 그가 한때는 정말로 누군가에게 무한한 사랑을 받던 애완견이었다는 가설에 더 무게가 실리는 게 사실이었다.

나중에 알게 됐지만, 임 선생은 전문적으로 킬러를 양성하는 트레이너였다. 오래전 현역 살수로 일하고 있을 때, 이름만 대면 알 만한 대한민국의 육군 장성을 쥐도 새도 없이 없애버린 것이 그였다고 했다. 그의 존재를 아는 사람들은 임 선생을 '신사 킬러'라고 불렀다. 타깃을 최대한 신사답고 정중한 방법으로 처리한다고 하여 붙여진 별명이었다.

나이가 들어 현역 킬러 자리에서 은퇴하고 나서부터, 임 선생은 수현과 현수같이 호적도 없고 오갈 데 없는 거칠고 상한 아이들을 데려와서 전문 암살자로 키우기 시작했다. 그들을 성공적인 살수로 만들어놓고 나면 그에 대한 보수를 톡톡히 받아 챙겼다. '신사 킬러'라는 별명이 무색하지 않게, 임 선생은 수현과 현수를 인격적으로 대해주었다. 아마도 수현과 현수가 만났던 모든 사람 중에 그들을 가장 인격적으로 대해준 최초의 어른일지도 몰랐다.

하지만 그의 훈련은 혹독했다. 그들은 축사를 정리하고, 집 안팎에 있는 동물들에게 밥을 주는 일로 아침을 시작했다. 임 선생이 읍내 동물 병원에서 진료를 보는 동안, 수현과 현수는 임 선생 집 주위의 산을 돌면서 그가 산속에 심어놓은 100개의 CCTV 모형을 찾아내야 했다. 실전을 위한 훈련이라고 했다. 임 선생은 새벽마다 CCTV 모형들의 자리를 바꿔놓았다. 언제 어떻게, 환갑을 훨씬 넘어 구부정해진 노인네의 몸으로 100개의 카메라를 옮겨놓는지 정말 모를 일이었다. 임 선생이 퇴근할 때까지 CCTV를 찾지 못하면 못 찾은 개수대로 매를 맞았다. 처음에는 아무리 눈을 씻고 봐도 CCTV가 눈에 들어오지 않아, 몇십 대씩 매를 맞기도 했다. 임 선생은 인간의 가장 연약한 부위가 어디인지 정확하게 아는 사람이었다. 이미 구부정한 노인네의 형색을 한 그였는데도, 임 선생에게 매를 맞으면 뼈에서 불꽃이 튀고, 모든 근육이 다 파열되는 것 같은 느낌이 들었다.

수현은 밤에는 의대생들이 본다는 《CIBA Collection》 해부학책으로 신체의 구조에 대해 배웠다. 사실 신체의 구조에 대해 배웠다기보다는 암살의 구조에 대해 배웠다는 말이 더 맞을 것이다. 어느 부분을 찌르고, 어느 부분을 끊고, 어느 부분을 압박하고, 어느 약품을 어떻게 조합해서 투약해야 사람을 쉽게 죽일 수 있는가에 관한 강의를 듣고, 의대생들이 쓴다는 인체 모형으로 실습을 했다. 사람을 살리려고 만든 의학책과 모형으로 사람을 죽이는 법을 배운다는 게 아이러니했지만, 어쩌면 이게 삶의 이치인지도 몰랐다. 결국 죽음과 생명은 종이 한 장 두께만큼의 차이였으니.

어느덧 한 번 휙 보기만 해도 근방 50m 안에 몇 개의 CCTV가 있는지 알 수 있는 경지에 이르러, 조금씩 매의 횟수가 잦아들면서 그들에게 또 다른 숙제가 생겼다. 아침에 청소하러 축사에 들어가니 축사가 온통 피투성이가 되어 있었다. 현수는 축사를 보자마자 뛰어나가 아침에 먹은 것을 모두 게워냈다. 무슨 피인지는 굳이 묻지 않았다. 수현과 현수가 이곳에 오자마자 '누렁이'라고 이름 지어줬던 절름발이 유기견의 모습이 보이지 않았다. 어찌 됐든 그들은 임 선생이 퇴근하기 전까지 축사의 피를 락스로 깨끗하게 닦아놓아야 했다. 임 선생이 돌아와서 루미놀 검사를 했을 때, 피가 한 방울이라도 남아 있으면 또 그만큼 매를 맞았다. 평소에는 별로 말이 없는 임 선생이 "죽이는 것만큼이나 뒤처리가 중요하다"라는 말은 귀에 딱지가 앉도록 했을 것이다.

수현이 임 선생 아지트로 온 지 2년째가 조금 넘어, 더 이상 그의 매가 아프지 않을 정도의 맷집이 생겼을 때였다. 임 선생은 드디어 실습을 시작할 것이라고 했다. 어느 킬러에게나 자기만의 고유한 암살 방법이 필요하다며 오늘부터는 그 방법을 찾아내 특성화하는 훈련을 시작할 거라고 했다. 수현과 현수 앞에는 미군들이 군용대검으로 쓰는 살상용 나이프 M9 한 자루가 놓였다. 그리고 지난 2년 동안 그들이 정성스럽게 길러오던 유기견 '촐랑이'가 줄에 묶여 있었다. 촐랑이는 수현과 현수가 방죽 길에서 아이들에게 돌팔매질당하던 것을 구출해 온 개였다.

촐랑이는 자존심이 강한 녀석이었다. 처음에는 사람에게 심한 적개심을 드러내, 수현과 현수가 가져다주는 음식은 다 발로 걷어차 버리기 일쑤였다. 피를 철철 흘리면서도 그들이 가까이 오지 못하도록 으르렁댔다. 그런 촐랑이를 수현이 며칠 밤을 새워가며 간호하고 보살폈더니, 일주일쯤 지나자 자기가 언제 그랬느냐는 듯 바로 수현에게 꼬리를 치며 애교를 피웠다. 지금껏 자존심을 세우던 모습에 비해, 애교 피우는 모습은 너무 촐랑촐랑 까부는 것 같다 해서 '촐랑이'라고 이름 지어주었다.

"배운 대로 죽여봐. 어디를 찔러야 가장 단시간에 숨을 끊을 수 있을 것 같아?"

임 선생은 명상 수련이라도 하듯 잠잠한 목소리로 물었다.

현수가 침을 꿀꺽 삼켰다. 그의 동공이 흔들리기 시작했다. 그는 덜덜 떨리는 목소리로 말했다.

"아니, 이 노친네, 지금 우리보고 촐랑이를 죽이라는 거야? 당신, 미친 거 아냐? 완전히 맛이 갔군. 우리가 개새끼 죽이는 법을 배우러 온 줄 알아? 뭐, 이런 지랄 같은! 아니, 형, 뭔 말 좀 해봐. 이 거지 같은 노친네, 정신이 오락가락하는 거 아니야? 이러다 벽에 똥칠하는 거 아니냐구!"

목소리의 톤이 반 톤 높아지고 말이 빨라졌다. 아무 생각 없이 그냥 아무 말이나 내뱉고 있었다. 흥분하고 있다는 증거였다.

현수는 동조를 바라는 눈으로 수현을 바라보았다. 하지만 수현은 조금도 흔들리지 않고, 호흡의 속도를 조금씩 줄여나갔다. 가장 죽음과 가까운 상태가 되어야, 그의 손에 비로소 죽음을 불러올 수 있을 것 같았다. 자기가 1분 후 죽는 줄도 모르고 충성스러운 촐랑이는 마지막 순간까지 수현의 앞에서 교태를 부리며 꼬리를 살랑거리고 있었다.

수현은 촐랑이의 목에 손을 가만히 대고, 따뜻한 맥박이 뛰고 있는 경동맥을 찾았다. 그리고 그것이 경동맥이라는 것을 뇌로 인지하기도 전에 그것을 그어버렸다. 본능적으로 알 수 있었다. 그곳을 긋는 순간, 바로 시간이 멈추리라는 것. 경동맥을 그은 그 순간부터 촐랑이의 시간이 멈춰지고 있었다. 호흡이 점점 더 느려지더니, 마지막 숨이 그의 몸을 떠나갔다.

촐랑이의 몸은 생각보다 훨씬 빠른 속도로 식어갔다. 곧 몸 안의 오물들이 온몸의 구멍으로 새어 나오기 시작했다. 많이 고통스러워 보이는 것 같진 않아 다행이라고 생각했다. 슬프지는 않았다. 죽음이 지나가 버린 자리에는 고요함만이 남아 있을 뿐이었다. 그런데 이상하게도 그 고요함 속에 촐랑이의 비명이 계속 들리는 것만 같았다. 그 고요함이 너무나 시끄러워, 수현은 눈을 질끈 감았다.

"잘했다. 이 느낌을 기억해둬. 나중에 너의 시그니처를 찾는 데 도움이 될 게다."

처음으로 임 선생에게 칭찬을 들었다. 그제야 뒤에서 수현을 뚫어지게 쳐다보는 현수가 눈에 들어왔다. 경외와 경멸 사이에서 방황하는 눈빛이었다. 그 순간, 본능적으로 알 수 있었다. 바로 지금이, 사람을 죽일 수 없는 자와 죽일 수 있는 자가 나뉘는 순간이라는 것. 인간으로 남을 것인가, 아니면 괴물이 될 것인가가 정해지는 순간이라는 것. 현수는 결국 인간으로 남기를 원한 건가?

임 선생은 현수가 내일 바로 이곳을 떠나게 될 것이라고 말했다.

"지금 못 죽이는 놈은 나중에도 절대 죽일 수 없지. 가방이나 싸. 넌 내일 바로 내려간다."

임 선생은 혀를 쯧쯧 차며 현수에게 한마디 툭 던지고는 방으로 들어가 버렸다. 어색할 정도로 서두르는 발걸음이 그의 끔찍한 계획을 말해주고 있다고, 수현은 생각했다.

'현수를 죽이려는구나.'

킬러로 키워지지 못하는 생도의 최후는 죽음뿐이었다. 임 선생은 현수를 죽여서 이곳에 유기하려는 것이다. 어차피 현수는 아무도 찾지 않을 버려진 아이였다. 빨리 행동해야 했다. 임 선생이 움직이기 전에 그를 먼저 제압해야 했다. 수현과 현수가 아무리 혈기 왕성한

10대의 청년들이었지만, 이미 암살을 위한 모든 준비를 끝낸 임 선생을 이기기는 힘들 것이다. 급습만이 유일한 살 길이었다.

수현은 그를 외면하고 지나쳐 가려는 현수에게 낮은 목소리로 말했다.

"내 말 잘 들어. 선생님은 너를 죽이려고 할 거야."

현수는 그제야 자신이 처한 위험을 감지했다.

"우리 방 서랍장 두 번째 칸에 졸레타놀이 있어. 짐을 싸는 척하면서 그걸 챙겨. 2분 있다가 바로 공격할 거야. 자연스럽게 행동해."

졸레타놀은 임 선생의 정체를 알고 난 후 혹시나 해서 모아 두었던 동물 마취제였다. 제약 회사에서 실수로 한 상자를 더 보내온 것을 몰래 챙겨둔 것이었다. 임 선생에게 이 마취약을 쓰게 될 일이 한 번쯤은 있을 거라고 수현은 무의식중에 예감했던 것이다. 임 선생 체구의 왜소한 60대 성인 남자를 충분히 죽일 수 있는 양이었다.

현수의 눈에 잠시나마 남아 있던 경멸의 흔적이 사라지고, 그 빈자리에 경각이 자리를 잡기 시작했다. 현수는 수현이 시킨 대로 고래고래 소리를 지르며 자연스럽게 행동했다.

"그래! 내가 뭐, 가라면 못 갈 줄 알아? 내가 저 미친 노인네 똥 치우기 싫어서라도 떠난다구! 듣고 있어? 이 실성한 노친네야! 나, 지금 당장 짐 싸러 들어간다. 시발!"

잠시 후, 현수는 긴장한 모습이 역력한 얼굴로 졸레타놀이 들어 있는 주사기를 가지고 나왔다. 수현에게 주사기를 건네는 현수의 손이 덜덜 떨렸다. 그는 잔뜩 겁을 먹고 있었다. 수현은 현수에게 손가락으로 시간을 알려주는 제스처를 취했다.

'3, 2, 1(지금이야!).'

그들은 임 선생의 방문을 발로 차고 들어가 한순간에 임 선생을 제압했다. 그 짧은 순간, 타고난 킬러의 자질을 지닌 제자를 바라보는 임 선생의 눈매에 자부심이 서렸다. 동시에 바닥으로 쓰러지며 수현을 바라보는 그의 표정에는 서서히 두려움이 배어들고 있었다.

'이렇게 나의 수를 정확하게 읽어내서 허를 찌르고 들어오다니.' 임 선생의 시선이 그렇게 말하고 있었다.

수현의 예상대로였다. 임 선생은 방에서 나이프 컬렉션을 펼쳐 놓고 있었다. 아마도 그가 늘 가르쳐왔던 것처럼, 경동맥을 한 번에 그어 최소한의 피를 흘리면서, 최대한 빠른 시간 내에 현수를 죽이기에 가장 적합한 칼을 고르고 있었을 것이다.

현수가 임 선생의 몸을 덮쳐 그의 팔을 움직이지 못하게 했고, 수현은 자신의 팔로 임 선생의 목을 제압하면서 주사기를 들이댔다.

"죄송합니다."

수현은 짧게 말을 남기고는 임 선생의 목에 졸레타놀을 투여했다. 임 선생이 속절없이 무너져 내렸다.

수현과 현수는 임 선생의 집을 빠져나와 미친 듯이 뛰기 시작했다. 날이 어둑어둑해질 무렵에야 간신히 서울로 향한다는 트럭을 세워 짐칸에 몸을 실었다. 터덜터덜 국도를 달리는 트럭에서 올려다본 하늘에 초가을의 서늘한 해가 저물고 있었다.

"선생님 죽인 거야? 시체는 어떻게 하지?"

그제야 현수가 물었다.

"아니. 약은 치사량의 반만 썼어."

현수가 하얗게 질린 얼굴로 수현을 바라보았다.

"우리를 죽이러 올 거야. 그 양반 여태까지 한 번도 타깃을 놓친 적이 없다고 했어."

"알아."

"그러면 이제 어떻게 할 거야?"

"나는 다시 선생님께 돌아갈 거야."

현수의 얼굴에서 핏기가 사라졌다.

"……형 미쳤어?"

수현은 아무 말도 하지 않았다. 수현의 침묵을 보며, 현수도 입을 다물어버렸다. 어쩌면 그들은 알고 있었는지도 모른다. 이미 괴물로 변해버린 인간이 갈 곳은 그곳밖엔 없다는 것을. 둘은 아무 말 없이 해가 지고 난 하늘을 응시하고 있었다. 더 이상 주인이 없는 하늘을 어둠이 조금씩 장악해 나가는 중이었다. 마지막 호흡이 떠나가버린 졸랭이의 몸을 죽음의 뻣뻣한 기운이 조금씩 장악해 나가던 것이 오버랩되어 수현은 몸서리를 쳤다.

"사람을 죽였어. 사실 그건 내가 죽인 게 아니었어. 사고였다구. 고작 시급 500원 받으려고 오토바이 타고 짜장면 배달하는 중이었는데, 그 미친 새끼가 내 오토바이에 무작정 뛰어든 거라고. 내가 소년원 들락날락했다고, 아무도 내 말을 믿어주지 않았어. 다 나보고 죽였다고. 수배 떨어지고."

현수가 주저리주저리 말을 시작했다.

"아, 시발. 내가 죽인 것도 아닌데, 어느 순간 난 이미 살인자가 되어버린 거야. 이 더러운 세상. 아무도 내 말을 믿어주지 않고. 들어주

지도 않고. 그럴 바에는 진짜 사람이나 한번 죽여나 보자 하는 생각
이 들었지. 그래서 무작정 여기에 온 거야."

어느새 현수는 울고 있었다.

"그런데…… 그런데, 너무 무서웠어. 축사 안의 피만 봐도 구역질
이 나고. 누렁이도, 해피도, 늘씬이도, 똘똘이도 거기서 개죽음당했다
고 생각하니까 너무 끔찍해서……. 밤마다 악몽을 꿨어. 게네들이 식
도가 잘려 피를 철철 흘리면서도, 내가 좋다고 나한테 안아달라고 달
려오는 꿈. 그러고 나면 내 온몸이 피범벅이 되어 있는 꿈. 아, 그 임
선생, 미친 영감 새끼. 어떻게 이렇게 아무것도 모르는 애들을 그렇
게 죽일 수 있어? 아, 시발. 눈물이 왜 나냐?"

수현은 '그건 네가 인간이기 때문이야'라고 현수에게 말해주고 싶
은 것을 꾹 참았다. 그 사실을 입 밖으로 내뱉어버리고 나면, 자신이
괴물이 되어버린 것을 인정하는 셈이 되는 것 같아서……. 스스로 자
신을 괴물이라고 인정하고 나면, 그때는 정말 괴물이 되어버릴 것만
같았다. 수현은 이내 눈을 감아버렸다.

수현은 조상기를 찾아가 자신을 담보로 내놓으며 현수를 살릴 것
을 제안했다. 상기가 눈빛을 희번덕거리며 말했다.

"저 아이를 살려주는 대신…… 너는 내 전용 킬러가 되는 거야. 내
가 죽이라는 새끼들만 죽이면 돼. 어차피 그 새끼들, 이 사회에서 필
요 없는 새끼들이야. 너희 누나 그렇게 만든 새끼들. 그런 개새끼들

몇 죽이면 돼."

"……너희 누나 그렇게 만든 새끼들……"이라는 말을 듣는 순간, 수현의 눈빛에서 무겁고 견고한 분노가 출렁거렸다. 일렁이고 있는 그의 눈빛을 상기는 비릿한 웃음으로 응시했다.

현수는 상기의 사무실에 도착하자마자 짜장면 한 그릇을 후딱 먹어치운 후 강아지처럼 웅크린 모습으로 깊은 잠에 빠져 있었다. 수현은 그런 현수의 얼굴을 힐끗 한번 쳐다보고는 그길로 임 선생의 산기슭 아지트로 발길을 돌렸다.

임 선생의 아지트에 들어섰을 때는 어렴풋하게 날이 밝아오고 있었다. 임 선생은 마당을 쓸고 있었다. 수현은 아무 말 없이 임 선생 앞에 무릎을 꿇었다. 임 선생은 등골이 서늘해지는 차가운 시선으로 수현을 한참 동안 바라보다가 이내 뻔하다는 듯 중얼거렸다.

"너는 다시 돌아올 줄 알았다."

이유는 알 수 없었지만, 울컥 자존심이 상해 수현은 어금니를 꽉 물었다. 임 선생은 이미 수현 안에 커다랗게 자라난 괴물의 존재를 알아채고 있었던 것일까?

"근육 주사는 그렇게 놓는 게 아니야. 다시 배워야겠다."

임 선생은 그렇게 한마디만 던지고는 방으로 들어가 버렸다. 전날 수현이 졸레타놀을 놓은 목 언저리에 하얀 파스가 붙어 있었다.

❖

〈첫 번째 미술치료 - 9월의 첫 번째 수요일〉

여전히 여름이 가시지 않은 9월, 하복을 입은 한 무리의 여중생들이 까르르 웃으면서 골목을 지나갔다. 상담을 마친 희주는 환기를 위해 창문을 열었다. 유화 물감 특유의 테레핀 냄새가 거리로 빠져나갔다. 라디오 전원을 켜자, 브람스의 인터메조 선율이 물감 냄새가 사라진 공간을 다시 켜켜이 채우기 시작했다.

희주는 공방이 늘 무엇인가로 채워져 있는 것을 좋아했다. 그래서 아무도 없는 빈 공방에도 라디오를 켜놓거나 향초를 피워놓았다. 아름다운 음들이나 향이 공방을 채우면 이곳이 폭신해진 느낌이 들었다. 오래된 한옥의 헛간을 개조한 고즈넉한 공방이었다. 서쪽으로 난 커다란 통유리 창문에는 늦은 오후가 되면 숨을 곳이 없을 만큼 햇살이 가득 쏟아져 들어왔다. 창문 가장자리로는 담쟁이들이 하나둘씩 하늘을 향해 올라갔다. 창문 안쪽 조그만 선반에는 산세베리아나 트리안과 같은 화분들이 아기자기 놓여 있고, 아래에는 미술 화보들이 차곡차곡 쌓여 있었다.

희주는 물감이 묻어 있는 미술용 앞치마를 그대로 입은 채 공방 구석 조그마한 간이 부엌으로 향했다. 차를 한잔 마시려고 물을 끓일 참이었다.

라디오에서 흘러나오는 인터메조가 클라이맥스로 치닫고 있을 때, 갑자기 공방의 미닫이문이 거칠게 열렸다. 희주는 문 쪽으로 고개를 돌렸다. 짙은 색 양복에 넥타이를 한 남자가 공방으로 들어서고 있었다. 양복을 입고 있는데도 그 속의 날렵하고 훤칠한 체격이 그대로 드러나 보였다.

"당신이 강희주 씨입니까?"

남자가 낮은 목소리로 느릿하게 물었다. 겉으로는 예의를 지키는 듯 행동하지만, 몹시 무례하게 느껴지는 말투와 몸짓이었다. 희주는 대답 대신 경계의 눈빛으로 응답했다. 이 사람은 그동안 만나본 수많은 사람과는 다른 유형이라는 것을 단번에 알 수 있었다.

'왜 이런 사람이 나를 만나러 왔을까?'

남자는 천천히 공방을 둘러보았다. 그냥 공방을 둘러볼 뿐인데도, 그의 모든 행동이 희주를 위압하고 있었다. 남자는 테이블 위에 있는 내담자들의 그림을 집어 들고 찬찬히 훑었다. 군데군데 희주의 진단과 소견이 빼곡하게 적힌 포스트잇 노트들이 덕지덕지 붙어 있었다.

"그거 보시면 안 되는데요."

희주는 조심스럽게 그의 거침없는 무례를 제지했다. 그는 희주에게 눈길도 한번 주지 않고, 그림을 테이블 위에 다시 놓아두었다.

"의사가 보내서 왔습니다."

그제야 희주의 눈에서 경계의 빛이 조금 누그러졌다. 종종 환자들에게 희주를 연결해주는 의사들이 있었다.

"아……, 미술치료 상담받으러 오신 거군요. 그럼 전화로 먼저 상담 시간을 정하고……"

희주가 말을 하고 있는 중간에 남자가 말을 잘랐다.

"그래서 내가 그림을 그리면, 그걸 보고 내가 어떤 사람인지 알 수 있다는 겁니까?"

희주는 처음으로 빳빳하게 고개를 들고 남자를 바라보았다. 이 사람은 지금 의도적으로 자신을 도발하고 있었다. 겁이 났지만, 한편으로는 오기가 생겼다. 희주는 그의 눈을 똑바로 바라보며 천천히 대답했다.

"네. 저를 전적으로 신뢰하고, 거짓 없이 진심으로 그리신다는 전제하에요."

"그럼 내가 어떤 사람인지, 내가 지금 무슨 생각을 하는지 다섯 가지만 알아맞혀 보겠습니까? 치료를 받기 전에 강희주 씨의 실력을 먼저 알아보고 싶군요."

❖

며칠 전.

현수와 술을 마시던 날, 책상 위에 아무렇게나 던져놓은 희주의 명함을 현수가 우연히 보게 됐다.

"역시 형도 알고 있었구나, 강희주 이 여자. 이 여자, 대체 뭐 하는 정신 나간 년이야?"

갑자기 술이 확 깼다.

"무슨 말이야?"

수현은 잔을 내려놓고 물었다. 미간에 골이 깊게 패고 턱 주위 근육이 경직되기 시작했다. 정색하고 묻는 수현을 보고 현수는 '정말 모르고 있었어?' 하는 표정을 지으며 파일을 하나 꺼냈다. 현수가 늘 수현의 타깃을 위해 준비해오던 것과 똑같은 방식이었다.

"사실 이 얘기 하려고 오늘 만나자고 한 거야. 아무래도 직접 만나서 하는 게 나을 것 같아서."

현수는 명동 구석에서 조그만 심부름센터를 운영하고 있었다. 말이 좋아 심부름센터지, 사실은 심부름센터라는 명목하에 청운파의 더러운 잡일들을 가리지 않고 해오고 있었다. 그중에 가장 비중이 큰 일은, 상기가 수현에게 넘겨준 암살 타깃들을 짧게는 몇 주, 길게는 몇 달씩 미행하면서 그들의 상세한 생활 패턴을 일일이 알아내는 것이었다. 그 정보를 수현에게 넘기면 그것을 기반으로 수현은 암살 경로를 만들어나갔다. 수현이 타깃을 처리하고 나오면 그 뒤처리 역시 현수의 몫이었다. 워낙 수현의 솜씨가 깔끔하고 완벽해, 뒤처리라고 할 만한 것도 없었지만 말이다.

그들이 함께 계획하고 실행했던 수많은 암살 사건은 여전히 미제 사건으로 남아 있었다. 경찰들은 범행 현장에서 아무런 증거도, 흔적도 찾을 수 없었다. 아마 그들은 이 모든 살인 사건들이 수현의 단독 범행이라는 사실조차 모르고 있을 것이다. 현수는 가끔 일반인들의 의뢰를 받기도 했는데, 그 바닥에서는 솜씨가 좋다고 소문이 자자했다. 의뢰 비용이 다른 곳의 세 배를 훌쩍 뛰어넘는데도 고객들이 끊이지 않았다. 임 선생의 아지트에서 나오고 나서 배워둔 해킹 기술이 흥신소 일을 할 때 유용하게 쓰였다.

"사흘 전에…… 강희주, 이 여자가 나한테 와서 이 사진을 보여주는 거야. 사진 속에 있는 여자 정시은과 그 여자의 남동생 정시현을 찾아달라고."

현수는 준비해온 파일에서 낡은 사진 한 장을 꺼내 수현에게 보여주었다. 원래는 두 명이 함께 찍은 사진처럼 보였으나, 반은 가위로 잘리고 반만 남아 있었다. 누나였다. 전혀 예상하지 못했던 곳에서 누나의 사진을 갑작스럽게 마주하니 그 자리에서 바로 숨이 멎는 듯했다.

누나는 흰 스웨터를 입고 발목까지 오는 하늘색 치마를 입고 웃고 있었다. 여전히 앳되고 아름다운 누나. 수현은 가슴이 미어져 왔다. 벌써 20년도 훨씬 전의 일이었다. 누나는 그 일을 당할 때 입었던 옷과 똑같은 차림새였다. 피가 잔뜩 묻은 채 경찰에 증거 자료로 제출된 옷들이었다. 그 참담한 사건이 일어나기 불과 며칠 전에 찍은 사진이었다.

"그런데 사진 속의 여자가 너무 낯익어서. 시은 누님이지? 그리고 정시현, 형 예전 이름이잖아."

역시 현수였다. 눈썰미가 좋은 녀석이었다. 임 선생의 아지트에서 누나의 사진을 몇 번 본 게 다였을 텐데, 아직도 누나의 얼굴을 기억하고 있었다. 현수가 가져온 파일 안에는 희주라는 여자의 사진과 간단한 인적 사항이 적힌 서류가 들어 있었다. 현수가 미행하면서 찍어 둔 사진 몇 장과 함께.

강희주라는 여자는 머리를 단정하게 묶고, 미술용 앞치마를 입고 있었다. 어린아이들에게 배웅 인사를 하는 사진 같았다. 사진 속에서 희주는 웃고 있었지만 웃지 않고 있었다. 말로 표현하기 어려운 미소였다.

"미국 뉴욕 대학에서 미술치료 박사 학위까지 받았어. 나이는 서른. 아직 미혼이야. 귀국한 지는 1년 정도 됐고. 귀국하자마자 서촌에 '하늘공방'이라는 미술치료실을 하나 차렸어. 그쪽 업계에서는 평이 꽤 좋은 편이래. 우울증 환자들 전문이고."

현수는 수현을 바라보며 계속 말을 이었다.

"그 여자가 돈은 얼마든지 줄 테니 형을 찾기만 해달래. 내가 장담하는데, 이 여자, 흥신소 같은 데 생전 처음 와본 사람이야. 이런 곳하고 전혀 어울리지 않는 사람이었다니깐. 사진을 넘겨주는데도 손을 발발 떨더라고. 그렇게 무서워하면서 이런 험한 데는 왜 왔는지 이해가 안 가지만."

현수는 잔에 남아 있던 얼음을 마저 들이켜며 말했다.

"형, 생각을 해봐. 만약 저기 묻지 마 룸살롱 김 마담이 형을 찾아달라고 하면 이해를 하겠어. 어쨌든 우리는 같은 바닥에서 같은 똥물 먹고 살고 있잖아. 같은 똥물 먹고 살다 보면 얽히고설키고, 그렇게 살다 보면 찾을 일도 있고 복수할 일도 생기고, 그런가 보다 하겠지. 시발."

수현은 아무 말 없이 위스키 잔만 바라보고 있었다. 현수는 그런 수현을 한번 힐끗 쳐다보더니 계속 말을 이어나갔다.

"그런데 이런 최상위층 인텔리가, 박사라잖아 유학까지 다녀온. 시발. 이런 여자가 직접 더러운 피 끈적이는 바닥에 기어들어 와 형을 찾아달라고 하니, 이거 원, 기분이 찜찜하잖아……."

그건 현수의 말이 맞았다. 누구에게나 인생의 반경이 있다고 하면, 희주와 수현의 인생 반경이 겹칠 확률은 지극히 낮았다. 수현이 담당하는 타깃들은 대부분 어떤 식으로든 조직에 몸담은 사람들이었다. 그 사람들이 희주와 연결되어 있다고 생각하기는 힘들었다. 그들이 이 생에서 만날 확률은 거의 0%에 가깝다고 해도 과장은 아닐 것이다.

"나를 찾아달라는 이유는?"

현수는 고개를 저었다.

"그건 몰라. 말을 돌려서 물어봤는데, 대답하지 않았어. 그런데, 형."

현수의 불길한 시선이 수현에게 와 닿았다.

"긴장해서 바르르 떨던 그 여자가 나가면서 묻더라고……. '사람을 죽이는 데는 얼마가 드나요?'라고 하는데……. 아, 시발. 갑자기 소름이 쫙 끼치는 거야. 왜, 그런 촉 있잖아. 살의. 정말로 죽이려고 하는구나, 하는 드러운 기분."

❖

현수를 만난 다음 날부터, 수현은 '강희주'라는 여자를 감시하기 시작했다. 벌써 3일째였다. 새벽부터 희주의 공방이 사선으로 보이는 사각지대에 짙게 선팅한 차를 세워 놓고, 탐론 150~600mm 렌즈가 부착된 카메라로 희주의 일거수일투족을 찍었다.

〈9월 3일 수요일〉

9:15 공방으로 출근. 커피 테이크아웃.

9:55 공방 청소 및 준비.

10:25 첫 번째 내담자 도착. 5~6살로 보이는 남자아이. 엄마와 함께 방문.

12:04 첫 번째 상담 종료.

13:23 두 번째 그룹 상담. 성인 5명(여3, 남2)이 밴을 타고 병원 보

호자들과 함께 도착. 밴에 '새싹 의료원' 로고가 붙어 있음.

15:30 두 번째 상담 종료.

수현은 카메라 셔터를 계속 누르면서 희주가 현수에게 물었다는 말을 되새기고 또 되새겼다.

……사람을 죽이는 데는 얼마가 드나요?

……사람을 죽이는 데는 얼마가 드나요?

이 여자는 '사람을 죽인다'는 게 과연 무슨 뜻인지 알고서 이런 질문을 하는 걸까? 그게 얼마나 파괴적이고 무섭고 구역질 나고 냄새 나는 행동인지 생각이나 하고서 묻는 것일까? 무엇보다도, 그것이 절대로 돌이킬 수 없는 일이라는 것을 인지하고 있는 걸까? 돌이킬 수 없다는 사실이 얼마나 사람을 미치게 하는지, 저 여자는 과연 알고 있는 걸까?

그때 공방의 창문이 활짝 열렸다. "15:40 공방 환기"라고 무심하게 보이스 레코더에 녹음하다, 문득 하늘을 바라보는 희주의 모습이 그의 시선을 사로잡았다.

조직의 형님들과 함께하는 술자리에서 술집 여자들 옆에 앉아 있었던 적은 몇 번 있었다. 생각보다 차분한 분위기의 아가씨들이 조용히 옆에서 술잔을 기울이며 말동무를 하고 있었다. 요즘 손님들은 가슴이 드러나는 야한 옷을 입고 과한 화장을 한 여자들보다는, 세련되고 고상한 분위기의 아가씨들을 더 선호한다는 것을 알고 그 부분을 어필하기 위함이었다.

희주가 그런 술집 여자들보다 더 예쁘지도, 더 세련되지도, 고상하지도 않은 것은 확실했다. 아니, 오히려 지나치게 평범했다. 아무런 무늬가 없는 하얀색 손수건같이 담백한 외모. 물감이 덕지덕지 묻은 앞치마를 두른 채 아무렇게나 틀어 올려 연필로 고정해 놓은 머리 옆으로 몇 가닥의 머리카락이 부드럽게 흘러내려 와 있었다. 흘러내린 머리가 바람에 가만히 흔들리고 있었다. 아마도 그때였을 것이다. 그가 충동적으로 마음을 바꾼 순간은.

미치도록 궁금했다. '왜 저렇게 곱고 맑은 여자가 나를 찾는다는 거지? 어떻게 저 여자가 우리 누나의 사진을 가지고 있는 걸까? 저 여자가 왜, 대체 무슨 이유로 나를…… 죽이고 싶어 하지?'

수현은 들고 있던 카메라를 옆 좌석에 던져놓고, 차 문을 거세게 열었다. 눅눅한 습기를 품고 있던 뜨거운 공기가 수현을 압도했지만, 덥다고 느껴지지 않았다. 아니, 분노가 모든 감각을 마비시켜 더위를 느낄 수 없었다. 그의 머릿속에는 공방 문을 열고 들어가 희주의 어깨를 거칠게 부여잡고 이렇게 추궁하고 싶다는 생각뿐이었다.

"왜? 도대체 왜 당신 같은 여자가 나를 죽이려는 거지? 그렇지 않아도 난 죽어가고 있어. 이토록 서글픈 나를 왜 당신 같은 여자가?"

수현은 차에서 내린 후, 단 한 번의 망설임도 없이 성큼성큼 희주의 공방으로 발걸음을 내디뎠다. CCTV가 있는지 없는지 주위를 살피지도 않았다. 완벽한 노출이다. 이곳이 적진이었다면 그는 이미 죽임을 당했을 것이다. 이성적인 사고와 판단을 주관하는 전두엽에서는 임 선생이 칼칼한 목소리로 계속 경고를 보내고 있었다.

"너, 이놈. 죽으려고 환장했구나. 지금 당장 그 걸음 멈추고 돌아가지 못해!"

　하지만 전두엽의 경고를 받아들이기에는 원인을 알 수 없는 분노가 수현의 이성을 완전히 마비시키고 있었다. 수현은 자신이 미처 인식하지도 못하는 사이에 이미 하늘공방의 문을 거칠게 열어젖히고 있었다.

3

집과 나무와 사람

"그럼 내가 어떤 사람인지, 내가 지금 무슨 생각을 하는지 다섯 가지만 알아맞혀 보겠습니까? 치료를 시작하기 전에 강희주 씨의 실력을 먼저 알아보고 싶군요."

무척 거슬리는 남자였다. 희주는 그의 얼굴을 찬찬히 바라보았다. 눈매와 눈망울에서는 아직 수줍은 소년의 느낌이 아련하게 남아 있었지만, 날카롭게 생긴 짙은 눈썹이며, 칼에 깊이 베인 상처가 있는 오른 이마 언저리며, 경직된 턱과 꽉 다문 입매까지……, 지금 막 죽은 동물의 살을 한입 뜯어 먹은 자칼같이 잔인하고 무자비한 느낌이 드는 묘한 인상의 남자였다. 그의 얼굴은 보스턴 대학 중앙 도서관에 전시된 나폴레옹의 데스마스크 같은 구석이 있었다. 눈, 코, 입의 조화는 완벽했지만 불쾌하고 오싹한 느낌이 드는 죽은 자의 얼굴 같았다. 죽음에서만 파생될 수 있는 특유의 불길하고 서늘한 기운이었다.

날카롭게 그녀를 응시하는 그의 눈매에서는 근원을 알 수 없는 분노가 느껴졌다. 그녀는 그의 적대감을 한참 동안 응시하고 있었다.

처음에는 이 남자의 도발이 말도 안 된다고 생각했다. 그림을 그리는 행위 자체만으로는 치료가 이루어질 수 없다. 미술은 단지 내담자 안의 이야기를 꺼내는 매개체일 뿐이었다. 그림을 그리면서 상담자와 끊임없는 대화를 통해 자신을 찾아가는 것, 그럼으로써 스스로의 상처가 드러나고, 또 상처 난 부분을 보듬어주는 것이 미술치료의 기본이 되는 철학이었다. 상담자에 대한 내담자의 신뢰가 형성되지 않으면 치료가 제대로 이루어질 수 없다.

한동안 그를 뚫어지게 바라보던 희주는 말없이 테이블 위에 흩어져 있던 그림들을 치우고 수현이 그림을 그릴 공간을 내주었다.

수현은 순순히 그녀의 지시대로 재킷을 벗어 테이블 위에 놓고 의자에 앉았다. 티끌 하나, 먼지 하나 찾을 수 없는, 리젠트 컷으로 넘긴 그의 머리 스타일만큼이나 깔끔한 양복이었다. 재킷을 벗으니 수현의 직각 어깨가 도드라져 보였다. 그의 목젖이 거칠게 튀어나온 부분부터 짙은 색 넥타이가 단정하게 매어져 있었다.

수현은 와이셔츠의 커프스를 풀어 소매를 몇 번 걷었다. 커프스를 푸는 팔 위로 오롯하게 잡힌 힘줄이 드러났다. 소매를 걷은 그의 오른쪽 팔에 문신이 보였다. '구름 운雲'자 모양의 구름 사이로 용이 승천하는 그림을 새겨놓은 정교하고 화려한 문신이었다. 희주는 문신을 보고도 바로 못 본 척했지만 수현은 이미 그녀의 눈길을 느꼈는지, 걷었던 소매를 조금 내려 문신을 가렸다. 희주가 수현 앞에 A4 크기의 도화지 한 장과 색연필 세트를 가져다주며 말했다.

"어……, 일단 음……, 설명을 조금 드려야 할 것 같은데요."

긴장했는지, 목소리가 조금 떨려서 나왔다. 희주는 목소리를 가다듬고 다시 말했다.

"여긴 미술치료실이지, 타로점이나 사주를 보는 곳이 아닙니다. 그림만 보고 그쪽이 어떤 사람인지 알 방법은 없다는 걸 말씀드리고 있는 거예요. 그 대신 그림을 그리고 나서 제가 그 그림에 대한 질문을 몇 가지 드리면, 그때는 솔직하게 대답해주셔야 합니다. 물론 여기서 저와 나누는 이야기들은 철저하게 비밀에 부쳐질 겁니다."

희주는 수현의 반응을 살폈다. 아직까지는 이렇다 할 거부감이나 저항은 없는 것 같았다.

"미술치료는…… 미술 수업과는 조금 달라서, 잘 그린다, 못 그린다 같은 건 상관하지 않습니다. 어떻게 그려야 하는지 정해진 답도 없고…… 그냥 편하게 그리시면 됩니다."

묵묵히 듣고만 있던 수현이 어색한 움직임으로 하얀 도화지를 한번 쓸어내렸다.

"집, 그리고 사람과 나무를 그려볼 건데, 최대한 자세히, 구체적으로 그려주셔야 해요. 예를 들면 그림 속의 사람은 무엇을 하고 있는지, 그런 것까지도 자세히 그려주시는 게 좋습니다. 시간제한은 없으니까 자유롭게 그리시면 됩니다. 혹시 질문 있으신가요?"

'집-나무-사람(House-Tree-Person) 검사' 즉, 'H-T-P 검사'는 누구에게나 친숙한 사물들을 그리게 함으로써 내담자들이 그들의 성격과 정서를 무의식으로 표현하게 한다는 장점이 있다. 가장 직관적으로

집과 나무와 사람　　　　　　　　　　　　　　　　　53

내담자를 이해할 수 있는 방법이기 때문에, 미술치료사들이 상담 세션에서 이 기법을 많이 사용한다. 게다가 이 세 가지 사물들 자체로도 풍부한 상징성을 가지고 있어, 내담자 스스로 의식하지 못하는 사이에 자신의 심리 상태를 고스란히 드러낸다는 점 때문에 미술치료사들 사이에서 꽤 유용하게 사용되고 있었다.

희주는 잠깐 수현의 눈치를 살폈다. 수현은 아무런 미동도 하지 않은 채, 자기 앞에 놓인 하얀색 도화지만 바라보고 있을 뿐이었다. 그녀는 원래 하는 대로, 수현의 반대편 자리에 가서 앉으려다가, 마음을 바꿨다. 이 사람은 그녀가 바로 앞에 앉아 있으면 절대로 그림 그리는 일을 시작하지 않을 것 같았다. 내담자 중에서 이렇게 누군가가 옆에 있으면 그림을 그리지 못하는 사람들이 가끔 있었다. 그럴 때 무조건 자리를 비켜주고, 내담자에게 혼자만의 시간을 내주어야 한다.

희주는 수현의 갑작스러운 방문이 있기 전에, 차를 마시려고 전기 포트에 물을 끓이고 있었던 것이 그제야 생각났다. 커피 포트는 자동으로 꺼져 있었지만 물은 아직 뜨거웠다. 희주는 엄마의 정원에서 직접 재배하고 말린 라벤더 찻잎으로 차를 우려냈다. 수현의 것까지 찻잔을 두 개 꺼내려고 하다가 마음을 바꿨다. 상담을 시작하기 전 내담자들과 늘 차를 함께 마시면서 친밀감과 유대감을 먼저 형성하는 그녀였지만, 이 무례하기 짝이 없는 내담자에게는 왠지 그러고 싶은 생각이 들지 않았다. 불길한 기운이 가득 차 있는 남자였다. 그와 오래 시간을 함께 보내면 그 불길함이 그녀에게 전염될 것만 같아 불쾌했다.

희주는 수현이 대각선으로 보이는 작업용 테이블에 찻잔을 내려놓고 다른 내담자들의 그림을 보는 척하면서, 수현의 도화지를 살짝 곁눈질로 보았다. 내담자들이 완성한 그림을 분석하는 것도 중요하지만, 그에 못지않게 그림을 그리는 과정 역시 중요한 의미가 있기 때문이었다.

도화지의 오른쪽 구석에 얇고 희미한 선이 길쭉하게 몇 개 그려져 있었다. 나무를 가장 먼저 그리는 모양이었다. 나무를 먼저 그리는 내담자들은, 보통 삶의 의욕이 없거나 자살 충동을 느끼는 내담자들이다. 물론 그림의 전체적인 인상, 조화, 구조를 더 자세히 봐야 그의 성향을 알 수 있겠지만, 희주는 이 부분을 메모해두었다.

희주의 공방에 묵직한 정적이 흐르기 시작했다. 수현이 사각거리는 스케치 소리와 희주가 책장을 넘기는 소리가 그 정적에 희미한 금을 내고 있을 뿐, 살아 있는 것들도, 살아 있지 않은 것들도 아무런 소리를 내지 않았다. 이 무거운 정적이 한번 깨진 순간은 수현이 "사람을 꼭 그려야 합니까?" 하고 물어봤을 때였다.

"안 그리셔도 되지만, 그만큼 제가 그쪽…… 아니, 그리시는 분의 상태를 이해할 수 있는 폭이 좁아진다고 생각하시면 됩니다."

수현은 매몰찰 정도로 단호하게 대답하는 희주를 한동안 빤히 쳐다보다 다시 자신의 도화지로 시선을 떨구었다. 이유는 알 수 없었지만, 그 내담자의 시선이 희주의 마음을 먹먹하게 만들었다.

찻잔에서 올라와 공기 중으로 흡수되어가는 수증기가 점점 더 줄어들고 있었다. 조폭같이 보이는 험한 문신을 한 남자치고는 제법 반듯하게 앉아서 30분이 넘도록 그림을 그리고 있었다. 그는 스케치한 것이 마음에 안 드는지, 지우개로 연신 무언가를 지우고 있었다.

지우개를 많이 쓰는 내담자들은 보통 불안하거나 인생에 대한 확신이 없는 사람이라고 분석할 수 있다. 얼핏 보니 내담자는 잘 보이지도 않는 여린 연두색 색연필로 5분이 넘도록 잔디를 그리고 있다. 경미하긴 하지만 전형적인 강박증(OCD: Obsessive Compulsive Disorder) 증상이 보인다. 보통 강박증 증상을 보이는 내담자들은 디테일에 지나치게 집착하는 경향이 있다. 한데, 이 내담자는 자신이 그린 잔디를 연신 지우개로 지웠다가 다시 그리는 것을 반복하고 있었다.

왜 그럴까? 내담자 주변을 찬찬히 살피던 희주는 그제야 수현이 쓰고 있는 색연필 중 몇 개가 뭉툭해져 있는 것을 알게 되었다. 강박증이 있는 내담자들은 자기가 쓰고 싶은 물건을 의도치 않은 사정으로 인해 쓸 수 없게 되었을 때 쉽게 불안감을 느낄 수 있다. 그 물건에 대한 끝없는 집착이 시작되기 때문이다. 최대한 내담자에게 편안한 환경을 만들어주는 것이 급선무였다.

희주는 서랍에서 커터 칼을 꺼내 수현 옆으로 다가갔다. 바로 그때였다. 그림을 그리고 있던 수현이 희주를 보지도 않고 반사적으로 의자에서 일어났다. 거의 희주가 알아차리지도 못할 만큼 날랜 몸짓으로 커터 칼을 들고 있는 희주의 손목을 거칠게 낚아챘다.

"아!"

희주의 짧은 비명이 채 마무리되기도 전에 수현은 그녀를 벽 쪽으로 밀어붙였다. 손끝 하나라도 반항할 수 없는 거대한 힘이었다.

탁!

희주 손에 들려 있던 커터 칼이 둔탁한 소리를 내면서 바닥으로 떨어졌다.

"지금 뭐 하는 겁니까?"

그 짧은 순간에 희주의 온몸은 수현에게 완전히 제압당하고 있었다. 수현은 희주의 손목을 거세게 붙잡고 벽으로 밀어 세우며 매서운 눈으로 쏘아보았다. 그의 눈에서 살기가 느껴져 희주는 순간 온몸에 소름이 돋았다. 마음만 먹으면 지금 당장이라도 사람을 죽일 수도 있는 살기였다.

희주가 떨리는 목소리로 수현에게 말했다.

"우선 이 손 좀……."

커터 칼이 멀리 떨어져 있어, 희주가 바로 주울 수 없는 것을 확인하고 나서야 수현은 희주의 손을 놓아주었다. 얼마나 거칠게 손목을 잡았는지 손목 부분이 벌써 빨갛게 부어오르고 있었다.

희주는 반대편 손으로 손목을 감싸면서 역시 떨리는 목소리로 말했다.

"색연필이 뭉툭해진 게 몇 개 있어서……."

그제야 사태 파악이 된 수현은 땅에 떨어진 커터 칼을 주워주며 낮은 목소리로 짧게 사과했다.

"미안합니다."

희주는 아무 말 없이 수현 곁으로 가서 끝이 뭉툭해진 색연필을 몇 개 골라냈다. 손이 파르르 떨렸다. 애써 태연한 척 하려 했지만, 이미 마음속을 휘젓고 있는 거대한 파장까지 숨길 수는 없었다.

미국에서 공부할 때, 동료 미술치료사들이 폭력적이고 난폭한 내담자를 만나서 고생했다는 이야기를 들은 적이 있었다. 하지만 그녀가 실제로 그런 내담자를 만나서 신체적인 위협을 당한 일은 이번이 처음이었다. 미국에서 가장 경비가 삼엄한 교도소에서 흉악범들과 미술 상담을 했을 때도 이런 일은 없었는데.

희주는 떨리는 마음을 가다듬고 다시 원래 자리로 와서 커터 칼로 연필의 나뭇결을 벗겨내기 시작했다. 금방이라도 손을 베일 듯 서툴기 짝이 없는 솜씨였다. 워낙에 칼을 잡는 모양새가 어설프기도 했지만, 전혀 예상하지 못했던 수현의 공격적인 행동이 그녀를 더 긴장하게 만들었던 것이다. 커터 칼을 잡은 손이 덜덜 떨려 희주는 몇 번이나 숨을 내쉬고 마음을 진정시켜야 했다.

수현이 잠시 그림 그리던 손을 멈추었다. 그의 시선이 연필을 깎는 희주의 손에 머물렀다. 그는 그녀가 불안하게 커터 칼을 쥐고 있는 것을 잠자코 바라보더니 자리에서 일어나 희주에게로 다가왔다. 그는 희주의 몸이 순간적으로 경직되는 것을 보고도 못 본 척하며, 커터 칼을 달라고 조심스럽게 손짓했다. 희주가 잠시 주춤거리자, 수현은 희주가 쥐고 있던 커터 칼을 무심하게 가져가며 말했다.

"칼은 그렇게 안쪽을 향하도록 잡는 게 아닙니다."

그는 능숙한 솜씨로 색연필을 깎아나가기 시작했다. 참으로 속내를 알 수 없는 내담자였다. 희주는 고맙다고 말을 할까 하다가 이내 마음을 접었다. 희주의 시선 안으로 무심코 연필을 깎는 그의 손이 들어왔다. 커터 칼을 쥔 그의 손등 위로 섬세한 힘줄이 도드록하게 잡히고 있었다. 주먹질이나 일삼는 조폭의 손이라고 하기에는 꽤나 길고 하얀 손가락에 잔 근육들이 오밀조밀 모여 있는 순하고 정교한 손이었다.

❖

오후 내내 뜨겁게 이글거리던 태양이 잠시 숨을 고르고 있었다. 구름이 그림자를 드리우며 천천히 공방 창문 위로 지나가고 있는 늦여름의 오후였다. 공을 들여 우려낸 차 한 잔을 느긋하게 마시고도 남을 만큼 시간이 흘렀다. 내담자의 그림이 막 완성된 듯했다.

희주는 조심스럽게 수현의 옆자리로 가서 그의 그림을 찬찬히 살펴보았다. 거칠고 폭력적인 그림을 그릴 거라는 희주의 예상을 깨고, 그의 그림은 부끄러움을 많이 타는 소녀같이 색감이 곱고 옅었다. 자세히 보니 전체적으로 필압이 옅고 여러 번 덧칠이 된 선으로 이루어져 있었다. 약한 필압은 두려움이 많아 불안하거나 우울한 상태를 나타낸다.

희주는 앞에 있는 내담자의 얼굴을 살짝 살펴보았다. 얼핏 보기에는 몹시 강인하고 오만한 데다가, 알 수 없는 분노로 가득 찬 사람처럼 보였는데, 그의 안에 이런 감정들이 숨어 있다니 의외였다.

왼쪽 위로 구름이 잔뜩 낀 하늘에 자세히 봐야 보일 듯한 해가 하나 덩그러니 그려져 있다. 회색 구름 사이에서 빛을 잃어가는 태양. 삶에 대한 의지가 약한 내담자에게서 찾아볼 수 있는 패턴이다.

사람은 어디 있는지 한참을 찾아보고 나서야 겨우 찾을 수 있을 정도로 형체를 알아볼 수 없게 그려져 있다. 그가 "사람을 꼭 그려야 하느냐"고 희주에게 물었던 것이 생각났다. 사람을 그리는 것이 무척이나 싫었던 모양이다. 사람 근처로는 어두운 그림자가 드리워져 있다. 사람은 해와 가장 멀리 떨어진 곳에 앉아서 해를 등지고 있다. 전형

집과 나무와 사람

적인 우울증 환자의 그림이 가진 특성이었다.

'H-T-P 검사'에서 '사람'은 내담자가 스스로를 바라볼 때 느끼는 이미지를 나타낸다. 어두운 그림자 속에 숨어서 세상에 나오고 싶어 하지 않는 사람. 혹은 어둠 속에서 존재하지 않는 것처럼 살고 싶어 하는 사람. 그는 사라지고 싶은 것이다. 그래서 사람을 그릴 때 그토록 망설였을까? 왜 사라지고 싶은 걸까? 혹시 그는 자기 자신을 혐오하고 있는 걸까?

그가 그린 사람을 조금 더 자세히 보려고 고개를 숙이자 희주의 머리카락이 부드럽게 흘러내려 그녀의 시야를 가렸다. 희주가 흘러내린 앞머리를 뒤로 넘기려고 고개를 들었을 때, 우연히 수현의 눈빛을 보았다. 심연같이 깊고 푸르른 슬픔이 새어 나오는 듯했다. 이 내담자는 무슨 사연이 있길래 저런 눈빛을 하고 있는 걸까?

희주는 다시 그의 그림으로 고개를 돌렸다. 나무가 집 쪽으로 꽤 기울어져 있다. 이 내담자는 자신을 지켜주는 가정에 대한 갈망이 있는 사람이다. 그는 고아이거나 가족을 잃은 사람일 것이다. 보호해주는 가족이 없어 신변의 안전을 느끼지 못하는 내담자에게서 볼 수 있는 패턴이었다. 나무가 집 쪽으로 기울어져 있다는 건, 과거에 대한 집착을 의미하기도 한다.

'집'은 내담자가 성장하여 온 가정 상황을 나타낸다. 보통 자신의 가정생활과 가족관계를 어떻게 인지하고 있으며, 그것에 대해 어떤 감정과 태도를 지니고 있는지를 나타내기도 한다. 일단 그가 그린 집은 선이 희미하고 어딘가 텅 비어 있는 느낌이 들었다. 가족에 대한 아무런 소망이 없다는 뜻으로 해석할 수 있다.

그의 집은 숲속 깊은 곳에 외로이 홀로 자리 잡았다. 일반인의 관점으로 봤을 때는 별문제 없는 그림이라 생각할 수 있겠지만, 미술치료자의 관점으로는 제법 심각한 문제라고 판단되었다. 일단 그 집으로 갈 수 있는 오솔길도 없고, 집 안으로 들어갈 수 있는 대문도 없다. 창문에는 커튼이 쳐져 있어 집 안을 제대로 들여다볼 수도 없다. 그가 여태까지 자라온 가정환경에 대해 매우 폐쇄적인 태도를 보인다는 뜻으로 해석되었다.

그러나 뜻밖에 창문으로 새어 나오는 따뜻한 노란색의 불빛. 한때는 따뜻하고 행복했던 시간이었다는 뜻일까? 그 과거의 시간들이 너무나 소중해 보호하고 싶은 건지, 아니면 그 시간들이 너무나 고통스러워 아무에게도 드러내 보이고 싶지 않은 건지. 이 부분은 아무래도 내담자와 조금 더 상담을 해봐야 알 수 있을 것 같다.

"집 안에 불이 켜져 있네요. 집 안에 누가 있나요?"

한참 뜸을 들이던 수현이 말문을 열었다.

"……어머님……이 계십니다."

수현은 '누나'라고 말하려다, 마지막 순간에 '어머님'으로 단어를 바꿨다. 아직 이 여자에게 자신의 모든 것을 노출할 수는 없었다.

"어머니는 지금 집에서 뭘 하고 계시나요?"

적잖이 당황스러운 질문이었다. 어머니에 대한 기억은 남아 있는 게 단 한 가지도 없었다. 기억뿐만 아니라, 어머니 얼굴조차 생각나지 않았으니까.

수현이 세 살 되던 해, 사회복지사의 손에 이끌려 누나와 함께 희망보육원으로 보내졌다고 했다. '사회복지사의 손에 이끌려 보육원에 왔다'는 뜻은 두 가지로 해석될 수 있다. 부모가 그들을 고의로 버렸거나, 아니면 부모가 둘 다 죽었거나. 당연히 수현은 어머니가 집에서 무엇인가 하는 것을 한 번도 상상해본 적이 없었다. 그런 의미에서 희주의 질문은 마치 태어나서 한 번도 엄마 품에 안겨보지 못한 아이에게 '엄마의 체취를 기억해보라'고 부탁하는 것과 다른 바없었다.

수현은 잠시 고민하다, 옥탑방 집에서 누나가 평소에 무엇을 하고 있었는지 기억을 더듬어 보았다.

"……빨래를 하고 계십니다."

수현이 집에 가면 누나는 늘 손빨래를 하고 있었다. 옷 가짓수도 몇 개 없는데 깨끗하고 깔끔하게라도 입어야 한다며 누나는 매일 수현의 옷을 빨았다. 그러고 나면 옥탑방 집 앞의 빨랫줄에 옷을 잔뜩 널었다. 누나와 평상에 누워 낮잠을 자고 있으면, 하늘 사이로 보이는 그 옷들에서 빨랫비누 냄새가 봄꽃 향기같이 폴폴 피어났다.

"이 집을 보면 뭐가 떠오르세요?"

"……봄날."

그랬다. 그의 인생 속에서 누나와 함께 살았던 2년이 채 안 되는 그 시간은 언제나 봄인 것 같았다. 혹독한 겨울 날씨에 수도관이 얼어 터진 적도 있고, 한여름 날 밤마다 왕모기에 온몸을 뜯기면서 잠을 잔 적도 있던 것 같은데, 이상하게도 그때를 생각하면 늘 마알간 봄 하늘이 생각났다.

하늘과 유난히 가까운 집이었다. 산동네 골목길을 한참 동안 올라가고 나서도 맨 마지막에 있는 집이었던 것으로 기억한다. 집까지 올라오고 나면 숨이 가빠서 한동안 말을 못 할 정도였다. 그 하늘의 끝에는 언제나 누나의 청명한 웃음소리가 기다리고 있었다. 수현은 거의 들리지도 않는 작은 소리로 "……웃음소리"라고 덧붙였다.

희주가 고개를 들어 그를 보았다. 그녀의 맑은 눈동자에 그의 눈빛이 담겼다. 자신의 눈에 아주 잠시, 아주 아주 잠시 온기가 서리는 것이 보였다. 수현은 그녀와 눈이 마주치자, 그의 시선에 서려 있던 온기를 바로 거두었다.

"왜 이 집에는 이렇게 담장이 있죠?"

아무런 의미 없이 들리는 이 질문이 어째서 수현의 가슴에 예리하게 비수를 꽂는지 알 수 없었다. 누나가 입고 있던 피 묻은 치마를 경찰들이 증거 봉투에 넣던 일이 생각났다. 사람의 피가 선홍색이 아니었다는 것을 그때 처음 알았다. 누나의 치마에 묻어 있던 피는 생명이 없어 썩어들어 가는 흑색, 저주의 색, 이 세상 더러운 것을 모두 모아놓은 것 같은 색이었다.

"잘 모르겠습니다. 아마……"

잠시 말을 할까 말까 망설이는 그가 어렵게 말을 잇는다.

"보호해주고 싶어서 그랬던 것 같습니다. 아무도 집에 들어갈 수 없게."

희주는 나무로 시선을 옮겼다. 나무는 내담자의 또 다른 모습이라고 볼 수 있다. 내담자는 나무를 그리면서 무의식 속에 있는 자신의 모습을 표현한다. 내담자들은 사람을 그릴 때보다 나무를 그릴 때, 자신 안에 내재한 혼란스럽고 부정적인 감정을 훨씬 수월하게 표출하곤 한다. 나무 기둥이 하얀색인 게 가장 먼저 눈에 띄었다.

"왜 나무줄기가 하얀색인가요?"

수현은 잠시 생각하는 듯하다가 대답했다.

"겨울이 와서 나무가 죽어가고 있습니다."

그러고 나서 보니, 그나마 나뭇잎이 몇 개 남아 있는 오른쪽 가지에서도 잎이 떨어지고 있다. 하지만 조금 이상한 점이 있다. 겨울이 와서 잎들이 떨어지는 거라면, 빨갛게 혹은 노랗게 단풍이 든 잎들이어야 한다. 그러나 수현이 그린 나뭇잎은 초록색이었다. 개중에는 아직 채 자라지 못해 연한 연두색을 띤 어린잎들도 있었다. 계절상으로 아직 떨어질 때가 되지 않은 나뭇잎들이 떨어지고 있는 것이다. 가장 먼저 희주의 머리를 스쳐 지나가는 단어가 하나 있었다. '죽음.' 저렇게 건강하고 단단하게 생긴 사람이 무슨 불치병이라도 걸린 걸까?

"이 나무는 몇 년쯤 된 나무인가요?"

희주가 묻는다.

"……14년쯤 된 것 같습니다."

보통 정신적 외상, 즉 트라우마가 있는 내담자들은 트라우마를 당한 그 시점에서 그의 정신적인 시간이 멈춰버린다. 그리고 그 트라우마는 어떤 방식으로든 그들의 그림에 표출된다고 미술치료사들은 믿고 있다. 그래서 수현은 나무가 몇 년쯤 되었냐는 질문에 무의식적으로 14년이라고 대답했을 것이다. 그의 시간도 그때 멈춰버린 것이다. 희주는 그 부분을 메모해두었다.

"자, 이제 사람에 관해 이야기해 볼까요?"

임상적인 관점에서 봤을 때 가장 문제가 많은 부분이 아닐 수 없다. 그림을 그리는 도중에 사람을 그리는 것에 대해 적잖은 저항감을 표출하던 수현이었다. 그 저항감을 뒷받침하듯 수현이 그린 사람은 나무의 그림자에 가려져 있다. 나무에 기대앉아 있는 모습이었다. 머리나 팔, 상체는 그림자에 가려 거의 형체를 알아볼 수 없고, 검은색으로 그린 다리의 실루엣만 얼핏 보인다. 그만큼 이 내담자는 아직 자신을 남에게 보여주는 것을 두려워하고 있다는 뜻이다.

"이 사람은 누구인가요?"

"…….."

희주는 아무런 대답을 하지 않는 그에게 다른 질문을 던졌다.

"지금 이 소년은 나무 뒤에 앉아서 뭘 하고 있나요?"

"그냥 앉아 있습니다."

"이 소년은 무슨 생각을 하고 있을까요?"

"……모르겠습니다."

"이 집은 이 소년의 집인가요?"

"네."

"이 소년은 왜 집에 안 들어가고 여기 앉아 있는 걸까요?"

"……모르겠습니다."

희주는 수현의 표정을 살펴보았다. 좀 전에 집을 묘사할 때의 모습과는 영 딴판이다. 얼굴에 그나마 남아 있던 생명의 온기조차 느껴지지 않는다. 마치 미술학원에서 볼 수 있는 석고상같이 영혼이 빠져나가 버린 표정이랄까. 집을 묘사할 때는 '봄날'이라든지 '웃음소리' 같은 놀라우리만큼 따뜻하고 다정한 단어를 사용한 것에 비해, 사람을 묘사할 때는 마치 자기 일이 아니라는 것처럼 거리감을 두고 있다. 희주는 '자기혐오 혹은 죄책감?'이라고 메모해둔다. 그의 그림을 처음 봤을 때, 그가 사라지고 싶어 한다고 느꼈던 것이 기억났다. 어쩌면 이 모든 것이 그의 죄책감에서 기인한 것이 아닐까?

이렇게 노골적으로 자기 자신에 대해 거리감을 표출하는 내담자에 관한 논문을 읽은 적이 있다. 실수로 아홉 살 때 어린 동생을 죽이고 평생을 죄책감과 수치심으로 살아가던 20세 조현병 환자의 사례였던 것 같다. 그는 늘 그 자신을 "I(자신)"라고 부르지 않고 3인칭 대명사를 써서 "He(그)" 혹은 "더럽고 냄새나는 괴물"이라고 지칭했다. 곰곰이 생각해보니, 그 환자도 처음에는 사람을 그리지 않겠다고 저항했던 것 같다. 공통점이 많은 사례가 아닐 수 없다.

"아마 미안해서 못 들어가는 것 같습니다. ⋯⋯옷에 흙이 많이 묻어서."

희주가 잠시 골똘히 생각하는 사이, 수현이 말을 덧붙였다. 예상하지 못했던 대답이어서 희주는 좀 더 파고들어 갈 필요가 있다고 판단했다. 내담자가 이렇게 스스로 벽을 깨고 나올 때, 미술치료사는 그 사인을 재빠르게 파악해 바로 반응해줄 필요가 있다.

"빨래를 하면 되지 않을까요?"

"⋯⋯빨래를 해도 안 지워질 겁니다, 이 흙은. 그리고 빨래하는 게 힘이 드니까⋯⋯."

빨래를 해도 안 지워지는 흙. 빨래를 해도 안 지워지는 흙⋯⋯.

혹시 '피'일까.

조폭 같아 보이는 문신이 오버랩되었다. 아까 희주를 벽으로 몰아붙일 때 살기 흐르던 그의 눈빛도 떠오른다. 게다가 자세히 보니 지붕의 색깔도 검붉은 핏빛이다.

"정말 그렇겠군요. 어머님 걱정을 많이 하는 좋은 아드님이시네요."

일단 화제를 '피'에서 다른 쪽으로 옮겨야 했다. '피'는 감정적으로 치달을 수 있는 요소가 많은 위험한 단어였다. 첫 상담 시간에서 다룰 만한 주제는 아니었다.

"그래도 어머니는 소년이 집에 들어오기를 기다리고 계시지 않을까요? 어머니들은 자식을 위한 일은 무엇이든지 다 해주고 싶어 하는 분들이시니까요."

"그럴 수도 있겠군요⋯⋯."

수현은 짧게 대답하고 입을 굳게 닫았다. 다시 그의 얼굴에서 표정이 사라졌다. 알 수 있었다. 이 내담자가 다시 마음을 닫았다는 것. 희주도 질문을 그쳤다.

4

우주가 무너져 내리는 소리

서쪽 하늘을 바라보고 있는 창으로 늦은 오후의 햇살이 마지막 발악을 하며 머물러 있었다. 하늘공방의 반 이상이 햇살의 마지막 흔적을 고스란히 받아내고 있었다. 이 고비를 넘기면, 이제 노을이 시작될 것이다.

희주는 수현이 마주 보이는 의자로 자리를 옮겼다. 부담스럽게 쏟아지는 햇살을 등지고 앉아 있어 수현의 모습이 명확하게 보이지는 않았지만, 오히려 다행이라고 희주는 생각했다.

"그쪽에 대해 다섯 가지만 알아내면 된다고 하셨나요?"

희주가 묻자, 수현은 짧게 고개를 끄덕였다. 말없이 고개만 끄덕일 뿐이었는데, 그의 날카로운 눈빛이 온몸을 도려내고 있는 것만 같은 느낌이 들었다. 틀린 말을 하면 그 자리에서 바로 자신의 목을 조르고 들어올 것만 같았다. 그들 사이에 파릇한 살얼음이 맺히듯 긴장감이 감돌기 시작했다.

"우선, 첫 번째로 제가 그쪽의 그림과 상담을 토대로 알아낼 수 있었던 건, 경미한 강박증 혹은 완벽주의 성향을 지니고 계신 것 같다는 건데요."

H-T-P 검사는 비교적 간단하기 때문에, 대부분의 내담자들은 30분 이상을 소요하지 않는다. 보통 미술치료사들은 40분 넘게 그림을 그리는 내담자들에게는 강박 성향이 있다고 믿고 있다. 수현은 거의 한 시간 가까이 그림을 그렸다. 희주는 촘촘하게 하나하나 그린 잔디와 나뭇가지, 나뭇잎들을 손으로 가리키며 말했다.

"이렇게 조그만 디테일에 집착하는 경향이 완벽주의와 강박 성향을 표현하는 부분이라고 말씀드릴 수 있습니다. 강박증 검사를 따로 해봐야 자세한 진단을 내릴 수 있겠지만, 제 소견은 치료까지는 안 받아도 되실 것 같다는 생각입니다."

고개를 끄덕이지는 않았지만, 그녀의 말이 맞다고 수현은 생각했다. 그의 그런 강박 성향이 수현을 그 바닥 최고의 킬러가 되게 했으니까. 그는 살인 현장에서 단 한 번도 실수를 한 적이 없었다. 어떠한 증거를 남긴 적도 없었다. 그렇게 이 바닥에서 아직까지 살아남을 수 있었을 것이다.

"두 번째는…… 이 나무에 대해 조금 더 생각해볼 필요가 있을 것 같아요. 이 나무를 보시면 한쪽은 아직 잎들이 많이 남아 있는데, 다른 쪽은 잎들이 거의 다 떨어지고 없거든요. 아까도 겨울이 와서 나무가 죽어가고 있다고 하셨고, 그래서 줄기도 하얀색이라고 하셨는데……"

희주는 아무 반응을 보이지 않는 수현을 보며 계속 말을 이어나갔다.

"사실 이 그림을 자세히 보면, 풀들도 푸릇푸릇하고 나뭇잎들도 연한 초록색이어서 아직 겨울이 온 것 같지는 않거든요. 아직 겨울이 올 때가 아닌데, 스스로 인생의 겨울이 왔다고 생각하시는 게 아닌가 싶은데요……. 그래서 여쭤보는데, 혹시 최근에 건강에 무슨 문제가 생기셨나요?"

수현의 답변을 잠시 기다리다 희주가 조심스럽게 꼬리를 내렸다.

"물론 제가 틀렸을 수도 있고요."

이 내담자는 자존심이 강한 사람이다. 자존심이 강한 내담자에게 지병이나 우울증이 있는 것을 직접적으로 말하면 오히려 역효과를 낼 수 있다. 미술치료의 기본은 내담자 스스로 그의 문제를 인정하고 받아들이는 데서 시작된다. 이런 식으로 내담자를 자극하면 그가 문제를 스스로 인정할 수 있는 소중한 기회를 놓쳐버릴지도 모른다. 이럴 때는 한 발짝 뒤로 물러나, 내담자에게 어느 정도 도망갈 수 있는 여지를 남겨두는 편이 나았다.

"세 번째로…… 혹시 위험한 일을 하는 분이신가요?"

희주의 질문에 수현이 짧게 코웃음 치는 것 같았지만, 그것은 그가 오히려 긴장하고 있다는 것을 보여주는 행동이었다. 그녀의 질문이 정곡을 찌른 것이다.

"이 나무를 보시면 끝을 유난히 뾰족하고 날카롭게 그리셨는데, 강한 공격성과 폭력성을 은연중에 표현하신 거로 보이거든요."

그제야 수현은 자신이 그린 나무를 유심히 들여다보았다. 자신이 이렇게 나뭇가지를 날카롭게 그렸는지는 전혀 모르고 있던 눈치였다.

우주가 무너져 내리는 소리

"그리고……"

희주는 조금 뜸을 들인 후 말했다.

"……봤어요. 오른쪽 팔 문신."

미술치료사들 사이에서 정통적으로 쓰이는 기법은 아니지만 내담자의 외모와 옷차림, 혹은 제스처 같은 비언어적인(nonverbal) 정보를 통해서 그들의 심리를 이해하는 방법을 스누핑(snooping)이라고 한다. 내담자들이 무의식 상태에서 비언어적인 방법으로 드러내는 스스로에 대한 정보는 내담자를 파악하는 데 많은 도움을 주곤 한다.

이 내담자는 조그만 소리, 조그만 몸동작에도 민감하게 반응하고 있었다. 게다가 조금 전 그녀가 색연필을 깎아주려 커터 칼을 들고 그에게 다가갔을 때, 본능적으로 희주를 제압하는 그의 몸짓은 평범한 사람의 것은 아니었다. 자신을 보호하기 위해 상대방을 해치는 맹수의 본능적인 몸짓이라고 할까? 이 내담자는 평소에도 신변의 위협을 많이 느끼는 사람일 것이다.

그러고 보니 그는 턱관절 힘줄이 튀어나와 있을 만큼 어금니를 꽉 물고 앉아 있다. 한시도 긴장을 늦추지 못하고 늘 경직되어 있다는 것을 반영한다. 심지어 충분히 한 손으로도 죽여버릴 수 있을 만한 상대인 그녀밖에 없는 지금 이 순간 조차. 무엇이 그를 저렇게 긴장하게 하는 걸까?

"더럽고 위험한 일…… 하는 거 맞습니다."

짧게 인정하는 그의 눈이 당당했다. '더럽고 위험한 일 하는 게 자랑인가?' 싶어 뻔뻔스럽다는 생각이 들었다. 그녀는 불쾌해진 시선을 그림 쪽으로 돌렸다.

"이제 좀 더 깊은 이야기를 해볼까요? 나무를 보시면 집 쪽으로 약간 기울어져 있는 게 보이시죠? 이건 두 가지 뜻으로 해석할 수 있을 것 같습니다. 첫 번째는 과거의 시간에 대한 집착으로 볼 수 있습니다. ……조금 전에 이 집을 보면서 '봄날'과 '웃음소리'가 떠오른다고 하셨는데, 혹시 과거에 가족들과 함께했던 행복했던 시간들을 떠올린 건 아니신가요?"

수현은 아무 말도 하지 않고 그림을 뚫어지게 보고만 있었다. 그의 대답을 기대한 것은 아니었다.

"두 번째는 가족에 대한 동경으로 해석할 수 있을 것 같습니다. ……이 집에 이렇게 따스한 불빛이 켜져 있는 건, 애정이나 보호를 받고 싶어 하는 본능을 표현하신 거라고 여겨집니다. 의아한 건, 이렇게 가족에 대한 동경이 강하면서, 동시에 가족에 대한 확고한 정체성이 성립되지 않았다는 점입니다. ……혹시 지금은 가족이 다 떠나고 혼자 남으신 건 아닌가 하는 생각이 드는데요."

수현은 여전히 겉으로는 아무런 동요를 보이지 않는다. 오만하고 분노에 가득 찬 얼굴. 하지만 희주는 그의 긴 속눈썹이 순간 파르르 떨리고 있음을 놓치지 않았다.

'내담자가 동요하고 있어!'

역시 그의 트라우마는 가족을 잃은 사건과 어떻게든 관련이 있는 게 틀림없다고 희주는 생각했다. 그가 동요하는 틈을 타, 희주는 마지막 주제로 넘어갔다. 아마도 이 내담자가 열네 살쯤에 겪었던 트라우마에 대해 조금 이야기를 해봐야 할 것 같다.

"미술치료의 관점에서, 사실 지붕을 이렇게 검붉은 색으로 칠했다는 게 조금 마음에 걸리는데요. 빨간색은 피 혹은 분노 같은 어떤 파괴적인 속성을 지닌 색깔로 해석할 수 있거든요. 혹시 그쪽이 한 열네 살쯤 되었을 적에, 집안에……"

희주는 긴 호흡을 한 번 들이마셨다. 그를 자극할지도 모른다는 생각에 순간 멈칫했다. 상처 입은 맹수를 자극하는 것이 과연 좋은 생각일까? 희주는 다시 어렵게 말을 이었다.

"그때쯤 집안에 무슨 사고라도 있었……"

아니나 다를까, 희주의 말이 채 끝나기도 전에 그녀의 시선을 피하며 수현이 단호하게 말했다.

"그 이야기는 지금 하고 싶지 않습니다."

희주는 흔들림 없이 수현을 지긋하게 바라보다가 다시 침착하게 말을 꺼냈다. 치료자의 직감이 말해주고 있었다. 지금 여기서 멈추면 안 된다고.

"지붕을 집의 크기에 비해 크게 그리셨는데, 이건 무거운 죄책감의 상징으로 보입니다."

희주는 두꺼운 책을 꺼내, 비슷한 유형의 집들이 그려진 페이지를 펼쳤다.

"열 살 때, 실수로 자기 집에 불을 내서 아버지를 잃은 소년의 그림입니다. 보시는 것과 같이 지붕이 집의 크기에 비해서 아주 크다는 걸 알 수 있죠."

수현은 묵묵히 책 속의 그림을 바라보았다. 빨간색으로 칠한 지붕이 가장 먼저 눈에 들어왔다. 멀리서 봐도 자신의 그림과 유사한 점이 많아 보인다. 희주는 수현의 H-T-P 그림 속에 있는 소년을 손으로 가리켰다. 나무 뒤 그림자 속에 감추어져 있던 소년이었다.

"특히 여기에 앉아 있는 사람을 보면, 이렇게 팔이나 손이 그림자에 가려서 전혀 보이지 않게 그리셨거든요. 극심한 죄책감이나 죄의식에 사로잡혀 있는 내담자들은 이처럼 팔이나 손을 그리지 않거든요. 아무래도 그 팔로 한 일, 혹은 하지 못한 일에 대해 괴로워하고 있다는 의미로 해석될 수 있죠. 그래서 몸에서 잘라버리고 싶어 한다는 뜻으로 볼 수도 있고."

희주의 의연한 시선이 수현에게 닿았다.

"아까 제가 왜 집에 담장이 있느냐고 하니까 '보호해주고 싶다'는 말을 언뜻 하셨는데, 혹시…… 내담자분이 열네 살 때, 가족 중 누군가를 지켜주지 못했나요? 그래서 그 일에 대한 책임감이나 죄책감을 느끼고 계시는 건 아닌가요?"

희주의 설명을 듣고 있던 수현의 눈매에 순간 깃발 같은 분노가 펄럭였다. 그는 최대한 나직하지만, 위협적인 목소리로 으르렁거렸다.

"그 이야기는 지금 하고 싶지 않다고 말했을 텐……."

"그쪽……."

수현의 말이 채 끝나기 전에 희주가 말을 잘랐다.

"그쪽 잘못이 아니에요."

전혀 예상하지 못한 대답이었다.

"……뭐?"

수현이 순간 할 말을 잃고 서늘한 시선으로 희주를 바라보았다. 희주는 알 수 있었다. 그가 그 말을 한 번 더 듣기 원하고 있다는 것을. 그것도 아주 간절하게.

희주는 수현의 눈을 똑바로 보고 다시 한번 또박또박 말해주었다.

"당신 잘못이 아니에요."

"당신이…… 뭘 안다고…… 그래?"

만약에 메시지와 음성으로만 판단했다면 수현이 분노하고 있다고 생각했을 것이다. 치명상을 입은 맹수가 날카로운 발톱을 드러내고 매우 낮은 음으로 으르렁거리는 소리 같았으니까. 하지만 그의 눈빛은 분명 희주에게 무척이나 고마워하는 것처럼 보였다. 그동안 아무도 알아주지 않았던 고통을 비로소 누군가가 알아준 것에 대해. 그리고 그게 그의 잘못이 아니라고 마침내 누군가가 말해준 것에 대해.

수현의 마음을 읽고 있는 듯, 희주는 다시 한번 확인시켜 주었다.

"그때는 그저 열네 살짜리 어린아이였어요. 할 수 있는 일이 없었을 거예요."

그들의 시선이 강렬하고도 조용하게 허공에서 마주쳤다. 1분이 채 넘지 않는 짧은 시간이었을 것이다. 그 짧은 시간 동안 수현은 그의 인생을 짓누르고 있던 무겁고도 버거웠던 우주가 무너져 내리는 소리를 들었다. 천둥같이 쿵쾅거리면서 시끄럽고 요란하게 무너지는 게 아니었다. 누나와 함께 골목길을 걸을 때 그들 머리 위로 쏟아져 내리던 고요하고 정다운 봄볕 같은 소리. 민들레 홀씨가 여린 파스텔톤 같은 봄바람에 날리며 내는 부드러운 소리. 누나와 함께 낮잠을 잘 때 잠결에 들었던 촉촉한 봄비 같은 소리. 그런 조용하고 고요한 소리를 내며, 그의 우주가 가만히, 아주 가만히 무너져 내리고 있었다.

수현은 '이 사람이 과연 숨은 쉬고 있을까?' 궁금해질 정도로 가만히 앉아서 날카롭게 희주를 응시하고 있었다. 상황을 모르는 사람이 봤다면, 수현이 희주에게 분노하고 있다고 생각했을 것이다. 그러나 희주는 알고 있었다. 그는 지금 화를 내는 것이 아니었다. 그는 그저 이 순간을, 평생 그를 짓누르고 있었던 죄책감에서부터 비로소 자유롭게 된 이 순간을, 조금 더 향유하고 싶을 뿐.

얼마나 시간이 지났을까. 공방 창문에서 해의 자취는 완전히 사라졌다. 그저 해가 남긴 온기만 아직 공방을 따스하게 감싸고 있었다. 오렌지색 말간 노을을 등지고 수현이 천천히 자리에서 일어났다. 희주가 가만히 따라 일어났다. 수현은 옆에 놓여 있던 양복 재킷을 집어 몸에 걸치며 문 쪽으로 걸어갔다. 그의 직각 어깨가 딱 떨어지게 맞는 깔끔한 양복이었다. 희주가 그 뒤를 따랐다. 수현은 나가는 문을 열고는 뒤도 돌아보지 않고 말했다.

"내 이름은 이수현입니다. 다음 주 수요일 같은 시간에 오겠습니다."

수현이 공방을 나가자마자 희주는 공방 구석에 있는 안락의자에 기진맥진해진 몸을 털썩 맡겼다. 무례하기 짝이 없던 그 내담자가 머물렀던 두 시간 동안 잔뜩 얼어 있었던 온몸의 신경 세포 하나하나가 한꺼번에 녹아내리는 느낌이었다.

희주가 앉은 안락의자는 아이들 그림이 여기저기 걸린 수수한 공방에는 어울리지 않는 의자였다. 크고 화려한 문양이 새겨져 있어 왠지 겉도는 느낌이 든다고 할까. 엄마가 프랑스에서 유학하던 시절, 낡은 수동 렌터카를 빌려 타고 프랑스 남부 지방으로 그림 여행을 떠났다가, 아를(Arles)의 한 가구 공예 장인에게서 직접 공수해 온 의자라고 했다. 팔걸이에는 정교한 천사의 날개 무늬가 새겨져 있었다. 어릴 적 엄마와 함께 이 안락의자에 앉아서 앞뒤로 흔들거릴 때마다, 천사가 날아가 버릴 것만 같아 날개 무늬를 꼭 움켜쥐고 있었던 기억이 떠올랐다.

어렸을 때는 엄마의 아틀리에에서 엄마와 온종일 시간을 보내곤 했다. 엄마와 그림도 그리고, 아틀리에 뒤쪽에 있는 조그마한 온실에서 그림 그릴 때 배경으로 쓸 꽃도 꺾어오고, 엄마와 안락의자에 앉아서 책도 읽고 낮잠도 자곤 했다.

안락의자에 온몸을 맡기고 앉아 있으면, 왠지 엄마가 손으로 그녀의 등을 어루만지며 자장가를 불러주는 것 같은 착각이 들었다. 그 착각이 너무나 달콤하고 따사로워서 희주는 어울리지도 않게 크고 낡은 이 안락의자를 공방에 다시 들여놓았다. 초등학교 때부터 단짝 친구였던 선미가 알면 기절초풍할 일이겠지만. 선미는 분명히 '20년도 훨씬 지난 엄마의 사건에 아직도 집착하냐'고 못마땅해했을 것이다.

희주는 엄마의 안락의자에 앉고 나서야 여태까지 라디오를 켜 놓았었다는 사실을 깨달았다. 그가 공방에 있었을 때는 너무 긴장했는지, 라디오에서 음악이 나오고 있다는 것조차 자각하지 못했다. 말러의 교향곡 5번 중 4악장 아다지에토(MAHLER Symphony No.5 IV Adagietto)의 선율이 흘러나오고 있었다. 엄마가 초안을 스케치할 때마다 늘 틀어두던 곡이었다. 엄마의 아틀리에에 있던 LP 턴테이블은 일정한 속도로 성실하고 침착하게 돌아가는데, 아다지에토는 점점 더 격정적으로 절정을 향해 흐르고 있다는 사실이 신기해서 한참 동안 턴테이블을 바라보고 있던 것이 떠올랐다.

유혜경 화백. 희주의 엄마는 생전에 유명한 화가였다. 1970년, 아직 해외여행이 자유화되기 전, 외국 한 번 나가기가 수월하지 않았을 그 시절에 엄마는 프랑스 세르지 국립 미술학교에 유학을 다녀왔다. 조상 대대로 부잣집이었던 외가에서 제일 귀염받던 막내딸이었기에 가능한 일이었다.

엄마의 아버지, 그러니까 희주의 외할아버지는 엄마가 유학을 떠날 때, 못내 마음이 놓이지 않아, 공항에서 바로 파리행 비행기 표를 사서 혜경과 함께 파리로 갔다고 했다. 그러고는 파리에서 가장 부유한 동네 중 하나라는 7구, 그것도 레이스 커튼을 걷으면 에펠탑이 정면으로 보이는 곳에 있는 고급 아파트를 손수 얻어주었다.

엄마는 그 당시 유화의 거장이었던 부르시에 마르케 화백에게 사사하였는데, 엄마의 졸업 작품들은 파리의 생제르맹데프레에서 제일 잘 나간다는 갤러리에 전시되었다. 엄마의 전시회 첫날, 파리의 유명한 예술 일간지들은 하나같이 엄마의 작품들을 대서특필했다.

'동양의 소박한 여백의 미가 서양의 화려한 테크닉과 오묘한 조화를 이루어 만들어낸 파격적인 작품.
까만 눈, 까만 머리의 천재가 태어났다.
유럽, 아니 전 세계를 뒤흔들 만한 작품.'

쏟아지는 평론가들의 찬사가 무색하지 않게, 엄마의 개인전 첫날,

경매에 부쳤던 엄마의 그림이 모두 팔렸다. 그중에 한 점은 지금 뉴욕의 MoMA 박물관에 소장되어 있다고 했다.

　희주가 기억하는 엄마는 늘 그림을 그리고 있었다. 그림을 그리는 엄마의 모습도 한 폭의 우아하고 화려하고 아름다운 그림 같았다. 나중에 사람들이 하는 말을 듣고 알게 된 것이긴 하지만, 엄마는 늘 미장원에서 머리를 손질받고 나서야 이젤 앞에 앉았다고 했다. 완벽주의자였던 엄마는 가장 아름다운 그림을 그리려면, 가장 아름다운 사람이 되어야 한다고 생각했을 것이다.

　엄마의 아틀리에는 아름다운 꽃들과 예쁜 언니들, 좋은 향과 달콤한 웃음소리로 가득했다. 희주는 엄마가 그림을 그리는 것을 보는 것이 좋았다. 아니, 좋았던 것 같다. 이제는 희미해져 잘 기억이 나지는 않지만. 엄마를 생각하면 따뜻한 느낌이 물씬 나는 메리 카사트의 그림들이 떠오른다. 유독 모녀의 모습을 고집스럽게 화폭에 담았던 여류 화가였다. 카사트 작품들에 나오는 엄마들의 모습을 보고 또 보면서, 희주는 엄마를 상상하고 추억했다.

　따뜻한 엄마의 품 안에서 엄마와 눈을 맞추며 함께 웃는 상상. 엄마의 따사로운 웃음소리. 카사트의 그림에 나오는 여자들과 같은 인자한 표정. 세상에서 가장 보드라운 엄마의 손길.

　"희주, 우리 아가야, 이리 와봐. 엄마랑 같이 그림 그리자. Oh, Mon petit ange." 희주를 부르던 엄마의 목소리. 말러의 교향곡 5번 아다지에토. 퍼콜레이터의 고소한 커피 향. 아틀리에 서쪽으로 난 커다란 창문에서 숨 막히게 들어오던 늦은 오후의 햇살. 아틀리에 이곳저곳에 놓여 있던 꽃들. 꽃향기. ……엄마를 생각하면 떠오르는 것들.

그랬다. 엄마가 돌아가신 그날도, 아틀리에에서는 화려한 장미꽃 향기가 숨 막히게 진동했다. 지금은 희주의 미술치료 공방으로 쓰이는 바로 이곳에서 엄마는 때 이른 죽음을 맞이해야 했다. 지금 희주가 앉아 있는 바로 이 안락의자 위에서 엄마는 칼에 찔려…… 죽. 어. 있. 었. 다. 안락의자 밑에는 새빨간 장미 꽃잎들이 수도 없이 떨어져 있었다. 그건 장미 꽃잎이 아니라 엄마의 핏방울이었을까?

❖

"엄마……, 엄마."

엄마가 점점 더 멀어져 간다. 엄마한테 가고 싶은데 갈 수가 없다. 희주는 계속 엄마를 부르다가 잠에서 깼다. 엄마의 안락의자에서 깜빡 잠이 들었나 보다. 시계가 거의 8시를 가리키고 있었다. 공방의 공기에서 늦여름 밤바람의 녹진함이 느껴졌다. 창문을 계속 열어둔 까닭이었다.

희주는 여태까지 입고 있던 에이프런을 벗어서 옷걸이에 걸어두고, 공방을 마저 정리하려고 수현이 그림을 그리던 테이블로 갔다. 그가 그린 그림이 아직도 테이블 위에 정갈하게 놓여 있었다. 희주는 그림을 무시하려다가, 다시 그가 앉았던 자리에 앉아서 찬찬히 그림을 살펴보았다.

묘한 느낌이 드는 남자가 그린 묘한 느낌의 그림이었다. 몹시 정중해 보이는데, 동시에 몹시 무례해 보이는가 하면, 몹시 잔인하고 냉

혹해 보이는데, 동시에 몹시 쓸쓸하고 슬퍼 보이는 사람. 전혀 어울릴 것 같지 않은 형용사 두 개를 늘 함께 붙여놓아야 이해가 가능해지는 그런 사람이었다.

그의 그림도 마찬가지였다. 아이러니한 점들이 한둘이 아니었다. 전체적인 느낌으로 봤을 때 삶의 의지가 보이지 않는 전형적인 우울증 환자의 그림인 것은 확실했다. 구름에 가린 해며, 나뭇잎이 하나둘 떨어지고 있는 나무, 그림자에 가려져 있는 사람……. 하지만 자세히 보니, 처음 이 그림을 봤을 때 놓쳤던 것들이 몇 개 눈에 들어오기 시작했다.

오른편으로 한때는 크고 무성했을 법한 나무가 보인다. 왼편에는 앙상하게 마른 줄기가 혈관같이 흐르고 있었지만, 아직도 오른편에는 푸른 나뭇잎들이 꽤 많이 남아 있었다. 이렇게 나뭇잎을 많이 그렸다는 것은 그의 무의식에 잠재된 보호 본능을 나타낸다. 천성적으로 그는 누군가를 보호하고 싶어 한다는 뜻이다. 커터 칼로 서투르게 연필을 깎는 그녀에게서 커터 칼을 가져가 손수 연필을 깎아주던 수현이 떠올랐다. 조폭 같아 보이기는 하지만 심성이 나쁜 사람은 아닐 것이다.

나무를 유심히 보다 보니 이상한 것이 보인다. 아주 옅은 분홍색의 흔적. 처음에는 색연필에서 묻은 잔여물이 아니었을까 싶었는데, 자세히 보니 그 옅은 분홍색 주위로 아주 여린 연두색의 라인이 보인다. 아무래도 실수나 우연 같지는 않고, 내담자가 의도를 가지고 그린 것 같다. 희주는 돋보기를 가져와서 자세히 그림을 살펴보았다. ……꽃이었다. 지금 막 피기 시작하는 꽃. 길고 긴 겨울을 견뎌내고, 봄이 와서 이제 다시 살고 싶어 하는 어리고 여린 꽃.

그러고 보니 줄기가 하얀 저 나무……, 분명히 어디선가 본 적이 있었다. 어디서 봤더라? 희주는 곰곰이 생각하다가 책상 서랍을 열어서 달력을 꺼냈다. 자주 거래하는 공방 건너편 은행에서 연초에 선물로 준 탁상 달력이었다. 거기에는 달마다 이수동 화백의 그림들이 실려 있었는데, 12월에 실린 '겨울사랑'이라는 그림에서 눈이 멈췄다. ……바로 거기 있었다. 줄기가 하얀 나무.

희주가 노트북 검색창을 열어 '이수동' '겨울사랑' '나무'라고 몇 가지 키워드를 넣으니, 관련된 블로그 포스트와 웹 문서가 떴다.

"이수동 화백이 주로 그리는 자작나무(꽃말: 당신을 기다립니다)는……"

"……자작나무(Birch). 대부분 헝겊 조각 모양의 나무껍질 때문에 겨울의 풍취를 더해주는데, 바깥쪽 나무껍질이 벗겨져 떨어짐에 따라 안쪽 나무껍질이 흰색으로 드러난다……"

껍질이 하얀 나무는 바로 자작나무였다. 유학 시절, 센트럴 파크에서 이 나무를 본 적이 있었다. 늦은 겨울, 봄이 감히 고개도 못 내밀 정도로 춥고 을씨년스러운 그때쯤에 나무줄기가 하얗게 변해버리는 나무. 늦겨울 자작나무들이 줄줄이 서 있는 맨해튼의 가로숫길을 걸을 때면, 이 세상의 색깔이 하얀색밖에 남지 않은 것 같다는 착각이 들곤 했다. 이렇게 한 꺼풀 나무껍질이 벗겨지고 나면 연해진 줄기 곳곳에 파스텔톤 연두색이 움트기 시작했고 비로소 봄이 왔다.

수현이 그린 나무는 겨울이 와서 죽은 게 아니었다. 이 나무는 지금 봄이 와서 다시 살아나고 있는 나무였다. 이 내담자는 자기가 죽도록 살고 싶어 한다는 것을 모르고 있는 걸까? 만약 그렇다면, 미술치료사가 해야 할 일은 그가 살고 싶어 한다는 사실을 일깨워주는 것이 아닐까?

직감적으로 알 수 있었다. 가늠할 수도 없이 깊은 트라우마가 있는 내담자일 거라는 것. 생각할 수도 없게 무섭고 위험한 사람일 거라는 것. 하지만 그의 눈빛 속에 담긴 푸르른 슬픔이 자꾸만 희주의 마음을 움직이고 있었다. 이상했다. 그와 함께하던 시간 내내, 희주는 그의 눈빛에서 마치 자신을 보는 것 같은 느낌이 들었다. 한 번도 자신의 눈빛을 유심히 들여다본 적은 없었지만, 아마도 수현과 같은 푸르고 서늘한 눈빛일 거라는 생각이 들었다.

희주가 정리를 마치고 공방을 나선 것은 9시가 훌쩍 넘은 시각이었다. 공방 불을 끄고 나오려는데, 발밑에 툭 하고 뭔가가 걸렸다. 영보문고. 공방에서 가까운 문구점의 쇼핑백이었다.

'……이게 뭐지?'

쇼핑백 속의 내용물을 본 순간, 희주의 얼굴에 아주 옅은 미소가 번졌다. 연두색 수채 물감이 조금 묻은 붓을 처음으로 물통에 넣었을 때 서서히 퍼져 나가다가 결국은 투명한 물의 색깔로 흡수되어 버리고 마는 그런 미미한 미소였지만, 그래도 긴장하고 피곤했던 오늘 하루를 마무리하기에는 충분한 미소였다.

쇼핑백에서 나온 것은 연필깎이였다. 전자동 연필깎이.

❖

공방의 불이 꺼졌다. 잠시 후 하늘공방 앞에 주차되어 있던 조그만 소형차의 시동이 켜졌다. 희주의 하늘색 소형차가 공방 앞 골목길을 서서히 빠져나갔다. 그제야 검은 세단도 시동을 켜고 떠날 준비를 했다. 검은 세단이 신호등 빨간불에 걸려서 서 있을 때, 후두둑 빗방울이 떨어졌다. 그 빗방울 소리를 듣고서야 수현은 운전하는 내내, 그녀를 생각하고 있었다는 것을 깨달았다.

자신이 두고 간 연필깎이를 보고 그녀가 어떤 표정을 지었을지 궁금했다. 아니, 조금 더 솔직히 말해보자면, 희주가 웃는 모습을 조금 더 오래 보고 싶다는 생각을 하고 있었던 것 같다.

'미쳤군.'

당황스러웠다. 태어나서 처음으로 해본 생각이었다. 누군가의 웃는 모습을 보고 싶다는 생각. 자신에게는 감히 어울리지도 않는 생각이고, 게다가 아주 위험한 생각이었다.

"그쪽 잘못이 아니에요."

"당신 잘못이 아니에요."

귓가에 머무는 그녀의 목소리. 귓가에 계속 머무르고 싶어 하는 그녀의 목소리. 수현은 희주의 생각을 애써 지워버리려 눈을 질끈 감았다. 눈을 질끈 감는데, 가슴이 저렸다. 미친 듯이 번식해대는 몸 안의 백혈구들이 그의 심장까지 점령해버렸는지도 모를 일이었다.

신호등이 다시 파란불로 바뀌었다. 수현의 세단도 다시 아무 일 없었다는 듯 빗속을 뚫고 어두운 수묵화 같은 도심의 밤을 무심하게 지나갔다.

5

행복해질 권리

밤새 내린 비로 아침이 온통 촉촉하게 젖어 있었다. 오랜만에 내린 비였다. 금요일은 오후 늦게 대학원 강의가 있는 날이어서 아침에 느릿느릿 여유를 부릴 수 있었다. 희주는 침대 바로 옆에 있는 창문을 열었다. 비에서 흙냄새가 강하게 퍼졌다. 희주는 창틀에 얼굴을 기대고 앉아 빗방울들이 함께 지니고 온 대지의 향기를 한참이나 들이마셨다. 오늘은 왠지 좋은 날이 될 것 같았다.

대부분 아침은 꿀을 한 스푼 넣은 커피 한 잔으로 대신하곤 했지만, 오늘은 오랜만에 토스트를 두 쪽 구웠다. 올 봄에 선미가 맨해튼 그리니치 빌리지에 있는 조그만 카페에서 직접 공수해다 준 원두를 정성스럽게 그라인더에 갈아서, 핸드 드립으로 커피도 한잔 내렸다.

선미는 카페인 알레르기 때문에 정작 자신은 커피를 마시지도 않으면서, 학회 참석차 뉴욕에 갔을 때 희주를 위해 일부러 그곳까지

가서 커피 원두를 20봉지나 사 왔다. 이민 가방 하나가 다 이 커피 원두로 가득 차는 바람에 세관에서 자기를 불법 커피 밀매자로 보더라며 너스레를 떨었다.

참 좋은 친구였다. 희주가 초등학생일 때부터 선미는 늘 그렇게 그녀만의 유쾌한 방법으로 외로웠던 희주를 위로해주었다. 하지만 이런 선미도 희주를 완전히 이해하지는 못할 것이다. 매년 생일날마다 막내딸이 좋아하는 보라색 장미를 한 다발 사서 퇴근 시간에 맞춰 병원 앞에서 기다리는 아빠. 잔소리가 심하긴 하지만 딸의 매니큐어 색깔까지 알아서 골라주는 엄마. 아침마다 드라이기로 직접 머리를 말려주는 오빠. 이 모든 것을 다 가진 선미가 어떻게 희주를 이해할 수 있을까? 왜 그녀가 이렇게도 엄마에 집착하는지, 왜 이리도 과거에 연연하는지, 선미는 절대로 이해하지 못할 것이다.

뜨거운 물이 증발하면서 아라비카 원두의 향을 함께 실어냈다. 눈을 감고 그 향을 맡고 있으니, 첫사랑에 매정하게 차이고 그리니치 카페에 앉아서 문을 닫는 시간까지 내내 울었던 일이 생각났다. 그때는 왜 그리도 나약했는지. 왜 그리도 쉽게 눈물을 흘렸는지. 이해할 수가 없다. 아마도 인생의 목표가 없었기 때문이 아니었을까? 지금은 '복수'라는 뚜렷한 인생의 목표가 생겼다. 복수는 우울하고 지루했던 한 사람의 하루를 참으로 활기차게 만들어주었다. 마치 중추 신경계를 자극하는 카페인 같이.

희주는 천천히 준비를 끝내고 집을 나섰다. 뜨거운 오후 햇살이 대지의 모든 곳을 어루만지고 있었다. 그때까지도 그날이 좋은 날이 되리라는 것에 대해 한 치의 의심도 들지 않았다. 시동이 켜지면서 동시에 자동으로 흘러나오는 라디오 뉴스를 듣기 전까지는.

○ ○ ○ 대통령이 지난 3개월 동안 여야 간의 합의점을 찾지 못해 공석이었던 새 법무부 장관 자리에 강창수 한국대학교 법학과 석좌교수를 내정했습니다.

라디오에서 아빠에 관한 뉴스가 흘러나왔다.

강 장관 내정자는 한국대 법대를 수석으로 졸업한 후, 독일에서 박사 학위를 받았습니다. 1983년 최연소의 나이로 한국대 교수로 임용되어, 지난 1990년부터 석좌교수로 재직해왔습니다. ……수년간 정계에서 러브콜을 받아왔지만, 줄곧 학계에 남기를 고집해오다가, 이번에 처음으로 정계로 진출하게 되는 강 장관 내정자는 온화한 성품을 바탕으로, 청렴결백하고 소탈하다는 평을 받고 있습니다. 특히 2010년에 출범한 '사회 지도층 유산기부 본부'에서 법률 자문위원으로 주도적인 활동을 하면서 사회 지도층에 대한 유산 기부 참여에 대한 법률안을 국회에 제출하고, 무료 법률 자문 센터를 운영하는 등 사회 활동도 활발히 펼쳐왔습니다. 강 내정자의 법무부 장관 지명은 신의 한 수라는 평을 들을 정도로 각계에서 호응을 얻는 가운데, 다음 주에 열릴 인사청문회도 여야 간의 갈등 없이 순조롭게 진행될 것 같다는 전망입니다. 청와대는 내주…….

희주는 신경질적으로 라디오를 꺼버렸다. 청렴결백하다고? 어이가 없었다. 아빠는 엄마가 죽자마자 천정부지로 가격이 오른 엄마의 작품들을 모두 팔아버렸다고 했다. 그 당시 시가로 5억 원이 훌쩍 넘었던 그림들이었다. 그러고는 대금을 모조리 챙겼으니, 뇌물을 받을 필요가 있었을까? 온화한 성품이라고? 나중에 외할아버지가 아빠가 엄마의 그림들을 다 팔아버렸다는 사실을 알고 불같이 화를 내면서 다시 그림들을 찾아오라고 고래고래 소리를 질렀을 때, 얼굴빛 하나 바뀌지 않고, 그 그림들의 실제 소유주가 누구이며 미술품 거래에 대해 법적으로 아무런 하자가 없음을 증명하는 서류들을 하나씩 보여주었다고 했다. 희주는 분노가 치밀어 올라, 흐르던 눈물이 타들어갈 것만 같았다.

❖

희주가 알기로 엄마가 갑작스럽게 세상을 떠난 후, 아빠는 한 번도 큰 소리를 내어 운 적도, 큰 소리로 내어 웃은 적도 없었다. 그러나 굳이 사실을 말하자면 아빠가 딱히 슬퍼 보이거나 우울해 보이지는 않았다. 여섯 살 희주도 마찬가지였다. 갑자기 닥친 엄마의 죽음 앞에서 처음으로 겪는 이 애도의 감정을 어떻게 표현해야 할지 몰라, 시간 대부분을 표정도, 감정도 없이 멍하게 지내곤 했다.

하지만 조금 더 시간이 지나자, 여섯 살 어린아이였던 희주의 눈에도 보이기 시작했다. 아빠가 오히려 엄마가 돌아가신 후에 더 편안하고 행복해 보인다는 것을. 원래 말이 없고 조용한 사람이었는데, 그동안 엄마와 사는 게 그저 성가시고 부담스러웠던 사람처럼 아빠는 오랜만에 다시 찾아온 이 정적의 시간을 온몸으로 환영하고 있었다.

아빠는 퇴근해서 집에 돌아오면 아무 말 없이 도우미 아주머니가 차려주고 간 저녁을 먹고는 바로 동굴 같은 당신 서재로 들어갔다. 그러면 그나마 간간이 들려오던 숟가락 딸그락거리는 소리, 오래된 마루에서 걸을 때마다 삐걱거리는 소리마저 사라지고, 집은 무덤이 되었다. 엄마만 없을 뿐인데, 집도, 가구들도, 엄마가 소중하게 모아오던 크리스털 인형들도 여전히 그 자리에 그대로 머물러 있고, 그저 엄마만 없을 뿐이었는데, 집은 죽음이 되었다.

엄마가 돌아가시고 나서, 아빠는 한 번도 희주를 안아준 적이 없었다. 희주는 아무도 모르게 완전히 방치되었다고 해도 과언이 아니었다. 외할아버지가 몇 번이나 아빠에게서 양육권을 빼앗아오려고 소송을 걸었다고 했다. 그럴 때마다 아빠는 모든 법적 지식과 인맥을 총동원해 소송을 기각시켰다.

결국 할아버지는 화병을 이기지 못해 병상에 누웠고, 엄마가 돌아가신 다음 해 돌아가셨다. 홀로 남게 된 할머니는 캐나다에 계신 외삼촌 집으로 이민을 가버리셨다. 할머니는 공항에서 희주를 붙잡고 "널 어쩌면 좋으니, 널 어쩌면 좋으니?"라며 통곡을 하셨다.

어떤 일이든 치밀했던 아빠는 그때부터 정계 진출을 염두에 두었던 게 아니었을까? 어린 딸을 조부에게 빼앗긴다는 사실은 자존심이 센 아빠로서는 받아들이기 힘들었을 것이다. 하지만 그것보다는 '수신제가(修身齊家)' 사상이 강하게 박혀 있고 혈연관계에 민감한 한국 사회에서 자식을 내팽개친 인간으로 낙인찍히고 싶지 않았을 것이다. 아빠는 그렇게 치밀하고도 집요한 사람이었다.

이 모든 상황에도 불구하고 희주는 조용하고 착한 아이였다. 그저 자신에게 닥친 이 잔인하리만큼 험난한 운명을 묵언 수행하는 수도승같이 묵묵히 버텨냈다. 아빠와는 관계는 여전히 어려웠지만, 그 정적도, 외로움도, 무관심도 어느덧 익숙해져 어떻게든 살아갈 수 있을 것 같았다.

죽음과도 같은 유년 시절을 보내고, 희주가 6학년이 되었을 때, 아빠는 집으로 젊은 여자를 한 명 데리고 왔다. 윤보영. 앞으로 아빠의 일을 도울 조교라고 했다.

"네가 희주구나. 잘 부탁해."

보영은 희주를 보자마자 보드랍지만 강단 있게 손을 내밀었다. 처음이었다. 누군가 희주에게 악수하자고 했던 것은. 갑자기 어른이 된 것 같은 느낌이 들어서 기분이 우쭐했다. 희주는 첫눈에 그 언니가 마음에 들었다.

기억 속의 엄마같이 화려하게 아름답지 않았던 것은 확실했다. 하지만 단정한 단발머리에, 도수가 낮아서 오히려 사람을 더 투명하게 보이게 만드는 검은 테 안경을 쓴 보영은 고상하고 이지적이었다.

보영은 일주일에 한두 번씩 희주네 집을 방문했다. 그러다가 점점 집에 오는 횟수가 늘어났다. 시간이 지나자 주말에도 집에 찾아왔다. 보영은 서재에서 아빠와 일을 하지 않을 때는 희주의 방으로 와서 조용조용한 목소리로 그녀의 말벗이 되어주었다.

"희주는 우리가 왜 일을 해야 한다고 생각하니?"

"희주는 사람이 선한 존재라고 생각하니? 아니면 악한 존재라고 생각하니?"

보영은 희주에게 이런 철학적이고도 심오한 질문을 많이 던졌다. 희주는 보영과 어려운 이야기들을 하는 시간이 좋았다. 그녀와 이야기를 하고 있으면 점점 더 똑똑해지는 것 같았다.

첫 생리를 시작했을 때 함께 편의점에 가서 종류별로 생리대를 사준 것도, 초등학교 졸업식 후, 희주를 커피 전문점에 데리고 가서 하얀 거품이 잔뜩 들어 있는 달콤 쌉싸래한 카푸치노를 처음 사준 사람도 보영이었다. 조조할인 영화관에 처음 데리고 간 사람도, 이제 막 사춘기에 접어들어 옷에 관심이 커진 희주를 터미널 지하상가에 데리고 가 처음으로 쇼핑을 시켜준 것도 그녀였다.

그때였을 것이다. 무덤 같았던 희주의 집에서 비로소 사람 사는 소리가 들리기 시작했던 때가. 보영과 함께 있으니 비로소 아빠가 웃기 시작했다. '아빠가 이렇게 말이 많은 사람이었구나.' 하는 것을 그때 처음 알게 되었다. 아빠 목소리를 집에서 들어본 것이 정말 오랜만이라고 생각했다. 처음에는 아빠의 그런 변화들이 싫지 않았다. 보영과 함께 집에 있는 시간이 점점 더 늘어가고, 아침 일찍 일어나도 보영이 집에 있던 일이 잦아지더니……, 아빠는 결국 어느 날 아침 이렇게 통보했다.

"희주야, 보영 언니가 네 엄마가 되어도 되겠니?"

그제야…… 그제야 이 모든 시나리오의 전모가 드러나고 있었다. 물론 보영이 싫은 건 아니었다. 하지만 희주에게 보영은 그저 아침에 집에 왔다가 집안일을 도와주고 저녁이 되면 퇴근하는 도우미 아주머니 같은 사람이었다. 그래서 괜찮았던 것이다. 아빠가, 엄마가 있을 때는 잘 웃지도 않던 아빠가, 싱그러운 웃음을 지으며 싱거운 농담을 건네는 것도, 그래서 괜찮았던 것이다.

만약 보영이 떠난다면 집에는 다시 죽음 같은 정적이 흐르겠지. 하지만 그래서 불쌍한 엄마의 자리가 영원히 보존될 수만 있다면 희주는 그것의 몇 배가 되는 고통도 기꺼이 참아내겠다고 생각했다. 그 누구도 엄마의 자리를 대신할 수 없고, 대신해서도 안 되기 때문이었다. 그런데…… 그런데, 그게 아니었다. 아빠는 아주 적극적인 방법으로 엄마의 자리를 밀어내려고 했다. 엄마와 희주의 존재를 없애고 싶어서 안달이 난 사람처럼.

그런 아빠의 모습이 천박하기 짝이 없다고 희주는 생각했다. 저 젊은 여자를, 길거리에서 만나는 사람마다 '언니'냐고 묻는 저 젊은 여자를 기어코 부인으로 들이겠다니, 구역질이 올라왔다. 보영이 그동안 희주에게 베풀었던 모든 친절은 결국 엄마의 자리를 꿰차고 들어오려는 계획에서 비롯된 거였다. 그동안 참고 있었던 모든 울분과 슬픔과 서러움이 한꺼번에 몰려들었다. 숨이 쉬어지지 않았다. 갑자기 모든 것이 노랗게 보였다. 숨이 막혔다. 아니, 숨을 쉬는 방법이 생각나지 않았다. 대체 어떻게 숨을 들이쉬는 거였지?

❖

눈을 뜨자, 제일 먼저 하얀 벽이 보였다.

똑. 똑.

일정한 간격으로 소리를 내며 링거 주사액이 한 방울씩 떨어지고 있었다. 병원 입원실인듯했다. 고개를 돌리니 초췌한 아빠의 얼굴이 홍채에 맺혔다. 뜻밖에도 아빠는 몹시나 희주 걱정을 하고 있었던 것처럼 보였다.

"이제 정신이 좀 드니?"

처음으로 들어보는 아빠의 따뜻한 목소리. 이제 모든 것이 제자리로 돌아가려나 보다. 아빠는 희주가 기절까지 하는 것을 보고 분명히 마음을 바꾼 것이다. 그럼 그렇지. 보영과 결혼하려고 했던 일은 이제 없던 일이 될 것이다. 그럼 불쌍한 엄마가 잊히는 일은 일어나지 않을 것이다.

아빠는 누워 있는 희주의 손을 꼭 잡았다. 희주도 그런 아빠의 손을 잡았다. 따뜻한 온기가 전해졌다.

"희주야."

아빠가 그녀를 불렀다. 이 세상에서 가장 다정한 목소리였다.

"이 아빠를…… 이해……해줄 순 없겠니? 아빠도 행복해질 권리가 있지 않니?"

권리……? 희주는 순간 귀를 의심했다. 아빠는 지금 이 순간에서조차 '권리'라는 차갑기 그지없는 단어를 쓰고 싶을까? 아빠는 하나밖에 없는 딸이 이렇듯 입원실 침대에 힘없이 누워 있는 이 상황에서도 자기의 권리에 대해 운운하고 싶을까?

그때였을 것이다. 이 세상에 믿고 의지할 사람이 단 한 명도 없다는 사실을 깨닫게 된 것은. 다들 어쨌든 자기 자신의 행복이나 권리가 가장 중요한 것이다. 자신이 행복해질 권리가 너무나 중요해 딸의 불행 따위는 눈 깜짝 안 할 수 있는 것이다. 희주는 고개를 돌리고 아빠의 손을 놔 버렸다. 그러고는 다시는 그 손을 잡지 않았다.

그로부터 석 달 후, 희주는 미국 펜실베이니아주의 어느 조그만 소도시에 위치한 기숙사가 딸린 사립 중학교로 유학을 떠났다. 아빠는 희주가 출국한 바로 다음 날, 보영과 조촐한 결혼식을 올렸다. 지금 막 사춘기에 접어든 딸의 존재가 껄끄러워 억지로 유학길에 오르게 한 후에, 걸림돌이 사라지자마자 희희낙락 결혼식을 올린 것 같은 모양새가 되었다. 아빠는 이 모든 것이 그저 우연이라고 했지만, 우연이라고 하기에는 너무나도 잔인한 타이밍이었다.

❖

늦은 오후까지도 질식할 정도로 햇살이 내리쬐더니, 도시에 푸른 어둠이 깔리자 야행성 동물처럼 숨어 있던 먹구름이 몰려들었다. 결국 먹구름은 후드득 빗방울을 흩뿌리기 시작했다. 대학원 수업을 마친 희주가 발걸음을 재촉해 차로 들어오자마자, 빛을 잃은 하늘이 검은 비를 토해내기 시작했다. 퇴근 러시아워가 끝난 시간, 비 오는 거리는 공허하리만큼 한산했지만 모든 것이 물에 번진 듯 혼돈했고, 미친 듯 불어대는 바람으로 모든 것이 흐트러지고 있었다.

희주가 집 앞에 차를 주차하고 막 시동을 껐을 때, 스마트폰의 벨이 울렸다. 종로경찰서였다. 이제 2개월 후면 공소시효가 만료되는 엄마의 사건 때문에 가끔 이렇게 경찰서에서 전화가 오곤 했다. 별로 중요한 사안은 아니었다. 그때도 엄마를 잔인하게 살해한 범인을 못 잡았던 무능했던 경찰이었는데, 25년이 지난 지금에 와서 뭘 더 어떻게 할 수 있겠는가? 그들은 그저 시민의 세금이나 꼬박꼬박 받아먹는 무능한 집단일 뿐이었다.

"여보세요."

[강희주 씨 되십니까?]

처음 듣는 목소리였다. 반대편 수화기에서 밝은 에너지가 전해져 온다. 1년 내내 미친 듯이 쏟아져 내리는 캘리포니아 햇살같이 부담스러운 밝음이었다.

"네, 전데요."

[서울지방경찰청 정우성 경위입니다.]

처음 들어보는 이름이다. 누구지?

[저희 아버지께서 25년 전 강희주 씨의 모친 되시는 유혜경 씨 사건 담당 형사셨습니다.]

아, 기억난다. 엄마 사건을 담당했던 정희봉 형사. '단순 살인강도'로 일단락된 엄마의 사건을 정말 오랫동안 파고들었던 유일한 형사였다. 작년 말 퇴직을 할 때도 증거품으로 압수되었던 엄마의 유품을 직접 건네주면서 몇 번이나 범인을 잡지 못해 미안하다는 말을 반복하던 분이었다.

"아……, 네. 정 경감님은 안녕하시죠?"

잠시 정적이 흐른 후, 우성이 대답했다.

[아……, 모르고 계셨군요. 저희 아버지, 몇 달 전에 돌아가셨습니다. 췌장암이 너무 빠르게 진행되어서, 어떻게 손써볼 경황도 없이. 암이 무섭긴 하더만요.]

희주는 무슨 말을 해야 할지 몰라서, 그냥 "아……." 짧게 얼버무리고 말았다.

[그런데 그 양반 마지막 임종 순간까지도 저희에게 유혜경 씨 사건에 대해서 언급하시는 겁니다. 그 양반 오지랖도 참······. 아무래도 아버지께서 맡으셨던 사건 중에 유일하게 미제로 남은 사건이어서 더 그러셨던 것 같습니다.]

"······그러셨군요."

[그래서 말인데, 제가 한번 강희주 씨를 찾아뵈도 되겠습니까? 아버지 말씀에 의하면 최근에 강희주 씨가 사건에 대해 새로 기억난 게 있다고 하셨다는데, 괜찮으시면 제가 직접 만나서 한번 들어보고 싶은데요.]

희주는 순간 '왜 이제 와서 경찰이 갑자기?' 하는 의구심이 들었다. 불과 몇 달 전만 해도 하루가 멀다고 종로경찰서를 찾아가 재수사를 요구하는 희주를 개 닭 보듯 하던 경찰이었다. 희주가 스물한 번째로 경찰서를 찾았을 때는, 신참 여자 형사 하나가 아예 대놓고 "헐." 하며 눈알을 밑으로 굴렸었다.

희주는 고민에 빠졌다. 그 바닥에서 솜씨가 최고로 좋다는 명동 심부름센터에 엄마의 살인자로 추정되는 사람을 찾아달라고 의뢰한 지 한 달째가 되어가고 있었기 때문이다. '이 상황에서 경찰을 끌어들이는 것이 과연 현명한 판단일까?' 일단은 따돌려야 할 것 같다는 생각이 들었다. 무능한 경찰이 개입하게 되면 일이 틀어질 가능성이 크기 때문이다. 그러다가 '한 번은 만나봐야 하지 않을까?'라는 생각이 들었다. 불과 몇 달 전까지 종로경찰서에 가서 공소시효가 얼마 남지 않은 '단순 살인강도' 사건을 재수사해달라고 한바탕 난리를 쳐놓고, 지금은 경찰의 도움은 필요 없다고 말할 명분이 없었다. 급박한 심경의 변화는 언제나 의심을 동반하기 마련이었다.

[괜찮으시면 다음 주 수요일 퇴근하고 나서 7시쯤 공방으로 가겠습니다.]

다음 주 수요일 저녁 7시면 도무지 정체를 알 수 없는 이수현 내담자와의 미술치료 상담이 끝난 후다. 희주는 "괜찮을 것 같다"고 짧게 답했다.

전화를 끊고 희주는 가방 속을 뒤져서 명동 심부름센터에서 받은 대포폰을 꺼내 전원을 켰다. 요즘에 아직 이런 휴대폰이 있었나 싶은 구형 모델의 폴더폰이었다. 위치추적 기능이 아직 탑재되기 전의 구형 모델이어서 경찰이 절대로 추적하지 못하는 휴대폰이라고 했다. 자신들하고 통화할 때는 꼭 이 대포폰을 써야 한다고 몇 번이나 강조했다.

[어이, 뉴욕 양키스 언니. 언니가 웬일이야?]

처음으로 사건을 의뢰하러 갔던 날, 뉴욕 양키스 야구 모자를 쓰고 갔다고 해서, 그다음부터 그 사람은 희주를 '양키스 언니'라고 불렀다.

"일이 어디까지 진행되고 있는지 궁금해서……."

희주는 말끝을 흐렸다.

[뭐야? 왜 이렇게 성격이 급해? 그 사람 찾으려면 아직 멀었어. 이름도 정확하게 알지 못하는 사람 찾아달라고 했으면 그만큼 시간을 줘야 할 거 아니야?]

경찰에서 이 수사에 다시 관심을 두기 시작했다는 것을 알려야 할까 잠시 고민하다 일단 보류하기로 했다. 다음 주에 정우성 경위가 대체 무슨 말을 하는지 일단은 들어봐야 할 것 같았다. 그런 다음에 알려도 늦지 않을 것이다. "알았다"고 짧게 대답하고 전화를 끊으려 하자 상대편에서 느릿느릿 말을 꺼냈다.

[……정시은, 그 사진 속의 여자는 이미 죽었어. 1989년 11월에 과다출혈성 쇼크로.]

순간 일정하게 뛰던 희주의 심장이 무언가에 얻어맞기라도 한 듯, 박동을 멈추었다가 다시 서서히 내달리기 시작했다. ……과다출혈로 사망. 예상치 못했던 상황이었다. 1989년 11월이라면 엄마가 그렇게 돌아가셨던 바로 그 무렵인데…….

시은은 엄마가 생전에 가장 아끼던 모델이었다. 미완성으로 남은 두 개의 작품을 포함해 마지막 유작 여러 점에 등장하는 엄마의 뮤즈였다. 서늘한 눈동자를 따라가면 눈꼬리 끝 어딘가에 주인에게 버림받은 길고양이에게서 흘러나오는 퇴폐스러움이 묻어있던 여자. 동시에 그녀의 눈빛에는 거의 백치미에 가까울 법한 순수함이 서려 있고, 그녀의 웃을 듯 말 듯한 미소는 그 누구보다 우아하고 고귀했다. 퇴폐, 순수, 고귀……. 전혀 어울리지 않을 것 같은 이 세 단어가 완벽하리만큼 묘한 조화를 이루고 있던 여자였다. 그림을 그리는 사람이라면 누구나 그들의 뮤즈로 탐을 냈을 법한 외모의 소유자……. 그런데 그 여자가 죽었다고?

[일단 정시은에게 나이 차이가 꽤 나던 동생이 있었던 것까지는 확인이 됐는데, 그 후 신원은 아직 알 수 없어. 외국으로 입양됐다

는 말도 있고. 머리 깎고 어디 절에 들어갔다는 말도 있고. 생각보다 시간이 더 필요할지도 모르니까 인내심을 가지고 기다리라고. 2천 정도 더 들 것 같으니까 미리 돈 준비해두는 게 좋을 거야.]

"그건, 계약했던 것과 말이 다르……"

희주의 말이 끝나지도 않았는데, 그가 말을 끊었다.

[생각보다 그 사람을 찾기가 힘들고 성가셔서 애들이 서넛 더 붙었어. 아님 그냥 여기서 포기하든가. 물론 환불은 안 된다는 거 잘 알고 있을 테고. 이런 복잡한 일은 영 귀찮아서. 우리도 바빠. 이 일 말고도 여러 건 있는 거 알잖아. 자, 셋 셀게. 그동안 대답해. 하나, 둘……]

"아니에요. 준비해볼게요."

늘 이런 식이라고 했다. 중간에 돈을 더 달라고 한다고. 이 심부름 센터를 소개해준 인터넷 비밀 카페 회원들이 하나같이 이 부분에 대해서는 불만을 토로했었다. 대부분의 의뢰인들은 그동안 부어놓은 돈이 아깝기도 하고, 또 다른 심부름센터를 찾기도 애매해서 울며 겨자 먹기로 돈을 더 줄 수밖에 없다고도 했다. 그럼에도 불구하고 이 심부름센터가 일 하나는 확실히 잘한다고 했다.

"그 사람, 찾을 수 있는 건 확실한가요?"

희주가 질문을 채 끝맺기도 전 성의 없게 전화가 끊어졌다. 마음이 급해지기 시작했다. 갑자기 지난 25년 동안 엄마의 사건을 거들떠보지도 않았던 멍청한 경찰은 지금 와서 일을 그르치려고 하고 있고, 심부름센터에서는 시간이 더 걸릴 것이라고 한다. 돈도 문제다. 일단 공방을 담보로 받아놓은 현금이 꽤 있기는 하지만, 그건 나중에 그를 찾아, 청부 살인을 의뢰할 때 쓰려고 남겨둔 몫이었다. 어디서 돈을 더 구할 수 있을까?

희주의 하얀 이마 옆으로 가느다란 연보라색 실핏줄이 살모사의 혀처럼 불길한 모습을 드러냈다. 무엇인가 매우 거슬리거나 신경 쓰이는 일이 있을 때 언제나 이처럼 몸이 먼저 반응했다. 예술가 특유의 예민함이 이렇게 드러나고 있었다. 불안함이 엄습해오고 있었다. 아주 조금씩 이 복수의 장대한 계획에 균열이 생기고 있다는 것을 직감적으로 알 수 있었다.

왈칵 눈물이 구토처럼 쏟아져 흘렀다. 입매에 파인 골을 따라 들어온 눈물 맛은 유난히 짜고 떫었다. 슬프고 나약해서 흐르는 눈물이 아니었다. 분노, 아니, 좀 더 솔직해지자면, 온종일 짜증이 쌓이고 쌓여서 흐르는 눈물이었다. 기분 좋은 하루를 시작하려는 아침에 아빠의 뉴스를 우연히 듣기 시작하면서부터 이 균열이 시작되었다고 해도 과언이 아니었다. 그녀는 눈도 깜빡하지 않고 눈물이 그대로 떨어지게 내버려 두었다. 입술을 더 의연하게 조이며 어금니도 꽉 깨물었다. 그렇게 하지 않으면 크게 소리를 지를 것만 같았으니까. 짜증과 분노로 온몸이 부르르 떨리고 있었다. 되는 일이 하나도 없었다. 신경질이 나서 미쳐 버릴 것만 같았다.

그녀는 차 문을 열고 퍼붓는 빗속으로 맹렬하게 걸어나갔다. 그렇게라도 하지 않으면 분노의 불길이 그녀를 집어삼키고 말 것만 같았다. 그렇게 그녀는 집 앞에 우두커니 서서 오랫동안 빗물을 온몸으로 받아내고 있었다.

'그래도 난 널 찾아낼 거야. 그래서 널……. 그래서 널…….'

되뇌고 또 되뇌면서.

'그래서 널 죽일 거야. 꼭 너를……'

빗물이 눈물을 닦아 내렸다. 비가 내리는 게 얼마나 다행인지. 사람들은 모를 것이다. 그녀가 울고 있다는 것을. 그녀가 이렇게 불안해하고 있다는 것을. 그녀가 이렇게 분노에 떨고 있다는 것을. 그녀 안에 이렇게 살의가 가득하다는 것을…….

물론 희주는 알지 못했다. 시간을 최대한 끌면서 의뢰자가 포기하지 않을 정도로만 조금씩 떡밥을 던져두라던 수현의 지시를 현수가 그대로 따르고 있을 뿐이라는 것. 그녀와 현수와의 대화를 수현이 도청하고 있었다는 것. 그래서 그녀 목소리의 미세한 떨림까지도 수현에게 고스란히 들켰다는 것. 물론 희주는 알지 못했다. 지금 바로 이 순간에도, 저 장대비 너머로 검은 세단 안의 수현이 희주의 일거수일투족을 낱낱이 지켜보고 있다는 것. 희주의 눈물도. 그녀의 분노도. 그녀의 살의까지도.

가면

<두 번째 미술치료 - 9월의 두 번째 수요일>

수현이 다시 희주의 공방을 찾은 건, 구름이 빠르게 지나가는 수요일 오후였다. 주말 내내 내렸던 비 때문이었는지, 바람에서부터 이미 가을 향이 묻어 나오고 있었다. 성미 급한 나무 몇 그루는 이미 채도가 낮은 초록색으로 바뀌어가는 중이었다. 얇아진 나뭇잎 사이로 청아한 가을 햇살이 온순하게 투영되었다. 겸재 정선(謙齋 鄭歚)이 즐겨 쓰던 그 특유의 푸른색으로 그린 산수화 <송파진>을 떠오르게 하는 가을 하늘이었다. 더 높아질수록 더 짙어지는 가을 하늘은 마치 연한 푸른색 위로 짙은 푸른색이 점점 더 덧칠되는 것 같았다.

수현이 공방 문을 열었을 때, 희주는 환기를 위해 열어두었던 접이식 창문을 닫던 중이었다. 그녀는 혼자선 영 버거워 보이는 수동식

레버 손잡이를 힘겹게 돌리고 있었다. 수현은 아무 말 없이 그녀의 곁으로 갔다. 그러고는 그녀에게 자기가 대신 달아주겠다고 무언의 동의를 구했다. 희주는 잠시 그를 바라보더니, 그가 베풀려는 호의에 순순히 자리를 내주었다.

눈에 띄게 핼쑥해진 희주의 얼굴이 제일 먼저 수현의 눈에 들어왔다. 그러고 보니 그녀는 아직은 때 이른 두꺼운 겨울 카디건을 입고 있었다. 지난주 차가운 비바람 속에 오래 있었던 여파일 것이다.

희주는 그날 거의 한 시간이 넘도록 빗속에 서 있었다. 수현 역시 한 시간이 넘도록 차 안에서 희주를 지켜보고 있었다. 그런 희주를 보며 알 수 있었다. 이 여자가 얼마나 그를 찾고 싶어 하는지. 이 여자가 얼마나 그를 증오하는지. 이 여자가 얼마나 그를 죽이고 싶어 하는지…….

공방의 중앙을 크게 차지하고 있는 테이블 가장자리에 지난주 수현이 두고 간 연필깎이가 마치 그 자리가 원래 자기 자리였던 것처럼 태연하게 놓여 있었다. 수현의 눈길이 연필깎이에 멈춘 것을 보고 희주가 말했다.

"고마워요. 그렇지 않아도 쓰고 있던 게 고장 나서 하나 사려고 했었는데……."

순간 수현의 입가에 아주 미세한 파문이 이는 것을 희주는 미처 보지 못했다.

"차 한잔하시겠어요?"

수현은 대답 대신 짧게 고개를 저었다. 그럴 줄 알았다는 표정을 지으며 희주는 수현에게 아무 말 없이 의자를 내주었다. 그곳에는 하얀색 석고 마스크가 하나 놓여 있고, 아크릴 물감들과 팔레트, 여러 종류의 붓들이 가지런히 준비되어 있었다. 수현이 재킷을 벗어서 의자 뒤에 걸어두려는데, 희주가 뒤에서 그의 재킷을 받아주었다. 수현은 묵묵히 희주의 호의를 받아들였다.

희주는 검은색 재킷을 옷걸이에 걸어두고 수현이 정면으로 마주보이는 자리로 갔다. 그녀가 입고 있는 에이프런에서 걸을 때마다 사각사각하고 정다운 소리가 났다. 의자에 앉으면서 희주가 "하⋯⋯." 하고 긴 한숨을 내쉬었다. 몸이 많이 안 좋아 보여 수현은 '괜찮냐'고, '어디 아픈 거 아니냐'고 물어보고 싶었지만, 차마 말이 입 밖을 나서지 못했다.

생각이 언어가 되지 못한 것은 희주도 마찬가지였다. 잘 지내셨냐고 물어보려 하다가 희주도 입을 다물었다. 보통은 내담자들과 이것저것 이야기를 하면서 친밀감을 형성하는 것이 일반적인 미술치료의 기본적인 순서였다. 그러나 이 내담자에게는 그런 사소한 것들이 의미가 있을 것 같지 않아서였다.

희주는 바로 본론으로 들어가기로 했다.

"오늘은 이수현 씨 마음속에 있는 이야기를 조금 더 끌어내 보려고 하는데요."

희주의 말이 끝나기 무섭게 수현이 중저음의 나직한 목소리로 물었다.

"꼭 나의 심리 상태에 대해서 더 알아야 하겠습니까? 지난번에 한 걸로 충분하지 않습니까?"

차갑게 그녀를 바라보는 깊은 눈빛에서 다시 분노와 무례함이 묻

가면 105

어났다. 칼자국이 깊이 나 있는 오른 이마 언저리가 오늘따라 눈에 띄게 도드라져 보였다. 희주는 천천히 수현의 상담지 폴더를 덮고 단호한 시선으로 수현을 보며 차가울 정도로 침착하게 말했다.

"저에게 이수현 씨 본인에 관해 말씀하는 게 힘드시면, 다른 미술치료사를 만나보는 게 어떠신지 조심스럽게 제안하고 싶습니다."

처음이었다. 내담자에게 이렇게 야박하게 군 것은. 이런 종류의 협박은 절대로 치료자가 해서는 안 되는 일이었다. 왜 이 내담자 앞에서는 이토록 감정적이 되는지 도무지 이유를 알 수 없었다. 그녀를 바라보는 적대감 가득한 그의 눈빛과 언제 폭발할지 모르는 그의 폭력적인 성향이 부담스러운 건 사실이었다. 하지만 정말로 솔직한 이유는 이 남자의 의도를 파악할 수 없기 때문이 아닐까? 이 사람은 그녀에게 미술치료를 받으러 여기에 온 것이 아닌 것만 같다. 그렇다면 대체 무슨 의도를 가지고 이곳에 온 걸까?

"제가 아직 미술치료사 경력이 그렇게 길지 않아서, 이수현 씨와의 상담을 잘 진행할 수 있을지 조금 자신이 없기도 하고요. 저보다 실력이 뛰어난 선배 미술치료사를 소개해드릴 수 있습니다."

최대한 공손하게 말하려고 했던 희주의 의도와는 달리, 냉정한 톤의 음성이 허공을 울렸다. 목감기 때문에 평소보다 한 톤이 낮은 목소리여서 더 단호하게 들렸을 것이다.

수현은 손가락으로 천천히 깍지를 끼고 한동안 희주를 뚫어져라 바라보았다. 그의 필사적인 눈빛이 그녀에게 닿은 바로 그 순간 희주는 확신하게 되었다. 이 내담자가 절대로 그녀를 떠나지 못하리라는 것. 자신의 존재를 처음으로 알아봐 준 사람에 대한 집착. 아니, 좀 더 자세히 말하자면, 그동안 죽을힘을 다하여 힘겹게 숨겨왔던 그의 깊은 상처를 처음으로 들여다봐 준 대상에 대한 집착. 비록 수현의 깊은 상처가 무엇인지는 아직 알 수 없음에도 불구하고, 희주는 그녀에 대한 수현의 집착이 시작되었다는 것을 본능적으로 알 수 있었다.

"좋습니다. 그 대신 나도 조건이 하나 있습니다."

오랫동안 침묵을 지키던 수현이 입을 열었다.

"말씀하세요."

"당신도 본인의 심리 상태에 대해서 나한테 털어놓는 겁니다. 내가 물어보는 질문에 거짓 없이."

희주는 눈도 깜빡거리지 않고 대답했다.

"그렇게 하죠."

자신을 도발하려는 내담자에게 희주도 치기 어린 배짱을 부렸다. 한 번도 내담자들과 그녀의 내면에 관한 이야기를 나눠본 적은 없었다. 상담 도중 자신의 느낌이나 의견을 내담자에게 함부로 드러내면 안 된다는 것은 치료자의 기본 사항이었다. 왜 그리도 쉽게 그렇게 하겠다고 대답했는지 도무지 이유를 알 수 없었다. 어쩌면 본능이었을까? 그렇게 해야만 할 것 같은, 그래야 이 내담자의 마음이 비로소 열릴 것 같은 치료자의 직감 같은 것?

둘 사이의 미묘한 신경전이 정리되자 희주는 치료자의 모습으로 돌아와 침착하게 설명을 시작했다.

"오늘은 가면을 만들려고 하는데요. 칼 융(Carl Jung)이라는 심리학자는, 사람들은 누구나 몇 개의 다른 모습이 있다고 했습니다. 각기 다른 자아의 모습이 있다는 뜻이죠."

희주는 슬쩍 수현의 표정을 살폈다. 그의 표정에서는 아무런 감정의 흔적을 찾아볼 수 없었지만, 확실한 것 하나는 그가 희주의 말을 경청하고 있다는 것이었다.

"그중에 가장 기본이 되는 모습은 일단 겉으로 보이는 이수현 씨 외면의 모습이라고 할 수 있겠고요. 예를 들면 남이 보는 나, 혹은 남에게 보이고 싶은 나의 모습 같은. 남들이 잘 알 수 없는 이수현 씨 내면의 모습, 예를 들면 내가 스스로 보는 나, 숨기고 싶은 나의 모습, 이런 모습들도 무수히 많은 자아의 모습 가운데 하나라고 할 수 있겠습니다. 오늘은 이수현 씨의 모습들을 이 가면을 이용해서 표현해보려고 해요."

희주는 석고 가면의 앞부분을 수현에게 보여주면서 말했다.

"일단 가면의 겉쪽은 남들에게 보이는 나의 모습을 그려주시고요."

그리고 가면을 돌려서 뒷부분을 보여주며 계속 말을 이었다.

"가면의 안쪽은 내가 보는, 혹은 나만 아는 나의 내면의 모습을 그려주시면 됩니다."

조용히 희주의 설명을 듣고 있는 수현은 사뭇 어린아이같이 진지한 표정이었다.

"방법은 지난번과 유사합니다. 먼저 이수현 씨가 작품을 만드시고 나면, 그다음에 그 작품에 대해 저와 함께 이야기를 나누게 될 겁니다. 오늘 이수현 씨와 제가 나누는 이야기들은 물론 철저하게 비밀에 부쳐질 겁니다."

'가면 만들기'는 심한 마음의 갈등을 드러내기 위한 기법이다. 가면이라는 매개체를 이용하여 자신도 모르는 사이에 진정한 자신과 만날 수 있고, 더 나아가 자신의 내면과 만나게 되어 그 안에 감추어진 모습, 거부하고 직면하고 싶지 않은 모습들까지도 들여다볼 수 있다. 어떤 미술치료사는 개인이 드러내기 힘든 치부와 만나는 과정을 "그림자를 만난다"라고 표현하기도 한다.

오스카 와일드는 "Give him a mask, and he will tell you the truth(그에게 가면을 주시오. 그럼 그는 진실을 말할 것이오)."라고 말했다. 가면이라는 매개체를 이용하면, 자신도 모르는 사이에 닫혀 있던 마음을 열 수 있다는 뜻이다.

희주의 설명이 끝나자, 수현은 흰색 셔츠 단추를 풀어 소매를 꼼꼼하게 걷어 올렸다. 지난번에 봤을 때는 그의 위압적인 문신만 눈에 들어오더니, 이제 보니 팔에도 이곳저곳 상처의 흔적이 보였다. 대체 어떤 거친 삶을 살았길래.

오랫동안 가만히 앉아 공백의 마스크를 보고 있던 그가 드디어 다크 블루 아크릴 물감을 팔레트에 붓는 것으로 작업을 시작했다. 희주는 조용히 그가 작업을 시작할 때까지 기다려주다가, 그가 붓을 드는 것을 보고 나서야 자리에서 일어났다.

제일 처음 희주가 한 일은 뜨거운 차를 한 잔 끓이는 일이었다. 지난 주말부터 으슬으슬 몸이 춥고 떨리는 데다가 편도선이 너무 많이 부어 있어 침을 삼키는 것조차 힘들었다. 생각해보니 아침부터 먹은 게 하나도 없었다. 입맛이 없기도 했지만, 일단 머리가 너무나 복잡하고 어지러워 가만히 있어도 멀미가 날 지경이었다. 할 일은 많은데, 일은 자꾸 꼬여 들어가고 있었다.

"후우……."

저절로 한숨이 나왔다. 뜨거운 차가 들어 있는 머그잔을 드는 것조차 힘들어서 손이 떨렸다.

'오늘만, 어떻게든 오늘만 버텨내자.'

이를 악물고 어떻게든 오늘만 버텨내자고 희주는 생각했다.

벌써 노랗게 물들어버린 성급한 나뭇잎 하나가 무심하게 공방 창문을 툭 치고 떨어졌다. 그 소리에 희주는 다시 정신이 들었다. 서늘한 오한이 그녀의 몸을 훑고 지나갔다. 목 뒤로 식은땀이 흥건했다. 딱히 잠이 들었던 것은 아니었다. 몸살 기운 때문에 온몸의 모든 세포가 아우성을 치는 것 같아서 잠시 눈을 감고 있었을 뿐인데, 눈을 뜨고 잠시 '지금 여기가 어디지?' 하고 생각해야 했다.

시계를 보니 수현이 공방에 온 지 두 시간 남짓 지나 있었다. 작업을 끝낸 수현이 잠시 손을 씻고 오겠다고 자리를 떠났다. 희주는 그가 만든 가면 쪽으로 천천히 걸음을 옮겼다. 몸이 너무 안 좋아서 다음에 계속하자고 말할까 하는 생각이 들지 않은 것은 아니었지만, 미치도록 궁금했다. 그가 과연 어떤 가면을 만들었는지.

❖

수현이 완성한 가면의 겉모습은 아무 생각 없이 보기에도 무척이나 허무해 보였다. 아크릴 물감을 이용한 붓 터치가 매우 거칠고 공격적이다. 스스로에 대해 알아가는 이 시간이 그토록 싫었나 보다. 자존감이 현저하게 낮은 내담자들은 보통 자신의 이야기를 하는 것을, 때로는 자신을 그리는 것조차 극도로 혐오한다. 세상에서 가장

싫은 것에 관해 이야기하고 그리는 것이 달가울 리 없을 것이다.

수현의 가면을 보고 있으니 '청색 시대'의 피카소 그림들이 떠올랐다. 피카소는 그의 단짝이었던 카사게마스가 스스로 권총으로 목숨을 끊었을 때부터 차가운 인디고와 코발트블루로 그림을 그리기 시작했다. 그 당시 비참한 파리 뒷골목의 밑바닥 삶을 살던 피카소가 하루하루 직면했던 우울함과 절망감을 푸른색에 반영하여 표현한 것이다. 수현의 가면에도 그의 짙푸른 슬픔이 배어들어 있었다. 입은 마치 언어의 존재를 부정하기라도 하듯 금색 물감으로 아무렇게나 칠해져 있어 그 형상을 찾아보기도 힘들었다.

참 신기한 일이다. '가면 만들기'는 미술치료를 시작하는 내담자들에게 자주 사용하는 기법인데, 매번 내담자들은 그들과 아주 비슷한 느낌의 가면을 만들어낸다. 수현도 예외는 아니었다. 그의 가면은 영혼이 모조리 빠져나가 버린 것처럼 보였다.

공허했다. 화려하고 위압적인 금색으로 어떻게든 공허함을 채워보려 노력했지만, 아이러니하게도 오히려 그 황금색 때문에 공허함이 부각되고 있었다. 찬란한 황금색이 이렇게 초라하게 보일 수도 있다니. 공허함의 흔적을 애써 부정하는 듯한 경직되고 위협적인 입술. 무언가를 주시하고 있지만, 사실은 아무것도 보고 있는 것 같지 않은 텅 빈 눈매. 이 가면의 모든 디테일이 수현을 처음 봤을 때 느낌과 매우 흡사했다. 그가 생각하는 그의 대외적인 이미지였다.

"음……, 가면에 관해 이야기 나눠볼까요? 이 가면은 누군가요?"

수현은 한동안 아무런 미동도 하지 않고 가면을 뚫어져라 바라보다, 천천히 입술을 움직였다.

"사신……입니다."

사실이었다. 그는 말 그대로, 남들의 목숨을 고통 없이 앗아가 버리는 '자비의 사신'이었다. 그의 손에 때 이른 죽음을 맞은 사람들이 이미 여럿이었다. 아마 다음 주에는 그 리스트의 이름이 하나 더 늘어날 것이다. 지난달 상기에게서 또 한 명의 암살 지시가 내려졌으니, 늦어도 다음 주에는 그 일을 마무리해야 했다.

"조금 더 구체적으로 설명해주시겠어요?"

"……나는 강희주 씨 같은 사람은 감히 상상도 못 할 정도로 소름 끼치게 무섭고 더러운 일을 하는 사람입니다. 사람들은…… 나를 괴물이라고 생각할 겁니다."

졸랑이의 숨을 끊어놓았을 때 수현을 쳐다보던 현수의 눈빛을 떠올렸다. 경멸의 눈빛. "난 인간인데, 넌 괴물이었구나." 하는 우월의 눈빛. 물론 현수는 한 번도 그렇게 내색한 적도, 그 일에 대해 두 번 다시 언급한 적도 없었다. 그래도 그 찰나 마주했던 현수의 눈빛은 수현에게 많은 것을 말해주고 있었다. 시퍼런 면도칼의 날이 그 순간 수현의 폐부를 서걱서걱 베어내고 있었다. 질투였다. 현수는 졸랑이를 죽이지 못하는 것에 질투가 났다. 아니, 현수에게는 아직 영혼이 남아 있다는 것에 질투가 난 것 일수도.

"조직에서 일한다고, 모든 조직원이 사람을 죽일 수 있는 건 아닙니다. 우리끼리는 사람을 죽여본 경험이 있는 조직원을 '백정', 경험이 없는 조직원을 '양반'이라고 부릅니다."

수현은 희주를 가만히 응시하며 말한다.

"내가 전자인가 후자인가는, 강희주 씨의 상상에 맡기겠습니다."

희주는 수현의 시선을 피하지 않고 끝까지 받아냈다. 지금 그 눈길을 피하면, 왠지 그에게 이 자리에서 바로 죽임을 당할 것 같았다. 그를 만난 첫날 그에게서 받은 서늘하고 황폐한 느낌이 어디서 왔는지 이제야 이해가 되었다. 그것은 '살기'였다. 등골에서부터 오싹한 기운이 천천히 척수를 따라 기분 나쁘게 올라왔다. 필기하려고 펜을 들고 있는 오른손이 미세하게 떨렸다. 희주는 억지로 침을 한 번 삼켰다. 편도선 때문인지 침을 삼키니 뇌의 모든 구석구석까지 쨍한 울림이 느껴졌다. 그 울림을 듣고 나서야 태연한 척하는 게 가능해졌다. 희주는 시선을 다시 가면으로 옮겼다.

"……그 괴물이 울고 있네요. 왜 우는 건가요?"

"남의 눈에서 눈물 나게 하면, 자신의 눈에서는 피눈물 나야 하는 게 세상의 이치 아니겠습니까?"

예상치 못한 수현의 윤리적이고 도덕적인 대답에, 희주는 잠시 고개를 들어 수현을 바라보았다. 그는 한참 동안 시간을 끌다가 말을 이었다.

"처음부터 괴물이었던 건 아니었습니다."

초라한 변명일 뿐이다. 하지만 생각해보니 딱히 괴물이 아니었을 때의 기억은 잘 나지 않는다. 괴물이 아니었을 때의 기억은 누나와 함께했을 때의 따스했던 기억뿐. 그 짧은 편린의 기억조차 이제는 점점 가물거리고 있다. 그 기억들이 완전히 사라지면, 그때는 인간이기를 더는 갈망하지 않는 무시무시한 괴물이 되어 있을 것이다. 인간이 뭐였는지조차 기억도 못 하는 괴물이……. 그 순간이 오기 전에 죽는 것도 나쁘지 않겠지.

"그래서…… 다시 인간이고 싶으신 건가요?"

희주의 질문에, 수현은 주춤한다. 모르겠다. 다시 인간이 되고 싶은지, 아니면 그저 인간이기를 갈망하는 괴물로 남아 있고 싶은 건지. 갈망하는 자체로 아직 완전한 괴물이 되지 않은 것에 안도하고 있을 뿐이었다.

"이건 인간이 되고 싶은지, 안 되고 싶은지의 문제가 아닙니다."

수현은 천천히 궁색한 변명을 시작했다.

"예전에 집에서 키우던 진돗개에게 실수로 생고기를 준 적이 있습니다."

1년에 반 이상이 그늘져 있던 산기슭 집에 살 때, 임 선생이 웬일인지 거금을 주고 순종 진돗개를 분양받아 데려온 적이 있었다. 눈매가 유난히 선하고 붙임성이 좋은 녀석이었다. 현수가 산기슭 집을 떠나고 난 후, 처음으로 수현이 마음 한구석을 내준 녀석이었다. 그 녀석의 다정한 눈매를 보고 있노라면, 시은 누나가 떠올랐다. 그래서 그 아이의 이름을 '누이'라고 지었다.

"그다음에 무슨 일이 일어났는지 짐작할 수 있겠습니까?"

희주가 고개를 저었다. 오늘따라 그녀의 안색이 더 창백해 보였다.

"피 맛을 알게 된 진돗개가 그 맛을 잊지 못하고, 그다음부터 더 날것을 찾기 시작했습니다. 날것을 먹으려고 눈이 시뻘게져서 주인에게 달려들기까지 하더군요. 저는 그 녀석을 집 기둥에 묶어놓고 다시 개 사료를 주기 시작했습니다. 그 녀석에게 개 사료만 주기 시작하면, 다시 예전처럼 순한 녀석으로 돌아올 줄 알았습니다."

피의 맛에 정신이 반쯤 나가버린 누이가 수현의 팔을 깊게 물어, 몇십 바늘이나 꿰매야 할 정도로 큰 상처가 났을 때, 임 선생은 수현에게 살상용 나이프를 내주며 누이를 죽이라고 했다. 한번 피 맛을 알게 된 개는 절대로 피 맛을 잊지 못할 거라며, 그 맛을 또 보기 위해 무엇이든 할 것이라고 했다. 그런 임 선생에게 몇 번이나 빌고 또 빌어 다시 누이에게 살 수 있는 기회를 준 건 수현이었다. 그는 누이의 목숨을 살리려 반나절을 임 선생의 마당에 무릎을 꿇고 앉아, 그에게 용서를 빌고 또 빌었다. 수현의 팔에 묶여 있던 하얀 붕대에 빨간 피가 배어들고 있었다. 그 와중에도 누이는 희번덕거리는 눈으로 그 피를 바라보고 있었다.

"그런데 어느 날, 아침부터 조용히 혼자 뭔가를 하고 있길래 가보니······."

그때의 기억이 더러운 구더기같이 수현의 목덜미를 파고들었다. 역한 냄새가 올라와 구역질이 나올 것만 같았다.

"······밤새 갓 태어난 자기 새끼들을 먹고 있었습니다."

입에 흥건히 피를 묻히고 있던 누이는 이 세상을 다 가진 것 같은 흡족한 표정으로 수현을 바라보며 게걸스럽게 웃고 있었다. 누이의 입에는 앞발인지 뒷발인지 형체를 구분하기도 힘든 다리 한 짝이 대롱대롱 매달려 있었다.

"······그래서 어떻게 됐나요?"

하얗다 못해 파랗게 질린 표정으로 희주가 물었다.

"더 이상은 키울 수가 없을 것 같아서 결국은 개장수에게 팔아넘겼습니다."

거짓말이다. 온몸에 제 자식들의 피를 덕지덕지 묻히고 흡족한 표정의 누이를 보자마자, 수현은 맨손으로 누이의 목을 비틀어버렸다. 졸레타놀이 든 주사기를, 살상용 나이프를 가져올 겨를도 없었다. 그냥 지금 이 순간, 황홀한 피 맛에 머리끝까지 도취해, 자기가 새끼들을 먹어치워 버린 괴물이라는 것도 자각하지 못하고 있는 이 순간에 숨을 끊어놓아야 할 것만 같아서. 자기 품에서 숨을 할딱이며 죽어가는 누이는 오히려 수현에게 고마워하는 것 같았다.

'나를 죽여줘서 고마워. 괴물로 하루하루를 살아가는 건 너무 끔찍했어.'

물론 이 이야기는 희주에게 하지 않았다. 이 세상 모든 사람이 자신을 괴물로 바라보는 건 어떻게든 참아낼 수 있을 것 같았다. 하지만 그녀에게 그런 눈길을 받는다면 그녀를 죽여버리고 싶을 것만 같았다. 수현은 낮은 목소리로 읊조리듯 내뱉었다.

"그때 알았습니다. 피 맛을 한번 본 개는, 결국 괴물이 된다는 것을……."

수현의 첫 살인. 깊은 회색 안갯속에 가려 있어 잘 생각도 나지 않는 그 사건. 누구를 어떻게, 왜 죽였는지조차 가물가물한 그 사건에서 아직도 생생히 기억나는 것이 하나 있다면, 그건 희열이었다. 괴물을 처치하는 그 순간 느꼈던 찬란하고 황홀했던 희열. 그리고 그 희열을 극대화하기라도 하듯, 향기로운 냄새가 진동했었다.

수현 역시 그 희열을 알아버려 괴물이 된 것이다. 그런 자들은 돌아갈 수가 없다. 아니, 돌아갈 곳이 없다. 그 순간의 희열은 수현 속에 잠재되어 있던 괴물을 깨워냈다. 그 괴물은 이제 수현의 자아를 먹어치우려고 하고 있다. "내가 괴물이 되었나, 아니면 괴물이 내가 되었나?"의 구분은 더 이상 명확하지 않을뿐더러 의미도 없다.

한동안 불편한 정적이 흘렀다. 수현은 눈도 깜빡하지 않고 희주를 응시한다. 대체 이 여자는 지금 무슨 생각을 하고 있을까 궁금했다.

"……이 끔찍한 이야기에서,"

조금의 미동도 보이지 않던 희주가 천천히 입을 열었다.

"……가장 손가락질을 받아야 할 대상은 실수로 생고기를 준 주인일 텐데, 정작 괴물이 되어버린 건 진돗개였군요."

수현의 목울대가 한 번 크게 움직였다. 그는 날카로운 입매를 더 꼭 다물었다. 깨달음의 탄식이 그 입매 사이로 절대로 새어나가지 못하도록. 왜 지난 20년 동안 이럴 가능성에 대해서는 한 번도 생각해

보지 못했을까?

곰곰이 생각해보니, 누이에게 생고기를 준 것은 임 선생이었다. 얼마 전 사 온 돼지고기가 상하기 일보 직전이라며 그것을 누이에게 주었던 것이다. 수의사였던 그가 진돗개에게 야생의 것을 주면 안 된다는 것을 모를 리 없었을 텐데……. 그는 그렇게 어처구니없는 실수를 할 인물이 결코 아니다. 누이에게 수현이 필요 이상의 애정을 쏟아붓게 만든 장본인도 생각해보니 임 선생이었다. 임 선생은 늘 인간을 약하게 만드는 모든 사사로운 감정들에서 벗어나야 유능한 살수가 될 수 있다고 말했다.

꽤 오랜 기간 수현이 악몽에 시달리던 시간이 있었다. 그는 언제나 같은 꿈을 꾸고 있었다. 그 꿈을 꾸고 나면 수현은 늘 엉엉 울고 있었다. 수현의 모든 감정을 압도할 만큼의 커다란 슬픔이 밀려들었기 때문이었다. 수현이 그렇게 엉엉 울면서 꿈에서 깨어날 때마다, 임 선생은 수현에게 3일 동안 물 한 모금 주지 않고 그를 굶겼다. 탈진으로 쓰러져 있는 수현에게 수액을 맞히는 한이 있더라도, 절대로 음식을 주는 법이 없었다. 임 선생은 독한 인간이었다. 다시는 무의식적이라도, 꿈에서조차 감정에 동요되면 안 된다는 것을 혹독하게 주입하는 훈련이었을 것이다. 종이 울리면 바로 침을 흘리는 파블로프의 개처럼, 수현에게 슬픔이나 죄책감 같은 감정들은 아사 직전까지 가는 굶주림과 연결되어 있었다. 인간의 원초적 본능인 식욕은 언제나 감정을 압도하는 법이었다.

그렇게 모질던 임 선생이 무슨 바람이 불었는지 수현에게 누이를 선물한 것이다. 누이를 집으로 데리고 온 건, 현수가 산기슭 임 선생의 집을 떠난 지 딱 일주일이 되던 날이었다. 보통 길에서 걸어온 유기견들은 아무리 갓 태어난 새끼라 해도 절대로 집 안으로 들인 적이 없었는데, 어쩐 일인지 "새로 사 온 진돗개가 몸이 영 약하다"며 수현보고 밤마다 함께 데리고 자라고 했다.

누이는 영리하고 온순한 녀석이었다. 수현이 무슨 생각을 하는지, 어떤 기분인지 먼저 아는 듯했다. 어떨 때는 개 같지 않고 사람 같다는 생각이 들 정도였다. 수현이 힘든 트레이닝을 끝낸 후 지친 몸을 이끌고 방으로 들어와 대자로 뻗고 누우면, 누이는 꼭 그의 머리 옆에 자기 머리를 대고 앉곤 했다. 수현을 보며 낑낑거리면서 애처로운 눈으로 그를 위로했다. '힘들었지? 이제 쉬어.' 수현이 배고파 보이면, 온종일 수현을 기다리느라 배가 고팠을 텐데도 절대로 먼저 밥을 먹는 법이 없었다. 수현이 첫술을 뜨는 것을 두 눈으로 확인하고 나서야, 자기도 사료를 먹기 시작하는 기특한 녀석이었다. 수현이 밤에 잠이 들기 전까지는 절대로 먼저 자는 법이 없었다. 자기가 수현의 수호천사라도 되는 줄 아는지, 그가 잠이 들기까지 숨소리도 안 내고 기다리다가 수현 방문 맡에서 잠이 들었다. 행여나 밖에서 부엉이 소리라도 들리면 자다가도 벌떡 일어나 낮은 소리로 으르렁거리며 안절부절못하는 그런 녀석이었다. 마치 친누이 같은.

그러고 보니 누이를 죽이라고 했던 이도 바로 다름 아닌 임 선생이었다. 수현에게 쥐꼬리같이 남아 있던 감정의 잔재마저 완전히 비워 내기 위하여, 임 선생은 가장 잔인한 방법을 이용했던 것이다. 정을 주게 한 다음 그 대상을 스스로 죽이게 한다. 참으로 그다운 비정하고 잔인한 방법이었다.

임 선생은 수현을 괴물로 만들기 위해 누이를 먼저 괴물로 만들었다. 누이의 죽음을 정당화하려고. 그래서 수현의 손으로 누이를 죽이게 하기 위해서. 그가 앞으로 저지를 수많은 살인을 정당화하려고. 이제야 깨닫다니……. 괴물은 키워진 것이다. 의도적으로.

'그렇다면……'

수현이 처음으로 자신에게 하는 질문이었다.

'나는 왜 괴물이 되었는가?'

❖

무거워진 공기의 흐름을 깨뜨리려 희주가 수현의 가면을 뒤집어본다. 수현이 만든 가면의 안쪽은 산산이 갈라져 있었다. 검은색으로 베이스를 칠하고, 그 물감이 완전히 마른 다음에 흰색을 덧칠한 것 같다. 그리고 의도적인지 실수인지는 알 수 없지만, 그 위에 잔금효과(Crackle effect)를 줄 수 있는 유약을 사용한 것 같다. 덧칠한 흰색의 코팅이 벗겨지면서, 그 속의 어두운 베이스 물감이 적나라하게 드러났다. 화려하고 위압적인 겉모습에 비해, 그의 내면은 분열하고 있었다. 그는 자신의 내부에서부터 서서히 침식되는 중이었다.

"이수현 씨 내면의 모습이군요. 조금 더 설명해줄 수 있겠어요?"

수현은 대답 대신 질문을 던졌다.

"강희주 씨는 이 가면을 보고 어떤 생각을 했습니까?"

수현이 희주를 테스트해보려 한다. 희주는 잠시 갈등하다, 가장 솔직히 대답을 해야 할 것 같다는 생각이 들었다. 그녀는 다시 한번 찬

찬히 가면의 안쪽을 살폈다. 가면을 보니 밤새 심한 폭풍우가 지나간 어느 날 아침, 공방 계단 밑에 죽어 있던 어린 새가 생각났다.

"어느 날, 공방 앞 계단에 작은 새 한 마리가 죽어 있었어요."

처음에는 누가 흰색 휴지 쪼가리를 버려놓은 줄 알았는데, 가만히 보니 아주 작았지만 새의 형태를 모두 갖춘 어린 새였다. 다 자라지 못한 흰색 깃털들 사이로 섬세하게 비쳐 보이는 푸른 핏줄과 제대로 한번 날아보지도 못한 채 무기력하게 아무렇게나 널브러져 있는 날개. 그리고 눈가에 내려앉은 검푸른 죽음의 그림자. 그때 희주를 압도한 감정은 두려움이었다. 오싹하고 서늘한 기운이 희주의 온몸을 파고들면서 천천히 소름이 끼치기 시작했다.

"그런데 죽은 새를 보고 있으니…… 갑자기 무서워졌어요. 생각해 보면 무서워할 이유는 하나도 없었는데……."

이렇게 작은 미물이, 게다가 살아 있지도 않아 희주에게 아무런 해를 끼칠 수 없는 작은 새 한 마리가 무서웠을 리는 없다. 그런데 왜 무서웠을까?

"지금 생각하니 죽음 자체가 막연하게 두려웠던 게 아니었을까……. 죽으면 아무것도 할 수 없으니까. 죽음은 그렇게 무기력한 거니까."

수현이 한결 더 깊어진 눈빛으로 희주를 바라보았다.

"인간은 죽음 후에 찾아오는 무기력함을 두려워하는 게 아닐까요?"

엄마가 그렇게 죽고 난 후에, 죽음은 늘 옆에서 망령처럼 떠돌며 희주를 조롱했다.

'죽고 나면 아무것도 할 수가 없어. 네가 지금 이렇게 비참한 것도 바로 너희 엄마가 죽었기 때문이지. 그래서 죽음이 무서운 거야. 죽음은 이토록 무기력한 거야.'

사실이었다. 죽은 엄마는 희주를 위해서 아무것도 해주지 못했다. 칠흑 같은 밤, 희주가 가위에 눌려 두려움에 벌벌 떨고 있을 때도. 친구들이 엄마 없는 아이라고 손가락질할 때도. 아빠가 보영을 새엄마로 들일 때도. 미국에서 첫사랑에게 버림받고 숨 막히게 고독한 시간을 홀로 보낼 때도……. 엄마는 희주에게 아무것도 해주지 못했다. 죽었기 때문에.

어린 새의 죽음

죽음이 선사하는 깊은 무기력함을 체득하게 된 것은 희주가 초등학생이 채 되기도 전이었다.

"○○야, 이제 집에 가서 밥 먹자."

해가 뉘엿뉘엿 지기 시작하면, 엄마들은 대문을 열고 나와 각자 자식들의 이름을 부르곤 했다. 그러면 아이들은 재밌게 잘 놀다가도 뒤도 한 번 돌아보지 않고 뿔뿔이 흩어졌다. 그중에 희주의 이름을 불러주는 이는 단 한 명도 없었다. 희주의 이름을 불러줘야 할 엄마가 세상을 떠났기 때문에.

덩그러니 혼자 남아 있던 놀이터에서 삐걱거리며 그넷줄이 혼자 움직이고 있었다. 참 이상한 일이었다. 아이들과 함께 놀고 있을 때는 그네 소리가 정답기만 했는데, 아이들이 가버리고 난 텅 빈 놀이터의 그넷줄은 핏빛 석양 아래에서 끼익끼익 끔찍한 비명을 질러댔다. 그 소리가 너무 싫어서 희주는 두 손으로 귀를 막고 그녀 옆을 지나갔다.

엄마 없는 어린아이에게 밤은 또 다른 이름의 죽음이었다. 어둠이 내리면 희주는 그 두려움을 온몸으로 받아내야 했다. 악몽에 시달리다 비명을 지르며 일어나도, 희주를 안아주고 다독거려주는 이는 아무도 없었다. 그렇게 해줘야 할 엄마가 이미 죽었기 때문에.

희주에게 죽음은 그런 것이었다. 아무것도 해줄 수 없는 것. 인간을 한없이 무기력하고 절망적으로 만드는 것. 그래서 온몸이 떨리도록 두려운 것.

"이수현 씨의 가면을 보니, 왜 그런지 모르지만 그 죽어버린 어린 새가 생각나네요. 뭔가 굉장히 무기력한 느낌, 혹은 뭔가 서서히 파괴되어 가는 느낌……이랄까요?"

희주의 말을 잠자코 듣고 있던 수현은 천천히 숨을 한 번 들이쉬었다가 내쉬었다.

"백혈병이랍니다."

예상치 못했던 수현의 갑작스러운 고백에, 가면을 주시하고 있던 희주의 시선이 수현에게로 밀물처럼 쏠려갔다. 수현을 바라보는 희주의 시선이 너무나 깊고 푸르러서, 수현은 그녀의 눈길을 끝내 못 본 척하고 계속 말을 이어갔다.

"얼마 못 산답니다."

수현은 의외로 담담하게 그에게 임박한 죽음에 대해 말했다. 한없이 초연하게, 이미 백만 번은 더 죽어봤던 사람처럼.

희주의 예상보다 진도가 빠르게 진행되고 있었다. 내담자가 이렇게 솔직하게 자기에 대해 내놓기 시작하면, 상담자도 함께 페이스를 맞추어 솔직해지는 것이 중요하다. 어차피 능숙하게 거짓말을 할 배짱이 있는 것도 아니었다. 희주는 어렵게, 하지만 용기를 내어 쉽지 않은 말을 시작한다.

"사실은 지난주에 주치의이신 최태웅 박사님과 잠깐 통화를 했습니다. '만성 골수성 백혈병'이라고. 치료를 받으면 살 수 있는 확률이 꽤 높은데도 치료 거부……를 하고 계신다고."

수현은 대답 대신 뚫어지게 희주를 바라보기만 했다.

"최 박사님은 이수현 씨가 우울증의 영향으로 판단력을 잃었을 가능성에 대해 생각하고 계시는 것 같아요. 최악의 상황에 강제로 이수현 씨를 정신 병동에 입원시키는 옵션에 대해서도 제게 조심스럽게 언급하셨고요. 의사가 생명이 위험한 환자를 그냥 내버려 둘 수는 없는 일이니까……."

희주는 계속 말을 이었다.

"저는 이수현 씨가 우울증으로 판단력을 잃었다고 생각하지 않거든요. 치료 거부를 하는 다른 이유가 있는 건 아니신가요?"

희주는 옅은 분홍색 꽃을 그려 넣었던 수현의 H-T-P 그림을 떠올렸다. 그것은 삶에 대한 갈망이었다. 희미하긴 했지만, 충분히 뜨거운 갈망이라고 생각했다. 이 내담자는 분명히 살고 싶어 한다. 그걸 스스로 모르고 있을 뿐. 어떻게 하면 그걸 알려줄 수 있을까? 그렇다면 이유를 알아야 하지 않을까? 왜 그는 살고 싶어 하는 인간의 가장 기본적인 본능을 억누르고 있는 걸까?

"왜 치료를 거부하고 계신 건가요?"

단도직입적으로 물어보는 희주를 수현은 오랫동안 뚫어져라 바라보았다. 강인한 그의 시선은 자칫 무례하게 느껴질 정도였다. 수현은 자신의 두 손을 희주에게 펴 보였다. 마디마디마다 강인한 힘줄이 잡혀 있는 손이었다.

"이 두 손으로, 참 많은 사람의 인생을…… 파괴했습니다. 그 가족들의 인생도 같이 말입니다."

그는 '파괴'라는 말을 하기 전 잠시 머뭇거리다 천천히 말을 이었다.

"이제는 내 차례가 됐다고 생각하는 것뿐입니다. 이런 내가 살고 싶어 하는 건 너무 염치없는 짓 아니겠습니까?"

희주는 수현의 눈을 정면으로 응시한다.

"……살고 싶지 않으세요?"

의도적인 것은 아니겠지만 몸살기 때문에 목소리가 낮게 가라앉아 있었다. 조금은 비장한 느낌의 질문이 되어버렸다.

"괴물로 살아가는 이에게는 하루하루가 이미 지옥입니다. ……죽음만이 구원이지 않겠습니까?"

그의 시선은 차마 그녀에게 온전히 가 닿지 못한 채 공간을 부유하고 있었다. 예민한 희주는 그가 질문에 대한 대답을 교묘히 회피하고 있다는 걸 알아차렸다. 그녀는 똑같은 질문을 다시 물었다.

"……살고 싶지 않으세요?"

희주의 질문에 고개를 숙이고 있던 수현이 짧게 코웃음 쳤다. 그런데 이상했다. 희주는 그 냉소의 끝에 수현의 짙은 회한을 본 것만 같았다. 이미 타올라 버린 담뱃재같이 순식간에 바스러져 버렸지만. 희주는 손가락 끝으로 괜히 눈을 한 번 비벼보았다.

"과연 이 세상에 내가 사는 걸 바라는 사람이 단 한 명이라도 있겠습니까?"

수현이 내뱉듯이 던지는 그 말을 듣는 순간, 희주는 그의 눈에서 보았던 회한이 착각이 아닐지도 모른다는 확신이 들었다. 그의 말투에서도 무채색의 후회가 짙게 번져 들고 있었다. 희주는 수현의 눈매에 서린 쓸쓸함을 한참 바라보다, 메모하고 있던 노트로 눈을 돌리면서 말했다. 차마 그의 눈빛을 정면으로 응시하면서 이런 말은 못 할 것 같아서.

"전 이수현 씨가…… 살았으면 좋겠는데요."

희주가 내뱉은 뜻밖의 대답에 수현은 찬찬히 고개를 돌려 희주를 바라보았다. 그녀는 머리를 길게 늘어뜨리고 무심하게 노트에 무엇인가 적고 있을 뿐이었다. 지금 자기 자신이 무슨 말을 지껄였는지도 모르고. 100% 진심으로 저런 말을 한 건 아닐 거라고 수현은 생각했다. 그저 치료자로서 책임감 내지는, 인간이라면 누구나 지니고 있을 최소한의 도덕적 의무에서 나온 말일 거다. 그래도, 살면서 처음으로 들어본 말. ……당신이 살았으면 좋겠다는 말.

그 말 한마디가 수현의 마음에 조그마한 파장을 만들어내고 있었다. 그 파장은 비록 미미하게 시작했지만, 점점 더 크게 번지고 있었다. 그가 가늠할 수도 없을 만큼 점점 더 크게. 그의 심장이 파장 속으로 점점 잠기고 있었다.

이 여자는 늘 이런 식이었다. 늘 이런 식으로 수현의 인생을 부드럽고 조용하게 무너뜨린다. 여태까지 죽을 만큼 힘들게 공들여서 아슬아슬하게 살아왔던 인생을……. 남의 피를 뿌려야 그나마 숨 쉬고 살 수 있을 것 같은 이 미치광이 같은 인생을……. 이렇게 조용조용한 말투로 아무렇지도 않은 것처럼, 부슬부슬 무너뜨리고 있었다.

❖

상담이 끝나갈 때쯤, 희주가 수현의 이름이 적힌 폴더에서 조그마한 메모를 하나 꺼냈다. 깨알 같은 글씨가 정갈하게 쓰여 있는 메모였다.

"이건 저에게 오시는 모든 내담자분과 하는 일인데……, 일종의 내담자와 치료자 사이의 계약서라고 보시면 돼요. 더 본격적으로 미술 상담에 들어가기 전에 몇 가지 약속을 해주셨으면 좋겠어요."

"……."

묵직한 침묵이 공간을 지배했다. 수현이 의도적으로 만들어내고 있는 침묵이었다. 이런 불편한 침묵에 이제는 익숙해졌는지, 희주는 아랑곳하지 않고 꿋꿋이 말을 이어나갔다.

"오늘까지 두 번째 상담이 끝났고, 앞으로 이수현 씨와 여덟 번 더 미술 상담을 진행하게 될 텐데……, 제가 드리는 질문에 대답을 안 하시는 건 괜찮습니다. 전 내담자분들의 침묵에도 특별한 의미가 있다고 생각하거든요. 제 쪽에서도 대답을 꼭 하시라고 강요는 하지 않겠지만, 그 대신 대답을 하실 때는 최대한 솔직하게 해주셨으면 좋겠어요. 숨기는 것 없이."

수현이 순순히 고개를 끄덕였다.

"두 번째는……"

희주가 잠시 주춤하다가 어렵게 다시 말을 꺼낸다.

"어떤 일이 있어도 상담 중에 폭력은…… 자제해주셨으면 좋겠어요."

수현의 시선이 자동으로 검푸른 멍이 든 그녀의 손목으로 향했다. 지난주 그녀를 거세게 벽으로 몰아갔을 때 생긴 상흔이었다. 수현은 또 순순히 고개를 끄덕였다.

"그리고 마지막으로는……"

거침없이 해야 할 말을 하던 그녀가 웬일인지 주춤거리기 시작했다. 몇 번이나 헛기침을 하던 희주가 어렵게 다시 말을 이어나갔다.

"이수현 씨가 정확하게 무슨 일을 하시는지는 저는 알 수 없지만……, 음……, 저에게 상담을 받으시는 기간에는 그 어떤 범법…… 행위도 저지르지 않으셔야 합니다."

순간 수현의 얼굴이 화끈 달아올랐다. 지난 20년 동안 상기를 도와 수많은 타깃을 저세상으로 보내는 일을 하면서도 단 한 번도 부끄러운 적이 없던 그였다. 일단 이 바닥 일을 시작하면서부터 부끄러움이라는 감정이 수현의 뇌 속으로 들어올 여지가 없었다고 해야 더 정확한 표현일 것이다. 부끄러움, 수치심, 슬픔, 죄책감같이 사람을 한없이 무기력하게 만드는 감정들은 이미 임 선생의 지독한 마인드 컨트롤 훈련을 통해 그의 내면에서 제어됐다고 생각했는데……. 그런데 부끄러웠다. 처음으로. 바로 지금 이 순간 사라져버리고 싶어질 만큼.

수현은 일부러 그의 표정을 더 경직시켰다. 그의 얼굴이 그가 채색한 푸른색 가면처럼 굳어졌다.

"만에 하나 상담 중에 제가 우연히 이수현 씨의 범행 계획을 알게 된다면, 그때는 저에게 경찰에 신고해야 하는 의무가……"

수현이 희주의 말을 딱 자르며 내뱉었다.

"내가 여기서 말하는 모든 것은 비밀이어야 합니다. 만약에 여기서 말한 일들이 아주 사소한 것들이라도 새어나간다면……"

이번에는 희주가 수현의 말을 딱 자르며 반문했다.

"저를 죽일 건가요?"

수현은 눈 하나 깜짝하지 않고 차갑게 대답했다.

"필요하다면."

둘 사이에 팽팽한 긴장감이 감돌았다. 이 공간의 공기가 긴장감으로 팽창해 당장이라도 터져버릴 것만 같았다. 그 팽팽함의 줄을 먼저 끊은 것은 희주였다.

"이수현 씨가 범법행위를 하지 않겠다는 전제하에, 물론 비밀은 보장하겠습니다. 그것도 치료자로서 저의 의무니까요."

희주의 표정이 서늘하게 변하고 있다고 생각한 건 수현의 착각이었을까?

"……그럼 또 협박하실 게 남았나요?"

착각이 아니었다. 그녀의 목소리에서도 어느새 오한이 들 정도의 서늘함이 느껴졌다.

"그럼, 다음 주 같은 시간에 뵙도록 하죠."

희주는 수현의 폴더를 거칠게 덮고 일어나서 공방 문 쪽으로 발을 옮겼다. 이제 가라는 뜻이었다. 수현은 그런 희주의 몸짓을 주시하다가, 서서히 일어나 재킷을 입고 희주가 걸어간 길을 뒤따라 걸어나갔다. 그의 미간에 깊은 주름이 생겨나고 있었다.

수현이 희주가 서 있는 곳을 스쳐지나 문밖으로 가려고 할 때였다. 순간 희주가 중심을 잃고 휘청거렸다. 수현이 거의 반사적으로 앞으로 넘어지려는 희주를 그의 강인한 두 팔로 잡아주었다. 그의 손이 희주의 몸에 닿자, 그녀가 파릇하게 긴장하며 부르르 몸을 떨었다. 무의식적으로 더러운 것을 피하려고 하던 그녀의 본능이 만들어낸 반응이었다. 이해하지 못하는 건 아니었다. 피범벅으로 살아가는 더러운 괴물에게 붙잡히는 것을 달가워하는 사람은 아무도 없을 테니. 수현은 희주를 잡아주었던 손을 머쓱하게 놓았다.

"죄송합니다. 잠깐 어지러워서…….."

희주가 내뱉는 호흡에서 뜨거운 열기가 느껴졌다.

'……어디가 아픕니까? ……괜찮습니까?'

오늘 이곳에 들어오자마자 그녀에게 묻고 싶었던 질문들은 결국 언어가 되지 못한 채 수현은 공방 문을 나서야 했다. 그녀를 위해 뭔가 해주고 싶었지만, 대체 무엇을 어떻게 해줘야 할지, 무엇보다도 그녀가 그의 호의를 원하고 있을지, 도무지 감이 잡히지 않았다.

"……다음 주에 뵐게요. 안녕히 가세요."

탁!

서성이는 수현을 뒤에 두고, 희주가 공방의 미닫이문을 냉정하게 닫는 소리가 들려왔다. 둔탁하게 문이 닫히는 소리가 수현의 가슴에 조그마한 균열을 만들었다. 이런 감정을 '섭섭함'이라고 표현하는 걸까? 그렇다면 섭섭했다. 눈이 질끈 감길 정도로. 어금니가 꽉 물릴 정도로. 가슴 한구석이 저릿해 올 정도로.

불편한 마음으로 공방의 좁은 계단을 내려오는데, 누군가가 털털거리는 걸음으로 올라오고 있었다. 그는 계단을 내려오는 수현과 눈이 마주치자 가볍게 눈인사를 했다. 배우처럼 잘생기고 번듯한 외모는 아니었지만, 좋은 집에서 가족들에게 사랑받으며 화목하게 자란 티가 느껴지는 남자였다. 평안하고 여유로운 그의 표정이 수현의 시선을 사로잡았다. 웃고 있는 인상 때문에 선하고 순해 보이지만, 날카로움이 숨겨지지 않는 눈빛이었다. 빛바랜 청바지에 카키색 야상. 야상의 지퍼를 잠그지 않아, 속으로 흰색 셔츠 상의가 보였다. 그 사이로 언뜻 권총집이 눈에 들어온다. 이 사람, 형사다! ……왜 형사가 이곳에?

수현이 계단을 다 내려오기도 전에, 사내가 먼저 거침없이 공방 문을 두드렸다.

"강희주 씨, 정우성 경위입니다."

문을 열고 희주가 창백한 얼굴로 옷깃을 여미며 나왔다. 그녀는 계단 밑에 서 있는 수현을 의식하고 그에게 짧고도 무심한 눈빛을 내던졌다.

"제가 일이 생각보다 빨리 끝나서, 조금 일찍 왔는데 괜찮으시겠습니까?"

"들어오세요. 기다리고 있었어요."

"근데 혹시 어디 아프십니까?"

사내는 수현이 희주와 함께 있으면서 지난 몇 시간 동안 머릿속에서 되뇌고 또 되뇌기만 했던 말을 저렇게 쉽게도 내뱉는다. 수현의 마음이 불편해지기 시작했다. 저 여자 앞에서 스스럼없게 행동하는 그가 참을 수 없이 불쾌했다. 남자는 공방으로 들어가려는 희주의 팔을 가만히 붙잡아 그녀의 걸음을 멈춰 세우고, 한 손으로 그녀의 이마를 짚었다. 희주 얼굴의 반 이상이 그의 따뜻하고 친절한 손에 덮였다. 수현이 그랬다면 당장 온몸을 부르르 떨면서 피하려 했을 희주가 저 남자의 호의는 순순히 받아들이고 있는 것이다. 심장이 덜컥 내려앉는 느낌이 들어 수현은 자기도 모르게 어금니를 꽉 물었다.

"아니, 몸이 불덩이 같은데요?"

우성의 말이 끝나기도 전에 뭔가가 후드득 떨어지는 소리가 들렸다. 수현은 공방 쪽으로 고개를 돌렸다. 그건 희주가 땅에 쓰러지는 소리였다.

"강희주 씨! 정신 차려요!"

수현이 바로 계단을 올라가려 발길을 돌렸지만, 이미 늦은 것 같았다. 우성이 벌써 희주를 안고 계단을 내려오면서 수현에게 다급하게 부탁했다.

"죄송하지만 이분 팔이 떨어지지 않게 제 목에 좀 걸어주시겠습니까?"

수현은 아무 말 없이 희주의 팔을 우성의 목에 걸어주었다. 그것밖에는 해줄 수 있는 일이 없는 자신의 무기력함을 저주하면서. 남자는 바쁘고 정신없는 와중에도 "고맙습니다!"라며 예의 바르게 인사하는 것을 잊지 않았다.

우성은 공방을 나서자마자, 대기하고 있던 후배 경찰을 불렀다.

"야! 후딱 튀어나와서 차 문 좀 열어!"

"아니, 이게 대체 무슨 일이지 말입니까?"

차 밖에서 담배를 하나 입에 물려던 형사 하나가 우성 쪽으로 달려왔다. 키는 약간 작았지만, 떡 벌어진 어깨 하며, 두꺼운 근육질의 팔하며 힘깨나 쓰게 생긴 사내였다.

"일단 트렁크에서 담요 좀 꺼내와. 그리고 빨리 시동 켜."

"담요 여기요."

"변 형사. 거기, 거기 다리 조심해. 문에 끼지 않게. 살살해라."

"이 여자분 아시는 분입니까?"

"아니. 그닥 잘 아는 사람은 아닌데……. 왜?"

"평소와는 달리 유난히 젠틀하신 것 같아서 말입니다. 제가 몇 달 전에 퍽치기 용의자한테 찔렸을 때하고는 판이하게 다르지 말입니다."

"……일단 이분은 이쁘잖아. 넌 좀 인마, 뭐 예쁘진 않……잖냐. 아이, 왜 그래. 우리 사이에. 경광등 켜. 이 사람 몸이 너무 뜨거워, 지금."

변 형사는 우성이 시키는 대로 바로 신속하게 LED 경광등을 차 위에 부착했다.

"변 형사, 여기 골목 들어오기 전에 무슨 대학 병원 하나 있었어. 일단 거기로 가자."

두 형사는 시끌벅적 코미디언들이 만담이라도 하듯 농담을 주고받았지만, 사실은 한시도 지체하지 않고 척척 최고의 호흡을 자랑하며 신속하고 능숙하게 희주를 경찰차에 태웠다.

우성은 자기의 겉옷을 벗어 희주를 감싼 후, 후배 형사가 가져다

준 담요로 희주를 한 번 더 감쌌다. 희주는 여전히 의식이 안 돌아왔는지 우성의 어깨에 힘없이 기대어 있었다. 그들이 탄 차는 사이렌을 울리며 골목길을 도망치듯 빠져나갔다.

수현은 요란한 경광등 불빛의 여운이 채 가시지 않은 골목을 한참 동안 응시하고 있었다. 고요함 뒤로 허무함이 밀려들고 있었다.

❖

단순한 감기인 줄 알았던 증상은 결국 폐렴으로 번졌고, 희주는 이틀 동안 입원 치료를 받아야 했다. 퇴원하고 난 뒤 겨우 몸을 추스를 정도가 되었을 때는 어느덧 화요일이 되어 있었다. 희주가 공방을 찾았을 때는 겹겹이 층을 만들고 있는 비구름이 안개비를 뿌리는 늦은 오후였다. 유난히 비 소식이 잦은 가을이었다.

공방은 평소보다 더 어두웠고 더 고요했고 더 서늘했다. 지난주 수요일, 희주가 쓰러졌을 시점에서 시간의 흐름이 완전히 멈춰 있었다. 수현이 만든 가면도 그 자리에서 꼼짝하지 않고 그녀를 기다리고 있었다. 여전히 하얀 눈물을 흘리면서.

그날, 수현과 적지 않은 이야기를 나누었다. 희주는 내담자가 쓰는 언어가 상당히 교양 있고 지적이라고 생각했다. 의외였다. "살면서 제 인생이 그림자 같다는 생각을 많이 합니다"라고 수현은 말했었다.

이 세상에 엄연하게 존재하고 있으나, 동시에 존재하면 안 되는 사람. 혹은 존재하는 것이 알려지면 안 되는 사람. 철저히 위장된 삶을 사는 사람. 빛이 있는 곳에서는 차마 가리지 못하고 제 모습을 드러내지만, 밤이 되면 어둠에 자연스럽게 흡수되어 버리는 그림자. 에드바르 뭉크의 〈담배를 든 자화상〉이 떠올랐다. 어릴 적 어머니와 누이를 폐병으로 잃은 뭉크는 작품 안에서 '죽음'과 연관된 상징을 표현해 놓은 것으로 유명하다. 이 그림에서 그는 벽 뒤의 그림자에 흡수되고 있는 것 같이 자신을 묘사하였다. 어떤 평론가들은 바로 이 그림자를 죽음에 대한 뭉크의 트라우마라고 해석하기도 하였다.

'살고 싶지 않냐'던 그녀의 질문에 담담하게 '살고 싶지 않다'고 대답하던 수현이 떠올랐다. 그런데……, 그런데 지금 와서 생각하니 한 가지 마음에 걸리는 게 있다. 수현을 처음 만났을 때 희주는 그가 분명히 분노하고 있다고 생각했다. 그의 눈매에는 서슬 퍼런 분노가 독을 잔뜩 품은 킹코브라처럼 똬리를 틀고 있었다. 그의 눈썹은 밑을 향해 있었고, 눈꺼풀은 긴장하고 있었으며, 그의 윗입술은 견고하게 다물어져 있었다.

퀴블러 로스 교수의 '5단계의 사망 단계'에 따르면, 젊고 건강한 나이에 시한부 선고를 받은 환자들은 대부분 초기에 극심한 분노를 표출한다고 한다. 왜 나에게만 이런 일이 일어나는가? 왜 모두들 저렇게 행복하고 건강한데, 나만 죽어가는가? 자신에게 사형 선고를 내린 의사에게, 세상에 대해, 신에 대해 울분을 터뜨리고, 소리를 지르고, 분풀이를 먼저 하고 힘을 한껏 빼고 나서야 비로소 자신에게 직면한 죽음을 놓고 체념하고, 타협하고 수용한다는 것이다.

최태웅 박사의 통화 후에, 희주는 그가 자신에게 임박한 죽음에 대해서 분노하고 있다고 확신했다. 시한부 선고를 받은 수많은 암 환자들이 자주 보이는 행동 패턴이었다. 그런데 아니었다. 지난번 상담 시간에 만난 그는 다른 시한부 환자와는 확연히 다른 무엇인가가 있었다. 일단 이 사람은 자신에게 다가온 죽음에 대해 무척이나 담담했다. 그는 제3자의 죽음을 이야기하듯, 믿을 수 없을 정도로 이성적이고 냉철한 태도로 자신의 죽음을 관망하고 있었다. 그에 더해 진심으로 희주에게 묻는 것이다. "이런 내가 살고 싶어 하는 건 너무 염치없는 짓 아니겠습니까?"라고. 자신의 때 이른 죽음에 대해 분노하고 있지 않다면 그 뜻은……?

문득 멘토였던 프랭크 보스터 교수의 임상 심리학 강의가 생각난다. 인간의 기본적인 감정에 대한 세미나 수업이었다.

"인간의 분노는 블랙홀과도 같은 감정입니다. 아주 강력하고 집요해서 주변에 남아 있던 다른 감정들을 모두 빨아들입니다. 슬픔과 기쁨, 두려움, 그 어떤 감정도 모두 분노를 이기지 못하죠. ……저의 예를 한번 들어볼까요? 제가 스무 살 때 어머니가 돌아가셨습니다. 제가 여섯 살 때 어머니는 아버지랑 이혼하셨죠. 그 후로 어머니와 저는 줄곧 단둘이 서로를 의지하면서 살아왔습니다. 우리는 이 세상 누구보다도 친하고 가까웠습니다. 그런 어머니가 돌아가셨으니, 제 상심은 이루 말할 수 없을 정도로 깊었죠. 문상객도 얼마 없어 초라하기 그지없었던 어머니의 장례식이 끝나고, 무거운 마음을 가지고 집으로 돌아오는 길이었습니다. ……우연히 집 근처에서 바람을 피워서 저와 헤어졌던 옛 여자 친구를 보게 된 겁니다. 그것도 하필이면 그 바람피웠던 상대 남자와 팔짱을 끼고 걸어가다 키스하는 모습을 보게 된 거죠. 바로 몇 달 전 제 아파트, 그것도 제 침대 위에서 그 남자와 뒹굴다가 저에게 딱 걸렸던 그 여자 친구 말입니다. ……그 순간, 갑자기 온몸에 분노가 치솟았죠. 어머니가 돌아가셔서 슬퍼하던 저의 감정은 순식간에 사라지고, 저것들을 이 차로 확 들이받을까 하는 생각만 머릿속에 가득했으니까요. ……물론 그 둘을 1980년형 폴크스바겐으로 들이받지 않았기 때문에, 오늘 제가 여러분 앞에 서서 이렇게 강의를 할 수 있는 것이죠. 그 연놈들을 들이받았다면, 아마 교도소에서 여러분들에게 미술치료를 받고 있었을 겁니다. 정말이지, 그 순간에는 너무나 열이 받아서 눈에 보이는 게 없었습니다. ……분노는 그런 것입니다. 모든 감정을 순식간에 빨아들여 무기력하게 만들어버리는 파워풀한 감정."

누군가 보스터 교수에게 질문을 했었다.

"그럼 그런 분노를 이길 수 있는 감정은 무엇입니까?"

보스터 교수는 수염을 손으로 벅벅 문질러대며 대답했다. 학생의 질문이 몹시 마음에 들었을 때 나오는 행동이었다.

"……좋은 질문이군요. 나는 분노를 이길 수 있는 감정은 감히 없을 거라는 데 한 표를 던지겠습니다. 분노를 이길 수 있는 유일한 감정이 있다면, 그건 또 다른, 더 큰 분노일 뿐."

그런 분노를 이길 수 있는 유일한 감정이 있다면, 그건 또 다른, 더 큰 분노일 뿐…….

또. 다. 른. 더. 큰. 분. 노.

그는 자신의 죽음에 대해 분노하고 있지 않았다. 아니, 그것에 대해 분노할 겨를이 없다. 왜냐하면 그에게는 뭔가 해결되지 않은 더 큰 분노가 이미 그의 내면에 자리 잡고 있기 때문이다. 그에게 성큼 다가온 죽음마저도 그저 지나가는 개처럼 담담하게 받아들이게 해주는, 또 다른, 더 강하고, 더 중독성 있는 분노……. 그렇다면 그를 분노의 감정에 중독되게 만드는 맨 처음의 사건으로 돌아가 봐야 하는 것이 아닐까? 그 분노의 문제가 해결되지 않는다면, 그는 결국 모든 것을 파괴해버리고, 결국은 자기 자신마저 소멸시켜버릴 것이다.

"많은 사람이 분노는 빨리 다루어서 없애야 하는 감정으로 생각하고 있습니다. 그러나 아주 위험한 생각입니다. 분노는 고통의 소통이니까요. '내가 이렇게 아팠어. 내가 이렇게 슬펐어.' 하는 것을 알려주는 감정이죠. 그래서 우리는 시간을 들여서라도 제대로 분노를 치유하는 것이 중요합니다. 방치되어버린 분노는……"

보스터 교수는 분노에 대해 이렇게 설명하며 칠판에 'DANGER'라고 썼다.

"아주 심각한 위험요소가 되는 겁니다. 이 단어에서 봤듯이, 'Danger'이라는 단어에서 'D'를 빼면, 'Anger(분노)'가 되지요. 그 빠져버린 'D'에는 다음의 단어들이 내포되어 있습니다. Damage(손상), Destruction(파괴), Devastation(황폐), 그리고 Death(죽음)……. 분노한 이들은 결국 스스로를 파괴하는 줄도 모르고 자신을 극단으로 몰고 갑니다."

어린 새의 죽음

8

분노와 복수의 관계

희주가 첫사랑이었던 명훈을 처음 만난 건, 그녀가 박사 학위 과정 2년 차를 막 시작한 가을이었다. 희주는 뉴욕의 최고급 주택가가 즐비한 렉싱턴 애비뉴에 있는 지도교수 집에서 열린 개강 파티에 참석했다가 나오는 길이었다.

희주의 지도교수는 개인주의적인 보통 미국인들과는 달리 오지랖의 대명사였다. 희주와의 첫 만남에서 그는 희주에게 심각한 대인 기피 성향이 있다는 것을 바로 파악했다. 보스터 교수는 학과의 모든 파티에 다 참석해서 두 시간 이상을 있어야 졸업 논문을 통과시켜주겠다는 희한한 조건을 그녀에게 내걸었다.

꾸역꾸역 두 시간을 채우고 현관문을 나서려는데, 아무리 찾아봐도 자신이 가져온 우산이 보이지 않았다. 기상 예보에서 저녁부터 천둥 번개를 동반한 폭우가 내릴 것 같다고 호들갑을 떨어대서 분명히 우산을 챙겨서 나왔는데……. 희주는 어쩔 수 없이 우산 찾기를 포기하고 아파트를 나섰다. 맨해튼의 밤공기에서 촘촘히 수분이 느껴졌다. 슬슬 먹구름이 몰려들고 있긴 했지만, 아직 비가 오기 전이었다. 빨리 택시를 잡으면 무사히 집까지 도착할 수 있을 거라고 생각했다.

믿을 수 없을 정도로 한산한 뉴욕의 밤거리였다. 몇 번이나 택시를 잡으려고 시도해보았지만, 택시는 희주를 지나쳐 가기만 했다. 근무 교대 시간대에 딱 걸린 모양이었다. 맨해튼에는 이렇게 하루에 몇 번씩 택시 잡기가 유난히 힘든 시간대가 있었다. 조금 더 큰 길로 나가서 택시를 잡으려고 5번가 쪽으로 걸어가는데, 하늘에서 번개가 몇 번 번쩍거리더니 결국 굵은 소나비가 떨어지기 시작했다. 빗방울이 너무나 거세서 온몸에 바늘이 수천 개가 박히는 것 같았다.

마음이 급해진 희주가 대로까지 나가서 택시를 잡는데, 누군가가 뒤에서 희주에게 살포시 우산을 씌워주었다. 깜짝 놀라서 뒤를 보니 아까 지도교수의 파티에서 마주쳤던 한국 남학생이었다. 카키 바지에 소매를 몇 번 걷은 연보라색 폴로 와이셔츠를 입고, 샤프해 보이는 안경을 낀, 마치 미국 명문대 홍보자료에서 지금 막 튀어나왔을 법한 남자였다.

"비 맞으면 감기 걸립니다."

그 남자가 티 없이 환한 미소를 지으며 희주에게 우산을 씌워주고 있었다. ……그때 깨달았다. 누군가가 그녀에게 우산을 씌워준 건 엄마가 돌아가시고 난 이후 처음이라는 걸.

'이런 느낌이었구나. 누군가가 나에게 우산을 씌워주는 느낌.'

그때 갑자기 요란한 엔진 소리와 함께 빗속에서 스포츠카 한 대가 희주 쪽으로 돌진해왔다. 남자는 왼손으로 희주의 어깨를 재빠르게 감싸며 길 안쪽으로 당겼다. 덕분에 스포츠카가 튀기고 간 거대한 흙탕물은 고스란히 그에게 튀었다. 그 와중에도 그는 오른손으로 희주가 비를 맞지 않게 우산을 단단히 잡아주고 있었다. 우산을 잡은 그의 팔목에 단단한 힘줄이 뚜렷이 잡혔다.

스포츠카가 완전히 지나가고 나서야 알게 되었다. 희주가 그의 품에 안겨 있었다는 걸. 그 짧은 순간 따뜻했다. 아니, 설레었다.

"아니, 무슨 저런 미친놈이 다!"

그제야 그도 희주가 자기 품에 안겨 있었다는 것을 인식했는지, 머쓱해 하면서 괜시리 스포츠카를 향해 소리를 지르고는 희주에게 물었다.

"······괜찮아요?"

그는 희주의 답을 듣지도 않고, 그녀의 손을 성큼 잡고는 보도블록 위로 올라갔다. 다분히 충동적일지 모르지만, '이 사람에게 내 인생을 맡기고 싶다'는 생각이 들만큼 강인하고 따뜻한 손이었다.

······그때 깨달았다. 10년도 훨씬 전에 병실에서 자신의 고귀하신 권리를 주장하던 아빠의 손을 스스로 놓아버리고 난 이후로 누군가의 손을 잡은 것이 처음이라는 것.

'이런 느낌이었구나. 누군가가 내 손을 잡아주는 느낌.'

그는 하나씩 하나씩 희주가 그동안 잊고 살았던 혹은 잊으려 하고 살았던 느낌들을 오롯이 끌어내고 있었다. 달콤했다. 아침 내내 바빠서 한 끼도 못 먹다가, 늦은 오후가 되어 혈당이 다 떨어지기 직전에 먹는 달콤한 티라미수 케이크 한 조각 같은 느낌이랄까? 온몸 구석

구석에 설탕이 급속도로 퍼지면서 극도로 긴장해 있던 몸 안의 모든 신경이 순식간에 보드랍게 이완되는 느낌이었다.

도시를 집어삼킬 것만 같던 폭풍우가 어느 정도 가라앉고 길거리에 사람들이 하나둘씩 우산을 접기 시작했지만, 희주와 명훈은 하나의 우산 아래에서 하염없이 걷고 있었다. 뉴욕의 시끄러운 차 소리와 사람들 소리, 빗소리 따위는 들리지 않았다. 희주에게는 그저 명훈의 목소리만 들려왔다. 그와 많은 이야기를 나누었지만, 무슨 이야기를 나누었는지 딱히 기억나지는 않았다. 그의 이름이 정명훈이라는 것. 콜롬비아 대학 정치학 박사 과정 4년 차를 시작했다는 것. 희주 지도 교수의 부인인 린다 보스터 교수의 제자라는 것 정도.

가까이 느껴지는 그의 숨결이 희주의 딱딱했던 마음을 녹여주고 있었다. 그 숨결의 온기 때문에 모든 것이 아득해지고 있었다.

몇 시간이나 지났을까? 시간이 흐르기는 했을까? 오늘이 끝나지 않기를……. 얼마나 걸었을까? 이 길이 끝나지 않기를…….

타임스퀘어 근처를 지날 때쯤, 명훈이 잠깐 기념품 가게에 다녀오겠다고 했다. 관광객들을 뚫고 가게 안으로 들어간 명훈은 잠시 후 스니커즈 한 켤레를 들고 나왔다.

"여기 좀 앉아봐요. 오늘 나 따라다니느라 다리 많이 아팠죠?"

명훈은 비에 젖은 땅에 한쪽 무릎을 꿇고 앉아 희주의 하이힐을 벗기고 스니커즈를 신겨주었다. 그녀 앞에 머리를 숙이고 스니커즈의 끈을 묶고 있는 명훈을 보고 있자니 심장이 일렁이고 있었다.

"사실……"

명훈은 말을 꺼내 놓고 잠시 머뭇거리다 쑥스러운 눈빛으로 그녀를 바라보며 말을 이었다.

"오늘 희주 씨 우산, 제가 숨겼습니다. 같이 우산 쓰고 가고 싶어서……. 파티에서 희주 씨 보고 숨이 멎는 줄 알았습니다. 여태까지 첫눈에 반한다는 말 믿지 않았는데, ……오늘부터 무조건 믿어야 할 것 같네요."

희주의 눈동자가 흔들리고 있었다. 이 감정은 무엇인가? 심장이 간지러워지는 이 감정. 심장이 너무 간지러워 자꾸만 웃음이 났다.

"비 맞게 해서 미안해요. 희주 씨 나가는 것 보고 금방 뒤쫓아 갔는데, 그렇게 멀리까지 가버린 줄 몰랐어요."

멋쩍은 표정을 지으며 가방에서 희주의 우산을 꺼내는 명훈을 보는 순간 깨달았다. 희주의 심장을 간지럽히던 그 감정은 행복이었다는 것. 엄마가 죽은 후 처음이었다.

❖

희주는 집에 돌아오자마자 비에 젖은 옷을 갈아입는 것도 잊고 우선 선미에게 전화부터 했다.

[어, 희주야. 지도교수네 개강 파티 갔다가 지금 온 거야? 또 보스터 할배 타이머 들고 있디?]

"선미야. 나……, 사랑하고 싶은 사람이 생긴 것 같아."

선미가 일단 소리부터 질러대기 시작했다.

[뭐? 누군데? 빨리 말해봐. 처음부터 디테일 최대한 살려서! 잘생겼어? 키는 커? 목소리는?]

처음에는 선미도 함께 진심으로 기뻐하는 것 같았다. 그러나 명훈이 스니커즈 끈을 묶어준 부분부터 선미가 떨떠름한 반응을 보이기 시작했다.

[야, 희주야, 잠깐 있어 봐. 그 남자가 "한 사람만을 사랑할 수 있는 심장"이라고 했다고? 아……, 그거 어디서 들어본 말 같은데. 어딘가 드라마 이런 데서 본 것 같아.]

"……뭐?"

[그 남자, 혹시 선수인 거 아니야? 야, 그 사람 이름 뭐라고? 한국대학교 정치외교학과 출신이라고 했지? 사람 몇 풀면 대번에 알아볼 수 있어. 희주, 너 정신 똑바로 붙들어 매고 있어. 그 사람한테 너무 빠지지 말고. 이상하게 교대 입구 곱창집에서 대창 한입 베어 물었는데, 속에 똥 들어있는 느낌이야. 왜 자꾸 찜찜하지?]

"선미야……, 됐어. 그만해."

알고 있었다. 선미는 평소에 웃을 일이 없는 희주를 웃게 만들어주는 것을 자신의 사명으로 생각하는 친구란 걸. 선미가 이렇게 농담조로 말하고 있긴 하지만, 사실은 지금 그 누구보다 진지하다는 것을 희주는 알고 있었다. 심각한 상황이 주는 중압감에서부터 희주를 조금이나마 벗어나게 하고 싶어서였을 것이다.

사실은 그래서 더 거슬렸다. 가장 기뻐해 줄 줄 알았는데, 이런 떨떠름한 반응이라니. 자기는 다 가졌으면서. 엄마도, 아빠도, 오빠들도, 쾌활하고 밝은 성격도. 희주에게 없는 그 모든 것을 다 가졌으면서……. 희주에게 처음으로 다가온 소소하고 조그마한 행복을 이런 식으로 망쳐놓으려 하고 있었다.

[아……, 그게 무슨 드라마였더라? 잠깐 기다려봐. 내가 지금 바로 검색해볼게.]

"주선미. 그만해. 됐다니깐. 너 정말 끝까지……."

선미가 조금, 아주 조금만 눈치가 있는 친구였다면, 희주의 목소리가 싸늘하게 식었다는 것을 알아차리고, 바로 이쯤에서 일단 물러났을 것이다. 나중에 더 적절한 시기를 찾아서 다시 한번 그녀의 주장을 어필했을 것이다. 하지만 선미에게 희주는 너무나 소중한 친구였다. 희주가 너무나 여러 번 상처 입는 것을 지난 20년이 넘는 시간 동안 줄곧 보아왔던 선미였다. 걱정이 너무 앞섰던 것이다.

[아, 찾았다! 여기 있네. 그 똑같은 대사. '몇 번을 죽고 다시 태어난대도 결국 진정한 사랑은 단 한 번뿐이라고 합니다. 대부분 사람은 한 사람만을 사랑할 수 있는 심장을 지녔기 때문이라죠.' 영화 〈번지점프를 하다〉에 나온 대사였어. 어머, 어머, 어머, 웬일이니? 여기 사진도 있어. 이병헌이 무릎 꿇고 앉아서 이은주 신발 끈 묶어주고 있는 사진. 표절하려면 티 안 나게 각색이나 제대로 할 것이지. 야, 너, 당장 그만둬. 느끼하게 영화 대사나 줄줄 외우고 다니는 놈이라니. 희주 너, 듣고 있어? 희주야!]

그러나 이미 전화는 끊어지고 난 후였다.

"……조심하라고 강희주. 사랑하지 말라는 게 아니라, 너무 확 빠지지 말라고……."

선미는 대답 없는 수화기에 대고 중얼거렸다. 진심으로 걱정 어린 목소리였다. '다음번에 통화할 때는 꼭 말해줘야지' 하고 다짐을 했지만, 결국 희주에게 그 말을 전할 수 없었다. 희주가 일방적으로 연락을 끊어버렸기 때문이었다.

❖

꿈같은 1년이었다. 명훈과 사귀기 시작한 지 딱 1년이 되었을 때, 그는 희주를 엠파이어 스테이트 빌딩의 옥상으로 데리고 갔다. 거기서 명훈은 너무 작아서 눈에 보이지도 않는 참깨 다이아몬드가 박힌 반지를 꺼내서 희주의 손에 끼워주면서 프러포즈를 했다.

May Day(근로자의 날) 기념 불꽃놀이의 첫 폭죽이 막 찬란한 빛을 뿌리며 밤하늘 속으로 흩어지는 걸 보면서 희주는 처음으로 결심했다. 명훈에게 그녀의 모든 것을 고백하기로. 1989년에 있었던 엄마의 살인 사건에 대하여. 그녀를 버린 파렴치한 아빠에 대하여. 그 후 아빠와 거의 의절하다시피 사는 자신에 대하여. 명훈은 분명히 이 모든 상황을 이해해줄 것이다. 저 남자라면 이 모든 것에도 불구하고, 희주를 포용해줄 것이다. 이제부터는, 그와 함께 편하게 숨을 쉬고 살 수 있을 것이다.

프러포즈 후, 일주일이 넘도록 명훈에게서 연락이 닿지 않았다. 전화기 전원은 꺼져 있었고, 문자를 확인하는 것 같지도 않았다. 처음에는 졸업 논문 때문에 바빠서 그러려니 하고 대수롭지 않게 넘겼다. 하지만 하루, 이틀이 지나고, 1주, 2주가 지나고 나니 점점 불안해지기 시작했다.

'혹시 무슨 사고라도 당했을까? 안 좋은 일이라도 생긴 걸까?'

그러다가 명훈의 지도교수를 통해서 듣게 되었다. 명훈이 휴학계를 내고 한국에 나갔다는 것을.

"결혼 준비를 하러 들어간다고 해서 둘이 같이 들어간 줄 알았는데……, 희주는 모르고 있었어?"라고 오히려 명훈의 지도교수가 희주에게 되물었다.

그제야…… 서늘한 불길함이 그녀를 엄습했다. 명훈이 결혼한다는 그 대상이 자기가 아닐 거라는 확신이 들었다. 떨리는 발걸음으로 학교에서부터 집까지 걸어왔다. 집에 어떻게 돌아왔는지 기억도 나지 않았다. 눈물이 났는지, 눈물이 안 났는지조차도. 무슨 생각을 했는지조차도. 대체 이 순간에 무슨 생각을 해야 하는 걸까?

가까스로 집에 도착해서 현관문을 열고 들어오자마자 아파트 대문 밑으로 낯선 우편물이 눈에 띄었다. McQueen & Porter LLP라는 뉴욕의 로펌에서 희주 앞으로 보낸 독촉장이었다.

[뉴욕주는 약혼반지를 '조건부 선물'로 간주합니다. 그러므로 비록 강희주가 정명훈으로부터 약혼반지를 선물로 받았더라도, 결혼이 취소되었을 때는 선물의 전제조건이 충족되지 않았으므로 반지는 여전히 정명훈의 소유로 인정됩니다. 정명훈은 강희주가 이 편지를 받은 날로부터 60일 이내에 정명훈의 법정 대리인인 McQueen & Porter LLP 소속 Eric Shin 변호사에게 약혼반지를 돌려줄 것을 독촉합니다. 60일 이내에 약혼반지를 돌려주지 않으면, 정명훈은 강희주를 절도죄로 법정 고소할 권리가 있으며……]

희주는 그대로 현관에 주저앉아 버렸다. 대체 지금 무슨 일이 벌어지고 있는 거지? 그때 휴대전화기의 벨 소리가 울렸다. 발신 번호가 한국이었다. 명훈일까? 그가 한국에서 전화를 건 걸까? 희주는 허겁지겁 전화를 받았다.

"여……여보세요?"

[희주, 너, 너, 너 이렇게 살아 있었으면서 이 독한 기집애! 난 전화번호 바뀐 것도 모르고…….]

죽도록 반가운 목소리의 주인공은 선미였다. 희주는 더 이상 말을 잇지 못하고, 부들부들 떨면서 참았던 울음을 터뜨렸다. 인생에서 이렇게 두렵고 떨리던 적이 또 있었을까?

"선미야. 나 어, 어, 어, 어떻게 해? 나, 나…… 이제 어, 어떡해?"

[내가 너 이렇게 울고 있을 줄 알았어. 너, 내 말 잘 들어. 그 나쁜 새끼, 다음 달에 결혼한대. 주명그룹 둘째 딸이랑. 너 알고 있었니?]

"……뭐?"

전화를 들고 있는 희주의 손이 덜덜 떨렸다.

[그 미친 개자식이 주명그룹 둘째랑 다음 달에 결혼한다고. 너 혹시 그동안 내 이메일 하나도 안 읽고 있었니?]

주명그룹 둘째? 결혼? 잘못 들었나? 분명히 잘못 들었을 것이다. 그럴 리가 없었다.

[나, 지금 비행기 탔어. 거기 시간으로 내일 6시에 JFK공항 도착이야. 내가 바로 택시 타고 너희 집까지 들어갈 테니까 공항에 나오지 말고 집에 딱 붙어 있어. 너 허튼짓 하지 마. 조금만 참고 있어. 내가 바로 갈게.]

직감적으로 알 수 있었다. 버림받았구나……. 또 버림받았구나. 희주는 덜덜 떨리는 손으로 지난 1년 동안 확인하지 않았던 이메일 계정에 로그인했다. 이 이메일은 세상에서 선미와 희주만 아는 계정이었다. 이메일 창이 열리자, 그동안 읽지 않았던 선미의 이메일이 주르륵 화면을 채웠다.

9/25/2011 필독! 정명훈 결혼한대.
9/6/2011 너희 아빠 기사
8/15/2011 너 괜찮은 거야? 제발 전화 좀 받아라
8/5/2011 정명훈에 관한 새로운 소식. 꼭 읽어야 함!
7/31/2011 제발 전화 좀 받아!

〈필독! 정명훈 결혼한대.〉 바로 어제 선미가 보낸 메일의 제목이었다. 희주는 떨리는 손으로 링크를 클릭했다.

From: 주선미
Sent to: 9/25/2011
To: 강희주

너, 내가 오늘 누구랑 밥 먹었는지 알아? 아빠 친구분 중에, 주명그룹 아저씨가 계시는데, 오늘 둘째 딸이 약혼했다고(근데 이건 딴말인데, 이 언니를 밖에서 데리고 들어왔다는 소문이 있어. 그 집에서 내놓은 자식이라는 말도 있고), 점심을 사셨어. 또릿또릿한 데릴사

위 데리고 오게 됐다며 아저씨가 엄청 좋아하셨거든. 잘 키워서 여의도에 보낼 거라고.

몇 주 전에 사윗감이 한국에 잠시 나왔을 때 선을 봤는데, 아저씨 마음에 쏙 들어서 며칠 만에 속전속결로 결정됐대. 그런데 그 남자가 한국대학교 졸업하고, 콜롬비아 대학에서 정치학 박사를 하고 있는데, 이름까지 정명훈이라는 거야. 그래서 보니까 글쎄, 그 개자식인 거야.

난 속으로 너하고 헤어졌나 싶어서 가만히 있으려고 했는데, 함께 식사하다가 그 언니가 지나가는 말로 그러는 거야. 뉴욕에 여자 유학생들은 발에 차일 정도로 많은데, 예쁜 여자는 하나도 없어서 정명훈이 뉴욕에 있을 때 한 번도 여자를 사귄 적이 없었다고.

그때 뭔가 이상하다 싶어서, 나중에 그 미친 새끼가 화장실 갈 때, 뒤따라 나가서 슬쩍 물어봤어. 혹시 뉴욕대에서 미술치료 전공하는 강희주랑 사귄 거 아니었냐고. 그런데 이 호로자식이 눈도 깜짝 안 하면서, 너를 모른다고 하는 거야. 그런 이름 처음 들어본다고……. 사람 잘못 보신 거 아니냐고 그딴 드립을 치더라고. 일단 그때 점심 먹으면서 도촬한 거 첨부한다. 이 사람 맞지?

이게 지금 무슨 말이지? 첨부 사진을 열어보니, 명훈이 희주가 아닌 다른 여자를 보며 웃고 있었다. 너무나 행복하게. 불과 3주 전에 희주를 보면서 웃고 있던 모습 그대로. 희주의 심장이 점점 더 빠르게 뛰기 시작했다.

희주는 선미가 8월 5일에 보낸 〈정명훈에 관한 새로운 소식. 꼭 읽어야 함!〉이라고 쓰인 제목을 클릭했다.

From: 주선미
Sent to: 8/5/2011
To: 강희주

내가 한국대 정치과 선배 언니한테 부탁해서 정명훈에 대해 조금 더 알아봤는데, 학부 때부터 유명했대. 부잣집 딸들만 꼬시는 거로. 그런데 자기 집안이 너무 별 볼 일 없어서(아버지가 도박 빚만 몇억이 있다는 소문도 있어), 매번 마지막에 가서 결혼이 틀어졌대.

사실 똑똑하고 능력이 있기는 하대. 이번 유학도 어느 재단에서 주는 장학금 받아서 간 거고. 정치를 하고 싶어 하는데, 자기 집안에 돈은 없고, 그래서 빵빵한 처가를 찾고 있다더라. 그래서 신분 세탁하러 유학을 갔다는 말이 있대. 그것도 음대, 미대 다니는 부잣집 딸들 많다는 맨해튼으로. 아마 네가 누군지 이미 다 사전 조사 끝낸 후에, 너에게 작업 들어갔을 거야. 원래 늘 그런 식이라던데. 그러니까 희주야, 제발 내 이메일 읽으면……

더 이상은 글자가 눈에 들어오지 않는다. 명훈은 다 알고 있었던 것이다. 희주 집안의 재산과 비극적인 가족사까지 속속들이. 그런데 왜 지금 와서 갑자기? 왜 지금 와서 갑자기 희주를 이런 치졸한 방법 으로 버렸는가?

그러다가 읽지 않고 건너뛴 선미의 이메일에 눈길이 갔다. 〈너희 아빠 기사〉. 내용은 없고, 기사의 링크만 첨부된 이메일이었다. 희주 는 링크를 클릭했다. 기사에는 엄마의 마지막 유작이 되어버린 〈꽃 과 창녀 II〉 그림이 함께 나와 있었다.

강창수 한국대 법학과 교수가 전 재산을 사회에 환원하겠다고 밝혔다. 한국이 낳은 세계적인 화가 故 유혜경 화백의 전 남편 이기도 한 강창수 교수는, 지난 5일, 〈사회 지도층 유산 기부 본 부〉 출범식에서 이같이 밝히고, 사회 지도층에 대한 사회 환원 참여를 촉구했다. ……현재 강창수 교수의 자산은 500억 정도 로 추정되며, 이의 대부분은 1989년 작고한 유혜경 화백의 작 품 경매 수익금인 것으로 밝혀졌다. 고 유혜경 화백의 유작인 〈꽃과 창녀 II〉는 2009년 경매시장에서 43억 5천만 원에 낙찰되 어, 2007년 45억 2천만 원을 기록했던 박수근의 〈빨래터〉에 이 어 국내 미술품 사상 두 번째로 높은 가격에 팔린 작품이다.

9월 6일 자 기사였다. 공교롭게도 명훈이 희주에게 프러포즈한 바 로 다음 날 아침에 올라온 기사. 이제야…… 이제야 이 모든 사건의 윤곽이 잡히기 시작했다. 명훈이 그녀를 버렸다는 것. 그것도 가장 저

급하기 짝이 없는 이유로. 돈 때문에. 천박하기 그지없는 돈 때문에.

희주는 눈앞의 독촉장을 바라보았다. 이로써 모든 게 더욱더 선명해졌다. 그는 자기 마지막 자존심을 버리면서까지 몇 푼 안 되는 반지 값을 돌려받고 싶어 하는 그런 부류의 인간이었다. 그는 엄마의 재산을 노려서 엄마와 결혼을 하고, 엄마의 그림으로 부자가 되고, 엄마의 그림을 판 돈을 사회에 환원하면서 세간의 온갖 칭송과 명성까지 얻게 된 아빠와 똑같은 부류의 인간이었던 것이다.

희주는 땅바닥에 주저앉았다. 그러고는 엉엉 소리 내어 울기 시작했다. 얼마나 깊은 곳에서부터 터지는 울음이었는지, 짐승의 포효 같은 소리가 났다.

❖

울고, 또 울고, 밤새도록 울어도 눈물이 나왔다. 울다 지쳐 눈물도 나오지 않을 때가 돼서야 질문 하나가 뫼비우스의 띠처럼 희주의 머리에서 돌고 또 돌기 시작했다.

'누가 내 인생을 이렇게 비극으로 만들어 놨을까?'

집요한 분노가 서서히 그녀를 삼켜가고 있었다.

처음에는 당장 한국으로 날아가서, 명훈의 면상에 침을 뱉고, 주명그룹 둘째 딸을 찾아가 그의 실상을 낱낱이 밝혀버리려고 했다. 그러다가 깨닫게 되었다. 그건 그저 저급한 복수일 뿐이라고. 그깟 깨알보다도 작은 다이아몬드가 달린 반지 값 몇 푼 때문에 마지막 자존심까지 팔아버리는 그런 저열한 인간에게는 더 이상 흥미가 없어졌기 때문이었다. 그녀는 등기 우편으로 약혼반지를 명훈의 변호인에게 보냈다.

그러고 나서 든 생각은 '그냥 확 죽어버릴까?' 하는 것이었다. 맨해튼 이 넓은 도시에, 동양 여자 하나 죽는 일이 뭐 대수겠는가? 차에 뛰어들 수도 있고, 건물에서 떨어질 수도 있고, 목을 맬 수도 있었다. 그러다가 떠올랐다. 내가 죽어버리면 오히려 다들 더 좋아하지 않을까? 아빠도, 보영도, 명훈도 사실은 내가 죽어 없어지기를 고대하는 것이 아닐까? 왜 나를 희생하면서까지 그들을 행복하게 만들어야 하지? 그건 복수가 아니라 무모하고 의미 없는 희생일 뿐이다. 그럼 누구에게 복수해야 하는 걸까?

생각해보면 이 모든 게 다 아빠 때문이다. 지금 와서 무슨 고매하고 의식 있는 사회 지도층 코스프레를 한다고 이 사달을 일으키고 있는지. 아빠에게는 대체 어떻게 복수를 해야 할까? 어떻게 해야 아빠를 가장 불행하게 만들 수 있을까? 보영에게 복수해야 할까? 보영만 없었어도 아빠와의 관계가 이렇게까지 틀어지지는 나빠지진 않았을 것이다. 아니, 아니다. 엄마만 살아 있었어도, 엄마가 살아 있기만 했어도, 이렇게까지 내 인생이 비참해졌을까?

온종일 그 생각뿐이었다. 복수에 대한 생각이 꼬리에 꼬리를 물었다. 누구에게 복수해야 할까? 누구에게, 어떻게, 가장 잔인한 방법으로 복수를 해야 한단 말인가?

어느 심리학자는 "분노는 인간을 고도로 집중하게 만드는 특징이 있다"고 말했다. 분노하고 있는 피실험자들의 비판적 사고 능력, 문제 해결 능력, 정보처리 능력은 분노하지 않고 있는 피실험자들보다

현저히 높았다. 그만큼 분노에는 대단한 흡입력이 있다는 뜻이다. 분노한 인간들은 자꾸자꾸 그 분노의 근원이 무엇인지 파고들려 한다. 소파 사이로 굴러 들어간 동전을 잡으려고 손을 넣으면 넣을수록 동전이 더 깊숙이 빠져버리는 원리와도 같았다.

집요한 분노는 결국 사소한 기억 하나를 떠오르게 했다. 여섯 살 어린 희주의 무의식 속에 잠식되어 20년이 넘도록 수면으로 나오지 않고 있었던 기억. 아니, 좀 더 정확하게 말하자면 그것은 잊고 있던 누군가의 얼굴이었다. 지금 와서 생각하니 그날은 엄마의 피살 사건이 일어난 다음 날쯤 되었던 것 같다. 집에는 경찰들이며 기자들이 들락날락해서 분주하기만 했고, 영문을 몰랐던 희주는 그저 그 분주함에 들떠 있었다. 그런데 그 많은 사람 중에 엄마의 모습이 보이지 않았다. 희주는 그 분주함을 틈타 집의 뒤채에 있는 아틀리에로 갔다. 아틀리에의 문이 단단히 잠겨 있었다.

"엄마! 문 열어줘!"

문을 두드리며 외쳤지만, 엄마는 끝내 문을 열어주지 않았다. 희주는 괜스레 서러워져 아틀리에 문 앞에 앉아서 울고 있었다. 꽤 한참을 울고 있었던 것 같다. 누군가가 희주의 옆으로 다가와 물끄러미 희주를 바라보고 있었다. 중학생쯤 되어 보이는 소년이었다. 역광에 가려 얼굴을 자세히 보지는 못했지만, 그의 눈매가 서늘했다는 것은 확실히 기억하고 있었다.

그 소년은 울고 있었다. 울고 있던 희주가 오히려 그에게 "왜 울어?"라고 물어보려 했으니까. 그는 희주에게 "미안해"라고 말했던 것 같기도 하다. "왜 미안해?"하고 묻고 싶었는데, 외할머니가 희주를 찾는 소리가 멀리서 들려왔다. 다시 고개를 돌렸을 때, 소년은 흔적도 없이 사라지고 없었다.

대체 그 사람은 누구였을까? 왜 그때 그곳에 있었을까? 왜 그는 울고 있었을까? 왜 나에게 "미안하다"고 했을까? 혹시…… 그가 범인이 아닐까? 보통 범인들은 다시 현장에 돌아온다고 하지 않는가? 자기의 범행 현장을 다시 찾았다가 우연히 나와 만났다? 생각의 꼬리가 거기에까지 이르자, 복수의 계획에 가속도가 붙기 시작했다.

기억이 날 것만 같다. 그 얼굴. 그 눈빛. 그 표정. 쌍꺼풀 없는 서늘하고 날카로운 눈매. 그 눈꼬리를 따라가면 그 끝 어딘가에 도사리고 있는 불안함. 그러나 어딘가 한구석에 판도라의 상자 속 마지막 유일하게 남아 있던 희망 같은 순수함이 아이러니한 조화를 이루던 묘한 얼굴. 그 얼굴을 분명히 최근에 어디서 본 적이 있는데……. 대체 누구였을까?

희주는 온종일 그 얼굴만 생각하고 있었다. 그 얼굴을 생각하며 아침에 일어났다. 그 얼굴을 생각하며 끼니마다 밥을 챙겨 먹었다. 그 얼굴을 생각하며 숨을 쉬었고, 그 얼굴을 생각하며 잠이 들었다. 그렇게 며칠이 지났는지도 몰랐다. 정말로 우연이었다. 그 소년의 얼굴을 다시 보게 된 건. 선미가 그동안 보내온 이메일들을 하나씩 지우다가, 아빠의 기사를 다시 읽게 되었던 것이다. 그 덕분에 아빠의 기사에 함께 첨부되어 있던 엄마의 그림을 다시 보게 되었다.

〈꽃과 창녀 II〉. 엄마의 그림들 특유의 화려한 배경과 섬세하고 소박하게 그려진 꽃잎들 사이로 꿈결 같은 표정으로 앉아 있는 반라의

창녀. 바로 그때였다. 온종일 생각하고 있던 얼굴이 그림 속 창녀의
얼굴과 묘하게 오버랩되는 순간. 바로 그 얼굴이었다. 엄마의 아틀리
에에서 마주쳤던 소년의 얼굴. 그는 그림 속 창녀의 얼굴과 유난히도
닮아 있었다.

두 개의 문

〈세 번째 미술치료 – 9월의 세 번째 수요일〉

수현이 세 번째로 하늘공방을 찾은 날은 구름 한 점 없이 청명한 하늘이 높게 떠 있는 어느 가을날이었다. 그날따라 도심이 이상하리만치 한산했다. 문을 열자 평소와는 사뭇 다른 모습의 공방이 눈에 들어왔다. 블라인드가 내려져 있어서 평소보다 훨씬 어두웠고, 잔잔한 클래식 음악이 나오던 스피커에서는 귀를 찢는 것 같은 일렉트릭 재즈가 대신 흐르고 있었다.

수현은 다급하지만 날카로운 눈으로 희주를 찾았다. 일단 다행히도 피의 냄새는 나지 않는다. 공방은 분명히 평소보다 어수선하긴 했지만, 그렇다고 누군가가 침입한 흔적이 보이는 것은 아니었다. 수현은 오른쪽 양복 주머니 속의 포켓 나이프를 만지작거리며 숨을 죽이고 천천히 공방 안으로 걸어 들어갔다. 폐렴이 도져서 또 어딘가에 쓰러져 있기라도 한 걸까?

공방 창문 가에 평소에는 보이지 않던 이젤 위에 캔버스가 하나 놓여 있었다. 거기에는 물감이 채 마르지 않아, 물에 젖은 물감 특유의 비릿한 냄새를 풍기는 그림이 있었다. 신비한 청록색의 하늘이 푸른 눈물을 흘리는 그림이었다. 희주는 여태까지 여기 앉아서 그림을 그리고 있었던 것일까?

그때 투박하게 공방 문이 열리는 소리가 들렸다. 문 쪽으로 고개를 돌리자 붓들이 가득한 커다란 물통을 들고 오는 희주의 모습이 보였다. 수현은 희주의 모습을 보고 나서야 안도의 한숨을 내쉬며 포켓 나이프에서 손을 뗐다.

희주는 평소와 다르게 편안한 핏의 청바지와 파란색과 초록색 계열의 물감이 덕지덕지 묻어 있는 헐렁한 흰색 셔츠를 입고 있었다. 셔츠 속으로 살짝 비치는 타이트한 검은 민소매 티셔츠가 날씬한 몸매를 드러내 주고 있었다. 수현이 공방에 와 있는 줄 몰랐던 희주는 이젤 가까이 와서야 수현을 발견하고는 뜻밖이라는 표정을 지었다.

"오늘 추석이라 안 오실 줄 알았는데……."

희주는 당황스러워하며 허겁지겁 스피커의 볼륨을 줄였다.

'……그래서 그렇게 거리가 한산했군.'

수현은 대수롭지 않게 받아들였지만, 사실 시한부 선고를 받은 후 날짜 감각을 잃은 것도 사실이었다. 그저 하루하루 죽을 시간이 다가오고 있다는 것. 지난주 최 박사에게 새로 처방받아온 진통제가 벌써 일곱 알밖에 남지 않았다는 것. 그리고 수요일. 유일하게 기다려지는…… 시간. 요즘 수현의 머릿속에 들어 있는 날짜에 대한 개념은 이것들이 전부였다.

"적어주신 연락처로 문자를 보냈는데 못 받으셨나요?"

희주에게 무슨 번호를 줬는지 기억이 가물가물했다. 처음 하늘공방을 찾았을 때 연락처 기재란에 아무 번호나 썼던 것 같다. 그때는 이렇게 지속적으로 희주를 만나게 될지, 혹은 만나고 싶어질지 몰랐으니까.

수현이 희주의 질문에 대답도 하지 않고 "그럼 다음에 다시 오겠습니다"라고 짧게 말하고 공방을 나서려고 할 때 그녀가 그를 불렀다.

"저기."

수현이 발걸음을 멈추고 천천히 희주를 바라보았다.

"여기까지 오셨는데, 괜찮으시면……. 사실 저도 오늘 딱히 약속이 없어서요."

"……."

아무 말 없는 수현의 입가에 잠시나마 잔잔한 파동이 일었다. 곧 다시 그의 경직된 표정에 잠겨 버리기는 했지만.

그녀는 잰 몸짓으로 공방의 테이블에 수현의 자리를 만들어주었다. 수현이 양복을 벗고 어색하게 자리에 앉자 희주가 물었다.

"잘 지내셨어요?"

그녀가 처음으로 그에게 묻는 일상적인 질문이었다. 사람들은 상대방이 잘 지냈는지 궁금하지도 않으면서 저 의미 없는 질문을 하루에도 몇 번씩 던질 것이다. 큰 의미를 부여하지 않는 편이 나을 것이다. 수현은 "……잘 지냈습니다."라고 짧게 대답하긴 했지만, 그것은

두 개의 문

거짓이었다. 상기가 암살 지시를 내린 타깃을 처리해야 하는 데드라인이 다가오고 있었다. 여태까지 단 한 번도 그 데드라인을 어겨본 적이 없던 수현이었다. 그러나 이번에는 처음으로 데드라인을 지켜낼 자신이 없었다.

❖

며칠 전 수현은 흑곰을 처리하러 그 집 앞까지 갔다. 현수의 정보에 의하면, 흑곰의 가족들은 먼저 발리로 여행을 떠났고, 흑곰도 다음날 비행기 표를 발권해놓은 상태라고 했다. 흑곰을 처리할 절호의 기회였고, 어쩌면 상기의 데드라인 안에 타깃을 처리할 마지막 기회였는지도 몰랐다. 현수는 수현이 지정해놓은 새벽 1시부터 20분간 흑곰이 사는 가정집 주위의 모든 보안시설과 통신 수단을 차단해놓겠다고 했다. 현수의 도청 정보에 의하면, 흑곰은 오늘 감기 기운이 있어 감기약까지 먹고 일찍 침대에 누웠다고 했다. 흑곰이 자주 들르는 약국의 약사를 매수해서 평소보다 높은 농도의 수면제를 처방해놓는 것도 잊지 않았다. 암살을 위한 모든 것이 완벽하게 준비된 상황이었다. 수현은 능숙하게 대문을 따고 들어가, 타깃이 있는 침실 문 뒤에 그림자처럼 서 있었다. 침실의 문을 열고 들어가서, 평소대로 하면 모든 것을 신속하고 조용하게 마무리할 수있었다.

수현은 문고리를 잡았지만, 그 문을 열 수는 없었다. 그 순간 희주가 떠올랐기 때문이다. '그녀와 한 약속을 꼭 지키고 싶었다'라든가 '그녀를 실망시키고 싶지 않았다'라는 거창한 이유가 아니었다. 그저 바로 그 순간 "그래서…… 다시 인간이고 싶으신 건가요?"라고 묻던 그녀의 얼굴이 마음을 헤집어 놓았을 뿐.

수현은 고개를 흔들어 뇌 속에 들어 있는 희주의 잔상을 털어버리려고 했다. 그러나 괴물의 눈에서 인간의 눈으로 돌아와 보니 문 옆 벽에 걸린 가족사진이 눈에 들어왔다. 유치원생쯤으로 보이는 늦둥이 딸아이 하나가 있는 단란한 가족이었다. 지금 저 침실 안에 있는 사람을 죽이면, 아이는 평생 아빠가 살해당한 기억을 가지고 외롭게 살아갈 것이다.

'젠장……'

뜬금없고 쓸데없는 죄의식이 심장을 침식하기 시작했다. 감정에 사로잡히기 시작하면 일을 그르치기 마련이다.

"오늘은 철수한다."

이어폰 너머로 [형! 왜 이래? 감기약까지 먹고 자고 있다는데. 모든 준비가 완벽하다구! 거기까지 갔는데, 그냥 끝내버려.] 하는 현수의 목소리가 들려왔지만, 그냥 무시해버렸다.

대문을 나서서 창진이 몰고 온 차에 재빨리 몸을 실었다. 창진은 무거운 시선으로 수현을 바라보았다. 수현은 창진이 묻지도 않았는데 "컨디션이 갑자기 안 좋아져서……"라고 핑계를 댔다.

"상기 형님이 아시면……"

"그건 내가 알아서 해."

수현은 창진의 말을 단호하게 잘라버렸다. 사실이었다. 중국 출장을 간 상기가 돌아오면 분명히 크게 문제 삼을 것이다. 수현은 머리를 뒷좌석에 기대며 눈을 질끈 감았다. 대체 어디서부터 이렇게 엉망이 되기 시작한 걸까? 한 번도 이런 적이 없었는데……. '최소한 인간인 척이라도 하고 싶었다'라고 하면, 그것은 너무 심한 억지일 것이다. 하지만 바로 그 순간, 적어도 희주만은 자신을 인간으로 바라봐주었으면 하고 바란 것은 사실이었다.

❖

낮은 목소리로 "……잘 지냈습니다."라고 대답하는 수현을 보며 희주는 그에게 "혹시 지난주에 제가 입원해 있던 병원에 오신 적이 있나요?" 하고 물어보고 싶은 것을 참았다. 입원실 문이 열릴 때마다 수현의 모습을 언뜻 본 것 같기는 한데, 확실하지는 않았다. 그러고 나서 드는 조금 더 논리적인 결론은 '이 사람이 나를 보러 병원까지 올 이유가 없다'는 것이었다.

"컨디션은…… 좀 어떠세요?"

희주가 조심스럽게 물었다.

"……."

늘 그랬듯이 수현은 하기 싫은 대답은 하지 않는다. 컨디션이 썩 좋지는 않나 보다. 최 박사는 그가 지난주에 한 차례 더 찾아와서 더 강도가 센 진통제를 처방받아 갔다고 했다. 희주는 더 이상 묻지 않고 본론에 들어가기로 했다.

희주는 수현에게 반으로 접힌 도화지 한 장과 함께 크레파스 한 세트를 건네주었다.

"오늘은 '문'을 그려볼 건데요. 일단 그림을 그리기 전에 이수현 씨가 '문' 앞에 서 있다고 상상해보셨으면 좋겠어요. ……그리고 어떤 모양의 문이었는지, 무슨 색깔이었는지, 자유롭게 생각나는 대로 표현해주시면 됩니다."

희주는 반으로 접혀 있던 도화지를 펴면서 말했다.

"문을 다 그리시고 나면, 지금 그리신 문 뒤에 어떤 공간이 있을지 생각해보세요. 어떤 공간이 있으면 좋을까요?"

'문 그리기'는 "이제 문을 열고, 당신의 마음속으로 들어갑니다." 하는 상징적인 의미가 있어 미술치료 초기에 자주 사용되는 기법 중 하나다. 미술치료사는 내담자가 그린 문 그림을 보며, 내담자가 자신과 외부의 관계를 어떻게 인식하고 있는지 알아갈 수 있다. 자신을 남에게 어떻게 보여주고 싶은지, 혹은 자신이 남에게 처음 어떻게 다가가는지를 내담자가 그리는 문의 크기나 모양이 주는 상징성으로 유추해갈 수 있기 때문이다.

희주가 수현과의 세 번째 미술치료 상담 주제로 '문 그리기'를 정한 이유는 수현의 마음속 깊은 곳에 내재한 분노의 근원이 무엇인가를 조심스럽게 알아가기 위해서였다. 수현이 자신의 불치병에 대해 분노하고 있는 게 아니라면, 분노하고 있는 대상이 분명히 있을 것이다. 그것을 알아내려면 수현의 인간관계에 대해 조금 더 파고 들어갈 필요가 있었다.

여느 때와 마찬가지로, 수현이 크레파스를 손에 쥐고 그림을 그리기 시작하는 것을 보고 나서야 희주는 그녀의 이젤로 돌아왔다. 희주는 그림을 그리다가도 틈틈이 곁눈질로 수현을 바라보았다. 그는 한

번 도구를 쥐기 시작하면 꽤 뛰어난 집중력을 보여주는 내담자였다. 한동안 정적이 흘렀다. 엄밀하게 말하면 정적은 아니었지만……. 사각사각 그림 그리는 소리와 희주가 붓을 물로 헹궈내는 소리, 물감이 캔버스를 사르락 적시고 들어가는 소리가 들리긴 했다.

수현이 크레파스를 손에 쥐기 시작한 후, 쉬지 않고 성실하게 그림을 그리다가 딱 한 번 주춤하며 머뭇거리는 순간이 있었다. 문 그림을 완성하고 그 문 안으로 들어가려던 찰나인 것 같다. 그는 잠시 큰 심호흡을 한번 하고는, 고개를 떨구고, 입술을 꼭 붙이고는 천천히 조심스럽게 종이를 넘겼다. 그만큼 마음을 보여주기 싫었던 것일까? 그만큼 그 자신도 들어가기 두려운 곳이라는 걸까? 문을 열고 나서도 그는 한참을 머뭇거리기만 했다. 그러고 나서 어렵사리 고동색의 크레파스를 들고 긴 선을 그리기 시작했다.

수현은 지난번에 봤을 때보다 조금 더 야윈 것 같았다. 여전히 위협적이지만, 눈빛이며 말투가 조금은 부드러워졌달까? 그는 예측할 수 없는 공허함을 던지는 내담자였다. 그 갑작스러운 공허함이 희주의 심장을 몇 번이나 떨어지게 하는지……. 끝도 없이 추락하려는 심장을 부여잡고, 가까스로 태연한 척을 해야만 했다. 지난번 공방의 계단을 내려가는 그의 뒷모습을 봤을 때도, 그녀가 타고 있던 경찰차 사이드미러에 희미하게 비치던 그를 보았을 때도 그랬다. 그는 어두운 골목길에 한참을 가만히 서 있기만 했다. 희주의 병실 밖 의자에 홀로 앉아 두 팔을 무릎에 괴어놓고 머리를 푹 숙이고 있는 모습을 맞닥뜨린 순간에도 또 한번 심장은 끝도 없이 낙하했다. 그가 수현이 아닐 수도 있다고 생각하려 애썼지만, 이미 심장은 통제할 수 없이

일렁이고 있었다.

　수현이 그림 그리기를 마치고 손을 씻으러 간 사이에 희주는 그가 그려놓은 문을 유심히 보았다. 문을 두 개 겹치도록 그린 점이 눈에 가장 먼저 띠었다. 처음에는 도화지 반이 가득 찰 정도로 큰 문을 그렸다가, 다시 작은 문을 하나 더 그렸다. 내담자는 큰문으로 들어가는 세계와 작은 문으로 들어가는 두 가지 세계에서 혼란스러워하고 있다. 자아에 대한 혼란이나, 인간관계에 있어서 어떻게 자신의 입장을 취해야 할지 명확하게 알지 못하는 사람이라고 해석할 수 있다. 보통 자아 형성이 시작되는 10대 후반의 청소년들에게서 흔히 볼 수 있는 패턴. 이 남자는 인간관계에서는 아직 소년의 수준에 머물러

두 개의 문

있는 것이다.

수현을 처음 만난 날, 그의 눈매와 눈망울에서 수줍은 소년을 봤던 것이 기억났다. 그가 아무리 자기 자신을 위협적이고 폭력적으로 표현해도, 그 안에는 여전히 어른의 세계로 들어가기 두려워하는 소년 한 명이 웅크리고 앉아 있을 뿐이다. 어쩌면 작은 문과 큰 문은 수현 자신의 기억에 단절이나 삶을 표현했는지도 몰랐다.

수현을 처음 만난 날 시도했던 '집-나무-사람 검사' 때 그가 했던 말이 떠올랐다. 그는 나무의 나이가 열네 살쯤 되었다고 했다. 그 뜻은 수현이 열네 살 때 일종의 트라우마를 겪었을 가능성에 대해 시사한 것이기도 하다. 즉 작은 문은, 아직 그 트라우마를 겪기 전 수현의 인간관계를 표현한 것이라면, 큰 문은 트라우마 후의 인간관계를 나타냈을 가능성이 크다.

미술치료는 내담자의 작품 안에서 숨은그림찾기를 하는 것이다. 숨어 있는 의미 속에서 비슷한 패턴이 반복되어 나올 때가 있는데, 그것을 잘 캐치하는 것이 중요하다. 그런 의미에서 열네 살 수현이 겪은 트라우마가 대체 무엇이었는지 알아보는 것이 급선무였다. 물론 아주 민감한 사안이라, 섣불리 그 주제에 대해 성급하게 상담을 시작하는 것은 위험할 것이다. 그런 면에서 희주는 이수현 내담자와의 라포르(rapport, 상호 신뢰 관계) 형성에 조금 더 신경을 써야겠다고 생각했다.

"문을 두 개 그리셨네요."

어느새 다시 자리로 돌아온 수현에게 희주가 말을 건넸다.

"왜 문이 두 개 있나요?"

"……처음 문을 너무 크게 그린 것 같아서, 다시 그렸습니다. 없는 문이라고 생각하면 됩니다."

그저 프레임만 그려놓은 큰 문. 텅 비어 있고, 차가운 문. 문고리도 없어 아무도 그 문으로 들어갈 수 없다. 수현은 도화지의 반을 채우는 큰 문을 그려놓고, 그 위를 하얀색 크레파스로 덧칠했다. 마치 큰 문의 존재를 지워 없애버리려는 듯. 문고리도 없어 들어갈 수도 없는 문. 아직은 그 큰 문으로는 들어오지 말라는 뜻일 것이다.

"그럼 이 작은 문으로 들어가면 되는 건가요?"

작은 문은 오른쪽 어귀로부터 따뜻한 빛이 새어 나오고 있다. 일단 밝게 칠해놓은 노란색 문고리가 눈에 띈다. 작은 문은 비록 낡고 초라해 보이지만, 내담자가 애착을 가지고 여러 가지 색깔을 섞어서 시간을 들여 꼼꼼하고 세심한 터치로 그린 문이었다. 큰 문으로는 절대로 들어오지 말고, 이 작고 초라한 문으로 저 노란 문고리를 열고 들어오라는 수현의 신호일 것이다.

"이수현 씨가 직접 문을 열어주셨으면 좋겠는데요."

수현은 멋쩍다는 표정으로 문을 열어주었다. 한낱 종이를 펼치는 간단한 일이었을지 모르지만, 중요한 의미가 있는 행위였다. 희주는 내담자들과 '문 그리기'를 할 때마다 늘 이렇게 내담자 스스로 문을 열도록 유도했다. 내담자 스스로 문을 열면서, 그들이 치유자에게 그들 스스로 마음의 문을 연다는 착각이 들게 하기 위해서였다.

수현이 열어준 문 뒤에는, 희주가 감히 생각하지도 못했던 따스한 세계가 펼쳐지고 있었다. 조그만 동산이었다. 정답고 고운 푸른색의.

건강해 보이는 나무 한 그루 옆에는 어린아이와 어른이 서 있었다. 비록 실루엣으로 그리긴 했지만, 그것만으로도 알 수 있었다. 어린아이가 입을 벌려 함박 웃고 있다는 것. 아이의 웃음소리가 지금 들려오는 것만 같다. 얼굴을 훑고 지나가는 봄바람의 촉감. 푸릇푸릇한 풀 비린내. 햇살의 온기.

문 안의 그림은 내담자가 현재 갈망하거나 무의식 속에 간절히 원하는 것을 반영한다. 그는 인생에서 가장 행복했던 순간을 그린 것 같다. 그때로 다시 돌아가기를 간절히 원하고 있다는 걸까?

"……그림이 정말 따뜻해요."

수현은 그 말을 들었는지, 못 들었는지 도무지 알 수 없는 표정으로 그림만 응시하고 있었다.

"여기 있는 이분은 누구신가요?"

"······어머님······입니다."

"어머니와 좋은 추억이 많은 것 같네요. 어머니 이야기를 조금 더 들려줄 수 있으실까요?"

그는 희주를 보고 있으면서, 보고 있지 않은 것 같은 눈빛으로 느릿하게 말을 꺼냈다.

"······세 살부터 열세 살까지 보육원에서 자랐습니다. 사실 부모님은 기억나지 않습니다. 자라면서 가장 먼저 알게 된 어른은 보육원 원장이었으니까요. 그렇게 10년 가까이 그곳에 있었습니다. 그 보육원은 희망이라곤 찾아볼 수 없는 곳이었습니다."

수현이 세 살이 채 되기 전, 그리고 수현의 누나였던 시은이 열 살 때, 둘은 사회복지사의 손에 이끌려 지방 중소도시에 있는 희망보육원에 맡겨졌다. 보육원에는 눈에 보이지 않는 서열이 있었다. 친부모가 직접 보육원을 찾아와서 상황이 여의치 않으니 잠시만 맡아달라고 사정해서 있게 된 아이들. 그리고 친부모로부터 버림받아 사회복지사들의 손에 이끌려 보육원을 찾게 된 아이들.

아이들은 잔인하고 예민했다. 어린 나이에 이미 그 미묘한 차이를 알고 있었다. 전자의 아이들은 어깨에 힘이 들어가 있고, 후자의 아이들은 어딘가 모르게 주눅이 들어 있었다. 그래 봤자 다들 버림받은 아이들일 뿐인데도. 물론 수현과 시은은 후자였다.

수현의 머릿속에 남아 있는 희망보육원의 기억들은 '희망'이라는 이름과 달리 '희망'과는 정반대의 것들이었다. 모든 것들이 낡고 거칠고 황폐하고 1년 내내 무엇인가가 썩어들어 가는 것 같은 고약한 냄새가 났다.

어느 소설에서 읽은 적이 있다. 인류가 종말을 맞이한 세상에서 아버지와 어린 아들이 바다를 향해 끊임없이 여행하는 이야기였다. 태양이 빛을 잃어버린 듯한 잿빛 세상. 더는 먹을 음식이 없어 이 세상에 남아 있는 소수의 생존자들은 선택을 한다. 인육을 먹는 부류에 속하느냐, 그리고 인육을 먹는 부류를 피해 도망 다니는 부류에 속하느냐?

지금 생각해보면 소설 속 가상 세계는 보육원에서의 삶과 비슷했다. 희망보육원에서 만난 많은 사람도 그렇게 두 부류였다. 남의 인생을 파괴하며 살아가는 부류, 그리고 그런 부류를 피해 최대한 눈에 띄지 않게 숨을 죽이고 살아가는 비굴한 부류. 수현은 후자였다. 그는 최대한 몸을 낮추고, 입을 닫고, 살아 있지 않은 듯 살아갔다.

시은은 달랐다. 그녀는 후자로 살기에는 너무나 눈에 띄는 외모를 지닌 소녀였다. 아무리 조용히 몸을 낮추어 살아가려 해도, 그녀는 모든 사람의 눈에 띄었다. 시은의 외모는 보육원 생활에서 당연히 독이 되었다. 열 살이 채 되기도 전, 수현은 이 세상 더러운 것들의 생리를 하나씩 이해하기 시작했다. 그중에 가장 역겨운 것은 시은을 바라보는 새끼들의 희번덕거리는 눈빛이었다. 발정 난 들개의 것 같았다.

이 세상의 반짝이는 모든 것들이 빛을 잃은 것 같았던 희망보육원에서 7년을 채우고, 수현이 아홉 살이 되었을 무렵, 시은은 "누나가 꼭 다시 너를 데리러 올 꺼야. 그러니까 어떻게든 여기서 누나를 기다리고 있어." 하는 말을 남기고 보육원에서 도망쳤다. 수현은 한순간도 누나를 원망하지 않았다. 설사 누나가 돌아오지 않는다고 해도 누나를 원망하지 않았을 것이다. 아니, 어쩌면 마음속으로 누나가 제발 이곳을 떠나기를 바랐는지도 모른다. 알고 있었으니까. 밤마다 원장 새끼 방에 불려가서 해가 뜨기 직전에야 방으로 돌아와서는 내내 울고만 있다는 사실이 무슨 의미인지를. 누나는 지난 몇 년간이나 그짓을 당했던 것이다.

"……그런데 제가 열세 살이 됐을 때, 기적 같은 일이 일어났습니다. 다시…… 어머님……이 보육원을 찾아오신 겁니다. 그리고 저를 보육원에서 데리고 나가셨죠."

그렇게 처절하게 하루하루를 지내던 어느 날, 봄이 시작되려는 겨울의 어느 끝날에…… 거짓말처럼 누나가 수현의 학교로 그를 찾아왔다. 둘은 반가워할 겨를도 없이 다른 보육원 아이들에게 들키기 전에, 시은이 타고 온 반짝이던 검은색 그랜저에 신속하게 몸을 실었다. 라이방 선글라스를 끼고 운전을 하고 있던 남자가 "안녕, 반갑다. 나는 조상기라고 해." 하며 반갑게 수현을 맞이해주었다. 누나가 일하고 있다는 업소의 매니저라고 했다. 누나의 뒤를 많이 봐주고 있다고. 룸에서 손님을 받고 있던 시은을 주방으로 빼준 것도 그였고, 다른 주방 도우미들보다 두 배로 월급을 주고 있는 것도 그라고 했다. 그것이 수현과 조상기의 첫 만남이었다.

"……어머님……은 서울 변두리에 조그만 옥탑방을 하나 준비해놓고 저를 기다리고 계셨습니다. 처음 그 집 문을 열고 들어가던 그 순간…… 조그마한 천국을 본 것 같았습니다."

누나가 서울 변두리에 준비해놓은 옥탑방은 하늘이 아주 가까이 보이는 곳이었다. 계단을 올라가고 올라가고 또 올라가서 맨 마지막에 있는 집 옥상이었다. 때마침 하늘에서는 노을이 지고 있었고, 집집마다 반짝거리며 형광등이 켜졌다. 옥탑방이 있는 옥상으로 한차례 매서운 겨울바람이 몰아쳤지만, 그래도 따뜻했다. 그곳에서라면 모든 것을 견뎌낼 수 있을 것만 같았다.

"어서 들어와. 배고프지?"

먼저 집에 들어가서 밥을 짓던 누나의 목소리가 들려왔다.

수현은 그 옥탑방의 문을 처음으로 연 순간을 아직도 잊을 수가 없다. 문에 달린 반투명 창문으로는 다정한 노란색 불빛이 새어 나오고 있었고, 문을 열자 고소한 밥 냄새가 새어 나왔다. 가스 곤로에서는 보글보글 된장찌개가 끓고 있고, 누나의 분주한 몸놀림에 그릇들이 서로 부딪쳐 딸그락 소리를 내고 있었다. 가짓수가 많지는 않았지만 수현의 옷가지들도 한쪽 간이 옷걸이에 차곡차곡 정리되어 있었고, 서랍이 두 개 달린 좌식 책상에는 6학년 교과서와 공책, 필통이 가지런히 놓여 있었다. 울컥하고, 뜨거운 것이 넘어올 것만 같아 수현은 그저 삼켜 넘겼다.

"여기로 와. 여기가 제일 따뜻해."

시은은 어색하게 현관에 서 있는 수현의 손을 이끌고 아랫목으로 데리고 가서 무릎에 담요를 덮어주었다.

"……너무 말랐다. 그동안 고생 많았지?"

누나가 갑자기 말을 멈췄다. 누나는 울고 있었다.

"누나, 울지마……. 나, 괜찮았어."

거짓말을 했다. 누나가 울고 있으니까.

"우리 이제 정말 행복하게 살자. 여기서 너랑 나랑."

누나가 수현의 손을 꼭 잡았다. 여기저기 상처투성이에다 많이 거칠어진 손. 소년은 그제야 참고 있던 눈물을 흘렸다.

"그때 처음으로 먹어봤던 것 같습니다. 달걀이 들어간 라면. 서로 그 달걀을 먹겠다고 욕심을 부리기도 했지만……."

그는 잠시 말을 잇지 못했다.

"……넉넉하지는 않았던 살림이어서, 이것저것 안 해본 일이 없지만, 그래도, 괜찮았…… 행복했습니다. 아주 많이."

희주는 물끄러미 그를 바라보았다. '이 사람이 지난 3주 동안 봐왔던 그 사람이 맞나?' 싶을 정도로 수현은 아이처럼 해맑간 표정을 짓고 있었다. 희주는 문득 '나는 엄마 이야기를 하면 어떤 표정을 지을까?' 하는 생각이 들었다. 그러고 보니 누군가에게 엄마의 이야기를 한 지도, '엄마'라는 다정한 단어를 머릿속에서 떠올린 것도 정말 오래전 일인 것만 같았다.

담담하게 이야기를 끌고 가는 수현의 말을 희주는 그저 묵묵히 듣고 있었다. 최대한 개입하지 않고 내담자의 리드에 이 대화를 전적으로 맡기는 것이 좋을 것 같았다. 내담자가 행복했던 때를 추억하고 그것에 관해 이야기하면서 서서히 마음의 문이 열리기를 기다려주는 것이다.

"살면서 그런 순간들이 있지 않습니까? 영원히 기억하고 싶은 순간들. 제게는 그때의 모든 순간이 그런 순간들이었던 것 같습니다. 이렇게 될 줄 알았으면, 조금 더 자세히 기억해둘걸 그랬습니다."

그들 사이로 침묵이 느릿느릿 지나가고 있었다. 수현이 하는 말이 무슨 뜻인지 너무나 잘 알 것 같았다. 엄마가 살아 계실 때, 그 따뜻했던 품 안의 온도를……, 엄마의 상냥한 목소리를……, 엄마의 손을 잡았을 때의 그 보드라운 촉감을 기억해둘걸……. 왜 그런 사소한 것들은 더 이상 기억이 나지 않는 걸까? 이렇게 그리워질 것을 알았다면, 더 자세히 기억해두는 건데.

눈물이 흐르고 있었다. 희주의 눈에서였다. 무릎에 놓여 있던 노트에 톡 하고 떨어져 푸른 잉크가 번져 들어가는 것을 보기 전까지 희주는 눈물이 흐르는지조차 모르고 있었다. 희주는 수현이 눈치채지 못하게 눈에 티끌이라도 들어간 척하며 눈물을 닦았다.

"여기 그리신 이 나무는 무슨 나무인가요?"

"하루는…… 어머니……께서 사과를 사 오셨는데, 그 씨를 심으면 사과나무가 자라서 더 이상 사과를 사 먹지 않아도 될 거라고. 그래서 우리는 사과를 먹을 때마다 누군가가 버려놓은 깨진 병들이며, 종이 우유갑마다 흙을 채워서 사과 씨를 심었습니다."

옥탑방 어귀에 나이가 지긋한 부부가 운영하는 조그마한 과일가게가 하나 있었다. 마음씨 좋은 과일가게 부부는 일을 마치고 귀가하는 누나에게 멍들거나 오래되어 팔지 못하는 과일들을 모아두었다가 가끔 그냥 주곤 했다. 수현과 누나는 사과를 먹다가 나오는 씨들을 모아서 모조리 흙에 심었다. 그렇게 해서 싹이 트고, 꽃이 피고, 사과가 열리면 그것들을 팔아서 아담한 18평짜리 아파트도 분양받고, 조그만 중고차도 한 대 사자는 야무진 꿈을 가지고.

"그런데 사과 씨는 아무리 오래 기다려도 싹을 틔우지 않았습니다. 나중에 알아보니, 사과 씨는 추운 겨울을 땅에서 보내고 나서야 싹을 틔운다고 하더군요. 가끔 사과 씨를 심은 화분들은 그 겨울이 지나고 난 후 정말로 싹을 틔웠을까 궁금해집니다."

희주는 순간 수현의 말에서 미묘한 불길함을 알아챘다. 마치 그 정다운 옥탑방으로 다시는 돌아갈 수 없었다는 뉘앙스가 풍겼기 때문이었다. 그해 겨울이 오기 전에 무슨 일이 있었던 것일까? 궁금했지만 오늘은 물어보지 않기로 했다. 이 내담자가 저 온화한 얼굴로 이렇게 말을 많이 한 날은 아마 오늘이 처음일 것이다. 그는 지금 아주 기분 좋은 꿈을 꾸는 중이었다. 희주는 그 꿈에서 그를 깨우지 않기로 했다. 적어도 오늘만은.

"조금 더 들려주시겠어요? 이수현 씨 어머니 이야기……."

❖

생각보다 오랜 시간이 지났다. 수현과 희주가 상담을 끝내고 자리에서 일어났을 때는 이미 바깥이 어두워진 후였다. 다음 주 같은 시간에 보기로 약속하고, 그는 여느 때와 같이 공방 문을 열고 계단을 걸어 내려가고 있었다. 터벅, 터벅. 공허한 그의 발소리 때문이었을까. 무심코 희주의 시선이 계단을 내려가는 그의 뒷모습에 머무르게 되었다. 하필이면. 쓸데없이.

'보지 말걸⋯⋯.'

순간 눈을 질끈 감고 후회했지만, 너무 늦어버린 것 같았다. 심장이 이미 중력에 반응하고 있었다. 미치도록 공허한 뒷모습이었다. 〈세상에서 제일 슬픈 뒷모습〉 콘테스트가 있다면 그는 마땅히 심사위원들의 만장일치로 대상을 받았을 것이다.

희주는 그가 계단을 다 내려갈 때까지 미친 듯이 갈등하다, 그가 마지막 계단을 디뎠을 때야 드디어 갈등을 멈추고 그를 불렀다.

"저⋯⋯, 이수현 씨."

그가 무심한 표정으로 그녀를 바라보았다.

"오늘 저녁 식사⋯⋯ 같이 하실래요? 음⋯⋯, 오늘 추석⋯⋯이니까⋯⋯. 아, 추석이어서, 제 친구가 음식을 조금 가져다줬는데, 그게 너무 양이 많아서⋯⋯."

자신이 무슨 말을 하는지 도무지 알 수 없었다. 방금 분명히 "조금 가져다줬다"고 한 것 같은데 "너무 양이 많다"라고 말도 안 되는 말을 하고 있다고 희주는 생각했다. 당황스러웠다. 수현은 버벅거리는 희주를 물끄러미 쳐다보았다. 내색하진 않았지만, 희주가 함께 저녁을 먹자고 제안한 것에 대해 매우 놀란 것처럼 보였다. 적어도 그녀를 바라보는 그의 눈빛이 차가워 보이진 않는다고 희주는 생각했다. 좋은 사인 같았다. 그 눈빛에 용기를 얻어 희주는 다시 말을 꺼냈다.

"제가⋯⋯ 달걀 들어간 라면도 하나 끓여드릴 수 있어요."

조금 전 상담 시간에 수현이 과거를 떠올리며 "그때 처음으로 먹어봤던 것 같습니다. 달걀이 들어간 라면"이라고 말했던 것을 그대로 따라 한 것이다. 이 어색한 상황을 어떻게든 벗어나 보려고 한 얘기지만, 그는 당연히 웃지 않았다. 우두커니 그 자리에 서 있기만 할 뿐……

희주는 문 옆에 선미가 두고 간 찬합을 들고 계단을 내려갔다.

"공방 뒷마당에 평상이 하나 있어요. 오늘 날씨가 좋아서 거기서 먹어도 될 것 같아요."

대답 대신 수현은 희주가 들고 있던 찬합 꾸러미를 들어주었다.

둘은 말없이 뒷마당으로 향했다. 반짝반짝 니스칠해놓은 평상이 하나 덩그러니 놓여 있는 소박한 마당이었다. 뒷마당은 한옥을 개조한 집으로 바로 연결되어 있었다.

"제 선배 부부 작업실이에요. 둘이 웹툰 작가인데, 지금 추석이라 고향 집에 내려가고 없어요."

물어보지도 않았는데 희주는 구구절절 말을 늘어놓았다. 긴장하고 있는 것이 분명했다. 희주는 평상 위에 있는 상에 선미가 가져다준 음식들을 펼쳐 놓고는 선배 작업실에서 수저와 접시를 챙겨오겠다며 집 안으로 들어갔다.

소박한 마당에는 길목을 따라 디딤돌이 정답게 깔려 있었고, 평상 오른편 자그마한 텃밭에는 고추며 깻잎이며 토마토가 옹기종기 자라 있었다.

'세상에 이렇게 평화롭게 사는 사람들이 아직도 있구나.' 싶을 정도로 한갓진 정경이었다. 이 잔잔한 풍경에 가장 이질감을 풍겨대는 대상은 자신뿐이라고 수현은 생각했다.

어느새 가을이 시작되고 있었다. 한번 해가 지기 시작하면 어둠이 빠르게 내려앉고 풍경은 곧 무채색이 되었다. 수현은 어서 빛바랜 무채색에 자신을 숨기고 싶었다. 아직은 달이 보이지 않아 다행이라고 생각했다. 그는 달을 싫어했다. 아니, 더 솔직히 말하자면, 그는 달이 무서웠다. 특히 초승달을 볼 때마다 왠지 피가 뚝뚝 떨어지는 것만 같은 끔찍한 상상이 시작됐다. 피가 그의 머리에도 떨어지고, 그의 어깨에도 떨어지고, 피 특유의 끈적함에 온몸이 녹아버리는 상상. 그 음산함과 불길함이 숨 막히게 두려웠다.

'왜 초승달을 무서워하게 됐을까?'

곰곰이 생각해보니 예전에는 분명히 그 이유도 알고 있었던 것 같은데, 이제는 더 이상 기억이 나지 않는다. 분명 시시한 이유일 것이다.

수현은 천천히 뒷마당을 거닐다가, 평상 위에 어색하게 걸터앉았다. 누나와 살던 옥탑방에도 상기가 직접 합판을 톱으로 잘라서 만들어준 평상이 있었다. 거기에 셋이 앉아서 밤새도록 실없는 농담을 하고, 나른한 일요일 오후에 낮잠을 자기도 하고, 호호거리며 군밤을 까먹었던 적도 있었던 것 같은데, 지금 생각하니 그 일들이 실제로 있던 일이었는지 싶었다. 어쩌면 인생의 모든 순간이 불행했던 한 인간이 꾸던 행복한 꿈의 일면이었는지도……. 그 셋 중 한 명은 이미 죽었고, 또 한 명은 죽이는 자가 되었고, 마지막 한 명은 죽음을 사주하는 자가 되었다. 평상에 앉아서 평화롭게 하릴없는 시간을 보내던 그때, 그들은 알고 있었을까? 그들이 얼마나 '죽음' 가까이에 당도해 있었는지.

"오래 기다리셨죠? 아까 라면 얘기하셨을 때, 저도 갑자기 너무 먹고 싶어져서……."

생각에 잠겨 있던 사이, 어느새 희주가 라면 냄비를 들고 나타났다.

희주는 수현에게 라면을 덜어주면서 말했다.

"달걀은 두 개 넣었으니까…… 싸우지 않아도 돼요."

수현의 입가에 희미한 미소가 떠올랐다.

❖

조용한 저녁 식사였다. 간간이 말을 하긴 했지만 그래도 조용함이 압도적으로 분위기를 이끌어 나갔다고 해야 할 것이다. 그 어색한 고요함을 먼저 깬 것은 희주였다.

"이렇게 누군가와 명절을 함께 보내는 거, 정말 오랜만이네요."

갑자기 튀어나온 희주의 진심에 수현은 적잖이 놀랐다. 어느 감정이든지 거의 완벽하게 감출 수 있는 그였지만, 이번만큼은 그가 매우 놀랐다는 걸 희주가 알아차릴 만큼 티가 났다. 희주는 귀한 부잣집에서 태어나, 가족들에게서 주체할 수 없을 만큼의 사랑을 받고 살아왔을 거라고 은연중에 생각하고 있었기 때문이었다.

"가족이…… 없습니까?"

희주는 대답 대신 수현에게서 멀리 있는 접시에서 가장 반들반들하게 만들어진 송편 하나를 수현의 그릇에 조심스럽게 덜어주며 쓸데없는 말로 분위기를 띄웠다.

"송편 드셨어요? 제 친구가 직접 빚었대요. 아마 이 못생긴 송편들이 제 친구 작품일 거예요. 딸은 절대 낳지 말라고 해야겠죠?"

수현은 더 이상 묻지 않았다. 희주는 그가 대답을 하지 않으면, 그에게 대답을 강요하지 않는다. 수현도 그녀에게 그렇게 해야 할 것 같았다. 그 대신 그는 다른 질문을 던졌다.

"강희주 씨는 내가 무섭지 않습니까?"

"……솔직히 ……아직 조금 무서워요."

"그런데 오늘 왜 같이 식사하자고 했습니까?"

희주는 장독대 옆에 핀 코스모스를 바라보며 다시 말을 이었다.

"오늘 이수현 씨 이야기 듣고, '아……, 참 좋은 추억이 많은 분이구나.' 하는 생각이 들었어요. 그렇게 어렸을 적에 따뜻한 기억들이 있는 분이라면 나쁜 분은 아닐 것 같아서……."

예전에 도스토옙스키의 소설 《카라마조프의 형제들》에서 수현은 비슷한 구절을 읽은 적이 있었다. "마음속에 아름다운 추억이 하나라도 남아 있는 사람은 악에 빠지지 않을 수 있다. 그리고 그런 추억들을 많이 가지고 인생을 살아간다면 그 사람은 삶이 끝나는 날까지 안전할 것이다." 그 구절을 읽자마자 수현은 바로 책을 쓰레기통에 처넣었다. 누나와 3년 남짓 아름다운 추억이 있었는데도, 그는 끔찍한 괴물이 되었단 말이다. 왜 누나와의 아름다운 추억들은 그를 구원해 주지 않았는가?

'저 말도 안 되는 말을 믿는 바보가 정말로 있었군.'

수현은 쓸쓸한 미소를 지었다.

"사실, 조금 부러웠어요. 이수현 씨는 어머니와의 기억이 많이 남아 있으신 것 같아서. 저희 엄마는 제가 너무 어렸을 때 돌아가셔서……."

그제야 수현은 조금 전 미술 상담 시간에 소리 없이 흐르던 희주의 눈물이 이해되었다. 물론 그때는 못 본 척하긴 했지만, 계속 신경이 쓰였었다.

"겨울이면 엄마랑 앞마당 소나무에 크리스마스트리를 만들었어요. 트리를 만들다가 꽁꽁 얼어서 집에 들어가면 엄마가 허쉬 초콜릿을 녹여서 뜨거운 코코아를 만들어주셨어요. 그때 마셨던 씁쓸하고 달콤했던 코코아 향은 아직도 생생하게 기억이 나는데, 엄마 체취는 기억이 안 나요. 엄마가 자기 전에 늘 읽어주시던 《아낌없이 주는 나무》며 《꽃들에게 희망을》 같은 책의 본문은 다 기억나는데, 정작 엄마 목소리가 어땠는지는 기억이 안 나요. 우습죠? 왜 쓸데없는 것만 기억나는 건지."

희주의 입가에 아득한 미소가 떠올랐다. 추억 속의 엄마를 떠올리고 있는 것이다. 그리고 어떤 식으로라도 그때의 생각에 오래 머무르고 싶을 것이다.

"어, 죄송해요. 제가 쓸데없는 말을 너무 많이 한 것 같네요."

당황해하며 테이블을 치우려고 일어나는 희주에게 수현이 담담하게 물었다.

"괜찮으시면 조금 더 들려줄 수 있습니까?"

"……네?"

"강희주 씨 어머님 얘기. 더 듣고 싶습니다."

희주가 찬찬히 수현의 얼굴을 바라보았다. 그러는 희주의 표정에서 그렇게 갖고 싶어 하던 선물을 받고, 한껏 들떠 있는 어린아이의 얼굴을 떠올렸다.

한가위 보름달이 어느새 그들의 머리 위에 떠 있었다. 희주는 차를 내오겠다고 집 쪽으로 걸어가고 있었고, 수현은 그런 희주의 뒷모습을 무심히 바라보고 있었다.

그때였다. 철컥. 수현의 오른쪽 후방 45도 각도로, 1m가 채 안 되는 곳에서 기분 나쁜 기계음이 들렸다. 국내에서 유일하게 수도 밸브를 이용해 수제 폭탄을 만드는 백호파에서 자주 쓰는 시한폭탄의 트리거와 아주 유사한 소리였다. 혹자는 백호파 폭탄 제조자가 예전 무장단체에 몸을 담고 있었던 자라고 했다. 그가 만든 수제 폭탄에 목숨을 잃은 사람을 본 적이 있다. 온몸에 유리 파편과 못 수백 개가 박혀 있어 사람의 형상을 찾아볼 수 없었다. 그저 여전히 부들부들 떨고 있는 거대한 핏덩이 몇 개가 눈앞에서 뒹굴고 있을 뿐. 수현이 상기의 지시로 백호파의 보스를 살해하고 나서, 그들은 그동안 몇 번이나 그 끔찍한 수제 폭탄으로 수현의 목숨을 노려왔는지 모른다.

온몸의 근육이 순식간에 긴장하며 심장 박동수가 미친 듯이 치솟기 시작했다. 잘 훈련된 킬러들은 위기 상황이 닥쳤을 때, 생각하지 않는다. 그저 본능적으로 반응할 뿐. 2초가 채 안 되는 이 짧은 순간에, 수현은 일단 미친 듯이 솟아 뛰어대는 심장을 가다듬고, 반사적으로 희주 쪽으로 달려가 그녀의 몸을 다급하게 감싸 안았다.

"……아!"

희주의 외마디 비명이 공간으로 퍼져 나왔다. 영문도 모르는 희주는 본의 아니게 수현에게 격렬한 백허그를 당한 형국이 되었다.

쏴.

동시에 뒤뜰 텃밭에 있던 스프링클러에서 차가운 물이 터져 나오기 시작했다. 소낙비 같은 물줄기가 무심히 그의 등을 스치고 지나가는 순간까지도, 수현은 상황 파악이 제대로 안 되는 것 같았다. 무조건 이 여자를 지켜내야 한다는 생각뿐이었다. 그는 필사적으로 희주를 감싸 안았다. 수현이 얼마나 희주를 성실하고 억세게 안고 있었는지, 그에게 잡혀 있던 희주의 손목이 하얗게 질려가고 있었다. 피가 통하지 않을 만큼의 완력으로 그가 그녀를 붙잡고 있었기 때문이었다. 물론 그녀에게는 스프링클러의 물이 단 한 방울도 튈 겨를이 없었다. 그 차가운 물을 수현이 그녀 대신 오롯이 받아내고 있었다.

한동안 그대로 서 있다가, 먼저 상황을 파악한 희주가 "풉" 하고 싱거운 웃음을 터뜨렸다. 그녀가 수현을 달래는 듯이 말했다.

"이수현 씨, 그냥 물이에요. 스프링클러에서 나오는. 선배가 타이머를 맞춰 놓고 갔나 봐요."

그제야 수현은 엉거주춤 희주를 놓아주었다. 희주에게 물이 튀지 않게 여전히 등으로 스프링클러에서 나오는 물을 맞은 채. 그의 등에서 물방울이 뚝뚝 떨어지고 있었다. 그러다가 갑자기 스프링클러가 자동회전을 시작하며, 사방으로 물방울들이 튀기 시작했다.

"앗……! 차가워! 우리 우선 피해요!"

희주가 수현의 손을 잡고 집 쪽으로 뛰기 시작했다. 그 가늘고 따뜻한 희주의 손이, 그 부드럽고 고결한 손이, 상처투성이, 피투성이인

수현의 손을 꼭 잡고 있었다.

수현의 손을 이끌면서 희주가 소리 내어 웃었다. 너무나 곱고 티 없는 웃음소리였다. 그 마음속에 누군가를 간절히 죽이고 싶어 할 정도의 증오가 있는 사람이라는 게 도무지 믿기지 않을 정도로. 짧은 순간이었지만 수현은 희주가 말한 '우리'라는 단어에 정말로 그가 포함되어 있는지 궁금했다. '우리'라는 단어가 내포하고 있는 친밀함을 인식하고도 그런 말을 내뱉었는지, 아니면 입버릇처럼 그냥 무의식적으로 튀어나온 말인지 수현은 진심으로 궁금했다.

10

악몽의 시작

선배의 작업실에 들어온 희주는 어색해하며 잡고 있던 수현의 손을 놓았다. 비 오는 날 처마 끝에 달려 있던 빗방울들이 끊임없이 돌계단으로 떨어지듯, 수현의 젖은 몸에서도 수많은 물방울이 떨어지고 있었다. 희주는 허둥지둥거리다가, 작업실에 딸린 조그마한 창고를 가리키며 말했다.

"일단 저기로 가서…… 잠깐만 기다리세요. 제가 수건을 좀 가지고 올게요."

희주가 수건을 가져다주러 창고의 문을 열었을 때는, 이미 수현이 와이셔츠를 벗던 중이었다. 상처투성이의 그 뒷모습을 본 그 순간, 희주는 그 자리에서 얼어버렸다. 대단히 부적절하긴 했지만, 숨이 막힐 만큼 멋진 뒷모습이었다. 지금 당장 스케치북을 가져와 데생을 그리고 싶어질 만큼. 조금 야윈 감이 없진 않았지만, 직각으로 떨어지는 어깨 밑으로 등 근육이 곧게 뻗어 있었고, 근육의 굴곡이 선명해 그림자와 더불어 멋진 명암을 조성하고 있었다. 그의 등에 있던 수많은 상처가 물에 젖어 훈장처럼 반짝이고 있었다.

"뭡니까?"

수현의 날카로운 외침에 희주의 얼굴이 붉어졌다. 신경질적인 그의 시선이 그녀의 눈과 마주쳤다. 오히려 당황한 쪽은 희주였다. 그녀는 그제야 정신을 차리고 가지고 온 수건을 내려놓았다.

"아……, 여……여기 수건……."

도망치듯 창고를 나오고 나서도 희주는 한동안 마음을 진정시킬 수 없었다. 그저 남자의 벗은 몸을 봐서 가슴이 뛴다는 순진무구한 이유는 절대로 아닐 것이다. 맹세하건대 수현에게 평소에 호감이 있었거나, 그를 남자로 느껴본 적도 없었다. 오히려 그가 두려웠고 부담스러웠고 불쾌했다. 그런데, 왜 이렇게 미친 듯이 심장이 뛰는 거지?

'미쳤어.'

희주가 두 손으로 얼굴을 쓸어내리며 자신을 진정시키고 있을 때, 누군가 작업실 대문을 두드리는 소리가 들려왔다. 희주가 몇 번이나 "누구세요?" 하고 물었지만 답도 하지 않고 거칠고 사납게 문만 두드리고 있었다.

문을 열자 검은 양복을 입은 덩치 큰 남자가 무지막지하게 희주를 밀쳐내고 성큼성큼 작업실로 들어갔다. 창진이었다.

"누구세요? 대체 왜 이러세요?"

창진은 희주를 완전히 무시하고, 수현을 찾기 시작했다.

"형님, 여기 계십니까? 접니다. 형님, 어디에 계십니까?"

"저기요. 거기 그렇게 막 들어가시면 안 되는……"

창진이 작업실로 들어와 소란을 피우자 대충 수건을 두른 수현이 창고에서 나왔다. 창진의 뒤를 허겁지겁 따라오던 희주가 무기력하게 수현을 바라보았다. 수현은 창진을 손짓으로 저지시키며 말했다.

"제 밑에 데리고 있는 사람입니다."

"전 그런 줄도 모르고. 너무 막무가내로 들어가셔서……"

수현이 곁눈질로 창진을 보며 나직한 목소리로 한마디 했다.

"사과드려."

살벌하게까지 들리는 그 짧은 한마디에 창진은 갑자기 온순한 사자 새끼로 돌변하여 발톱을 한껏 가린 채 희주에게 고개를 숙였다. 이 사람이 정말 좀 전에 그녀를 거칠게 밀쳤던 그 인간이 맞나 싶을 정도로 정중한 몸짓이었다.

"옷은?"

"여기 가져왔습니다."

창진은 종이가방을 수현에게 건넸다.

"괜찮으십니까? 오기 전에 컨디션이 안 좋다고 하셔서……"

"괜찮아. 나가서 대기해."

창진은 수현에게 90도로 인사를 하고는 작업실에서 나갔다. 나지막한 목소리 하나로 자기보다 목 하나가 더 있는 건장한 사내 하나를 완전히 복종시키는 수현의 모습이 조금 낯설게 느껴졌다.

수현이 옷을 갈아입고 나오니, 희주가 따뜻한 녹차를 준비해놓고 있었다. 수현은 아무 말 없이 차를 마셨다. 작업실 시계의 초침이 들릴 만큼 고요한 정적이 그들 사이를 촘촘히 채우고 있었다. 수현의 젖은 머리카락이 자연스럽게 흘러내리고 있는 탓인지 희주는 그가 평소보다 온순해 보인다고 생각했다. 착각일 테지만. 수현은 찻잔을 비우고 천천히 일어났다.

"오늘, 이렇게 옷도 다 젖고……. 죄송해요."

그 뒤를 희주가 따라 일어서며, 먼저 어색한 침묵을 깨고 말했다. 차마 희주의 얼굴을 보면서 말하지는 못했지만, 수현이 짧은 소감을 남겼다.

"……오늘 ……좋았습니다."

희주는 그의 말에 전기에 감전이라도 된 듯 우두커니 서서 그의 뒷모습만 보고 있었다. 그러다가 서서히 입가에 미소를 지었다. 알 것 같았다. 그가 어떤 마음으로 "……오늘 ……좋았습니다"라고 말했는지. 그것이 수현이 할 수 있는 가장 최선의 표현 방식이라는 것도.

그가 처음으로 희주의 미술치료에 대해 긍정적인 반응을 보인 것이다. 우여곡절이 많았던 하루였지만, 이 하루의 끝에 비로소 알게 되었다. 굳게 닫혀 있던 그의 마음의 문이 조금은 열린 것 같다고.

❖

그날 밤, 희주는 쉽게 잠을 이룰 수 없었다. '설렜다'는 단어로 희주의 상태를 표현하는 것은 적절하지 않다. 내담자에게는 설렐 수 없다. 설레는 순간 그녀는 치료자이기를 포기해야 할 것이다. 그러므로 '설렜다'라는 말로 이 감정을 정의할 수는 없었다. 오랜만에 누군가와 '엄마' 이야기를 할 수 있어서 아주 잠시 행복했던 것뿐이라고 희주는 스스로를 세뇌했다. 수현 때문이 아니라고. 수현 때문이 '절대' 아니라고.

그녀는 생각의 흐름을 다른 곳으로 바꿔보려고 부단히 애를 썼지만 생각은 자꾸만 한 곳으로만 흘러갔다. 결국은 가장 낮은 곳으로 고이기 마련인 물줄기처럼…… 그의 뒷모습을 생각하고 있다. 쇠같이 강인해 보이지만 동시에 가장 외로워 보이던 뒷모습이었다. 온갖 상처들이 난무하고 있어서일까?

뒷마당에서 그의 품에 안겼던 그 순간을 생각하고 있다. 그의 뜨거운 입김이 희주의 목을 간지럽히던 그 순간. 그의 강인한 팔이 그녀의 쇄골을 쓰다듬던 그 순간. 그의 심장 박동은 희주의 등에서 점점 더 빨라지고 있었다. 그의 심장이 희주의 뒤에 얼마나 가까이 밀착되어 있었는지, 그녀는 점점 더 뜨거워지는 그 심장의 온도까지도 느낄 수 있었다. 얼음같이 차가울 줄 알았던 그의 품은 생각보다 아늑하고 따뜻했다. 그에게는 역겨운 피비린내가 날 것 같았는데, 의외로 그녀의 후각을 자극했던 것은 풋풋한 풀 냄새였다.

그녀는 그의 강한 팔이 거세게 와닿았던 쇄골 부위를 괜스레 만져보다가, 고개를 흔든다. 절대로 그를 생각하고 있는 게 아니라고. 그저 내담자가 치료 결과에 만족하는 것 같아 기쁘다는 생각을 하고 있을 뿐이라고. ……그래서 설레는 것뿐이라고.

그날 밤부터 수현의 악몽이 다시 시작되었다. 그의 10대를 송두리째 잡아먹고, 그를 지겹도록 괴롭혀 왔던 바로 그 악몽. 임 선생의 집에 있을 때부터 피를 보게 되는 날에 종종 꾸던 꿈이었다. 그 꿈을 꿀 때마다 그는 엉엉 소리 내어 울다가 잠에서 깼다. 그러고 나면 밤새 흐른 눈가의 눈물이 마르기도 전에 임 선생의 혹독한 매질이 시작되었고, 그런 다음에는 생명에 위협을 느낄 만큼의 거대한 굶주림이 그를 기다리고 있었다.

임 선생의 매질과 굶주림이 두려운 것은 아니었다. 그런 것들은 죽을 만큼 아프고 힘들었지만 그래도 견뎌낼 수 있을 정도의 고통이었다. 하지만 그 꿈은, 그 꿈만큼은…… 참을 수 없을 정도로 끔찍하고 괴로웠다. 매번 똑같은 배경에, 똑같은 소녀가 나오는 꿈이었다.

빨려들어 갈 듯이 검은 하늘에 집만큼 커다란 초승달이 덩그러니 떠 있다. 피 칠갑을 한 초승달은 끈적한 피를 뚝뚝 흘리고 있었다. 수현은 늘 열네 살 앳된 소년의 모습으로 그 꿈에 등장한다. 그는 어딘가 뒤에 숨어서 작은 오두막집을 엿보고 있다. 그 조그마한 오두막집 대문 앞 돌계단 위에 머리를 양 갈래로 묶은 어린 소녀가 무릎에 얼굴을 파묻고 울고 있다. 그 꼬마의 울음소리가 너무나 서러워 수현의 심장이 통째로 도려내지는 것만 같다. 그 울음소리에 홀린 듯 꿈속의 수현은 소녀에게로 점점 다가가고 있다. 꿈 밖에서 수현의 의식은 늘 이렇게 경고한다.

"가지 마! 가면 안 돼. 가면 넌 돌이킬 수 없어."

그러나 수현은 어느새 그 소녀 앞에 서 있다. 어깨를 들썩거리며 한참을 울던 소녀가 처음으로 천천히 고개를 들어 수현을 바라본다. 그런데 소녀에게는…… 얼굴이 없다. 머리카락이 오소소 곤두서고 있다. 얼굴 없는 소녀는 울음 섞인 목소리로 이렇게 부르짖는다.

"너 때문이야!"

그 한마디에 수현의 몸 안에 있는 세포 하나하나가 비명을 지르기 시작한다. 그것들이 비명을 지르며 그의 심장을 산 채로 갉아먹는다. 동시에 이 세상의 모든 비극이 떠오르기 시작한다. 누나의 아름답던 모습이 떠오르고, 그 위로 응급실 침대 위에 피범벅이 되어 무참히 죽어가던 누나의 모습이 오버랩된다. 누나와 함께했던, 봄날같이 따스했던 날들이 떠오르고, 그 위로 혼자 어두컴컴한 옥탑방에서 오지 않는 누나를 기다리며 이 세상 모든 것을 잃은 자의 절망을 곱씹던 시간들이 오버랩된다.

그리고 숨이 막힐 것 같이 밀려드는 외로움. 영원할 것만 같아 절망스러운 먹먹함. 심장은 그것들에 짓눌려 에이다 못해 산산조각 난다. 깨어진 심장의 잔해가 수현의 온몸에 박힌다. 심장의 파편이 박힌 자리마다 피가 철철 나기 시작한다.

수현은 비명을 지르며 도망친다. 정신없이 한참을 뛰고 난 후, 주위를 살피면…… 또 그 오두막집 대문 앞이다. 대문 앞 돌계단 위에 아까 그 얼굴 없는 소녀가 무릎에 얼굴을 묻고 소리 내어 울고 있다. 그럼 또 수현은 그 소녀 앞으로 다가가는 것이다.

그렇게 몇 번을 도망가고, 몇 번을 비명 지르고, 몇 번을 "너 때문이야!" 하는 원망을 듣고, 그런 다음엔 또 몇 번을 이런 밀도 높은 슬

품에 잠식당하는지 모르겠다. "제발 이 꿈에서 나를 좀 깨워주세요. 아니면 제발 나를 죽여주던가!"라며 믿지도 않는 신에게 빌고 또 빌고, 차라리 나를 죽이라고 협박까지 하는 것이었다. 도무지 이해가 되지 않는 꿈이다. 초승달은 왜 피를 흘리고 있는지, 그 소녀는 누구며, 왜 울고 있는지. 왜 그리도 한 맺힌 목소리로 "너 때문이야!"라고 소리치고 있는지. 수현은 왜 그 소녀의 말에 이렇게도 동요하는 건지.

오랜만에 다시 찾아온 악몽에 수현은 한참을 아이처럼 울다가 잠에서 깼다. 얼마나 많은 눈물을 흘렸는지, 베개가 온통 눈물로 젖어 있었다. 그는 일단 그 악몽에서 깼다는 사실에 안도의 한숨을 내쉬었다. 꿈에서 얼마나 소리를 지르고 울었는지, 목이 타오르는 것만 같았다.

수현이 침대에서 일어나 물을 마시러 부엌으로 걸어가고 있을 때 갑자기 온몸에 고통이 파고들기 시작했다. 뼈의 모든 마디마디가 다 삭아 들어가는 느낌이었다. 극심한 고통에 수현은 몇 걸음 걷지 못하고 외마디 비명을 지르며 땅바닥에 꼬꾸라지고 말았다. 느낄 수 있었다. 죽음의 그림자가 서서히 그를 드리우고 있다는 것을.

수현은 가까스로 일어나 최 박사가 처방해준 진통제를 물도 없이 삼켜 넘기고, 다시 바닥에 누워 눈을 감았다. 하얗게 펼쳐진 백지 위에 희주의 얼굴이 떠올랐다. "전 이수현 씨가…… 살았으면 좋겠는데요." 하고 말하던…….

그 말 한마디가 수현의 마음속에 얼마나 거대한 울림을 주었는지도 모르고 그녀는 그런 개소리를 잘도 내뱉는다. 수현의 눈을 무심하게 피하던 그녀의 시선……. 부드럽게 흘러내리는 머릿결……. 연필을 들고 있던 손가락의 움직임……. 금세 깨질 것 같은 가냘픈 목소리…….

목탄으로 그리는 연한 데생 터치같은 연한 미소가 그의 얼굴에 번진다. 그리고 오늘, 그녀를 품에 안고 있었던 그 짧았던 모든 순간. 1분이 채 안 되는 그 순간을 곱씹고 또 곱씹어본다. 그녀의 머리카락이 닿았던 자신의 얼굴을 만져본다. 그녀의 어깨가 닿았던 그의 팔을 만져본다. 그리고 손. 그녀가 그 가녀린 손으로 힘껏 잡았던 그의 손바닥을 다시 한번 만져본다. 한 번만 더. 한 번만 더 그녀를 안고 싶었다. 한 번만 더 그녀의 머리카락에 얼굴을 묻고 싶었다. 딱 한 번만 더. 갑자기 미친 듯이 '살. 고. 싶. 다.'는 생각이 들었다. 그녀의 손을 단 한 번만이라도 더 잡아볼 수 있게. 단 한 번이라도 좋으니. 딱 한 번만 더.

그러다가 번쩍 정신이 들었다. 그런 그녀가 현수에게 그를 찾아서 죽여달라는 의뢰를 한 것이 생각났다. 그녀에 대한 모든 아스라한 기억이 신기루처럼 순식간에 사라져버렸다. 그는 살기를 바라서는 안 되는 사람이었다. 그는 죽어야 한다. 죽어서 지옥 불에 떨어져서 영원히 고통받아야 하는 사람이다. 그래야 비로소 신은 공평하다는 말을 들을 수 있을 것이다. 그래서 그가 지금 이렇게 아픈 것이다. 벌을 받는 거다. 그를 조롱한 이 세상을 저주하고, 아무렇게나 피를 뿌려댄 죄에 대한 벌.

진통제의 기운이 온몸을 돌기 전에 한 번 더 통증의 파도가 덮쳤다. 수현은 질끈 눈을 감았다. 그래도 조금 전보다는 많이 수그러진 통증이었다. 깜깜한 어둠이 한기가 되어 그를 에워싸고 있었다. 죽음이 생각보다 더 가까이에 와 있다는 것을 직감할 수 있었다.

'환영한다. 이 끔찍한 악몽에서 나를 구원해줄 너를……. 나의 오랜 친구.'

❖

아침 늦게 치매 환자들을 위한 그룹 미술치료 상담을 하나 끝내고 대충 공방을 정리하고 나니 이미 오후가 되어 있었다. 희주는 공방 문지방에 달린 시계를 봤다. 12시 45분. 약간 출출했지만 15분 후에 정우성 경위를 만나기로 했으니 꼼짝없이 공방에서 기다려야 할 것 같았다. 집에서 가져온 바나나와 커피 한 잔으로 대충 끼니를 때웠다. 2주 전 희주가 폐렴으로 쓰러지는 바람에, 정우성 경위와 만나기로 했던 약속이 불발되고, 지난주에는 그가 과학 수사 학회 참석차 미국을 다녀와야 해서 또 한 주 연기되었다. 3주가 지난 지금에서야 다시 그와 약속을 잡을 수 있었다.

시간이 잠깐 남은 틈을 이용해, 희주는 이수현 내담자의 지난주 상담 노트 정리를 끝내기로 했다. 희주는 지난번 상담 때 그녀가 써놓았던 메모들을 훑어보며 수현의 상담을 녹음해둔 음성 파일을 다시 들었다. 스피커에서 나오는 나지막한 그의 목소리가 희주의 공방 구석구석을 채우고 있었다.

"……그 보육원은 희망이라곤 찾아볼 수가 없는 곳이었습니다."

"……그런데 제가 열세 살이 됐을 때…… 다시…… 어머님……이 보육원을……"

"······어머님······은 서울 변두리에 조그만 옥탑방을······"

이상했다. 이수현 내담자가 어머니에 관해 이야기하는 것을 들어보면, 그는 그 어떤 사람들보다도 어머니에 대한 친밀감이나 애정이 넘쳤다. 그런데 왜 그는 남의 어머니들을 지칭하는 것 같이 거리감이 느껴지는 '어머님'이라는 단어를 쓰는 걸까? 저토록 친밀한 관계였다면, 한번쯤은 무의식중에라도 '어머니' 혹은 '엄마'라고 부를 법도 한데, 이 내담자는 접미사 '님'을 붙여 꼬박꼬박 '어머님'이라는 경어를 쓴다. 게다가 그는 '어머님'이라는 단어를 굉장히 어렵고 조심스럽게 발음하고 있다. 마치 살아생전 이 단어를 한 번도 입 밖으로 소리 내어 말해본 적이 없는 사람같이······.

다시 녹음 파일을 들어보니 그가 '어머님'이라고 말하기 전에는 늘 1~2초 정도 짧은 머뭇거림이 동반되었다. 마치 '크렘 브륄레'나 '비프 부르기뇽' 같은, 입에 잘 붙지 않는 생소한 외국어를 말할 때의 어색한 머뭇거림이랄까? 녹음 파일에서는 수현의 중저음 목소리가 계속 흘러나오고 있었다.

"그때 처음으로 먹어봤던 것 같습니다. 달걀이 들어간 라면. 서로 그 달걀을 먹겠다고 욕심을 부리기도 했지만······."

희주는 왼쪽 클릭으로 그 부분을 멈추고 다시 듣는다.

"······달걀이 들어간 라면. 서로 그 달걀을 먹겠다고 욕심을 부리기도 했지만······."

뭔가 어색하다. '보통 엄마는 자식에게 음식을 양보하지 않나? 이렇게나 애틋하고 끈끈한 모자지간이었다면, 그리고 그렇게 어려운 살림이었다면 엄마는 당연히 달걀을 그에게 덜어줬을 법한데······.'

희주가 '엄마가 아닌 제3의 인물일 가능성?'이라고 짧게 메모하고 있을 때, 누군가 공방 문을 두드렸다. 정우성 경위일 것이다. 그녀는 주섬주섬 수현의 포트폴리오를 덮고 문 쪽으로 갔다.

"강희주 씨, 그동안 잘 지내셨습니까?"

밝은 표정의 우성이 밝은 목소리로 인사를 했다. 우성이 만들어내는 밝은 기운이 부담스럽게 공방으로 밀려들었다.

"어떻게 몸은 좀 괜찮으십니까? 그날, 갑자기 쓰러지셔서 정말 깜짝 놀랐습니다."

희주는 지난번 병원까지 데려다준 사람이 우성이었던 것을 그제야 기억하고는 고마웠다고 짧게 인사했다.

"점심 안 드셨을 것 같아서 제가 케이크를 몇 조각 사 왔는데……. 아, 제가 여자 동료들한테 물어보니까 이 집 케이크가 제일 맛있다고 해서 갔는데, 문을 아직 안 열어서 말입니다. 제가 뒷문으로 들어가 보니까 지금 막 구워진 케이크가 김을 모락모락 내고 있어서, 제가 그 주인한테 특별히 부탁해서 사 온 케이크인데……."

"죄송하지만 제가 단 걸 별로 안 좋아해서."

"아, 제가 그럴 줄 알고 이 녹차 케이크도 사 왔습니다. 이 케이크는 하나도 안 달다고 하던데……. 일본산 안 쓰고 100% 제주도에서 가져온 녹차 가루라고 주인이 얼마나 강조하던지."

"죄. 송. 하. 지. 만. 케이크를 별로 안 좋아해서요."

희주는 벌써 피곤해지기 시작했다.

"하핫. 그렇군요. 그럼 그냥 제가 먹어도 되겠습니까? 제가 또 이렇게 맛있게 먹는 모습을 보시면 강희주 씨도 먹고 싶어지지 않겠습니까? 동료들이 저보고 먹방 하면 인기 많을 거라고……. 하핫. 웬만한 먹방 유튜버보다 훨씬 더 게걸스럽게 먹는다고 하네요. 아, 그건 돌려까기였나?"

힐끗 희주를 보던 우성이 분위기 파악을 한 것 같다. '아차' 싶어서 또 주섬주섬 이 끝도 없이 추락하고 있는 분위기를 살려보려고 말을 이었다.

"아 이런, 제가 또 만담을……. 제 동료들이 저는 모든 이야기를 만담화한답니다. 근데 별로 재미없다는 게 함정이라고. 아, 또 제가 예쁜 여자 앞에만 가면 정신줄 놓고 말이 유난히 많아져서 말이죠. 제발 좀 조심하라고, 어찌나 다들 자나 깨나 제 걱정을 하고들 있는지."

결국 희주는 그의 끝없는 넉살에 어이없는 웃음을 내보냈다. 그러자 우성은 웃고 있는 희주를 보며 큰오빠같이 따뜻한 표정을 지으며 말했다.

"……웃으니까 예쁘잖아요."

희주는 순간 멍하니 우성을 쳐다보았다.

"볼 때마다 너무 긴장하고 있는 것 같아서, 만나면 꼭 한번 웃게 해 드리고 싶었어요."

희주는 우성이 다시 보였다. 말 많고 성가시고 무능한 형사인 줄만 알았는데…….

"자, 일단 앉아서 이것 좀 보시죠."

우성은 재킷을 벗어서 아무렇게나 걸쳐놓고 가지고 온 파일을 열었다. 재킷을 벗자 어깨로 맨 권총집에 권총이 제일 먼저 그녀의 시선을 사로잡았다. 그제야 우성이 제법 유능한 형사인 것 같다는 생각이 들었다. 우성은 파일을 열자마자 180도 진지한 모습으로 돌변했다.

"아시다시피, 고 유혜경 씨 사건이 저희 아버지의 유일한 미제 사건이었습니다. 우리 아부지 자존심 무지 상하게 한 사건이었죠. 그래서 그런지 몰라도, 아버지는 정년퇴직하시고 나서도 틈틈이 그 사건을 조사하셨던 것 같습니다. 아버지 수사 노트를 보니, 지난 2012년 강희주 씨가 잠시 한국으로 귀국하셨을 때, 종로서로 찾아와서 새로운 증거가 있다고 주장하셨다고……."

"네. 잊고 있던 어릴 때 기억이 떠올랐어요. 범인이라고 추정되는 사람을 그다음 날 범행 현장에서 우연히 마주쳤던 것 같다고 정 경감님께 말씀드렸었죠."

"아버지께서 강희주 씨께 이미 말씀드린 거로 알고 있는데, 강희주 씨의 증언을 듣고 아버지도 그때 그 사건에서 찜찜했던 일들이 몇 개 기억나셨던 것 같습니다. 1989년 당시 초동 수사 때는, 유혜경 씨의 모델이었던 정시은이 유력한 용의자가 될 뻔하기도 했던 거 알고 계셨습니까? 유혜경 씨의 화실에는 온통 정시은의 지문이 깔려 있었으니까요. 그런데 정시은에게는 유혜경 씨를 살해할 모티브도 없었지만, 일단 빼도 박도 못하는 확실한 알리바이가 있었습니다."

"그 알리바이가 뭐였나요?"

희미하게 떨고 있는 희주의 목소리를 진중한 우성의 목소리가 덮어주었다.

"이미 사망한 후였죠. 정시은은 같은 해 11월 3일, 유혜경 씨 사건과 아무 상관없이, 사고를 당해서 병원으로 후송조치 됐으나 11월 4일에 사망했던 겁니다."

심부름센터의 말이 맞았다. 정시은은 엄마의 사건이 일어났던 그 즈음에 죽었다고 했다.

"그런데 아버지 수사 노트에 보면, 정시은의 남동생을 우연히 사건이 일어나기 전에 종로서에서 만났다고 쓰여 있었습니다. 당시 14세였던. 시훈? 시현? 이름이 정확하지는 않지만, 아무튼 노트에 이렇게 써놓으셨더라고요."

우성은 희주에게 아버지의 수사 노트를 보여주었다. 꼬장꼬장한 그의 성격만큼 꼼꼼한 글씨체였다.

1989년 11월 3일
– 미성년자 학생 하나가 서에서 난동을 부려 유치장에 입감됐다. 정시현? 정시훈?
– 진성이랑 얼추 비슷한 또래 같던데, 그 또래에서는 찾아볼 수 없는 슬픈 눈빛.
– 빵, 우유 하나 사 들고 면회. 곰보빵을 잘 먹더라.

우성은 마치 암호처럼 쓰여 있는 수사 기록을 큰오빠처럼 자상하게 다시 설명해준다.

"아, 일단 이렇게 영감탱 분위기에 어울리지 않는 감성 돋는 수사 기록 죄송합니다. 아부지가 한 감성 하셔서. 이런 주책바가지 영감. 저 위에 진성이는 저희 큰 형님 이름인데, 아무래도 같은 또래의 남자아이가 유치장에 입감됐다고 해서 마음이 쓰이셨던 것 같습니다."

우성은 옆에 앉아서 주의 깊게 자신의 말을 듣고 있는 희주를 힐끗 바라보며 말을 이었다.

"아버지가 모아놓은 다른 수사 기록들도 뒤져보면서 연구를 좀 해봤는데, 정황상 89년 11월 3일에 남자아이 하나가 유치장에 입감이 됐었나 봅니다. 강력반 형사에게 상해를 입히려다가 현장에서 바로 체포된 것 같은데, 문제는 이 학생이 무연고자였답니다. 아무리 신원 확인을 해보려고 해도 나오지를 않아서 유치장에 일주일이나 갇혀 있었던 것 같습니다. 나중에서야 신원 보증을 해줄 사람이 나타나서 가까스로 풀려나긴 했습니다만……. 그리고 11월 13일에 유혜경 화백 사건이 일어났고. 그런데 여기 11월 14일과 15일 자 기록을 좀 보십시오."

우성은 수사 노트를 희주가 보기 좋은 곳에 놓아주었다.

11/14/89

- 유력 용의자 #1 정시은. 11/4 새벽 과다출혈로 사망: 알리바이 입증.

- 다음 용의자는 누구?

11/15/89

- 11/3 종로서에서 난동 부렸던 무연고자 학생이 정시은 동생?

- 이 싸한 기분, 뭐지?

우성은 계속 말을 이었다.

"울 짠돌이 아부지, 우리한테는 한 번도 안 사주셨던 그 귀한 곰보 빵 사 들고 기어이 면회까지 가셨던 그 학생이 바로 정시은의 동생일 수도 있다는 사실을 우연히 알아내신 거죠."

아버지를 짠돌이라고 부르며 주책이 심하다고 디스하긴 했지만, 아버지에 대한 무한한 존경과 애정이 있다는 것을 우성의 표정과 말투에서 느낄 수 있었다. 대체 어떤 아버지이셨길래 자식으로부터 저런 존경을 받을 수 있는 걸까?

"우리 아부지가 주책은 좀 심하셔도 촉 하나는 정말로 좋은 형사셨어요. 싸한 느낌이 오는 사람들은 대부분 확률 90% 이상 범인이었다고. 종로서에서도 아버지의 검거율을 따라올 사람이 아직까지 없을 정도거든요. 형사들 사이에서 지금도 전설이시죠."

"그런데 그 당시에는 왜 남동생이 용의 선상에 단 한 번도 오르지 않은 건가요?"

"일단 이게 말입니다. 아버지가 정시은의 동생을 용의 선상에 올려야 한다고 상부에 보고했다가 개박살 당하신 것 같은데, 이해가 안 가는 것도 아닙니다. 당시 주변 사람들의 진술에 의하면 정시은에게 나이 차이가 크게 나는 남동생이 있었던 것 같기도 하다고. 그런데 정시은에게 친동생이 있었다는 사실은 정황상 근거일 뿐, 서류상으로는 그 동생이 이 세상에 살았었다는 증거를 아무것도 찾을 수가 없었답니다. 마치 이 세상에 존재하지만 존재하지 않는 유령 같은 아이라고나 할까요?"

"그렇군요."

"이웃들도 남자아이가 하나 있었다는 건 어렴풋이 기억했지만, 그

오누이의 이름을 기억하는 사람은 없었습니다. 한마디로 이 세상에서 그들에게 관심을 가졌던 사람들이 한 명도 없었다는 말이죠. 게다가 열네 살 아이가 저지른 범행이라고 하기에는 너무나 대담하고 치밀해서 형사들이 차마 그 아이가 범인이라고 생각하지는 못했을 겁니다. 예를 들면……"

우성은 그다음 말을 하려다가 잠시 머뭇거린다.

"아, 강희주 씨 어머님의 상흔에 대해 조금 적나라하게 이야기할 건데, 괜찮으시겠습니까?"

희주는 대답 대신 고개를 끄덕였다.

"피해자 유혜경 씨 사망의 주원인은 자상에 의한 과다출혈. 왼쪽 옆구리 3번, 4번 늑골 사이를 70도 각도에서 날 20cm가량의 산악용 칼에 찔리셨죠. 그것도 아래에서 위로. 그런데 그 상흔 부위가 아주 절묘한 부위다, 이 말입니다. 그곳이 바로 우심실 부근인데, 우심실 출혈이 일어나면 성인 남자의 경우 5분이 안 돼서 즉사하는 아주 치명적인 부분이죠. 그런데 우심실을 한 번에 바로 찾기가, 이게 아주 힘들단 말입니다."

우성은 자신의 늑골 부위를 직접 가리키며 설명했다.

"여기 3번, 4번 늑골 사이를 아래서 위로 찔러야 하는 까다로운 부분이거든요. 실제로 특수부대원들이 살상 훈련을 받을 때도 이 3번, 4번 늑골 사이를 한 번에 찾아 찌르는 게 어려워 보통 경동맥을 찌르는 법을 가르친다고 합니다. 그런데 유혜경 씨 가해자는 그 부분을 주저 없이 한 번에 깔끔하게 딱 찔렀다는 거죠. 게다가 칼을 대담하게 시신에 꽂아놓고 갔다는 점. 초범이었다면 분명히 그곳을 찌르고 칼을 뺐을 것 같은데, 이 범인은 마치 그 칼을 뽑아버리면 피가 사방 팔방으로 뿜어댈 것을 알고 있었던 사람같이 말이죠. 물론 칼에는 지문 하나 묻어 있지 않았습니다."

우성은 희주의 눈치를 살피고는 조금 주춤거리며 말을 이었다.

"그래서 송구스럽습니다만, 사건 초반에는 강희주 씨의 부친 되시는 강창수 씨가 청부살인업자를 고용하신 게 아닌가 하는 가능성도 조심스럽게 제기됐다고 합니다. 지금 와서 하는 이야기지만 말입니다. 사건 현장이 너무나 깔끔했습니다. 보통 치정이나 원한에 의한 살인이었다면 자기 분을 못 이겨 현장에 감정의 잔재가 남아 있기 마련이죠. 칼로 여러 번 찌른다던가, 시신을 더 잔혹하게 훼손한다든가 하는."

그건 아닐 거라고 희주는 생각했다. 아빠가 아무리 엄마와 관계가 안 좋았다고 해도, 아빠는 그렇게 사람을 죽일 만한 사람은 아니다. 어쨌든 자기 손에 피 묻힐 일을 할 위인이 아니니까.

"그리고 어차피 정시현이, 아, 이제부터 편의를 위해 정시현이라고 칭하겠습니다. 그 현장에 있었던 물증이 없기도 했지만, 그 당시 미성년자였던 정시현에게서 지문 채취를 할 수도 없었을 겁니다. 상부에 보고했다가 아주 그냥 개박살이, 아주 그냥……. 뭐, 어쨌든 그렇게 사건은 점점 미궁 속으로 빠져들고 있었는데……"

희주는 거의 빨려 들어가듯 우성의 말에 귀를 기울였다.

"여기서 반전이 등장합니다. 강희주 씨 아버님이 뜬금없이 도난 신고를 하신 거죠. 유혜경 씨의 다이아몬드 반지가 없어졌다고. 그래서 갑자기 수사 방향이 '단순 살인강도' 쪽으로 급물살을 타게 되었던 겁니다. 그리고 아시다시피 지금껏 사건은 오리무중인 거죠."

우성은 엄마의 다이아몬드 반지가 찍힌 사진을 보여준다. 5캐럿은 족히 되어 보이는 물방울 다이아몬드 반지. 눈에 많이 익은 것을 보니 엄마의 반지가 맞는 것 같다.

"그런데 아버지는 계속 정시현이 찜찜하셨나 본지, 사건 발생 2주째가 됐을 때 정시은의 옥탑방 집을 찾아가 보셨더라고요. 그리고 발견하신 겁니다. 집이 아주 완벽히 갈아엎듯이 깨끗하게 정리가 되어 있더랍니다. 지문 하나, 머리카락 하나 찾을 수 없을 정도로 말입니다. 뭔가 심하게 싸하고 구린 냄새가 나긴 하죠. 그렇게 정시현은 완전히 세상에서 종적을 감춘 겁니다."

난화

"2012년 강희주 씨가 종로서에 다녀가신 후, 아버지가 또 한 번 그때의 사건을 이 잡듯이 훑어본 모양이신데, 그때 조각 지문 하나를 발견하신 겁니다. 아, 조각 지문이 뭐냐 하면 상태가 불완전한 지문을 말합니다. 쪽지문이라고 하기도 합니다. 그 쪽지문이 워낙에 상태가 안 좋기도 했지만, 사건 당시에는 사실 과학 수사가 지금처럼 발달하지도 않았고 해서 형사들이 육안으로만 보고 정시은의 것으로 판명했던 모양입니다. 강희주 씨가 다녀가신 후에 아버지가 다시 그 쪽지문을 과학수사팀에 의뢰를 해보신 모양이에요. 그랬더니 그 지문은 정시은의 것이 아닐 확률이 99.45%로 나왔답니다."

우성은 파일에서 지문 사진이 있는 서류를 꺼내서 희주에게 보여준다.

"자, 이 지문 사진들을 좀 보십시오. 이렇게 둥그렇게 올라간 패턴,

전문 용어로는 융선 패턴이라고 하는데, 이 부분이 두 개가 굉장히 유사하죠? 왼쪽의 것은 정시은의 것이고, 오른쪽은 제3자의 쪽지문입니다. 2005년 보고된 논문에 의하면, 보통 친형제 자매 사이에서는 이런 유사한 융선 패턴이 나올 수 있다고……. 고로 국립과학 연구소에서는 이 지문은 정시은의 지문이 아닌, 정시은과 혈연관계에 있는 제3자의 것일 확률이 65.7%라고 나왔죠. 물론 제 심증으로는 정시현의 것으로 생각하고 있긴 합니다. 어디까지나 가설입니다만."

"네, 그때 정 경감님이 이렇게 자세히는 말씀해주지 않지만, 제 증언을 뒷받침해줄 지문 증거를 찾았다고 말씀하긴 하셨어요. 그리고 정시은과 나이 차이가 나는 남동생이 범인일 수 있다는 가능성에 대해 처음으로 언급해주셨죠."

정시은에게 동생이 있었다는 말을 정희봉 경감에게 처음 듣게 되었을 때 희주는 마음속으로 쾌재를 불렀다. 희주의 환상인지 아니면 실제 기억인지조차 가물거리던 곳에 존재하고 있었던 용의자의 실체가 드디어 표면으로 드러나는 순간이었다. 그는 엄연히 존재하고 있었고, 엄마를 죽인 가장 유력한 용의자였다. 허상으로만 찾아 헤매던 복수의 실체를 드디어 찾게 된 것이다.

"제가 최근에 이 쪽지문을 미국에 계시는 제 논문 커미티 교수님께 보내서 3D 프린터로 복원할 수 있겠느냐고 의뢰했었죠. 아, 제가 이래 봬도 유학파입니다. 대한민국 경찰청에서도 이제 전문 프로파일러를 양성하려는 취지에서 극소수의 엘리트 경찰을 뽑아서 미국 대학 범죄학 박사 학위 프로그램으로 유학을 보내주거든요. 제가 이래 봬도 그중의 한 명이죠. 어험."

우성은 이야기 중간중간마다 분위기가 너무 심각하다 싶어지면 적절한 농담을 슬쩍 넣었다. 하지만 단 한 번도 주제가 다른 곳으로 새는 법은 없었다. 처음에는 그가 딴말을 하기 시작하면 짜증이 밀려왔었는데, 이제는 그의 대화 페이스에 점점 빨려 들어가는 것 같았다.

"우리 교수님은 3D 프린터로 그 쪽지문을 복원만 시켜주신 게 아니라, 요즘 미국에서 뜨는 최첨단 기법으로 그 지문이 13~15세 사이 동양인의 것이라는 사실도 함께 알려주셨죠. 이로써 정시현이 최소한 범행 현장에 있었다는 물증이 하나 생긴 겁니다."

희주의 눈이 반짝였다.

"문제는 그 복원된 지문과 대조해볼 지문이 여태까지 없었다는 겁니다. 애잔하게 들리시겠지만, 제 유일한 취미가 주말마다 미제의 사건들에 있는 모든 지문을 AFIS에 돌려보는 건데……. 아, 그게 뭐냐면 입력된 지문을 검색할 수 있는 지문 자동식별 시스템이거든요. 좌우지간 제가 복원된 지문을 AFIS에 돌려봤는데, 거기서 우연히 재미있는 사실 하나를 발견하게 되었습니다. 3D로 복원된 정시현의 지문과 99.99% 일치하는 지문을 찾게 된 거죠."

희주는 자기도 모르게 마른 침을 꿀꺽 삼킨다.

"정시현을 찾은 건가요?"

"좀 더 정확하게 말씀드리자면, 유혜경 씨 사건이 있고 6년 후, 그러니까 1995년에 정시현이라고 추정되는 자가 저지른 또 하나의 범죄 현장에서 그의 지문을 찾았다고 해야 할 것 같습니다."

우성이 서류 봉투를 테이블 위에 올려놓으며 말했다.

"피해자 이름은 이택진. 남자. 경기도 소재 희망보육원 원장. 사건 당시 나이 65세. 온몸에 총 66군데의 자상이 발견되었습니다. 그런데 그 자상들은 모두 급소를 아슬아슬하게 피해서 생긴 것들이었습니다. 마치 일부러 그런 것 같이. 조금씩 피를 흘리게 하면서, 피해자를 최대한 고통스럽게 죽였다는 뜻이죠. 물론 아무런 증거를 남기지는 않았습니다만, 유혜경 씨 때 사건과는 달리 아주 피가 난무하는 처참한 현장이었습니다. 당시 현장 사진을 가져오긴 했는데 안 보시는 편이⋯⋯."

희주는 하얗고 긴 손으로 우성이 가져온 사진을 열어보았다. 보육원 사무실로 보이는 곳이 온통 핏빛이다. 피가 안 묻은 곳을 찾아볼 수 없을 정도로. 희주는 파일을 덮어버렸다.

"그런데 이 이택진이라는 자가 아주 그냥 고르곤조올라 개쓰레기 같은 인물이었습니다. 보육원 아이들을 10년 넘게 성폭행해왔던 미친 새끼였죠. 정황상 지가 죽는 그날 밤에도, 여덟 살짜리 보육원 여자아이를 성폭행하던 중이었던 것 같습니다. 그 자리에서 정시현에게 딱 걸린 거죠. 그 아이의 증언에 의하면, 어떤 남자가 갑자기 문을 부수고 들어와서 그 쓰레기를 몇 대 패고는, 자기를 안고 사무실 밖으로 데리고 나왔다고. 그리고 흐트러진 머리핀을 다시 꽂아주고는 조용히 방까지 데려다줬답니다. 덕분에 우리는 그 여자아이의 머리핀에서 지문을 채취할 수 있었던 거고요."

"그럼 그 아이는 정시현의 얼굴을 봤겠군요?"

오⋯⋯ 제발. 제발 얼굴을 봤기를⋯⋯.

"안타깝게도 그 소녀가 시각 장애인이었답니다. 정말이지, 이택진

식혜 위에 잣 같은! 시각 장애가 있는 어린아이를 데리고…… 그런데 문제는 그 소녀가 자기를 그 쓰레기로부터 구해준 정시현에게 호감이 있어서 그런지는 몰라도, 그 아저씨를 잡으려고 자기 머리핀을 가져갔다는 걸 알고 나서부터는 고 어린 게 묵비권을 행사했답니다."

"……"

실망이 정적을 만들었다.

"그런데 재미있는 게 뭔지 아십니까?"

그는 잠시 뜸을 들였다가 다시 말을 한다.

"바로 이 희망보육원 기록부에서 우연히 정시은, 정시현 오누이의 기록을 발견했다는 겁니다. 1978년부터 1988년까지 여기 희망보육원에서 생활했답니다. 1988년에 두 명 다 실종되기 전까지 말입니다. 이쯤 되면 왜 정시현이 이택진을 살해했는지 대충 그림이 그려지죠."

우성은 희주 앞에 낡은 사진 하나를 내준다. 고등학생 정도로 보이는 여자아이와 초등학생쯤으로 보이는 남자아이가 함께 서 있는.

"여기, 이 사람이 맞습니까? 사건 다음 날 강희주 씨가 목격한 그 사람이?"

희주의 몸에 전율이 느껴졌다. 그였다. 엄마가 살해당한 다음 날 엄마의 아틀리에 앞에서 만났던 소년…… 희주에게 "미안해"라고 말했던 바로 그 소년…… 그때보다 조금 더 어려 보이기는 했지만, 분명히 그였다.

"그런데 왜 갑자기 경찰에서 이 사건에 관심을 갖게 된 건가요? 이제 공소시효도 얼마 남지 않았는데."

희주는 1층까지 그를 배웅해주면서 그동안 내내 궁금했던 질문을 던졌다.

"아……, 이미지 관리하고 싶은데, 제가 거짓말하면 너무 티가 나는 사람이라……."

우성은 머리를 벅벅 긁으며 너스레를 떨었다. 희주는 눈을 동그랗게 뜨고 우성을 바라보았다.

"사실대로 말씀드리면 저한테 실망하실 것 같지만……, 에라, 모르겠다. 사실은 경찰에서 관심을 갖게 된 게 아니라, 제가 개인적으로 관심을 갖게 된 사건입니다. 이게 다 그놈의 돈 때문입니다."

우성은 대답하고도 스스로 어이가 없다는 듯 헛웃음을 내뱉었다.

"……네?"

"우리 집 영감탱이 말입니다. 췌장암 말기 선고받은 바로 그다음 날, 글쎄 13억짜리 로또에 턱 하니 당첨된 겁니다. 갑자기 상갓집에서 잔칫집으로 분위기가 급전환됐죠. 뭐, 그것도 딱 그때뿐이지만요. 아무리 돈이 좋다고 해도, 올 아부지가 살아 계신 거랑 바꿀 수나 있겠습니까? 사실 일개 형사 나부랭이 아부지가 매달 가지고 오셨던 월급이 뭐, 얼마나 되겠습니까? 삼시 세끼 꼬박꼬박 굶지 않고 먹고 살긴 했지만, 절대로 풍족하게 산 건 아니었거든요. 그래서 일단 로또 수령액으로 엄니 명의로 30평짜리 아파트를 사주시고, 치킨을 몇십 마리 사서 동네에 돌리시더라고요."

우성이 호소하듯 말을 이었다.

"그런데 집 사고, 치킨 사고 남은 돈이 있을 것 아닙니까? 아니, 근데 글쎄 그걸 저희 형제들에게, 아, 제가 삼 형제 중 막내인데, 저희 셋 다 형사입니다. 공소시효가 끝나기 전에 유혜경 씨 사건의 진범을 잡는 녀석에게 유산으로 주겠다고 그러시는 겁니다. 처음엔 저희 모두 농담으로 그러시는 줄 알았지요. 저희가 자라면서 유혜경 씨 사건을 정말 귀에 못이 박이도록 들어왔거든요. 유일하게 울 아부지 자존심 상하게 한 사건이었으니까요. 그런데 영감탱이가 정말 변호사까지 고용해서 유서도 쓰시고 공증까지 받으셨더만요. 아이, 그 냥반. 진짜. 쓸데없이 고퀄 작렬."

못마땅하다는 표정이 가득한 우성을 희주가 몹시 흥미롭다는 듯 바라보고 있었다.

"공소시효가 끝날 때까지 진범을 못 잡으면 전액을 경찰학교에 장학금으로 기부하신답니다. 아니, 진짜 너무하신 거 아닙니까? 형들은 더럽고 치사하다고 그 돈 없이도 잘 산다고 일찌감치 포기해버리고, 전 그 한 푼, 한 푼이 절실히 필요해서 지금 여기에 와 있는 거죠."

웃어야 할지 언짢아해야 할지 모르겠지만, 일단 재미있었다. 희주는 처음으로 소리를 내서 웃으며 어이없다는 듯이 우성에게 물었다.

"그 돈 받으시면 뭐 하고 싶으신데요?"

"아……, 그게 말입니다. 제 자식들이 있는데……"

우성은 주섬주섬 주머니에서 스마트폰을 꺼냈다.

"여기, 제 자식들입니다. 9명. 6남 3녀. 좀 많죠?"

우성이 스마트폰으로 보여주는 사진에는 아프리카 아이들 9명이 환하게 웃으며 서 있었다.

"제가 후원하고 있는 아이들이에요. 미국 유학 때 만난 친구들 몇 명하고 조그만 NGO를 하나 만들어서 지금 4년 조금 넘게 탄자니아에 있는 부락을 하나 후원하고 있어요. 집도 지어주고, 부족 사람들을 위해 텃밭도 만들어주고요. 그 부락이 완전히 자립할 수 있을 때까지 도와주는 거죠."

그는 사진에서 가장 키가 큰 여자아이를 가리키며 말했다.

"애 이름이 룽가인데, 애가 너무 착해요. 하루에 두 번씩 2km가 넘는 거리를 걸어가서 동생들 마실 물을 떠 와요. 근데 그 물이 완전 똥물이에요, 똥물. 지난번에 제가 갔을 때도 그 물 마시라고 떠다 주는데, 제가 원래 비위가 갑인데도 그건 도저히 마실 수가……. 그 아이에게 엄청 미안하더라고요. 그런데 저희 NGO 멤버 중에 MIT에서 지질학 박사 하는 친구가 있는데, 그 친구가 거기서 수맥을 찾은 거죠. 그래서 이번 크리스마스 때 탄자니아에 가서 룽가가 사는 마을에 우물을 파주고 올 거라고 다들 들떠 있는데, 저만 돈이 없어서 못 갈 것 같습니다. 우리 NGO는 다 자비로 가거든요. 그래서 무슨 일이 있어도 크리스마스 전에 유혜경 씨 사건 진범 찾아서, 저도 가렵니다. 우리 자식들 보러."

희주는 초등학생같이 해맑은 표정으로 한껏 들떠 있는 우성을 물끄러미 쳐다보았다. 서른이 훨씬 넘은 남자도 저렇게 아이 같은 표정을 지을 수 있구나…….

우성은 2000년형 소형 마티즈의 시동을 걸고는 창문을 열었다. 손으로 돌려서 열어야 하는 수동식 창문이었다. 희주는 그가 무슨 말을 하려고 하는지 듣기 위해 가까이 가서 고개를 숙였다.

"참! 케이크는 공방에 두고 왔습니다."

"아, 케이크! 잠깐만 기다리세요. 지금 가져다드릴게요."

"에이, 이거 왜 이러십니까? 지난번 병원에 입원했을 때 보니까 그 의사 친구가 사다 준 녹차 케이크 두 조각을 그 자리에서 다 먹어치우던데, 웬 내숭이랍니까? 떽! 어디 프로파일러 앞에서."

그의 차가 공방 골목을 털털거리며 빠져나가는 것을 보고 나서야 희주는 천천히 공방으로 발걸음을 옮겼다. 기회가 되면 꼭 선미에게 우성을 소개해줘야 할 것 같다고 생각했다. 왠지 선미와 우성이 함께 있으면 이 세상의 모든 말과 모든 밝은 것들을 끌어당길 듯한 기세로 시끌벅적 코드가 잘 맞을 것 같았다. 그 기분 좋은 상상을 하니 희주의 입가에 저절로 미소가 번져왔다.

멀리서 그런 희주의 미소를 물끄러미 바라만 보고 있는 남자가 있었다. 수현이었다. 생각이 복잡해진다. 일단 형사 나부랭이가 희주의 공방을 들락거리는 것부터 마음에 들지 않는데, 저 형사와 눈을 맞추며 쉽게 웃음을 지어주고, 편하게 대화를 주고받는 희주를 보니 뭐랄까, 마음이…….

수현은 고개를 떨구었다. 대체 무슨 소용이 있을까? 그에게는 희주에게 다가갈 수 없는, 아니, 다가가서는 안 되는 수만 가지의 이유가 있었다. 그리고 내일 출장에서 돌아온 상기를 만나면, 어쩌면 더 이상 세상 사람이 아닐 수도 있다. 지금 저렇게 다른 남자를 보며 웃는 모습이 아마 그가 기억하는 희주의 마지막 모습일 수도.

수현은 괜스레 착잡한 심정이 되어 차에 시동을 켜고, 우성이 지나간 자리를 따라 미끄러지듯 빠져나갔다. 실은 그래서 보지 못했다. 공방의 계단을 올라가다가 얼핏 수현을 본 것 같다는 생각에 다시 급하게 계단을 내려와 찬찬히 거리를 살피던 희주의 흔들리던 눈빛……. 그래서 듣지 못했다. '혹시 잘못 본 건가?' 하는 생각에 자기도 모르게 자그마하게 나와버린 희주의 실망 어린 한숨 소리…….

❖

〈네 번째 미술치료 – 9월의 마지막 수요일〉

수현이 하늘공방을 네 번째로 찾은 날은 기가 막히게 햇살이 좋은 어느 오후였다. 공교롭게도 수현이 만성 골수성 백혈병 진단을 받은, 그 눈물겹게 화창했던 여름날을 떠올리게 하는 날이었다.

"형님. 오늘은 하늘공방에 가지 않으시는 편이……"

창진이 백미러로 슬쩍 수현의 상태를 살피며 말했다. 수현은 아무 말 없이 창밖만 바라보았다.

어젯밤, 상기가 중국 출장을 마치고 돌아왔다. 상기의 사무실을 찾은 오늘 아침, 예상했던 대로 상기는 불같이 화를 냈다. 한 번도 그의 명령을 어겨본 적 없는 수현이었다. 상기로서도 이런 수현의 불복종이 당황스러웠을 것이다. 상기는 그의 당황스러움을 폭력으로 표현했다. 그들이 사는 세상에서는 폭력이 모든 것을 대변해주었다. 슬픔도, 외로움도, 분노도, 사랑도, 미움도 결국에는 폭력으로 표현되는 곳. 괴물들의 세상은 폭력으로 모든 것이 해결되는 잔인하고 살벌한 곳이었다.

수현이 상기의 사무실에 들어서자마자, 무거운 유리 재떨이가 날아와 수현의 오른 이마 언저리를 정통으로 맞히고는 산산이 깨어져버렸다. 물론 인간의 한계에 달하는 극심한 트레이닝으로 단련된 수현의 반사 신경으로는 충분히 피할 수 있는 거리와 타이밍이었지만 수현은 피하지 않고 묵묵히 받아냈다. 비릿하고 미지근한 액체가 수현의 머리에서 흘러내렸다.

수현이 피하지 않고 가만히 그의 분풀이를 받아내고 있다는 사실이 오히려 상기를 더 흥분시킨 모양이었다. 상기는 소파 근처에 있던 각목을 들고 와 무작정 수현을 패기 시작했다. 온몸의 모든 마디가 부러지는 것처럼 아팠지만 동시에 하나도 아프지 않았다. 자신이 사람을 또 죽였다는 것을 알게 된 희주의 표정을 상상하는 것이 더 아팠으니까. 고백하건대 더 이상 살인을 하고 싶지 않았다.

각목이 두 동강이 날 때까지 수현은 신음 한 번 내지 않았다. 상기는 손에 쥐고 있던 각목 조각을 화풀이하듯 땅바닥으로 던져버렸다. 그래도 분이 채 풀리지 않았는지 맨주먹으로 수현의 얼굴을 몇 대 더 패고 나서야, 털썩 소파에 앉아 담배에 불을 붙였다.

"미안하다. 내가 너무 감정적이었지?"

상기는 담배 연기를 깊게 들이마셨다가 거들먹거리며 말했다.

"어떻게, 한 달 더 주면 처리할 수 있겠어? 아니면 두 달?"

수현은 고개를 숙여 상기의 눈빛을 피하며 말했다.

"……못 할 것 같습니다."

상기의 표정이 싸늘하게 변했다. 상기의 눈매에 서늘한 분노의 광기가 서리고 있었다.

"뭐?"

수현은 간절한 눈으로 상기를 보며 생의 마지막 부탁이라도 하듯 나지막하게 말했다.

"……아무래도 그 일은 못 하게 될 것 같습니다. 죄송합니다."

"이 새끼가 미쳤나?"

상기는 결국 테이블에 있던 찻잔을 집어 던졌다. 찻잔은 수현의 입술 근처에서 박살이 났다. 수현의 입가에 붉은 쇠 맛이 켜켜이 스며들기 시작했다. 수현은 애써 상기의 눈빛을 피하려고 고개를 숙인 채 땅만 응시하고 있었다.

상기는 묵묵히 그의 화풀이를 오롯이 받고 있기만 한 수현을 한동안 바라보았다. 그의 눈빛에서 주변의 모든 것이 얼어버릴 것만 같은 한기가 느껴졌다. 차라리 수현에게 불같이 화를 내고 그를 사정없이 때리는 편이 훨씬 낫다. 이렇게 차갑게 식어버린 상기는 오금이 저릴 만큼 두려웠다. 수현의 귓바퀴에 상기의 살벌한 목소리가 들려왔다.

"한 달이야. 딱 한 달. 살고 싶으면 한 달 안에 알아서 처리해!"

상기는 저주라도 퍼붓는 것 같은 괴성을 지르더니 사무실을 나가버렸다. 그는 나가는 길에 밖에서 대기하고 있던 창진에게 "당장 병원에 데리고 가!" 하며 지갑을 열어 수표를 몇 장 던져주었다.

상기가 사무실을 완전히 나가고 나서야 다리에 힘이 풀린 수현이 앞으로 꼬꾸라지듯 넘어지려는 것을 창진이 간신히 부축해주었다. 창진이 그를 안아 일으키려는데, 수현이 극심한 고통으로 얼굴을 찡그렸다. 외마디 신음이라도 낼 법도 한데, 수현은 그 신음이 입 밖으로 나가는 것마저 허락할 수 없다는 듯, 목 뒤로 아픔을 삼켰다.

수현은 늑골 골절 같으니 X-Ray를 찍어봐야 한다는 응급 의학과 레지던트의 충고를 무시하고, 희주의 공방으로 가겠다고 창진에게 통보했다. 피가 묻은 와이셔츠를 응급실 쓰레기통에 버리고 다시 새 와이셔츠로 갈아입고 있는 그를 창진이 몇 번 설득해보았지만 소용없었다. 창진은 결국 그를 설득하는 것을 포기하고 희주의 하늘공방 쪽으로 방향을 틀었다.

창문을 조금 열어둔 차의 뒷좌석으로 바스락한 가을의 햇살이 아무런 여과 없이 들어왔다. 나른한 눈부심. 그의 척박하고 살벌한 인생 속에서 이렇게 나른하고 눈부신 오후를 보내본 적이 언제였나 싶었다. 수현은 가만히 눈을 감았다. 그저 눈을 감기만 하는 것인데도 눈가의 상처가 욱신거렸지만, 상처투성이의 몰골로 그가 연하게 웃고 있었다.

오늘 죽을 줄 알았는데……, 정말이지, 오늘이 그의 생의 마지막 날이 될 줄 알았는데……, 그는 아직도 이렇게 살아 있었다. 그리고 그 몹쓸 백혈병이 한 달 사이에 그의 목숨을 앗아가지 않는 이상, 아직 적어도 네 번은 더 희주를 볼 기회가 있는 것이다. 욕심을 부리지 말자. 네 번만 그녀를 더 볼 수 있다면, 그다음은 죽어도 괜찮을 것 같으니.

❖

드르륵.

하늘공방의 미닫이문이 열리는 소리와 동시에 조금, 아주 조금 들떠 있는 것 같은 희주의 목소리가 허공을 맴돌았다.

"어서 오세……요."

그러나 엉망이 된 수현의 모습을 본 희주는 그 자리에서 숨이 멎는 것 같았다. 희주는 일단 놀라지 않고 최대한 담담하게 아무 일도 없었다는 듯 그를 맞이해주었다. 놀란 티를 내고, 무슨 일이냐고, 괜찮은 거냐고 물어보며 호들갑을 떨면 안 될 것 같았다. 어차피 물어봐도 그는 대답하지 않을 것을 알고 있었다.

입술 주위가 흉측하게 터져 있었고, 눈언저리는 더 검을 수 없을 만큼 짙은 멍이 들어 있었다. 얼굴 이곳저곳에 뭔가에 찔린 것 같은 흉터들은 피가 완전히 마르기도 전이어서, 지금 당장에라도 다시 피가 철철 흐를 것만 같았다. 제대로 걸을 수나 있을까, 아니 숨을 쉴 수는 있을까 싶은 몰골이었다. 그런 몰골에도 불구하고 그는 평소같이 단정한 머리에, 티끌 하나 묻어 있지 않은 양복 차림에, 짙은 회색 넥타이까지 매고, 아무런 감정이 없는 표정으로 공방으로 들어왔다.

"잘…… 지내셨어요?"

"잘 지냈습니다."

괜찮지 않은 것이 뻔히 보이는데도 "잘 지냈냐"고 물어보는 상담자와 또 그 질문에 "잘 지냈다"고 뻔뻔하게 거짓말을 하고 있는 내담자. 서로가 서로를 속이고 있었지만, 그들은 서로에게 속임을 당하는 것조차 알고도 어느새 기꺼이 속아주는 사이가 되어 있었다.

수현은 재킷을 벗으면서도 얼굴을 찡그리며 고통스러워했다. 예민한 희주가 그것을 놓칠 리 없었지만, 그녀는 그것 역시 못 본 척해주었다.

수현이 앉은 자리에는 펜이 한 자루 놓여 있었다.

"오늘은 제가 이수현 씨 옆으로 가서 앉아야 할 것 같은데 괜찮으시겠어요?"

왜 뜬금없이 내담자 옆에 가서 앉는 것을 허락을 받고 있는지, 희주는 도무지 알 수 없었다. 물론 수현은 아무 대답도 하지 않고 움직인 것 같지도 않게 고개를 끄덕였다. 그의 옆자리로 걸어가는데, 지금 막 전력 질주로 100m 달리기를 끝낸 것 같이 심장이 뛰고 있었다. 심장 박동이 너무나 거세서 그 심장 주위의 근육들이 아릿해져 왔다.

"이수현 씨와 오늘은 난화 놀이를 함께하려고 하는데요. 난화는 영어로 'Scribble'이라고 하는데, 낙서하듯이 끄적거린다는 뜻의 단어이기도 해요."

난화(Scribble)은 내담자의 무의식 속에 잠재되어 있는 상상을 표출하고 미술치료에 대한 저항감을 줄이는 데 도움을 주는 기법이다. 내담자에게 종이 위에 자유롭게 선을 그리라고 한 후에, 그려진 선을 유심히 보면서 그 속에 숨어 있는 이미지를 찾아내게 하는 것이다. 그런 과정을 통해서 내담자는 자신의 문제를 표면 위로 드러낼 수 있게 된다. 이 기법에는 아무런 규칙도, 한계도 없다. 치료자와 내담자가 놀이하는 것처럼 대화가 흘러가는 대로 놔두고 이야기를 끌고 나가면, 내담자는 자유 연상을 통해서 자신이 무의식 속에 가둬두었던 생각을 좀 더 자유롭게 표현할 수 있게 된다.

"그림 그리시기 전에 긴장을 좀 풀어볼까요? 지금 너무 긴장하고 계신 것 같아서……."

마침 스피커에서는 마스카티의 〈카발레리아 루스티카나〉의 간주

곡이 흘러나오고 있다. 평화롭고 아름다운 선율이지만, 오페라 상에서 이 곡은 사실 거대한 복수극이 벌어지기 바로 전에 연주되는 곡이다. 희주는 그 곡이 다 끝날 때까지 수현에게 시간을 주었고, 수현은 아무런 동요 없이 무심히 음악을 듣고 있었다. 어쩌면 긴장을 하고 있는 것은 자기 자신일지도 모르겠다고 희주는 생각했다.

그와 이렇게 가까이 있어 보기는 처음이었다. 지난주, 스프링클러에서 나오는 물을 막아주려 그가 그녀를 뒤에서 감싸주던 때와는 분위기가 확연히 달랐다. 그때는 경황이 없어서 그의 품에 안겨 있었다는 것을 그의 품을 떠나고 나서야 자각했다. 오늘은…… 이렇게 가까이, 그의 숨결이 느껴지는 가까운 거리에서, 서로 몸을 움직일 때마다 그의 체온이 느껴지는 거리에서, 그와 이렇게 한 공간 안에 있는 것이다. 심장이 또 강하게 자신의 존재를 드러내고 있었다.

'제발 좀, 이 미친 심장이 말을 듣기를……'

그녀는 수현이 눈치채지 못하게 살짝 가슴에 손을 얹고 작은 한숨을 내쉬었다.

음악이 끝나자, 희주는 수현에게 A4용지를 하나 건네주며 말했다.

"자, 이제 이 종이 위에 직선이나 곡선, 어떤 것이라도 좋으니 이수현 씨 마음대로 자유롭게 선을 그려주세요."

수현은 의아하다는 듯이 희주를 바라본다.

"아무렇게나 말입니까?"

희주는 고개를 끄덕였다. 수현은 잠시 주춤하더니 펜을 들고 조금은 경직된 선들을 몇 개 그린다. 희주는 새로운 종이를 내주며 말했다.

"잘하셨어요. 이제 이런 식으로 좀 더 편하고 자유롭게 그려볼게요."

몇 장의 종이가 오갔다. 대부분의 성인 내담자들에게 "아무렇게나 자유롭게" 그림을 그리라고 하면, 딱딱하고 불편한 선들을 그려놓는다. 자신의 이성을 단번에 내려놓는 것이 생각보다 쉽지는 않기 때문이다. 몇 번 연습을 하다가, 종이 위를 아무런 굴레 없이 움직이는 펜의 촉감에 익숙해지면 그제야 감정적이고 충동적인 내면을 그리기 시작하곤 한다.

수현도 마찬가지였다. 시간이 지날수록 수현은 처음보다 좀 더 수월하고 부드럽게 난선들을 그려나가기 시작했다. 그리고 다섯 번째 종이가 되어서야, 수현은 아무런 거리낌이나 주저함 없이 랜덤한 선들을 그려나갔다. 드디어 그의 본심이 종이 위에 모습을 드러내고 있었다. 수현의 흰 종이는 얼마 안 돼서 의미 없는 선들로 가득 차게 되었다. 무슨 이유인지 왼쪽 하단에 수많은 선이 거의 구멍이라도 낼 듯 집중적으로 모여 있었다. 그는 이 그림을 통해서 무슨 말이 하고 싶은 걸까.

"이 그림을 가만히 응시해보세요. 이 그림에서 뭐가 보이시나요?"

수현은 한동안 그림을 보면서 생각하다, 짧게 대답했다.

"아무것도 보이지 않습니다."

이런 내담자들에게는 어느 정도 가이드를 주는 것이 도움이 될 수 있다. 희주는 내담자들의 답변 중에 기억에 남는 것들을 몇 개 말해주기로 했다.

"저에게 미술 상담을 받고 계시는 할머니 내담자가 한 분 계세요. 하루는 이렇게 펜으로 난화를 그리시고는 계속 손으로 그 그림을 훑고 계시는 거예요. 그래서 제가 "할머니, 지금 뭐하고 계세요?" 하고

여쭤보니까, 누가 이렇게 머리카락을 흉하게 버려놔서, 내가 그거 치우려고 한다고……."

희주는 살짝 웃으면서 계속 조곤조곤 속삭이듯 말한다.

"정말 그러고 보니까, 머리카락처럼 보이죠? 생각보다 많은 내담자분이 처음에는 머리카락 아니면 엉킨 실타래 같다고 그러세요."

희주는 수현의 표정을 살폈다. 조금은 이해를 하는 듯했다.

"저는 뭐가 보이냐면요, 음……, 김연아 선수가 빙판 위에서 움직인 동선이 보이는 것 같아요. 여기 이렇게 막 난선들이 모여 있는 부분은, 김연아 선수가 마지막에 스핀을 빙글빙글 도는 거구요."

곁눈질로 보니, 다쳐서 피가 맺혀 있는 수현의 입꼬리가 살짝 위로 올라가고 있었다. 달걀 들어간 라면을 끓여 왔다고 했을 때 지었던 바로 그 미소였다. 내담자의 마음이 열리고 있는 것 같았다. 그렇다면 이제 그의 마음으로 들어갈 시간이었다.

12

고독, 슬픔, 두려움의 흔적 지우기

"자⋯⋯, 이제 함께 이 그림에서 뭐가 보이는지 찾아볼까요?"

수현과 희주는 숨은그림찾기라도 하듯이, 서로 돌아가면서 이것저 것 찾아내기 시작했다. 그는 엉켜버린 낚싯줄과 물고기가 보인다고 했고, 사마귀가 보인다고 하기도 했다. 문득 수현이 말했다.

"물이 고인 웅덩이가 보입니다."

희주는 '물이 고인 웅덩이'라고 말하는 수현의 비언어적 커뮤니케 이션에 미세한 변화가 있음을 놓치지 않고 잡아냈다. 목소리와 눈빛 이 깊어지고 있었다. 조금 더 깊은 이야기를 시작하려는 걸까?

"⋯⋯물이 왜 고여 있을까요?"

수현은 오른쪽 상단을 가리키며 말했다.

"여기 큰 폭풍을 몰고 온 비구름 때문에 비가 많이 왔습니다."

여태까지 단답형이었던 수현의 대답이 점점 스토리텔링으로 진화해 가고 있었다. 좋은 신호다.

"정말 심술궂게 생긴 검은 구름이네요. 그 폭풍은 금방 지나가 버렸나요?"

수현은 한참을 골몰하게 생각하다가, 힘들게 입을 열었다.

"……밤새도록 천둥 번개가 치고 폭우가 내리던 어느 밤, 한 아이가 불이 꺼져 있는 조그만 방에 혼자 웅크리고 누워 있습니다. 추웠습니다. 코끝이 차가워질 정도로."

수현은 왼쪽 아래에 유난히 모여 있는 선들을 가리키며 '한 아이'라고 지칭했다. 치료자의 직감으로 알 수 있었다. 그것은 수현 자신의 이야기일 것이다. 섣부른 판단일 수 있겠지만, 어쩌면 그는 열네 살에 겪었던 자신의 트라우마에 대해 이야기를 하려는 것일지도 모른다. 조심스레 그의 트라우마로 한 걸음씩 들어가 봐야 할 것 같다.

"그 아이는 그 방에서 혼자 뭘 하고 있나요?"

"……어머님……을 기다리고 있습니다. 밤이 늦었는데, 아직 집에 돌아오지 않아서."

"아이는 무슨 생각을 하고 있나요?"

"……무서웠습니다. 태어나서 제일 두렵고 떨리는 밤……이었습니다."

누나가 끔찍한 일을 당한 날은 폭풍우가 몰아치던 늦가을 어느 날이었다. 11월인데도 낮에는 반팔을 입어야 할 만큼 따뜻한 날들이 며칠이나 계속되고 있었다. 겨울이 오기 직전, 늦가을에 어울리지 않은 이 온화한 날씨를 기상청에서는 '인디언 서머'라고 불렀다. 그날은 대지의 뜨거운 열기를 견디다 못해 초저녁부터 두꺼운 비구름들이 모여들고 있었다. 서울에는 집중호우 주의보가 내려졌다. 이 폭풍우가 지나가고 나면 이제 본격적인 겨울이 시작될 거라고, 내일 아침에는 두꺼운 코트를 입고 출근해야 한다고 라디오 기상캐스터들이 연신 떠들어대고 있었다.

그런데 누나가 집에 오지 않았다. 아무리 늦어도 새벽 1시까지는 집에 들어왔었는데, 돌아올 시간이 훨씬 지났는데도 누나는 돌아오지 않았다. 밖에는 미친 듯이 비가 쏟아붓고 있었다.

하필이면 그날 오후, 누나가 일하러 가기 전에 크게 말다툼을 했다. 수현이 상기에게 업소에서 그가 할 수 있는 일을 찾아봐 달라고 부탁했던 것이 화근이 됐다. 누나는 수현이 업소 근처에 얼씬대는 것을 죽기보다 싫어했다. 시은은 자기를 업소까지 데리고 가려고 옥탑방에 들른 상기에게 온갖 욕설을 퍼부으며 고래고래 소리를 질러댔다. 자기 동생을 시궁창같이 더러운 길로 유혹하지 말라고…… 그런 더럽고 냄새나는 곳은 너 같은 인간이나 가서 천년만년 잘 먹고 잘 살라고…… 그 말을 들은 상기는 세상에서 가장 비참한 얼굴을 하고 터벅터벅 옥탑방의 계단을 내려갔다. 누나는 그렇게 땅바닥에 주저앉아 한참을 울었다.

모든 것이 중학교 입학 후 치르는 첫 중간고사 성적표 때문에 일어난 일이었다. 전교 석차에 '1'이라고 찍혀 있는 그의 성적표를 보여준 날, 시은은 눈물을 터트렸다. 밥을 먹으면서도, 설거지를 하면서도, 빨래를 하면서도 눈물을 흘렸다. 수현의 성적표에 한껏 고무된 모양이었다. 어떻게든 동생만은 대학에 보내야겠다는 결심을 단단히 하고 있는데, 수현이 어려운 살림에 보탬이 돼보려 상기의 업소에서 일을 시작하겠다고 하자 그런 격렬한 반응을 보였던 것이다.

누나가 집에 돌아오면 미안하다고, 누나 말대로 다시는 업소 근처에 가지 않겠다고 말하려고 했다. 옥탑방 비탈길로 올라가기 전 골목 어귀, 버스 정류장까지 몇 번이나 내려가서 누나를 기다렸다. 그러나 버스가 끊길 때까지 끝내 누나는 돌아오지 않았다.

희주는 수현의 눈빛이 허공을 맴도는 것을 유심히 지켜보았다. 그 시선의 끝에 대체 어떤 기억들이 있길래 이토록 공허한 눈빛일까?

"아이가, 벗어나고 싶어 하는 것 같습니다."

"무엇으로부터 벗어나고 싶어 하나요?"

"먹구름이 몰고 오는 폭풍우부터."

"……아이는 무슨 생각을 하고 있나요?"

"……숨이 쉬어지지 않습니다. 비바람이 너무 강해서 그 폭풍우 속에 다시 혼자 남겨지게 될까 봐 무척 두려워하고 있습니다. 혼자라는 사실에……"

그는 말을 끝맺지 못하고, 숨을 한 번 깊게 들이쉰다.

"이 세상에 아무도 없고 나 혼자라는 사실에 갑자기 숨이 막혀오는 것 같아서……"

희주는 고개를 들어 수현을 옆모습을 물끄러미 바라보았다. 이 내담자는 지금 '숨이 막힌다'는 애매한 표현으로 그 상황을 설명하고 있었지만, 사실은 '고독'에 대해 이야기하고 있다는 것을 희주는 알 수 있었다.

많은 사람들이 고독은 서서히 다가오는 감정이라고 생각한다. 마치 느릿느릿 해가 점점 더 짧아지고 계절이 바뀌듯이, 우리도 모르는 사이에 어느새 우리의 주위에 맴돌고 있는 것처럼 고독을 낭만적으로 표현하지만 그건 고독을 제대로 경험해보지 못한 사람들이 아무렇게나 지껄이는 것이다. 고독은 폭풍처럼 순식간에 들이닥치는 것이다. 미미하기만 한 인간의 힘으로는 절대로 막아볼 수도 없는 자연재해같이…….

희주의 고독은 그렇게 무지막지하게 밀려들었다. 귀를 찢는 듯한 천둥소리. 지상의 모든 것을 싹 쓸어가 버릴 만큼 강력한 바람. 그리고 인정사정없이 쏟아붓는 얼음장 같은 빗물들. 이 모든 것이 갈기갈기 그녀의 몸을 찢어놓는 것 같이…… 고독은 고통스럽게 닥쳐왔다.

'그런 고독의 시간들을, 이 남자도, 그 아이도 겪었구나…….'

올컥하고 뜨거운 무언가가 희주의 가슴에서부터 천천히 수위를 높여왔다. 자신도 모르게 눈가가 뜨겁게 차오르고 있었다.

"……아이의 어머니는 돌아오셨나요?"

답을 알 것 같았지만 그래도 물어야 했다. 트라우마였던 사건을 내담자 자신의 생각과 언어로 재구성해보는 것은 치유의 중요한 과정이었다. 마음속에서만 곪아가던 상처가 언어를 통해 세상 밖으로 드러나야 진정한 치유가 가능해지기 때문이었다.

"……어머님은 끝내……"

그의 목소리가 흔들렸다. 그는 헛기침을 하고는 다시 담담하게 말을 이었다.

"다음 날 새벽에 병원에서 전화가 왔습니다. 집에 오는 길에 공사장 근처에서 사고를 당했다고. 비바람으로 공사장에 쌓아둔 철근 콘크리트가 무너지는 바람에……."

　25년 전 그날을 생각하면 여전히 몸서리가 쳐진다. 수현의 인생에서 가장 떨리고 두려웠고 초라했던 날이라고 해도 전혀 과장된 표현이 아니었다. 폭풍우가 거세게 몰아치던 그날 밤, 수현은 차가운 방바닥에 웅크리고 누워 뜬눈으로 지새웠다. 새벽녘 동이 틀 무렵, 갑자기 울린 전화벨에서 불길함이 감지되었다.
　"……여보세요."
　수현의 목소리가 떨리고 있었다.
　"혹시 정시은 씨 가족분 되십니까?"
　"……네."
　"여기는 성은병원인데요. 정시은 씨가 사고를 당해서 지금 수술을 받고 있습니다. 의식불명이어서 가족분들께 연락이 늦어졌습니다. 효자동 삼거리 공사장 근처에서 새벽 4시쯤 구급차에 실려서 내원하셨는데……."
　열심히 수현에게 보고하고 있는 간호사의 문장이 들리지 않았다. 수현이 부분적으로 포착한 단어들이라곤 의식불명…… 공사장…… 사고…… 수술…….
　수현은 전화를 끊지도 않고 미친 듯이 신발을 구겨 신고 집을 나섰다. 동이 트고 있긴 했지만 여전히 어둑어둑한 새벽이었다. 급하게 뛰어내려가다가 발이 계단에 걸려 빗물이 고여 있던 가로등 아래 더러운 웅덩이 위로 넘어지고 말았다. 그는 한동안 일어나지 않고 계속 그 자세로 엎드려 있었다. 아무것도 생각할 수가 없었다. 아니, 무엇을 어떻게 생각해야 하는 걸까? 눈물도 나지 않았다. 소리도 지를 수도 없었다. 그저 심장만 점점 더 빠르게 뛸 뿐이었다. 이러다가 터져버리기라도 할 기세였다.

담담하게 이야기를 해오던 수현이 잠시 숨을 고른다. 이어서 들려오는 그의 텅 빈 목소리.

"……그렇게 아이의 천국이 사라졌습니다."

희주는 조용히 수현의 옆모습을 바라보았다. 수현은 감정적으로 치달을 수 있는 이야기를 생각보다 꽤 무덤덤하게 이어가고 있었다.

"지난번에 함께 저녁을 하면서 그러지 않았습니까? 나에게는 따뜻한 추억이 있어서, 내가 그렇게 나쁜 사람은 아닐 것 같다고. 사실 나는 그 말을 믿지 않습니다. ……어머님……이 다시 보육원으로 아이를 찾으러 오지 않아서, 거기에 그냥 계속 살아야 했다면, 적어도 이렇게까지 망가지지는 않았을 것 같습니다. 천국이 있다는 것을 계속 모르고 살아갔을 테니까. 세상 모든 사람이 지옥에서 물고 뜯고 악을 쓰며 살아가고 있다고 생각했을 겁니다. 하지만 하루아침에 천국을 빼앗겨버린 아이는…… 다른 사람들의 천국도 무너트려야 살아갈 수 있는 괴물이 된 겁니다."

하루아침에 천국을 빼앗긴 아이. 이 내담자는 단지 어머니만 잃은 것이 아니었다. 그는 하루아침에 모든 좋은 것들을 하나도 빠짐없이 강탈당했던 것이다. 그런 수현에게 세상은 이미 죽음이었고 저주였다. 아무런 희망도 기쁨도 없는 곳. 그런 것들을 기대하는 것 자체가 말도 안 되는 그런 곳.

이제야 이 내담자가 치료 거부를 하는 것이 이해가 될 듯했다. 그는 그때의 트라우마 때문에, 자신을 스스로 학대하고 스스로를 괴물로 만들며 살아가고 있는 것이다. 하루하루를 괴물로 살아가는 자신을 어떻게든 멈춰보려고, 다른 사람들의 인생을 파괴하는 자신을 어떻게든 멈춰보려고 안간힘을 쓰고 있는 것이 아닐까? 내담자 스스로를 향한 죄책감과 비난, 그리고 자기혐오가 무한 반복되고 있는 이 악순환의 고리를 끊어버려야 한다.

그러려면 내담자가 처해 있는 상황을 새로운 시각으로 돌아볼 기회를 주는 것이 중요하다.

"이번엔 제가 숨은그림찾기를 해볼까요?"

희주의 고요한 목소리가 가라앉을 대로 가라앉아버린 공방의 분위기를 바꾸어 나가기 시작했다.

"음……, 제 눈에는 뭐가 보이냐면…… 시간이 흐르고 흘러서, 폭풍을 두려워했던 그 아이가 이제 어른이 된 거예요. 어려운 일도 많았고, 외로웠던 시간들도 있었지만, 그래도 꽤 멋지고 단단한 어른이 된 거죠."

수현은 온 맘을 다해 희주의 말에 귀를 기울이고 있었다. 더 듣고 싶었다. 저 여자 입에서 나오는 저 말들. 그녀의 말을 듣고 있으면, 어느새 그도 꽤 멋지고 단단한 어른이 된 것 같았으니까.

"이날도 역시 폭풍우가 몰아치는 날이었는데, 이제는 어른이 된 이 아이는 폭풍우 따위에는 동요하지 않고 깊은 잠에 빠져서 꿈을 꾸고 있어요."

　희주는 그림의 오른쪽 부분을 하나하나 손으로 짚어주며 계속 설명을 한다. 수현의 눈이 어린아이처럼 희주의 손가락을 찬찬히 따라다니고 있었다.

　"그 사람이 꾸는 꿈들이 이 공간으로 풀려 나와서 그의 주변에서 자유롭게 춤을 추고 있어요. 여기에다 이렇게 무거운 짐들을 훌쩍 던져놓고요. 그 사람이 이제 푹 자고 일어나면, 좀 더 강하고 자유로운 사람이 되어 있을 것 같아요. 힘들고 고독했던 시간들이 이제 다 지나갔으니까요. ……그리고 여기에는……"

　희주는 수현의 그림을 자기 쪽으로 가지고 와서, 왼쪽 웅크리고 누워 있는 아이의 위쪽을 색연필로 곱게 채색하기 시작했다. 순식간에 아이의 주변에 고운 색깔의 빛들이 그를 촘촘히 감쌌다. 희주는 아이의 위로, 수현이 그린 선들을 이용해서 천사 날개의 형상을 한 그림을 덧붙여주었다.

"수호천사가 온 거예요. 이 아이를 지켜주려고. 이 아이에게 다시는 무서운 밤이 오지 않게."

순간 수현의 눈이 파르르 떨렸다. 진심으로, 정말 온 마음을 다해, 믿지도 않는 신에게 빌고 있었다. 저 여자가 하는 저 말이 제발 현실이 되기를……. 단 하루라도, 아니, 단 1분이라도 좋으니 그녀가 그려준 저 고운 색의 수호천사가 자신을 지켜주기를……. 진심으로.

난화 그리기 세션이 어느 정도 마무리되자, 희주가 곁눈질로 그를 바라보았다. 입 밖으로 새어 나오려는 신음을 간신히 참아내느라 어금니를 꽉 물고 있는 그의 모습이 그대로 그녀에게 포착되었다.

그는 머쓱해진 시선을 바닥으로 떨궜다.

"오늘은 여기서 그만할……"

"더 해도 괜찮습니다."

희주의 말이 채 끝나기도 전에 수현이 급하게 말을 끊었다. 너무 절박하게 들린 건 아닌가 싶어 후회가 밀려들긴 했지만, 이렇게 해서라도 그녀와 단 몇 분이라도 더 함께 있을 수만 있다면…….

희주는 눈치를 살피다가, 못 이긴 척 수현의 앞에 캔버스 하나를 놓았다. 그러고는 아크릴 물감과 팔레트, 그리고 붓과 물통도 함께 준비했다.

"그럼 이수현 씨가 조금 전에 말씀해주신, 폭풍우가 휘몰아치던 그 밤에 대해 조금 더 이야기해봐도 될까요?"

수현은 대답 없이 고개만 끄덕였다.

"그날 밤에 아주 사소한 것이라도 기억에 남는 게 있으신가요? 그날 밤의 소리라든지, 냄새라든지, 아주 사소한 것이라도 좋으니까."

수현은 한참을 곰곰이 생각하더니 대답했다.

"……그날 밤 애벌레가 고치가 되어 있었습니다."

뜻밖의 답변에 희주는 고개를 돌려 수현을 바라보았다.

"그때는 서울 변두리에 아직 텃밭들이 많이 있었습니다. 그 일이 있기 며칠 전, 우연히 배추밭에서 발견한 애벌레를 집으로 가져왔는데, 그날 밤 고치가 되어 있었습니다."

수현도 그 고치에 대해서는 까마득히 잊고 있다가, 오늘 희주와 함께 난화를 그리다가 다시 기억하게 된 것이다.

그날 아침까지만 해도 수현이 어설프게 만들어준 사육 상자 안에서 씩씩하게 이리저리 움직였는데, 불과 몇 시간 만에 고치가 되어 죽은 것처럼 볼품없이 매달려 있었다. 그 어둡고 차가운 방에서 수현은 자신이 그 고치였으면 좋겠다는 생각을 몇 번이고 했던 것이 떠올랐다. 숨 막히게 두려운 이 시간을 고치 안에서 고요히 보내다 나오면, 아무 일도 없었다는 듯이 누나가 다시 이 집에 돌아와 있기를. 그날 밤, 그는 몇 시간이나 고치가 된 애벌레만 바라보고 있었다. 그래서 미치지 않았던 것은 아니었을까?

"가끔 생각했었습니다. 그 애벌레는 고치에서 무사히 빠져나와서 나비가 되었을까?"

역시 희주의 예상대로였다. 그는 어머니의 사고 후에, 다시 집으로 돌아가지 않았다. 아니, 다신 집으로 돌아가지 못했다고 해야 할까? 지난번 상담 때 그가 '사과 씨를 심은 화분들이 싹을 틔웠을까.' 궁금 해했던 것에 이어 또 패턴을 찾아낸 것이다. 왜 그는 집을 떠나야 했 을까? 어머니의 사고 후에, 더 큰 무엇인가가 있는 것일까?

"아이가 혼자 어두운 방에서 어머니를 기다리고 있을 때 어떤 감 정이었는지, 표현할 수 있는 색깔을 몇 가지 골라볼까요?"

수현은 빨강, 다크 블루, 그리고 마지막으로 검정을 각각 골랐다. 희주는 수현이 고른 색들의 아크릴 물감을 팔레트에 넉넉히 덜어주 었다.

"왜 이 색들을 고르신 건가요?"

수현은 곰곰이 생각하다가, 빨강은 어린아이가 피를 보고 무서워 하는 모습을 나타낸다고 했고, 검은색은 죽음을 나타낸다고 했다. 땅 에 떨어져 이미 차가워진 피는 검은색으로 변하는 거라고. 그리고 파 란색은 한참을 생각하더니, 자신도 이 파란색이 무엇을 나타내는지 모르겠다고 대답했다.

희주는 수현이 말한 부분을 메모해 놓았다. 문득 이 내담자는 어머 니의 사고 현장을 직접 목격한 것이 아닐까 생각이 들었다. 트라우마 를 겪은 내담자들은 어떤 방식이나 형태로든 그 트라우마를 표출하 기 마련이었다.

"이제 난화 그리기에서 찾아낸 것들을 바탕으로 이 캔버스에 그림 을 그리려고 해요. 아까 저에게 해주셨던 이야기에 나오는 장면들을 떠올려보시고, 그때의 느낌을 여기 캔버스에 그려볼까요? 좀 전에 난화를 그렸을 때처럼 마음이 가는 대로 자유롭게 표현해주시면 됩니다."

상담 초반에 난화로 먼저 긴장을 풀어서 그런지, 수현은 붓 터치에 망설임이 없었다. 캔버스는 어느새 그가 고른 색깔들로 가득 찼다. 빨강은 곧 죽음의 색깔에 허무하게 흡수되어 버리고 만다. 그 죽음의 색깔 위를 다크 블루가 유유히 지나가고 있었다. 수현은 자신이 왜 다크 블루를 선택했는지 모르겠다고 했지만, 희주는 치료자의 본능으로 알 수 있었다. 그가 고른 다크 블루는 고독을 상징하고 있었다. 피와 죽음이 지나가고 난 빈자리에 고독이 스산하게 스며들고 있었다. 물론 수현은 그것이 고독인지조차 모르고 있을 것이고, 알았다고 해도 그의 자존심에 그것이 고독인 것을 인정하기는 쉽지 않았을 것이다.

희주에게 고독은 저주였다. 엄마가 죽고 나서부터는 어느 한순간도 고독하지 않았던 적이 없었다. 희주의 고독이란, 그저 '조용하고 외로운 삶'이라는 단순한 의미가 아니었다. 그녀의 고독은 엄마의 죽음, 아빠의 방관, 친구들의 모욕, 보영의 배신, 그리고 명훈의 파렴치함을 모두 아우르는 복합적인 감정이었다.

참 이상한 일이다. 수현은 희주와는 전혀 다른 부류의 사람이었다. 살아온 환경도, 하는 일도, 심지어 성격까지도. 살아가다 단 한 번이라도 우연히 마주칠 일이 없을 것 같은 사람인 그에게서 희주는 그녀 자신을 보고 있다는 느낌이 들었다. 그 어린 소년이 느꼈던 처절한 고독이 희주에게 여과 없이 전해지고 있었다. 마음이 아렸다.

수현의 그림은 금세 완성되었다. 그림에서 거대한 회오리바람이 지금 막 대지를 휩쓸고 지나가 모든 것이 파괴되어 버린 것 같은 황폐함이 느껴졌다. 아무것도 남아 있지 않은 그 공허함 속에 아이가 홀로 웅크리고 있었다.

그런데 막상 수현은 자신이 그린 그림이 마음에 들지 않는 듯했다. 입술을 꼭 다물고 그림을 바라보는 수현의 시선이 어딘가 조금 불편해 보였다. 희주의 생각이 맞는다면, 수현은 자신도 모르는 사이에 자신의 상처를 너무 적나라하게 드러낸 것 같다는 느낌이 들었을 것이다.

"······지금 그리신 그림이 마음에 안 드시면, 고치고 다시 그릴 수 있어요."

그런 수현에게 눈치 빠른 희주가 하얀 한지를 몇 장 내주었다.

"우선 이 캔버스 위에 한지를 한 겹씩, 한 겹씩 덮어볼까요?"

첫 번째 한지는 풀을 쓸 필요도 없이 바로 캔버스에 스며들어 버렸다. 피와 죽음과 고독의 빛들이 아무런 여과 없이 한지에 묻어나고 있었다.

희주는 두 번째 한지에 풀을 묻혀서 수현에게 건네주었다. 그 둘의 손가락이 잠시 스쳤다. 서로에게 미세한 떨림이 전해졌지만, 둘은 그 설렘 같은 떨림을 애써 무시했다. 수현은 아무 말 없이 희주에게 받은 한지를 그림 위에 덧붙였다. 첫 번째보다는 한층 여린 색들이 배어 나오기 시작했다.

세 번째 한지를 붙이니, 그제야 한지에 배어 나오는 물감이 눈에 띄게 줄어드는 것이 보였다. 겹겹으로 한지를 덧붙이니, 그가 처음으로 그렸던 어두움의 흔적이 점점 옅어지고 있었다. 어두운 흔적이 점차 옅어지는 과정을 직접 눈으로 확인하면서 내담자는 비로소 치유를 의식화하기 시작한다.

아크릴 물감은 한 번 붓 자국을 내면 절대로 지울 수 없다는 치명적인 단점이 있는 매체였다. 이 내담자처럼 어린 시절 큰 트라우마를 겪은 사람들 대부분은 트라우마의 기억을 평생 짊어지고 가야 하는 주홍글씨로 여긴다. 미술치료를 통해 상처의 기억이 옅어질 수도 있다는 것을 수현에게 알려줘야 했다. 다시 시작할 수 있다고. 이렇게 몇 번 더 한지를 겹겹이 붙이고 난 후, 수현이 고치고 싶은 부분이 있거나 새로 그리고 싶은 부분이 있으면, 아크릴 물감보다는 조금 더 통제가 쉬운 색연필이나 연필로 이 한지 위에 다시 그려보려고 할 참이었다.

수현이 막 여섯 번째 한지를 붙이려고 할 때였다. 희주가 긴장된 표정으로 수현을 바라보다가, 갑자기 다급하게 자리를 떴다. 급하게 돌아온 희주의 손에는 깨끗한 흰색 손수건이 쥐어져 있었다. 상기에게 재떨이로 맞아 생긴 상처에서 다시 피가 흐르고 있었다. 투두둑. 피 몇 방울이 그림 위로 떨어져 하얀 한지를 금세 음험한 핏빛으로 물들였다. 희주는 수현이 저지할 새도 없이 그 손수건을 수현의 오른쪽 머리에 대주었다.

"피 나요."

수현은 손수건으로 그의 상처를 지혈하고 있는 희주의 손을 단호하게 떼어내며 말했다.

"내가 하겠습니다."

그녀의 손에 그의 더러운 피를 묻히고 싶지 않았다. 하지만 희주는 수현의 단호함을 무시하고 그를 엄마의 안락의자로 데리고 갔다.

"됐습니다. 의자에 피가 묻으면……"

수현이 희주의 팔목을 잡고 만류해보았지만, 그녀는 막무가내로 고집을 부렸다. 수현은 못 이긴 척 희주가 하라는 대로 순순히 안락의자에 앉았다.

"여기 잠깐 이렇게 앉아 계세요. 구급상자 가져올게요."

수현이 말릴 겨를도 없이 그녀는 바람처럼 공방을 나가버렸다. 희주가 없는 공방에 순식간에 척박한 정적이 드리워졌다. 수현은 이 급작스러운 허전함이 싫었다. 간절하게 담배가 생각났다. 그는 괜히 숨을 한 번 깊게 들이쉬었다가 천천히 내보냈다. 가슴 언저리에서 느껴지는 통증 때문에 얼굴이 일그러졌다.

팔걸이에 아기 천사가 새겨진 안락의자에서는 봄볕 같은 희주의 체취가 희미하게 느껴졌다. 그는 의자에 머리를 기댄 채 눈을 감았다. 조금 전 공방 문을 열어주던 희주의 모습이 잔상이 되어 떠올랐다. 그의 형편없는 몰골을 맞닥뜨린 순간, 그녀의 눈빛이 부서지고 있었다. 격해진 숨소리가 눈빛과 함께 허둥대고 있었다. 한번 엇나가 버린 호흡의 리듬은 쉽게 제 박자를 찾지 못했다. 희주는 몇 번이나 작은 한숨을 내쉬어, 억지로 호흡을 가다듬었다. 동정인지 두려움인지 원망인지 혐오인지 도무지 분간이 안 되는 그녀의 눈길이 그에게로 흘러들었다. 의미를 알 수 없는 그녀의 눈빛이 수현의 마음에 커다란 구멍을 냈다는 것을 그녀는 알고 있을까?

공방을 나와 계단을 내려가던 희주는 그 자리에 주저앉고 말았다. 심장이 거칠게 뛰고, 다리가 후들거려서 더 이상 발걸음을 내디딜 수가 없었다. 누군가 저렇게 많은 피를 흘리는 것을 직접 본 적은 처음이다. 가슴에 또 한 차례 찌르르 통증이 지나갔다. 대체 왜? 저 내담자는 내 마음을 왜 이리도 먹먹하게 만드는 걸까.

희주가 구급상자를 가지고 다시 공방에 돌아왔을 때 수현은 안락의자에 앉아 잠들어 있었다. 희주는 조용한 걸음으로 수현의 곁으로 가 오른 이마의 상처를 살펴보았다. 출혈은 이제 어느 정도 멈춘 것 같았다. 잠을 자는 동안에도 그는 여전히 긴장을 놓지 않고 있는듯 얼굴의 모든 근육이 파릇하게 경직되어 있었다. 희주는 충동적으로 그런 수현의 얼굴을 쓰다듬어 주려다가, 순간 주춤, 어색하게 뻗어 있는 자신의 손을 가슴 언저리로 다시 끌어당겼다.

그녀는 입고 있던 카디건을 벗어서 수현의 무릎에 덮어주고는, 공방의 조명을 낮추고, 블루투스 스피커의 볼륨을 줄였다. 그가 이제껏 어떻게 살아왔는지 잘은 알 수 없었지만, 한 가지는 확실하게 알 수 있었다. 그에게는 지금 휴식이 필요하다는 것. 그것이 단 10분일지라도……. 일단 출혈이 멈추었으니, 저렇게 잠이 들어 있는 단 10분만큼은 그만을 위해 가장 아늑한 공간을 만들어주고 싶었다.

공방의 통유리 창문으로 보이는 하늘에선 두꺼운 먹구름의 무리가 몰려드는 중이었다. 불과 몇 시간 전까지도 찬란하게 비치던 햇살의 흔적은 조금도 찾아볼 수 없고, 하늘은 금세 무채색으로 촘촘히 물들고 있었다. 때 이른 어두움 덕분에, 하늘공방은 고요한 섬이 되어버린 것만 같았다.

희주는 조용히 수현의 그림들을 정리하며 마음을 가다듬으려 했지만, 시선은 자꾸만…… 물이 흐르고 흘러서 바다에 모이듯이, 한곳으로 고이고 있었다. 정말로 괜찮은 건지, 숨은 쉬고 있는 건지, 피가 나는 곳은 더 없는지, 아픈 곳은 없는지. ……살아 있기는 한 건지.

희주는 고개를 들어 찬찬히 그의 얼굴을 쳐다봤다. 이렇게 오랫동안 그의 얼굴을 응시하는 것은 처음이었다. 수많은 상처에도 불구하고 숨이 막히게 수려한 얼굴이라고 생각했다. 대리석 같은 강인함과 흔들리며 피어나는 들풀 같은 초라함이 공존하고 있다고나 할까? 그제야 어렴풋이 알 수 있었다. 강인해 보였던 그의 겉모습은 그저 허구에 불과했다는 것. 그는 지금 바람에 아무렇게나 흩날리는 들풀같이 흔들리고 있었고, 그 초라한 모습이 오히려 희주의 마음을 흔들어놓고 있었다.

치료사의 윤리강령을 잊고 있던 것은 아니었다. 오히려 머리로는 더 자주 되뇌고 또 되뇌고 있었다. 하지만 언제부터인지 그를 생각하면 심장이 먼저 미친 듯이 반응하는 건 대체 어떻게 해야 할지 몰랐다. 정말이지, 할 수만 있다면 심장을 도려내고 싶을 지경이었다. 그녀는 단호하게 고개를 돌렸다. 있을 수 없는 일이고, 있어서도 안 되는 일이다. 다른 사람도 아니고, 내담자에게 이런 감정을 느끼는 건, 절대로, 절대로 있을 수 없는…….

다시는 무슨 일이 있어도 그의 얼굴을 쳐다보지 않겠다고 다짐하고 있던 순간, 수현이 안 좋은 꿈이라도 꾸고 있는지 나직한 신음을 냈다. 인간의 다짐이란 얼마나 덧없는 것인가? 백 번, 아니, 천 번의 다짐은, 그가 만들어낸 미미한 소리 하나에 하늘하늘 춤을 추며 무너져 내린다. 그녀의 눈길은 또 여지없이 그에게로 흘러가 버렸다.

그의 이마에는 식은땀이 송골송골 맺혀 있었다. 미열이 조금 있는 것 같았다. 희주는 미지근한 물에 적신 손수건을 가지고 와 수현 옆에 무릎을 굽히고 앉아 조심스럽게 땀을 닦아주었다.

그때였다. 잠들어 있던 수현이 눈을 떴다. 순간, 그들의 시선이 밀도 높은 공기 중에 만나 연기처럼 뒤엉키기 시작했다. 수현은 지금 당장에라도 희주를 죽여버릴 것 같은 눈빛으로 그녀를 무섭게 쏘아보고 있었다. 그 눈빛의 무게를 견디지 못하고 희주는 수현의 이마를 닦고 있던 자신의 손을 천천히 떼어내며 구차한 변명을 했다.

"땀을 너무 많이 흘……"

희주의 말이 다 끝나기도 전에 수현은 그녀의 손목을 낚아채듯 거세게 잡았다. 그러고는 그녀를 거칠게 끌어당겼다. 서로의 호흡이 느껴지는 가까운 거리에서 그들의 시선이 흐름을 멈추었다. 터져 나오는 화를 가까스로 참고 있는 사람처럼 숨을 천천히 고르면서 수현이 나직이 내뱉었다.

"나를…… 나를 자꾸 살고 싶게 만들지…… 말란 말이야! 그러는 당신도……"

사납고도 처절하고도 서러운 외침이었다. 덫에 걸려 자기가 죽을 것을 직감하고 있는 짐승의 마지막 울부짖음 같다고 희주는 생각했다. 하지만…… 하지만, 그런 것들 때문에 희주의 눈에 눈물이 고이기 시작한 것은 결코 아니었다.

"……지금 혹시……살고 싶다고 한 건가요?"

희주의 눈가에 고여 있던 눈물이 흐르기 시작했다. 그의 처참한 몰골을 봤던 그 순간부터 눈물을 꾸역꾸역 담아두기만 했던 희주였다. 한 번 터지기 시작한 눈물은 쉽게 멈추지 않았다.

수현은 희주의 눈물을 보고서야 초점 없는 눈을 하고 그녀의 손목을 잡고 있던 그의 억센 손을 내려놓았다. 그의 입매가 다시 굳어졌다. 그는 당황스러움을 감추지 못한 채 자리에서 일어났다. 그의 무릎 위에 있던 희주의 카디건이 땅으로 툭 떨어졌다.

"……그럼 다음 주에 오겠습니다."

성급하게 공방을 나가려는 수현의 뒷모습에 희주의 눈물 섞인 목소리가 꽂혔다.

"이런 모습으로 오면, 내가……"

시작한 말을 차마 끝낼 수가 없었다. '대체 무슨 말을 하고 싶었을까?' 스스로 물었지만, 그녀 역시 답을 알 수 없었다. 아니, 어쩌면 이미 답을 알고 있었던 것이 아닐까? 그저 그것이 절대로 이 질문의 답이 되어서는 안 된다는 것을 그 누구보다도 잘 알고 있었을 뿐. 수현은 그런 희주를 뒤에 두고, 공방 문을 세게 닫고 나가버렸다.

❖

희주는 한동안 아무것도 할 수가 없었다. 어둠이 소리 없는 눈물로 젖어 들고 있었다. 수현이 나가버린 하늘공방은 덴마크 화가 빌헬름 하메르쇠이가 그린 〈햇빛 속에 춤추는 먼지〉를 떠오르게 했다. 하메르쇠이는 그리자이유 기법*을 자주 쓰는 화가였다. 하메르쇠이의 그림 속에는 창문으로 햇살이 쏟아지듯 드리우고 있었지만, 희주의 공방에는 층층이 두껍게 깔린 비구름 때문에 한 줄기 빛이 들어올 틈마저 없었다.

그가 떠나버린 공방에 홀로 앉아 있으니, 숨 막히게 고독했다. 그 길고 긴 세월을 고독하게 살아오면서 이제는 고독에 내성이 생겼을 줄 알았는데, 그게 아니었나 보다. 일단은 이 공방에서 나가야 했다.

희주가 계단을 내려와 건물의 문을 잠그고 돌아서니, 그녀 앞에 검은색 세단이 미끄러지듯 들어와 섰다. 운전석 문이 열리고 창진이 나와 차 뒷좌석의 문을 열어주며 말했다.

"비가 오니 댁까지 모셔다드리라고……"

---

* 그리자이유(Grisaille) 기법: 회색이나 흑색 계통의 채도가 낮은 한 가지 색채만을 사용해서 그 명암과 농담으로 그리는 기법

열려 있는 뒷문으로 수현의 실루엣이 보였다. 그는 팔을 창문에 기대고, 반대쪽 창문만 응시하고 있을 뿐이었다. 차마 그녀와 눈을 마주칠 용기가 나지 않았을 것이다.

희주는 아무 말 없이 차에 탔다. 창진이 부드럽게 액셀러레이터를 밟자마자 수현이 창진에게 짧게 명령했다.

"일산으로 가."

희주는 수현이 어떻게 자기 집 주소를 알고 있는지 순간 궁금했지만 지금은 그것이 중요한 것이 아니었다. 희주는 수현을 완전히 무시하고 창진에게 말했다.

"여기 골목으로 나가면 대학 병원이 하나 있어요. 거기로 일단 가죠."

창진이 백미러로 수현의 눈치를 살폈다. 지금이라도 당장 수현을 데리고 병원으로 가고 싶어 하는 눈치였지만, 수현의 명령이 떨어지기만을 기다리는 것 같았다.

"일산으로 가."

수현은 다시 건조한 목소리로 창진에게 지시를 내렸다.

"병원에 먼저 같이 갔다가, 집에 데려다주셔도 늦지 않아요."

어디서 나온 배짱인지 수현의 카리스마에 절대로 굴하지 않고, 희주도 고집을 부렸다.

"일산 쪽으로 차 돌려."

수현은 눈도 깜빡하지 않고, 창진을 쏘아보며 말했다. 그 목소리만으로도 장정하나 거뜬히 없앨 수 있을 것 같은 살벌함이 느껴졌다. 창진의 표정에 난처함이 역력했다.

희주는 이 끝나지 않는 논쟁에 종지부를 찍었다. "병원에 안 갈 거면, 전 여기서 내릴게요." 하는 말과 동시에 달리는 차의 문을 열어버린 것이다. 차 문이 열릴 때의 경고음이 시끄럽게 들리면서, 동시에 창진이 급브레이크를 밟는 바람에 끼익, 청각 신경을 거스르는 타이어 마찰음이 들려왔다. 희주의 몸이 앞쪽으로 쏠리고, 그 급박한 와중에 수현은 팔을 뻗쳐서 희주가 다치지 않게 그녀의 어깨를 앞쪽으로 잡아주었다.

"지금 미쳤습니까? 그러다 다치기라도 하면……, 으윽!"

고래고래 고함을 지르던 수현이, 앞으로 고개를 숙이며 외마디 비명을 질렀다. 그제야 극심한 통증이 느껴진 것이다.

"봤죠? 지금 자신이 어떤 상태인지."

희주는 화를 내다시피 수현을 다그쳤다. 누군가에게 이렇게 감정적으로 언성을 높여 말한 적은 태어나서 처음인 것 같았다. 수현은 백미러로 그를 보는 창진에게 못 이긴 척 고개를 끄덕였다.

희주는 그 자리에서 바로 선미에게 전화를 걸었다.

"응. 선미야. 오늘 당직이야? 지금 너희 병원으로 가는 중인데, 혹시 1인실 쓸 수 있을까? ……응. 내 내담자. ……VIP 병실 출입구 쪽으로 갈까? ……아, 알았어. 선미야, 고마워."

희주가 통화하는 것을 가만히 엿듣고 있던 창진은 그제야 티 나지 않게 안도의 한숨을 내쉬었다.

❖

"강희주, 너! 왜 키 크고 잘생긴 '젊은' 남자라는 말은 안 했어? 난 또 치매 증상 있으신 노인 내담자가 그때처럼 계단에서 넘어지신 줄 알았잖아."

수현이 검사실에 들어가 있는 동안, 선미가 희주에게 자판기 커피를 건네주며 짓궂게 물었다.

"저 남자, 몸이 너무 좋던데……. 완전 등 근육이 아주 그냥 좔좔 흐르면서 곧게 뻗어 있는 게……. 헐."

수현이 공방에 들어왔을 바로 그 시점부터 온 신경이 극도로 긴장을 하고 있었는지, 이렇게 실없는 농담을 해주는 선미가 오늘따라 고마웠다. 파릇하게 경직되어 있던 세포들이 그제야 서서히 힘을 빼고 있다는 느낌이 들었다.

선미가 차트를 훑으면서 말했다.

"X-Ray 결과 봐야 확실하겠지만, 갈비뼈 골절 같아. 머리에 난 열상은 누가 했는지 응급치료를 깔끔하게 하긴 했는데, 상처 부위가 워낙 커서 또 출혈이 있었던 것 같고. 뭐, 그 부분만 다시 치료하면 괜찮을 것 같긴 한데, 그래도 내출혈이 있을 수도 있으니까 CT 오더를 내려놓은 거고."

잠시 의사 티를 내던 선미가 다시 장난기 가득한 목소리로 물었다.

"아니, 그런데 다 큰 어른이 누구랑 싸우기라도 했대? 어쩌다 그렇게 다친 거래? 으허허허허……. 다친 모습이 왜 이렇게 섹시해? 너, 저 남자랑 무조건 연애해. 너같이 공방에 틀어박혀서 논문이나 쓰고 그림이나 그리는 애는 저런 수컷의 페로몬을 절절 풍겨대는 남자를 만나야 해. 게다가, 목소리 대박. 캬……, 희주야, 저 사람 혹시 친구 없대? 이왕이면 같은 헬스장 다니는 그런 친구?"

그때 레지던트가 수현의 피검사 결과를 가지고 선미를 찾아왔다. 검사 결과를 보던 선미가 처음으로 심각한 표정이 되어 희주를 쳐다보았다.

"백혈구 수치, 왜 이래?"

희주는 마음을 들키고 싶지 않아서 가장 절제된 목소리로 건조하게 말했다. 마치 자기와 아무런 관계가 없는 사람의 일인 양.

"CML(Chronic Myeloid Leukemia, 만성 골수성 백혈병) 환자야. 골관절 통증 때문에 하루에 옥시콘틴 50mg씩 두세 번 먹고 있고. 치료를 거부하고 있어서 주치의가 나한테 의뢰한 거야. 환자한테는 그냥 모르는 척해줘."

"……희주야, 너 괜찮아?"

선미가 희주를 뚫어지게 쳐다보며 묻는다. 희주의 문드러져 가는 속을 선미가 모를 리 없었다.

"너 정말 괜찮냐고……."

"……나야 괜찮지. 내가 왜?"

희주는 아무렇지도 않은 표정으로 선미에게 반문했지만, 더 이상 선미를 속일 수는 없었다. 왈칵 눈물이 먼저 흐르기 시작했기 때문이었다. 선미는 그런 희주를 아무 말 없이 꼭 안아주었다.

"에휴……, 내가 너 이럴 줄 알았어. 내가 널 모르니? 우리가 함께한 세월이 거의 30년인데. 희주야, 나 정말……, 나 정말 네가 힘들어하는 거 다시 볼 자신이 없어. 아픈 사랑 하지 마. 그냥 행복하고 편안한 사랑 해라, 희주야."

희주는 아무 말도 하지 못했다. 억지로 울음만 삼키는 중이었다.

선미가 곁에 있어서 다행이라고 생각했다. 무조건 선미 말이 맞다. 그에게로 흘러가기 시작하는 마음을 멈춰야 한다. 그는 그녀의 내담자 중 한 명일 뿐이다. 오늘 이렇게 주체할 수 없을 정도로 눈물이 난 건…… 그가 살고 싶어 한다는 것을 비로소 깨달았기 때문에, 그래서 치료자로서 감격에 겨워 눈물이 난 것뿐이라고 스스로 속삭였다. ……세뇌시켰다.

13

영원한 절망의 시간

병원에 온 지 정확히 5시간 15분이 지나서야, 모든 검사 결과가 나왔다. 다행히도 내출혈은 없었고, 갈비뼈도 금이 간 것뿐이라고 선미가 검사 결과를 알려주었다. 머리의 상처는 선미의 간곡한 부탁으로 솜씨가 제일 좋다는 2년 차 외과 레지던트가 흉터가 남지 않게 잘 꿰매줬다고 했다.

선미가 병실을 나가고, 치료실에 잠시 머쓱한 정적이 흐르기 시작했다. 머리에는 흰 붕대가 단단히 감겨 있고, 가슴에 압박 붕대를 하고 있는 수현이 혼자 셔츠를 갈아입고 있었다. 아직 움직임이 편하지 않은지 와이셔츠를 입는 데 적잖이 고생하고 있었다. 희주가 수현의 곁으로 와서 그가 쉽게 입을 수 있도록 셔츠를 들어주었다. 곁눈질로 슬쩍 희주를 보던 수현은 아무 말 없이 희주의 도움을 받아 옷을 마저 입었다.

"의사가 그러는데, 하루 이틀쯤 입원해서 안정을 취하는 게······."

희주의 말이 채 끝나기 전에 돌아오는 칼 같은 거절.

"필요 없습니다."

그는 희주를 거들떠보지도 않고, 셔츠의 단추만 잠그고 있다. 그런 수현을 보며 희주도 지지 않고 그대로 받아친다.

"저도 그렇게 나오실 줄 알고 창진 씨에게 차 대기시키라고 말해 두었어요."

그녀답지 않은 뾰족한 반응에 수현은 곁눈질로 희주를 바라보았다. 그녀의 눈에는 아직도 눈물의 흔적이 역력했다. 수현은 괜히 미안한 마음이 들어 다시 셔츠 단추로 눈길을 피했다.

"나가서 기다리고 있을게요. 천천히 나오세요." 하고 희주가 그의 옆을 지나쳐 가려던 순간, 그가 가만히 그녀의 손목을 잡아 세웠다.

희주가 얼어붙은 것처럼 그 자리에 멈춰 섰다. 고개를 반대쪽으로 돌리고 있어 희주가 무슨 표정을 짓고 있는지는 알 수 없었다. 희주는 그저 울컥, 올라오고 있는 무엇인가를 애써 밀어 내리고 있는 것 같았다.

"조금만 더 여기에 나와 있어 주겠습니까?"라고 수현은 말하고 싶었지만, 차마 그러지 못했다. 그 대신 목이 잠긴 낮은 목소리로 나온 말.

"······오늘 고마웠습니다."

"울게 해서 미안합니다."라고도 말하고 싶었지만, 그것도 차마 수현의 입 밖으로 나오지 못했다. 그 대신 그녀의 손목을 잡고 있던 손을 힘없이 놓아주었다. 그것만이 그가 그녀를 위해서 해줄 수 있는 최선의 선택이었다.

❖

희주를 집에 내려주고 오는 길, 수현의 깊은 상념이 시작되었다. 오늘 희주와 한 상담이 그를 과거의 기억으로 내몰아치고 있었다. 예전 같았으면 창진에게 아무 데나 차를 세우라고 하고, 소주나 몇 잔 비우면서 그 생각하기도 끔찍한 기억을 잊으려고 애썼을 것이다. 하지만 오늘은 달랐다. 처음으로, 스스로 기억하고 싶었다.

희주에게 털어놓은 이야기가 사건의 전부는 아니었다. 누나의 사건은, 그 사건은 그것보다 훨씬 더 처절했고, 비참했고, 잔인했다. 25년이 지난 지금도 그때를 생각하면 여전히 피가 거꾸로 치솟았다. 이 모든 비극의 시작이 되었던 누나의 죽음. 그 사건으로 인해 오늘날 '자비의 사신'이라는 이름의 무자비한 살수가 탄생하였다고 해도 전혀 과장이 아니었다. 수현은 누나의 사건 이후 자신을 스스로 처절하게 망가뜨려 왔다. 그 기억을 원망하며, 그 기억에 집착하며, 그 기억에 의지하며, 세상을 저주하며, 스스로를 파괴하며, 아무 감정 없이 사람들을 죽이며, 행복해 보이는 모든 것을 짓밟아버리며. 이제는 스스로 그 기억들을 저 멀리 보내버리고 싶었다.

그는 창진에게 한적한 강변에 차를 세우라고 하고 차 밖으로 나와 담배를 하나 물었다. 하늘은 언제 비를 쏟아낸 적이 있었냐는 듯 청명했다. 소낙비 덕분인지 쾌쾌했던 도시의 공기가 조금 맑아진 것 같았다. 수현은 담배 연기가 이 공기를 물들이기 전에, 숨을 크게 한 번 들이쉬었다.

❖

　누나가 수술을 받고 있다는 병원으로 달려간 수현은, 누나가 단지 공사장에서의 사고만으로 수술실에 있는 게 아니었다는 것을 알게 되었다. 먼저 병원에 와 있던 상기가 수간호사와 대화를 나누던 중이었다. 밤새도록 술이라도 마시고 왔는지 상기의 온몸에 술 냄새가 절어 있었다.

　"아무래도…… 집단 성폭행을 당한 것 같습니다. 과다출혈이 있는 상태에서 철근 콘크리트가 무너지는 바람에 이중으로 출혈이 있는 데다가, 너무 늦게 발견되어서……. 일단 선생님들이 최선을 다하고 있지만, 그래도 혹시 마음의 준비를 해야 할 수도 있습니다."

　상기가 떨리는 목소리로 물었다.

　"……생명에 지장이 있을 수도 있다는 겁니까?"

　불길한 느낌이 등골 저 밑에서부터 스멀스멀 기어 올라와 수현의 모든 감각을 차례로 마비시켰다.

　'……집단 성폭행? 이 사람이 대체…… 뭐라고 하는 거야? 누나가 뭐 어쨌다고……?'

　그때까지만 해도, 수현의 마음속에는 꺼져가는 불씨만큼의 희망이 있었던 것 같다. 지금 수술실에 누워서 수술을 받는 사람이 절대 누나가 아닐 거라는 희망, 뭔가 대단한 착오가 있을 거라는 묘연한 희망이 남아 있었다. 하지만 신경질적으로 보이는 남자 형사 한 명이 수현을 찾아왔을 때, 그 희망의 불씨는 곧 무참하게 꺼져버렸다.

　형사는 수현을 보자마자 지갑에서 명함을 꺼내 건네주었다.

종로경찰서 강력팀 / 형사 김진욱

"학생이 정시은이 동생이야?"

지극히 상투적인 목소리였다. 김진욱 형사는 "잠깐 확인 좀 할게." 라고 말하며 수현의 옷 소매를 걸어 올려 이리저리 둘러보았다. 수현은 형사에게 잡혀 있던 팔을 뿌리치며 날카롭게 그를 쏘아봤다.

"일단 누나 일은 정말 유감이고, 우리도 지금 저런 몹쓸 짓을 한 놈들 잡으려고 최선을 다하고 있어. 그런데 혹시 누나 팔에 주사 자국이 있다던가, 갑자기 살이 급격하게 빠졌다던가, 아님 평소에 약간 멍 때리고 있다던가, 잠이 많아졌다던가……"

"……대체 뭘 알고 싶은 건데요?"

수현은 경계를 풀지 않고 형사를 쏘아보며 물었다. 열네 살 소년답지 않게 인생의 풍파가 여실히 드러나는 눈빛이었다. 형사는 헛기침을 몇 번 하고는 주제를 바꿨다.

"누나가 [블랙로즈]라는 업소에서 일을 했다고 들었는데, 거기서 무슨 일을 했는지 알고 있니?"

"……주방 보조 일을 한다고 했어요."

형사가 비비 꼬는 듯한 말투로 느릿느릿 수현의 말을 따라 했다.

"……'주방 보조 일을 한. 다. 고. 했. 다.' 흠…… 학생이 직접 가서 본 적은 없다는 뜻이네?"

형사는 이미 9회 말 투아웃에 게임이 종료된 것 같은 몸짓으로 주섬주섬 자리에서 일어났다.

"알았어. 일단 난 이만 갈게. 나중에 누나가 의식을 회복하면 그때

참고인 조사하러 다시 올 거야."

"……잠깐만요. 현장 조사는 했나요? 용의자는요?"

수현의 말이 들리지 않았는지, 아니면 들었으면서도 못 들은 척하는 건지, 형사는 성의 없게 손을 흔들며 수술실 복도를 빠져나갔다. 왠지 기분이 더러웠다. 뭐가 어떻게 돌아가는 거지? 대체 이게 무슨 일인 거지?

뇌에서 정보들이 다 입력이 되기도 전에, 새벽부터 지금까지 굳게 닫혀만 있던 수술실 문이 열렸다. 누나였다. ……죽은 것같이 창백했다. 생명의 온기가 다 빠져나가고 빈 껍데기만 남은 것 같았다. 의사는 일단 의식이 돌아오는 것이 관건이라고 했다. 어쩌면 평생 아이를 못 가질 수 있다고도 했다.

산소 호흡기를 입에 꽂은 채, 중환자실로 실려 가는 누나를 보니 그런 의사의 말이 귀에 들어오지 않았다. 아기를 가질 수 있고 없고가 지금 무슨 의미란 말인가? 누나가 죽을 수도 있는데. 누나가 지금 곧 죽을 것만 같은데. 저렇게 창백한데.

중환자실은 하루에 오전 8시와 오후 6시에만 가족들의 면회가 가능했다. 면회 시간이 아닌 시간에도 수현은 병원 복도에서 하염없이 앉아서 내내 중환자실 벽만 바라보고 있었다. 간호사들이 몇 번이나 수현에게 와서 긴 싸움이 될 테니 식사도 하고, 집에 가서 옷가지도 챙겨 오라고 했지만, 수현은 단 한 발짝도 중환자실 밖 복도에서 떠날 수가 없었다.

수현이 누나에 관한 뉴스를 듣게 된 건, 누나가 수술을 받고 나온

다음 날 아침이었다. 아침 면회에서 산소 호흡기로 반 이상 덮여 있는 누나 얼굴을 보고 나오는 길에 보호자 대기실에 켜져 있는 TV를 통해 우연히 뉴스를 듣게 된 것이다.

어제 새벽, 업소 접대 여성 정 모 씨가 효자동 삼거리 인근 공사가 중단된 건설 현장에서 성폭행을 당한 채 쓰러져 있는 것을 순찰 중이었던 경찰이 발견, 인근 병원으로 후송했지만, 중태에 빠진 것으로 확인됐습니다. 종로경찰서는, 발견 당시 정 씨에게 상습적으로 필로폰을 투약한 흔적이 있는 점, 정 씨가 업소 접대 여성이었던 점으로 보아, 환각 상태에서 집단 난교 파티를 벌였을 가능성에 초점을 두고 수사에 들어갔습니다.

수현은 화르르 타서 없어질 것 같은 눈빛으로 뉴스를 보다가, 숨을 한 번 천천히 내쉬었다. 누나 때문에 정신이 나가버려서 잠시 잊고 있었다. 경찰이 얼마나 이율배반적인 집단인지. 민중의 안전을 지키는 지팡이라고 스스로 떠벌리고 다니면서, 그들을 가장 필요로 하는 사람들은 외면한다. 경찰은 수현 같은 음지에 사는 인생들은 '민중'이 아니라고 생각하는지도 몰랐다. 아니, 경찰은 음지에 사는 인생들을 '민중'의 평안과 안위를 위협하는 버러지 같은 존재라고 생각하는 듯했다.

희망보육원에 있을 때부터 그랬다. 싸이코 같은 원장의 횡포와 악행을 몇 번이나 그곳 경찰에 알렸지만, 돌아오는 것은 싸이코 개쓰레기의 더 심해진 학대뿐이었다. 그곳 경찰서장이 희망보육원 원장과 고등학교 동창이라는 것을 나중에서야 알게 되었다. 수현에게 경찰은 희망보육원 원장과 하나도 다른 바 없는 인간쓰레기 집단일 뿐이었다.

수현은 조용히 병원을 나와서 사건 현장으로 갔다. 상가가 들어서려다가 법정 분쟁에 휘말려 몇 개월째 공사가 중단된 곳이라고 했다. 이곳저곳 비닐이 흉측하게 찢겨 있었고, 벽마다 흉측한 낙서들이 빼곡했다. 마약 중독자들이 상습적으로 이곳에 모여 마약 파티를 하는 것은 이 지역 일대의 공공연한 사실이라고, 어제 다녀간 형사가 말했었다.

2층으로 올라가 보니, 철근 시멘트가 어지럽게 흩어져 있었고, 그 주변으로 검붉은 피가 낭자했다. 그것이 누나의 것이라는 것을 뇌에서 인식한 순간, 구역질이 났다. 그저께 밤부터 아무것도 먹은 게 없어, 끈적한 노란 담즙만 나올 뿐이었다. 이곳저곳에 주사기가 흩어져 있었다. 마약의 흔적이었다. 그제야 왜 형사가 수현의 소매를 걷어봤는지, 왜 누나에 관해 이해할 수 없는 질문을 했는지 알 것 같았다. 누나가 마약을 복용했을 리는 없었다. 평소에 그런 기미가 전혀 보이지 않았을 뿐만 아니라, 누나에게는 마약 중독자들에게서 흔히 풍기는 달큰한 냄새가 전혀 나지 않았다. 그렇다면 누군가가 누나에게 의도적으로 주사를 투입한 것일까?

수현은 다시 정신을 차갑게 만들고 찬찬히 주위를 살펴보았다. 담배꽁초들이 즐비하게 모여 있는 곳에, 라이터가 하나 보였다. [블랙로즈]라고 프린트되어 있는 라이터. 수현은 라이터를 비닐봉지로 조심스럽게 들어 올려, 가지고 온 봉투에 넣었다. 누나는 [블랙로즈] 업소에서 함께 일하는 놈들에게 당한 것일까? [블랙로즈]는 청운파에서 관리하는 업소였다.

지난밤에 비가 온 덕분에, 발자국들이 제법 선명한 모양들을 남겼다. 수현은 공사장 바로 앞에 있던 문방구에서 줄자와 기름종이를 사와 신발의 치수와 모양을 꼼꼼하게 기록했다. 대략 다섯 명의 발자국이 사건 현장에 있었던 것으로 추정되었다.

270mm 남자 구두 발자국. 280mm 남자 구두 발자국. 285mm 운동화 발자국. 280mm 운동화 발자국. 그런데 발자국 하나가 심상치 않았다. 260mm의 상대적으로 작은 사이즈의 구두 발자국. 그런데 그 발자국은 왼쪽 것밖에 보이지를 않는 것이다. 수현은 침착하게 발자국들을 하나하나 짝을 맞춰가며 다시 살펴보았다. 그러다가 알게 되었다. 270mm의 오른쪽 구두 발자국의 개수가 다른 발자국에 비해 많이 찍혀 있었다는 것을. 그날, 그 자리에 있었던 사람들 중 하나는 왼쪽은 260mm, 그리고 오른쪽은 270mm, 왼발과 오른발이 심하게 차이가 나는 짝발이었던 것이다. 수현은 시간을 들여 신발의 모양을 세심하게 스케치해두었다. 중요한 단서가 될 것 같았다.

수현은 시계를 보았다. 벌써 오후 4시가 지나 있었다. 6시부터 중환자실 면회 시간이 시작된다. 병원에 가기 전에 잠시 종로서에 들러서 수현이 발견한 증거들을 제시하며 정식 수사를 요청해야 했다. 그러기에는 충분한 시간인 것 같았다.

수현은 마지막으로 사건 현장을 한 번 더 둘러보다가 3층으로 올라가는 계단 근처에서 무엇인가 발견했다. 음침한 사건 현장과는 전혀 어울리지 않는 밝은 노란색의 물건이었다.

'이게 뭐지?'

노란 상자를 주워 그 정체를 확인한 순간, 수현 몸속에 있던 핏방울들이 모조리 괴기한 비명을 지르며 타들어 가기 시작했다.

세 통의 카메라 필름 상자들이었다.

'사진을…… 찍었어?'

누나에게 이런 극악한 일을 저지른 저 악마 새끼들이, 그것도 모자라 누나의 사진을 찍은 것이다. 필름을 세 통이나 써가면서. 수현은 주저앉아 동물 같은 울음을 내며 울부짖었다. 사람의 음역대에서 낼 수 없을 것 같은 날카롭고 처절한 오열이었다.

❖

전날 병원에서 만난 김진욱 형사가 소속된 강력 2반은 지하 1층에 있었다.

"그래서 정시은이 피검사 결과 나왔어?"

수현이 번잡하고 시끌벅적한 강력 2반 사무실 문을 열었을 때, 하필이면 형사들 몇몇이 모여서 시은의 이야기를 하고 있었다. 그 형사들 가운데 정면으로 김진욱 형사의 뒷모습이 보였다. 김진욱 형사는 다 먹은 음료수병에 "캬, 퉤!" 하고 가래침을 뱉으며 대답했다.

"당. 연. 히. 아이스* 양성 반응 나왔죠, 반장님. 그렇지 않아도 팔

---

* 아이스: 마약(필로폰)을 칭하는 은어

에 이곳저곳 작대기* 자국이 많아서 당연히 고속도로**일 줄 알았습니다.”

김진욱 형사에게 다가가던 수현은 그 자리에서 걸음을 멈췄다.

“아아, 팀장님. 제가 그러지 않았습니까? 이거 해보나 마나 한 수사라고. 이거 성폭행 사건 아닙니다. 지네들끼리 약하고 개떡 돼서 저렇게 거칠게 논 거라고요. 거기가 원래 그랬던 곳 아닙니까? 약쟁이들 모여서 집단으로 그러고 노는 아지트. 몇 주 전에도 거기 급습해서 몇 명 검거했던 거 기억하시죠? 아, 이 청운파 새끼들. 대체 애들이 미쳐 날뛰어도 유분수지…….”

“김 형사, 정말 확실한 거지, 성폭행 사건 아닌 거? 용의자도 없는 거지?”

“팀장님. 99.9999% 확실합니다. 용의자는 무슨 씨알도 안 먹히는 소리랍니까? 조사해보니 정시은이 [블랙로즈] 업소 텐프로였답니다. 어쩐지 어휴 그냥, 가슴 라인이 그냥, 어휴…….”

김진욱 형사는 두 손으로 S라인을 그려가며 저질스러운 신음을 냈다. 그 옆에 있던 두 형사가 그런 김진욱 형사를 보며 “미친놈.” 하면서 함께 낄낄거리며 웃어댔다.

“게다가 [블랙로즈]는 청운파에서 관리하는 업소 아닙니까? 지네들끼리 서로 다들 약하고 반쯤 미쳐서 그런 건데, 피해자가 자의로 한 건지, 타의로 한 건지, 그걸 어떻게 알 수 있겠습니까? 까놓고 말해서, 지도 즐기면서 했는지 어떻게 알아? 그렇게 하드한 거 좋아하

---

* 작대기: 주사를 칭하는 은어
** 고속도로: 마약중독자를 칭하는 은어

는 또라이들도 많아요."

수현의 심장이 더 차가워졌다. 심장이 얼어버려 과연 뛰고 있는지 아닌지 알 수 없었다. 분노로 온몸이 차갑게 변해가고 있었다. 하필이면 수현의 손아귀에 경찰서에 오기 전 사건 현장에서 증거품으로 수거해온 주사기가 있었다. 그것도 바늘이 여전히 꽂혀 있는 채로.

수현은 차분하게 그 주사기들을 꺼냈다. 수현이 그 자리에 있다는 것을 아무도 신경 쓰지 않았다. 수현은 천천히 김진욱 형사의 곁으로 한 발짝씩 걸어갔다. 김진욱 형사는 성인 어른치고는 꽤 왜소한 편이었지만 수현은 중학교 1학년생치고는 꽤 단단한 체격이었다. 보육원에 있을 때부터 자기의 몸은 스스로 지켜나가야 한다는 생각 때문에 꾸준히 해왔던 운동 덕에 몸의 골격들이 이미 자리를 잡기 시작하는 중이었다.

팔을 펴면 닿을 듯한 사정거리 안으로 김진욱 형사가 들어오자, 수현은 주사기 두 개를 마치 칼을 쥐는 것처럼 쥐고는 김 형사의 목덜미를 향해 뛰어들었다. 주삿바늘이 거의 김 형사의 목을 찌르려는 바로 그 찰나, 누군가 뒤에서 수현의 어깨를 거칠게 잡아내려 바로 책상 위로 제압시켜 버렸다.

"이 자식, 너 뭐야?"

수현의 어깨를 거칠게 잡아 내렸던 남자가 수현에게 물었다. [강력 3반 / 형사 정희봉]이라고 쓰인 아이디 카드를 목에 걸고 있는 남자였다. 수현이 잡고 있던 주삿바늘은 매가리 없이 김 형사의 목덜미를 살짝 할퀴고는 땅으로 떨어졌다. 먹잇감을 코앞에서 놓쳐버린 짐승은 그제야 있는 대로 괴성을 지르며 있는 힘껏 반항을 시작했다.

"우리 누나 마약중독자 아니야! 수사를 한 번이라도 제대로 해달라고!"

"아! 이 미친! 피 나잖아."

자기가 불과 몇 초 전, 죽을지도 모르는 일촉즉발의 상황이었던 것을 알지도 못하고, 김 형사는 고작 바늘에 할퀸 목을 잡고 엄살을 떨고 있었다.

"너, 뭐야? 너⋯⋯, 어제 병원에서 본, ⋯⋯아이 씨, 이 자식이 미쳤나!"

그제야 정신을 차린 김 형사가 미친 듯이 고래고래 소리를 지르는 수현의 뺨을 후려쳤다. 수현의 코에서 주르륵 코피가 쏟아졌다.

"김 형사, 얘 누구야?"

"아, 선배님, 신경 쓰지 마십시오. 제가 담당하고 있는 사건 피해자 동생인데⋯⋯."

"당신들! 사건 현장에 가보지도 않았잖아! 우리 누나 그런 사람 아니에요. 제발 우리 누나 저렇게 만든 새끼들 잡아주세요!"

김 형사가 한 차례 더 수현을 후려치려고 손을 올렸는데, 정희봉 형사가 김 형사를 제지했다.

"살살해라, 살살해. 무슨 사건인지는 모르지만, 피해자 동생이라며. 일단 수갑 채워서 진정시켜. 지금 눈에 뵈는 게 없어서 무슨 일 저지를지도 모르니까."

정희봉 형사는 흥분할 대로 흥분해 으르렁대는 수현에게 최대한 정중하게 설명을 해준다.

"학생이 지금 뭔 짓을 하려고 했는지 알기나 해? 이거 살인미수죄에 해당할 수 있는 중차대한 사안이야. 게다가 경찰을 죽이려 했다고.”

수현은 이번에는 희봉을 보며 다시 한번 사정했다.

“아저씨, 우리 누나 저렇게 만든 새끼들 잡아주세요! 우리 누나 마약중독자 아니에요! 네? 제 말 좀 들어주세요. 제대로 수사를 하지도 않았어요!”

“선배님, 그냥 개무시하십시오. 이런 미친놈 말, 백날 들어봐야 아무 소용 없습니다.”

김진욱 형사는 그런 수현의 입을 틀어막으며 질질 끌고 나갔다.

❖

수현은 일주일 동안이나 종로경찰서 유치장에 갇혀 있어야 했다. 형사를 해하려 했다는 괘씸죄가 적용되기도 했지만, 일단 수현의 신원이 확인되지 않아 시간이 걸린 것이다. 수현은 한 번도 정식으로 출생신고가 된 적이 없는 아이였다.

희망보육원 원장은 시현을 위해 새로 호적을 만드는 것조차 귀찮아서 보육원에 있다가 폐렴으로 죽어버린 시현 또래의 남자 아이 ‘이수현’의 이름을 그대로 갖다 썼다. 경찰에서는 ‘정시현’으로 조회를 하니 당연히 그의 신원이 확인될 리 없었다. 게다가 어찌 된 일인지 수현의 유일한 보호자 역할을 해줄 상기와 통 연락이 닿질 않았다. 나중에는 괘씸죄가 아니라, 미성년자 보호 차원에서 수현을 유치장에 입감시킬 수밖에 없는 상황이 되어버렸다.

수현은 거의 죽을 것 같은 몸짓으로 하루하루를 버텼다. 그대로 소멸해버릴 것만 같았다. 아니, 차라리 그대로 소멸했으면 좋겠다는 생각이 들 만큼 온몸의 모든 장기가 바짝바짝 타들어 가는 것 같았다. 숨 쉬는 모든 순간이 괴로웠다.

종로경찰서 유치장에 들어온 지 딱 일주일이 되던 날, 상기가 수현을 찾아왔다. 일주일 만에 처음으로 보는 햇살 때문에 한동안 눈이 떠지지 않았다. 경찰서 앞에 차를 대놓고 기다리던 상기가 수현을 보자마자 차에서 내려 수현에게로 달려왔다.

"시현아……, 이 자식. 난 니가 여기 있는 줄도 모르고……."

"……상기 형."

너무 오랫동안 말을 안 한 탓에 수현은 목이 잠겨 말을 잇지 못했다.

"너, 괜찮은 거야? 일단 뭐 좀 먹으러 가자."

"……누나한테 갈래요. 기다리고 있을 거예요."

"……시현아, 내 말 먼저 들어봐."

자신을 부르는 상기의 목소리가 물에 젖은 솜같이 점점 무거워지고 있다는 생각이 든 건 그저 수현의 예민함 때문이었을까?

"시은이가……"

상기는 결국 수현의 시선을 담아낼 수 없었다. 자신을 회피하는 상기의 눈빛에서 수현은 죽음의 그림자를 느낄 수 있었다.

'누나가…… 죽었구나.'

이 세상의 모든 시간이 멈춘 것 같은 착각이 들었다. 이 절망의 시간에 영원히 갇혀 있을 것만 같은 느낌. 거기서 영원히 헤어 나오지 못할 것 같은…… 느낌.

"지난주에 너 갑자기 사라져 버린 그 날, 갑자기 혈압이 떨어져서……"

"아니야……."

"너를 아무리 찾아도 찾을 수가 없어서 내가 일단 장례를……"

"……아니라고 했잖아!"

수현은 상기에게서 등을 돌리고 숨을 크게 몰아 내쉬었다.

누나가 죽. 었. 다. 세상의 모든 것이었던 누나가……. 아니, 그의 세상 그 자체였던 누나가……. 그의 모든 것이었던 누나가…….

모든 것이 떠나고 난 빈자리에 분노가 밀물처럼 파고들었다. 분노는 서서히, 그리고 집요하게 수현을 잡아먹기 시작했다. 아니, 수현은 분노가 자신을 잡아먹어 주기를 고대하며 그에게 모든 것을 내주었다. 그가 스스로 인간이기를 거부하기 시작한 순간이었다. 인간이 지닌 모든 착한 것들이 하나씩 사라져버리고 있었다. 그의 안에 남아있는 것이라곤 증오, 복수, 피 그리고 살의. 괴물이 되어서라도…… 영혼을 팔아서라도…… 죽여버릴 것이다. 누나에게 이런 짓을 한 모든 인간을 세상 끝까지라도 찾아가, 내 손으로 갈기갈기 찢어 죽일 것이다.

심장은 산화되어 버린 듯 뜨거워지는데, 머리는 이상하리만치 차가워지고 있었다. 유치장에 있을 때, 정희봉 형사가 빵과 우유를 사 들고 그를 찾아와 지나가는 말로 했던 말이 기억났다.

"거기는 청운파 애들이 관리하는 지역이야. 아예 청운파 애들이 거기에 약을 푼다는 소문도 있을 정도로. 안됐지만 우리도 청운파 일에는 그렇게 쉽게 개입할 수 없어. 애들이 워낙 몸집이 커져서. 힘들겠지만 그냥 마음 접는 게 나을 것 같다."

그는 그저 덤덤한 표정으로 우적우적 빵을 먹고 있는 수현을 돌아보며 유치장을 나갔다. 어른인 게 몹시 부끄럽다는 표정이었다.

'청운파가 어떤 식으로든 개입되어 있을 것이다.'

그의 차가울 대로 차가워진 머리에서 그런 시그널을 계속해서 보내고 있다. 수현은 직접 현장 조사를 하러 나갔을 때 봤던 [블랙로즈] 라이터와 다섯 명의 발자국도 착착 기억해냈다. 그래, 일단 사건 당일 누나의 행적에 대해 물어봐야 할 것 같다. 그리고 지난주에 사고 현장에서 모아둔 증거들을 바탕으로 그놈들을 찾아내고야 말 것이다. 아직 머릿속에 이 계획의 끝은 입력되기 전이었지만, 수현은 본능적으로 알 수 있었다. 이 계획의 피날레는 누나를 이렇게 만든 그놈을 찾는 것. 그리고 그 새끼를 죽여버리는 것.

❖

다음 날 이른 아침, 수현은 [블랙로즈]로 향했다. [블랙로즈]의 정문은 아직 굳게 잠겨 있었다. 밤새도록 화려하고 시끌시끌하던 업소는 아침이 되면 이름 없는 무덤처럼 을씨년스러워졌다. 수현은 뒷문으로 들어가 매니저 사무실 문을 열었다. 상기는 책상에 앉아 있었다. 사무실에는 술 냄새가 자욱했다. 밤새도록 술을 마신 것 같았다.

"……형."

상기는 수현의 목소리를 듣고 나서야 고개를 들었다. 눈은 온통 충혈되어 있었고, 평소와 달리 머리도 엉망으로 엉클어져 있었다. 상기도 누나의 일로 괴로워하고 있었던 것이 분명했다. 그런 상기가 성큼성큼 수현에게로 걸어와서는 그를 안아주며 말했다.

"시현이, 너 인마. 너, 어제 어디 있었던 거야?"

수현은 대답하지 않았다. 도저히 누나가 없는 텅 빈 옥탑방 집에는 들어갈 엄두가 나지 않았다. 그래서 그는 상기가 누나의 유골을 뿌렸다는 한강 둔치 어딘가에서 오롯이 밤을 새웠다. 누나의 유골이 뿌려진 곳이라 마지막 체취라도 느껴질 줄 알았는데, 11월 차가운 새벽 물안개가 올라오는 한강은 그저 강 비린내만 진동할 뿐이었다.

상기는 일단 수현을 앉혀놓고 설렁탕을 하나 시켜주었다. 따뜻한 국물의 온기가 올라오자 갑자기 허기가 느껴졌다. 생각해보니 종로서를 나오고 난 후부터 아무것도 먹은 게 없었다. 수현은 일단 꾸역꾸역 설렁탕으로 배를 채웠다.

그런 수현을 보며 상기가 먼저 말을 꺼냈다.

"시은이 일은…… 정말로 면목이 없다. 거기 내가 데려다줘야 하는데, 혼자 가겠다고 고집을 부려서."

"네? 그날은 원래 누나가 여기서 늦게까지 일하는 날인 줄 알았는데……."

"그래. 원래는 그랬지. 그런데 그 화가 사모님이 시은이를 갑자기 부른다고 해서……. 때마침 비도 오고 업소도 한가하고 해서 가보라고 했어."

얼핏 누나에게 들은 적이 있었다. 꽤 유명하다는 여류 화가 한 명이 시은을 모델로 그림을 그리고 싶어 한다고 해서, 몇 달째 업소 일이 없는 날이면 거기에서 몇 시간이나 포즈를 취하다가 온다고 했다. 보수도 두둑하게 주고, 일단 그 여류 화가가 엄마같이 시은에게 살갑게 잘해준다고. 그 집에 다녀오는 날이면 누나는 기분이 좋아서 집에 돌아오곤 했다.

"아무래도 거기에 가다가 변을 당한 것 같다."

"……형 도움이 필요해요."

"그래, 말해봐. 뭐든지."

"오늘부터 여기서 일하게 해주세요. 생활비도 벌어야 하고, 밀린 누나 병원비도 내야 하고……."

"시은이 병원비는 걱정하지 않아도 돼. 이미 내가……"

"아니에요. 제가 직접 번 돈으로 내고 싶습니다. 내…… 누나니까요."

단호한 수현의 눈빛에 상기는 고개를 끄덕였다.

"네 뜻이 정 그렇다면…… 언제든지 네가 준비되는 대로 나와."

수현의 살기 어린 눈빛을 상기가 못 봤을 리 없다. 상기는 그런 수현에게 슬쩍 한마디 던졌다.

"너…… 혹시, 복수다 뭐다, 그런 생각하고 있는 거 아니지?"

"……."

"그냥 잠잠히 있어. 내가 알아서 해. 지금 뒤로 애들 풀어서 알아보는 중이다. 그 새끼들 잡아 족치려고. 누군지만 알면 단번에 내 손으로 잡아 죽인다, 그 개새끼들."

상기가 수현의 얼굴을 부드럽게 툭 쳤다. 자신을 믿어보라는 뜻이었다. 수현은 무표정한 얼굴로 고개만 끄덕이고 있었다.

❖

[블랙로즈]에서 잔심부름을 시작한 지 3일째 되던 날, 수현은 청운파 조직원들의 구두를 닦아주는 척하며 짝발의 주인이 누구인지 파악했다. '곰보 형님'이라고 불리는 자였다. 얼굴에 커다란 곰보가 있어서 그렇게들 부른다고 했다. 나이는 40대 중반. 그렇게 키가 크지는 않았지만, 꽤 강단 있어 보이는 자였다. 그의 번들거리는 상판대기를 처음 본 순간, 수현은 바로 그 사람이 누나를 그렇게 갈가리 찢어놓은 사내라는 것을 직감적으로 알 수 있었다.

'찾았다. 나의 먹잇감.'

업소 직원들 말에 따르면, 곰보 형님은 청운파에서 서열이 꽤 높다고 했다. 하지만 점점 더 커지는 상기의 세력 때문에, 곧 갈 곳 잃은 기러기 신세가 될 거라고. 지금은 상기에게 반기를 들고 있지만, 그런 곰보 형님이 고개를 숙이고 상기 밑으로 들어가는 것은 이제 시간문제라고.

그런 그가 며칠 전 빗길에 미끄러져 팔이 부러졌다고 했다. 얼추 날짜를 계산해보니 누나가 그 일을 당하던 그날이었다. 곰보가 팔이 부러져 깁스를 하고 있다? 절호의 기회라는 생각이 들었다. 물론 혼자서는 힘들겠지만, 곰보가 상기와 서로 라이벌 관계라면, 어쩌면 상기의 도움을 받을 수도 있겠다는 계산이 끝난 후였다.

수현은 상기가 업소에 돌아올 때를 기다렸다가, 그에게 은근슬쩍 곰보 형님의 동선을 물었다. 상기는 의미심장한 눈으로 수현을 한동안 바라보다가 천천히 대답했다.

"오늘 영업이 끝나면 [블랙로즈] 뒤에 있는 밀실에서 나랑 술 한잔하기로 했는데."

"……혼자 옵니까?"

넌지시 수현을 바라보는 상기의 눈이 반짝거리는 것을 예민한 수현이 놓칠 리 없었다.

'상기 형도 이미 알고 있었구나……. 누나한테 그런 짓을 한 새끼가 누군지.'

"보통 똘마니들 두 명 데리고 다녀. 핏대랑 아구. ……그 둘은 내가 잠시 다른 심부름을 시켜도 될 것 같은데. 오늘 마침 물건이 들어오는 날이라."

이번에는 수현이 슬쩍 상기를 보았다. 그들의 표정에서 서로의 의중을 알 수 있었다.

"아무리 팔에 깁스를 했다고 해도, 곰보 형님을 만만하게 보면 안 돼. 왕년에 열일곱 명을 혼자서 제압했다는 말은 절대 허풍이 아니거든."

상기가 담배에 불을 붙이며 말했다. 최대한 느긋하고 여유롭게 보이려고 노력했음에도 불구하고, 수현은 그가 동요하고 있음을 단번에 알 수 있었다. 담뱃불을 붙이는 손이 미세하게 떨리고 있었다.

"만약에 그런 40대 성인 남자가 신경 안정제라도 먹었다면……."

수현이 담담하게 말을 이어갔다.

문장이 다 끝나지도 않았는데, 수현과 상기의 뜨거워진 시선이 허공에서 마주쳤다.

14

기억 상자

"형님, 날씨가 차갑습니다. 이제 그만 집에 돌아가시는 게……."

세 번째 담배가 거의 꺼질 때쯤, 차에서 기다리고 있던 창진이 나왔다. 수현은 천천히 차로 발길을 옮겼다. 어차피 거기까지였다. 그다음 기억은 안개가 낮게 내려앉은 산길을 운전하는 것처럼 흐릿하고 혼란스러웠다. 헤드라이트 불빛이 안개와 부딪치면서 주변을 더 뿌옇게 만드는 것과 같은 느낌이랄까? 그다음을 기억하려고 하면 언제나 음산하게 기분 나쁜 이명이 들려왔고, 심한 두통이 생겼고, 결국에는 메슥거리다가 왈칵 토가 나왔다.

상기와 임 선생의 말에 의하면 그때쯤 수현이 첫 번째 살인을 저질렀다고 했다. 살수가 되는 트레이닝을 받기 전이었는데도 불구하고, 그의 범죄 현장은 완벽했다고 했다. 아직도 그 사건은 미제로 남아 있었다. 상기와 임 선생은 수현이 저지른 첫 번째 살인이 그의 안에 잠자고 있던 괴물을 깨워놓은 것이라고 늘 말해왔다. 그는 킬러가 되는 트레이닝을 받지 않았어도 어디선가 연쇄 살인범이 되어 미친놈 소리 들으며 사람들을 죽이고 있을 거라고. 그게 바로 수현의 본능인 거라고. 그래서 그 운명을 받아들여야 한다고.

아이러니하게도 수현 본인은 그 사건을 전혀 기억하지 못했다. 언제, 어디서, 어떻게, 심지어는 누구를 죽였는지조차 확실하지 않았다. 분명히 누나의 사건과 연관된 사람을 죽였던 것만은 확실했다. 그 사람을 죽이던 바로 그 순간 수현의 온몸을 훑고 지나가던 희열이 아직도 생생했다. 그 희열을 알게 돼서 그가 킬러가 된 거라고 임 선생은 말했다. 결국 유능한 킬러와 나약한 인간은 한 끗발의 차이라고 했다. 살인의 희열을 아는 자와 모르는 자. 대체 누구를 죽였길래 그토록 희열을 느꼈는지……. 수현은 숨을 깊게 들이마셨다가 내쉬며 다시 한번 그 기억 속으로 들어가 보기로 했다. 기억을 해내야 기억을 털어버릴 것이 아닌가?

귀가 찢어질 것 같은 이명이 시작됐다. 수현은 머리를 한 손으로 감싸고 눈을 질끈 감았다. 그래도 생각해내야 한다. 무슨 일이 있었는지 생각을 해내야만 한다. [블랙로즈] 밀실 바에 숨어 있던 것이 단편적으로 기억난다. 곰보가 업소용 바 의자에 앉아서 술을 마시고 있다. 어두워서 자세히 보이지는 않는다. 그저 곰보라고 추정되는 검은 실루엣이 희미하게 보일 뿐. 곰보가 약에 취하기를 기다리면서 밀실에 깔린 카펫의 기하학적인 문양에 있는 육각형들이 몇 개인가 세고 또 세었던 것 같다. 그 사람의 뒷모습을 보고 있다. 그리고 그 사람의 뒤통수를 야구 방망이로 휘갈긴 것 같다.

아니다. 그 사람의 앞모습을 보고 있다. 칼이었다. 분명히 칼로 그를 찌른 것 같다. 검붉은 핏방울이 나무로 된 마룻바닥으로 똑똑 떨어지는 소리를 분명히 들었으니까. 인간의 살을 베고 들어가는 그 물컹하고도 서걱서걱한 느낌이 생생했으니까. 아니다. 방망이로 그 사람의 정강이뼈를 날려버린 것 같다. 아니다. 찌른 것 같다! 품에 품고 있던 칼로. 그런데 칼로 찌르고 나서 보니…… 그 사람은 곰보가 아니었다. 진하게 화장을 한 남자. 징그러운 얼굴. 도무지 여자인지 남자인지 분간이 안 가는 사람. 어느 순간엔가 그 괴기한 모습의 사람이 수현에게 무슨 말을 한 것 같은데, 무슨 말을 했더라……? '미안해'였던가? '고마워'였던가? ……그건 인간의 목소리가 아니었다. 음성 변조기를 통해 나오는 소리같이 괴기한 기계음이었다. 거기까지 기억이 미치자 머리가 깨질 듯한 고통이 엄습했다. 수현은 창진에게 차를 세우라고 한 후 길가에서 토를 하고야 말았다. 아침부터 먹은 것이 없어서, 그저 노란 담즙만 나올 뿐이었다.

❖

다음 날 느지막한 오후가 되어서야 희주는 다시 공방을 찾았다. 문을 열고 들어오자마자 마른 눈으로 공방을 한 번 둘러보았다. 엄마의 안락의자에 앉아 있는 수현의 잔상이 아직도 어려 있는 것만 같았다. 희주는 안락의자에 가만히 앉아서 눈을 감고 의자를 앞뒤로 조심스럽게 흔들어보았다. 그에 관한 사소한 모든 것들이 다 머릿속에 남아서 몇 번씩이나 반복되고 있었다.

불과 몇 시간 전에 그가 이 자리에 앉아 있었다는 게 믿기지 않았다. '나를 살고 싶게 만들지 말라'고 내뱉던 그의 나직한 목소리가 여전히 그녀의 귓바퀴를 맴돌고 있었다. 희주의 손목을 거세게 잡았을 때, 그의 팔에 잡혔던 힘줄의 강인한 선이며, 당장이라도 왈칵 눈물을 쏟아낼 것만 같았던 그의 충혈된 눈, 뜨거웠던 그의 숨결이 여전히 그녀 안에서 파도를 만들어내고 있었다. 자꾸만 밀려들었다. 자꾸만.

희주는 그에게 잡혔던 손목을 천천히 쓸어내려 보았다. 병원에서도 그가 또 한 번 그녀의 손목을 잡았다. 병실 밖에서 나가서 기다리겠다고 그의 옆을 지나쳐 가려 할 때, 그가 가만히 그녀의 손목을 잡고 그녀를 멈춰 세웠다. 그의 손이 잠잠히 떨리고 있었다. 둘의 시선이 서로 반대 방향을 바라보고 있어 다행이라고 생각했다. 둘의 시선이 마주쳤다면, 그 자리에서 무너져버렸을 것이다.

그의 큰 손에 손목이 잡히던 그 순간, 본능적으로 알 수 있었다. 그녀의 마음이 그에게 잡혀 버린 지는 훨씬 더 오래되었다는 것. 이미 그녀의 마음이 남김없이 모두 그에게로 흘러가 버렸다는 것……. 아무리 아니라고 부인해도, 아무리 도망치려 몸부림쳐도, 그녀의 마음은 이미 그의 바다에 고여 있었다는 것…….

어제 수현과 병원을 나선 시각은 새벽 1시가 훨씬 넘은 늦은 밤이었다. 택시를 타고 간다고 했는데도 수현은 들은 척도 안 하고 희주를 먼저 차에 태우고는 안전벨트를 끌어당겨 희주에게 넘겨주었다. 희주는 그런 수현을 힐끗 바라보고는 그가 하라는 대로 순순히 안전벨트를 맸다. 희주의 집으로 가는 내내 차 안에는 오랫동안 고요한 정적이 흘렀다. 눈물이 멈추지 않아, 희주는 창가 쪽으로 고개를 돌려버렸다. 수현은 움직임 없는 그녀가 잠이 들었다고 생각한 모양이었다. 그의 잠긴 목소리가 들려왔다.

"창진아……, 조금 천천히 가자."

순간, 희주는 그의 목소리가 자신의 가슴을 베고 간 듯한 느낌이 들었다. 그동안 감추고 있던 수현의 마음이 희주에게 고스란히 전해진 순간이었다. 함께 같은 공간에 있고, 함께 같은 공기를 마시며, 그저 이 시간에 이렇게 함께 앉아 있는 것으로도 충분하다는 듯한 초라한 소망이었다. 여태까지 희주는 자신의 감정과 치료자의 책임감 사이에 골몰해 있던 나머지 수현의 감정에 대해 미처 생각해볼 겨를이 없었던 것이 사실이었다. 그제야 자신을 바라보던 그의 눈빛이며 그의 몸짓들이 하나씩 영화 속의 플래시백처럼 지나갔다. 왜 그가 그런 무서운 눈으로 "나를 자꾸…… 살고 싶게 만들지…… 말란 말이야!" 라고 외쳤는지 그 의미도 이제야…….

그때 창진이 몰던 차가 큰 커브를 돌면서 수현과 희주의 손가락이 잠시 부딪쳤다. 처음에는 수현의 손이 흠칫 피하며 경직했다. 감히 그의 더럽고 끔찍한 손이 그녀를 만지면 안 될 것 같았기 때문이었을까? 몇 번이나 망설이던 수현이 비로소 초라한 욕심을 내보는 것 같았다. 그의 새끼손가락을 가만히 희주의 손 마지막 마디에 가져다 대본 것이다. 거의 느껴지지도 않을 정도로 조심스럽게. 손가락의 마디가 채 다 닿지도 못할 정도로 조심스럽게. 그 손가락의 따뜻한 온기와 세밀한 떨림이 고스란히 희주에게 전해졌을 때 희주의 마음은 다시 한번 찌르르 울렸다.

그는 절대로 그녀에게 먼저 오지 않을 것이다. 아니, 감히 먼저 다가올 수 없을 것이다. 그것이 그가 사랑하는 방법이었다. 새끼손가락의 마지막 마디를 희주의 손에 가져다 대는 것만으로 충분하다고 스스로 위안하고 있는 남자였다. 혼란스러웠다. 그를 사랑하는 건지, 아니면 동정하는 건지. 분명한 건 동정이 이렇게 감미롭지는 않으리라는 것이었다. 동정이라도 이렇게 설레었을까? 그러다가 또 생각했다. 결국은 혼란도 동정도 설렘도 감미로움도 다 사랑의 몫이 아닐까?

커피포트의 물이 끓어 자동 스위치가 둔탁한 소리를 내며 꺼지는 바람에 희주는 비로소 생각의 흐름에서 헤어 나올 수 있었다. 고개를 드니 수현과 작업하고 있던 한지 그림이 그녀 앞에 놓여 있었다. 곱고 정다운 흰색 한지 위에 수현의 검붉은 피가 불길하게 몇 방울 떨어져 있었다.

희주는 그 옆자리에 앉아서 충동적으로 종이를 한 장 꺼내서 수채 색연필로 수현을 위한 그림을 그리기 시작했다. 그를 위해 떠나느냐, 머무느냐에 대한 문제는 잠시 잊기로 했다. 지금은 먼저 그의 그림 위에 떨어져 있는 저 기분 나쁜 핏방울들을 가려주고 싶었다. 작은 붓을 물에 적셔 옅은 연두색 색연필이 지나간 자리를 곱게 물들인다. 수채 색연필로 그려놓은 날카로운 선들이 물에 녹아 하나의 부드러운 공간들이 만들어지고 있었다. 수현의 상처도 그렇게 녹아들기를 바라면서, 희주는 수현이 흘린 피를 가려줄 조그마한 희망을 그리고 있었다.

기억 상자

같은 시각 상기는 어두침침한 그의 사무실에서 누군가와 통화를 하고 있었다.

"……수현이한테 요즘 무슨 일 있나?"

[……여자가 생긴 것 같습니다.]

상기는 코웃음을 쳤다. '그래서 저렇게 미쳐 날뛰는 거였군.'

"누구야? 우리 업소 애야?"

[서촌에서 미술치료 공방을 운영하는 여자랍니다. 유학까지 다녀온 엘리트라는 것 같습니다.]

뜻밖의 대답에 상기는 헛웃음이 나왔다.

"미친 새끼……."

[요즘 거기에 자주 드나드는 것 같습니다.]

"여자에 대해서 좀 더 자세히 알아봐. 무슨 사이인지."

[네, 형님. 그리고 저희 어머…….]

상대방이 다 이야기를 끝내지도 않았는데, 상기는 전화를 끊어버렸다. 근원을 알 수 없는 짜증이 밀려들어, 상기는 급하게 위스키를 들이켰다.

'유학까지 다녀온 여자?'

기가 막혔다. 지가 뭔데? 사람이나 죽이러 다니는 인간쓰레기인 주제에 무슨 수로 유학까지 다녀온 여자가 생겼는지.

수현을 생각하면 왜 아직도 상기의 맨 밑바닥에 숨어 있던 가장 추악한 열등감이 스멀스멀 고개를 들고 수면으로 나오는지 그 이유를 알 수가 없었다. 수현의 눈빛에서 시은의 것이 겹쳐 보여서 그런 걸까? 가장 추악한 곳에서도 가장 고결했던 시선이었다. 그 시선을 기억하니 또 눈치 없이 아련한 그리움이 밀려들었다. 언제 어디서 어떻게 죽어도 전혀 이상할 것이 없는 험하기만 했던 상기의 세상에서 유일하게 그를 위로해주던 상냥한 눈빛이었다. 그런 시은을 보면서 모든 것을 버리고 평범하고 소박하게 트럭 과일가게를 하면서 살고 싶다는 생각을 한 적이 있었다. 하루 벌어서 하루 먹고 살더라도 하루의 일과를 끝내고 집으로 돌아왔을 때 시은이 그 상냥한 눈빛으로 자신을 반겨주기만 한다면 정말이지, 모든 것을 버릴 수 있을 것 같았다. 왜 그때는 그러지 못했을까? 왜 그때는 그것들을 두 손에 움켜쥐고 나머지 것들을 놓아버릴 생각을 하지 못했을까?

상기의 생각이 그곳까지 미치자, 동시에 그의 못난 자격지심이 필연적으로 함께 밀려들기 시작했다.

그 눈. 상기를 깔아보던 그녀의 눈. 그녀의 냉소적인 비웃음. 상기를 한없이 초라하게 만들던 그녀의 서늘한 목소리. 온몸이 짓밟혀 만신창이가 된 그 순간에도, 약 기운에 흠뻑 취해 정신이 오락가락했을 텐데도, 그녀는 꼿꼿이 고개를 치켜들고 저주를 내뱉었다.

"너도 똑같아. 너도 결국 쓰레기였어!"

그런데 그 굴욕의 순간에도, 상기의 머릿속에는 한 가지 생각뿐이었다. 저렇게 낮디낮은 밑바닥에 내팽개쳐진 그 순간에조차 그녀가 숨 막히게 아름답다는 생각.

"아아아아!"

상기는 소리를 지르며 주먹으로 벽을 쳤다. 손가락 관절들 사이로 검붉은 피가 흐르기 시작했다. 시은은 상기가 이 세상에서 가장 사랑했던 여인임과 동시에 가장 증오했던 여인이었다. 그의 가장 행복했던 기억과 가장 비참했던 기억들의 한가운데에 공존하는 여자였고, 그를 가장 행복하게 만들기도, 가장 비참하게 만들기도 했던 여자였다. 단 하나, 그가 견딜 수 없는 것은…… 그럼에도 불구하고 여전히 그녀가 그리워서 미쳐버릴 것 같다는 것. 싱그러웠던 그녀의 미소를 다시 한번 보고 싶었다. "오빠" 하고 불러주는 그 작고 고운 목소리를 다시 한번 듣고 싶었다.

❖

〈다섯 번째 미술치료 – 10월의 첫 번째 수요일〉

수현이 하늘공방을 다섯 번째로 찾은 날은 제법 쌀쌀한 가을 기운이 완연해진 10월 어느 수요일이었다. 바람에서 청명한 가을 냄새가 묻어났고 하늘에는 조각구름이 한가로이 떠 있었다. 희주는 아까부터 자꾸 시계를 보고 있었다. 처음 시계를 봤을 때가 오전 10시 49분이었고, 그다음으로 봤을 때는 11시 15분이었다. 그 후로도 몇 번이나, 아니 몇십 번이나 더 시계를 봤는지 모른다.

일주일 내내 고민했다. 자신의 내담자인 수현과 프로페셔널한 관계를 유지할 수 있을지 강한 의심이 생긴 것이다. 설레지 않고 그를 마주할 용기가 없었고, 감정을 전혀 개입하지 않고 그의 상처를 들여다볼 자신이 없었다. 무엇보다도 여전히 치료를 거부하는 그를 증오하지 않을 확신이 없었다. 아무리 생각해봐도 여기서 끝내는 게 옳다. 더 마음이 깊어지기 전에. 여기서.

'그에게 어떻게 말해야 할까?'

허공에 대고 몇 번이나 연습을 했다. 그러나 이제 와 생각해보니 그것은 그저 그를 더 생각하고 기억하기 위한 핑곗거리였을지도 몰랐다. 허공에 대고 그에게 할 말을 연습하고 있으면, 마치 그가 바로 옆에 있는 것 같았다. 그러면 그에 관한 사소한 모든 것들이 떠올라서 또다시 설렜다. 그 순간만은 엄마의 복수에 대해서조차 모조리 잊어버릴 만큼.

희주는 다시 한번 공방의 벽시계를 바라본다. 오후 3시 정각. 그가 오려면 한 시간이나 더 남아 있었다. 그녀는 카디건을 걸치고 공방을 나섰다. 이렇게 기다리고만 있다가는 심장이 쪼그라들 것만 같았다. 먼저 사거리에 있는 꽃집에 들러 연보라색 소국을 한 다발 샀다. 꽃집에서 나오는 길에 옆에 있는 단골 커피집에서 아이스커피도 한 잔 샀다. 수현이 오려면 아직 30분은 더 있어야 한다.

걸으면서 혼자만 들을 수 있을 조그만 소리로 중얼거리기 시작했다. 긴장했을 때마다 나오는 그녀의 버릇이었다. 일종의 자기최면이랄까.

"잘할 수 있어. 강희주. 오늘 말해야 해. 이제 더 이상 상담을 못 할 것 같다고."

공방 입구가 처음으로 보이는 골목에서 예상치 못한 발견에 희주는 자기최면을 멈춰야 했다. 수현, 그였다. 바지 주머니에 손을 넣고, 공방 입구에 기대고 서서 공방 대문의 처마 끝을 물끄러미 바라보고 있는 그였다. 그는 보이지도 않을 만큼 희미한 미소를 짓고 있었다. 이미 모든 시신경이 그에게로 집중되어 있는 희주만이 알아차릴 수 있는 사소한 움직임이었다. 그의 뒷모습에서 독일의 화가 카스파르 프리드리히의 〈안개바다 위의 방랑자〉가 떠올랐다.

프리드리히는 어머니, 누나들, 그리고 동생의 죽음을 차례로 겪으며 평생을 우울증에 시달렸다. 평론가들은 이 그림이 맹렬하게 요동치는 파도처럼 그를 위협하는 운명에 맞서, 절대 물러나지 않겠다고 다짐하고 있는 한 남자의 숭고하고 고독한 뒷모습을 표현하고 있다고 말했다. 목숨보다도 더 사랑했던 어머니의 죽음. 스스로를 괴물이라 생각하고 살아가는 현재. 그리고 곧 직면하게 될 죽음이라는 가혹한 운명 앞에서도, 의연하게 자신의 내면을 바라보려 하는 수현의 모습이 그림 속의 방랑자와 겹쳐지고 있었다.

희주가 왔다는 것을 느끼기라도 한 듯 수현이 고개를 돌렸다. 동시에 아릿한 10월의 바람이 불어왔다. 그의 앞머리가 자연스럽게 이마로 흘러내렸다. 순간 희주는 그녀의 호흡을 몇 번이나 놓쳐버렸는지 모른다. 지금 쉬이 숨을 내쉬어버리면 이 풍경이 영영 사라져버릴 것만 같았다.

오늘도 역시 한 점 흐트러짐 없는 모습이었다. 짙은 색 양복에 폭이 좁은 회색 넥타이를 매고 있는 그. 그와 시선이 마주쳤을 때 희주는 비로소 알 수 있었다. 이 사람을 기다리고 있었다는 것을. 오늘 온종일, 아니, 지난주에 그와 헤어진 그 순간부터 내내. 아니, 그를 처음 보았던 그 순간부터.

긴장인지 설렘인지 구분할 수 없는 떨림이 그녀의 가슴을 사정없이 내리치고 지나갔다. 그를 향한 걸음이 점점 더 빨라진다. 머리카락이 바람에 맞닿아 흩날린다. 손에 들고 있던 아이스커피의 얼음들이 서로 부딪혀서 핸드벨같이 맑은 소리를 만들어낸다.

❖

공방에 들어온 수현은 제일 먼저 지난주에 자신이 그린 그림이 조금 달라져 있다는 것을 알아차렸다. 수현의 캔버스 위로 나뭇가지가 붙어 있었고, 그 가지의 끝에는 조그마한 연두색 고치가 아슬아슬하게 달려 있었다. 그 작품을 물끄러미 보고 있는 수현을 나중에서야 발견하고 희주가 당황스럽게 다가와서 변명을 시작했다.

"아, 죄송해요. 원래 미술치료사들은 내담자분들의 작품에 손을 대면 안 되는데……. 핏방울이 떨어져서 그걸 가려주고 싶어서……."

'피를 가려주고 싶었다'는 말에 수현의 마음이 일렁이기 시작했다.

'이 여자가 사는 세상에서는 이렇게 따뜻한 방법으로 피를 가리는구나.'

지금이라도 이 여자의 세상으로 들어가고 싶었다. 보통 사람들 틈에 섞여서, 보통 사람들처럼 사랑하는 사람과 저녁을 먹고, 함께 설거지를 하고, 밤공기를 맞으며 집 근처 편의점에 함께 걸어가 아이스크림을 사고. 희주가 사는 세상에서…….

'내가 과연 그 세상으로 들어갈 수 있을까?'

희주의 세상은 수현같이 피와 락스 냄새로 범벅이 되어 있는 끔찍한 괴물을 받아주기나 할까? 도무지 자신이 없었다.

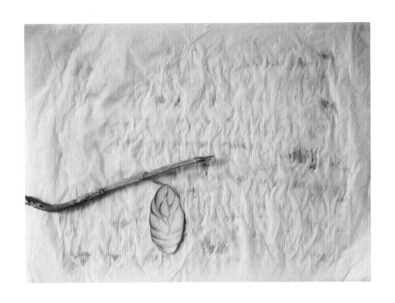

❖

"원래 오늘 하려는 것을 하기 전에, 먼저 이수현 씨와 하고 싶은 게 있어요. 저는 지난번 이수현 씨의 고치 이야기가 굉장히 인상적이었거든요. 그때의 기억을 조금 더 끌어내 보고 싶은데……."

희주가 가리키는 곳을 보니, 이젤 위에 5절지 크기의 흰 종이가 한 장 놓여 있었고, 그 옆으로는 아기자기한 작은 병들 여러 개에 다른 색깔의 물감이 녹아들어 있었다.

"이제 여기 있는 붓에 물감이 든 물을 충분히 묻혀서, 이 도화지 위에 흩뿌려주세요. 물감이 자유롭게 종이 위에서 흘러갈 수 있게요."

잭슨 폴록이 자주 사용했던 드리핑(dripping) 기법이었다. 폴록은

드리핑 기법을 통해 캔버스 위에 남겨진 행위의 흔적 자체에 생명감을 부여한다. 화면에 물감을 흘리거나 뿌리면서, 물감의 흔적들이 얽히고설키는 과정을 통해 폴락은 그리는 행위와 의식을 일체화시켜 나간다.

치료사의 관점에서 수현 안에 있는 감정의 많은 부분이 자의적으로, 또 타의적으로 거세된 것이 아닐까 하는 생각이 들었다. 그는 슬픔이 슬픔인지도, 기쁨이 기쁨인지도 모르고 살아가는 사람 같다. 그저 분노라는 감정 하나로 여태까지 치열하게 버텨온 사람 같다. 드리핑 기법으로 그동안 수현에게 외면당하고 있었던 감정들이 살아나 주기를, 죽어 있던 그의 감정들에 생명이 깃들게 되기를 바라고 있었다.

도화지는 이내 푸른 빗물들로 채워지기 시작했다. 색깔들이 이리저리 겹쳐지면서, 자연스럽게 번져 들어가고 있는 중에도 도화지의 흰 배경이 푸른 물감 아래로 여전히 투영되어 보였다. 수채 물감 특유의 투명한 성질 때문이었다. 수현은 그 푸른 빗물이 눈물 같다고 생각했다. 하얀색 캔버스가 소리 죽여 눈물을 흘리고 있었다. 그러다가 문득 깨닫게 되었다.

'누나의 죽음을 애도하여 눈물을 흘려본 적이 단 한 번도 없었구나.'

복수에 눈이 멀어 정작 한 번도 누나의 죽음을 슬퍼한 적도, 소리 내어 운 적도 없었다. 아니, 그럴 겨를이 없었다. 복수해야 했다. 복수를 위해서는 스스로를 아주 차갑고, 정확하고, 완벽하게 만들어야 했다.

　오늘……, 수현은 처음으로 그가 방치했던 슬픔을 돌아보았다. 슬픔은 그 오랜 세월 동안 그가 눈물 흘려주기를 기다리고 있었던 것은 아닐까.

　저 종이 위를 흐르는 저 수많은 물방울이 그를 대신하여 하염없이 흐느끼고 있었다. 세상에서 가장 소중한 것을 잃고도 눈물 한 방울 흘릴 수 없었던 서러운 괴물을 대신해서. ……그 눈물이 흘러나간 자리마다 비로소 그의 영혼이 다시 자라나기 시작했다.

　그렇게 꽤 한참 동안 도화지 위로 눈물을 흘려보내는데, 이상한 점이 하나 발견됐다. 여러 가지 물감들이 이리저리 섞이고 뒤덮여 혼란스러운 가운데, 작은 나비 형상이 꿋꿋하게 모습을 드러내고 있었다.

마치 비바람을 무릅쓰고, 차가운 늦가을 바람을 기꺼이 이겨내 초연한 자태로 봄으로 날아가기라도 하는 것처럼. 더 가까이서 보니 희주가 먼저 하얀 크레파스로 작은 나비를 그려놓은 것이었음을 알 수 있었다. 물과 기름이 갖는 배타성을 이용한 것이다.

"어느 곤충학자가 고치에서 빠져나오려고 안간힘을 쓰는 나비를 관찰하다가, '나비를 도와줄까?' 하는 생각이 들어서 조그만 칼로 고치의 옆 부분을 살짝 그어주었대요. 나비가 조금 더 쉽게 고치에서 나올 수 있게. 그런데 그 나비는 고치에서 빠져나오자마자 축 늘어지더니 이내 죽고 말았다네요. ……나비는 자기의 고치를 스스로 헤치고 나와야 비로소 저 하늘로 날 수 있는 힘을 얻는대요."

수현은 묵묵히 희주의 말을 듣고만 있다.

"그 아이와 어두운 밤을 함께 지새웠던 애벌레가 스스로 그의 고치에서 빠져나와 이렇게 나비가 돼서 하늘을 날아가고 있어요. 저 나비는 오히려 아이를 걱정하는 건 아닐까요? 하루아침에 천국을 잃어버린 아이는 어떻게 됐을까? 잘 살고 있을까? 그 아이는…… 새로운 천국을 찾았을까?"

희주는 지난주 상담 시간에 수현이 했던 말을 그대로 다시 인용해서 스토리텔링을 해주고 있었다. 미술치료사는 내담자의 상처를 직접적으로 치료해줄 수 없다. 그것은 결국 내담자의 몫이었다. 내담자가 그 상처를 표면으로 드러내는 것을 도와주고, 다시 그 아픔으로 들어가려는 내담자의 동반자가 되어주는 것이 미술치료사의 몫이었다. 수현의 목울대가 묵직한 움직임을 만들어 내고 있었다.

수현의 머릿속으로 오만 가지 생각과 회한과 아쉬움이 지나가고 있었다. '그 천국을 이제라도 찾을 수 있을까?' 하는 덧없는 희망이 민들레 홀씨처럼 흔적도 없이 조용하게 지나갔다. 그러나 그 민들레 홀씨는 언젠가는 땅에 닿을 것이다. 언젠가는 그 땅에 단단한 뿌리를 내릴 것이고……, 그리고 언젠가는 정다운 꽃을 피워낼 것이다. 단지 지금 눈에 보이지 않을 뿐, 살아날 것이다. 언젠가는. 아니, 살아낼 것이다.

수현 자신도 미처 자각하지 못하는 그의 무의식이 이렇게 외치고 있었다.

❖

수채 물감들의 정리가 끝나고, 희주는 수현의 앞에 조그마한 나무 상자를 하나 내주었다. 아무런 무늬도, 색깔도 없는 나무 상자였다.

"지난번 상담 내용을 정리하다가, 혹시 이수현 씨는 어머니 장례식을 제대로 치르지 못했던 것이 아니었을까 하는 생각이 들었어요."

수현이 놀란 표정을 감추지 못했다. 그녀가 이토록 깊숙하게 그에 대해 파악했는지 미처 자각하지 못한 눈치였다.

"장례식은 떠나시는 분의 영혼이 이 세상을 잘 떠나가시라는 의미도 있지만, 남은 사람들에게 마음껏 슬퍼할 기회를 주고, 다시 이 세상을 의연히 살아가라는 상징적 의미가 있는 의식이기도 하거든요. 그런데 이수현 씨는 어쩌면 한 번도 제대로 된 애도의 기간을 가져보신 적이 없지 않을까 하는 생각을 하게 되었어요."

어느 미술치료사는 애도를 "아주 복잡하고, 미묘하고, 어렵고, 힘들고, 길고 긴 과정"이라고 말했다. 그 길고 긴 상실의 시간을 건강하고 적극적인 방법으로 충분히 슬퍼한 사람들은 애도의 시간이 끝난 후 오히려 삶 속에서 긍정적인 변화를 경험할 수 있다. 하지만 애도의 시간을 충분히 갖지 못한 사람들은 결국 상실의 늪에 갇혀버린다. 수현이 그런 상실의 상태에 너무나 오랫동안 고립되어 있었던 것은 아닐까? 이제는 그가 늘 그리워하는 어머니를 마음에서 놓아주어야 한다.

"오늘은 떠나신 그분을 기억하기 위해 '기억 상자'를 만들려고 해요. 그리고 나서는 그분을 하늘길까지 잘 보내드릴 수 있게 저와 둘이서 조촐한 장례식을 치르려고 하는데, 괜찮으시겠어요?"

수현은 아무 표정 없이 가만히 듣고만 있었다.

"우선, 이 텅 빈 나무 상자를 그분을 생각하며 꾸며주셨으면 좋겠어요. 세상에서 단 하나뿐인 그분의 기억 상자가 될 수 있게요."

수현은 한참 동안 나무 상자를 보면서 뜸을 들이더니 흰색 아크릴 물감을 꺼내 나무 상자를 칠하기 시작했다. 그는 시간을 들여 몇 번이나 정성스럽게 덧칠을 했다. 그는 또 한참을 생각하더니 푸른 계열의 한지는 물방울 모양으로, 초록 계열의 한지는 풀잎 모양으로 자르고 한 겹, 한 겹 상자 위를 한지로 붙여 나갔다.

한 방울, 한 방울, 눈물은 물풀이 묻은 자리마다 위로 다른 한지가 겹겹이 겹쳐지는 자리마다 점점 더 짙은 푸른색이 되었다. 수현은 상자의 아랫부분을 초록색 계열의 한지로 차분히 채워나갔다. 상자 밑으로 갈수록 마치 빗물을 맞고 뿌리부터 더욱 싱그러워진 풀잎들같이 초록이 짙어졌다. 상자는 시간이 지나갈수록 비 냄새와 풀 냄

새가 진해져 가는 것 같았다.

한지 작업이 마무리되자, 이번에는 희주가 수현에게 작은 한지 조각을 건넸다.

"이제 마지막으로 이 하얀색 종이에 그분의 성함을 써주세요. 어떤 분은 간략한 부고를 써넣기도 하세요. '나의 아름다웠던 아내 ○○○가 이제 여기에 영원히 잠들다.' 이런 식으로. ⋯⋯이건 어제 제가 직접 헝겊으로 만든 하트인데, 그 종이를 이 하트에 넣고, 이수현 씨가 직접 바느질로 이 하트를 꿰맬 거예요. 누구도 볼 수 없게. 그럼 이제부터 이수현 씨의 마음속에 그분이 늘 함께하는 거죠."

수현은 말 잘 듣는 어린아이처럼 희주가 하라는 대로 흰 종이에 뭔가를 열심히 적고는, 그 종이를 돌돌 말아서 하트 속으로 넣었다. 종이는 마침내 안식처를 찾기라도 한 듯 흔적 없이 하트 속으로 사라졌다.

바느질에 서툰 수현을 희주가 옆에서 도와주었다. 바느질로 한 땀, 한 땀 하트를 꿰매나갈 때마다 수현은 그의 심장도 바늘에 찔려 피를 흘리고 있다는 느낌이 들었다. 아프고 쓰라렸다. 하지만 이렇게 조각나 버린 심장을 꿰매야 결국 상처가 아물지 않을까?

온전해진 가슴을 가지고 이 세상을 떠나고 싶었다. 그러면 조금 더 편하게 떠날 수 있을 것이다.

"아!"

수현의 바느질을 도와주던 희주가 갑자기 외마디 비명을 질렀다. 바느질에 서툰 수현이 그만 바늘로 희주의 손가락을 찌른 것이다. 희주의 네 번째 손가락에 금세 이슬보다도 작은 핏방울이 맺혔다.

"괜찮습니까?"

피를 보자 수현이 흥분해서 목소리 톤이 높아졌다. 희주는 자기 입속으로 손가락을 넣으며 대수롭지 않게 말했다.

"괜찮아요. 이렇게 하면 돼요."

수현은 그런 희주의 가냘픈 손목을 조심스럽게 자기 쪽으로 잡아당겼다. 수현은 바지 주머니에서 깨끗한 손수건을 한 장 꺼내서 그녀의 다친 손가락을 정성스럽게 감싸주고는, 희주의 손가락을 자기의 손으로 꼭 잡아 지혈했다.

"대체 뭐 하는 겁니까? 그러다가 덧나면 어쩌려고. 사람이 그렇게 조심성이 없어서……."

수현은 마치 어린아이를 혼내는 아빠같이 잔뜩 흥분해서 희주에게 연이어 훈계를 쏟아내다, 그런 그를 신기하게 바라보는 희주를 보고 나서야 "미안……합니다." 하고 어색한 사과를 했다. 희주가 "풋", 짧은 웃음을 내비치니 수현이 그런 희주를 의아한 표정으로 바라보았다.

"……이수현 씨 이렇게…… 깨방정 떠는 모습 처음 봐서……."

희주의 엉뚱한 대답에 수현이 어이없다는 표정을 짓다가 그도 풋, 소리를 내어 웃었다. 그들의 잔잔하고도 잠잠한 웃음소리가 공방 안을 정답게 감돌았다.

수현은 희주가 눈치 못 채게 유심히 그녀의 모든 것을 바라보았다. ……웃을 때는 오른쪽에만 보조개가 생기는구나. 고개를 숙이면 저 방향으로 머릿결이 흘러내리는구나. 손을 뻗어 그녀의 얼굴을 가리고 있는 저 머리카락을 올려주고 싶었다. 그녀를 안고 싶었다. 진심으로. 그녀의 숨결을 그에게로 끌어오고 싶었다. 진심으로.

그러다가 문득 '이 여자를 사랑하는 것이 죄가 아닐까?' 하는 생각이 든다. 희주가 그를 죽이려 한다면, 분명히 그럴 만한 이유가 있을 것이다. 아니, 그 이유에 납득되지 않는다고 해도, 아니, 그 이유를 들어보지 않아도, 그녀가 원한다면 기꺼이 목숨을 내주어야겠다고 다짐했다. 그러나 지금은, 이 순간만은……, 이렇게 그녀의 손가락 하나만이라도 잡고 있을 수 있다면……, 지금은 살고 싶다. 살고 싶었다.

죽을 만큼 살고 싶었다.

❖

"자, 이제 기억 상자의 뚜껑을 닫을 건데, 마지막으로 여기에 넣고 싶은 게 있으신가요?"

수현은 조금 망설이다가 목에서 은색 체인을 풀었다. 은색 줄 끝에는 열쇠가 하나 달려 있었다. 그가 늘 말했던 '어머니'라는 사람과 살았던 바로 그 옥탑방 열쇠일 거라고 희주는 충분히 짐작할 수 있었다. 그에게 유일하게 남아 있는 행복의 흔적을 기억 상자에 넣어 묻으려는 것이다.

"정말 괜찮으시겠어요?"

걱정스러운 희주의 시선을 뒤로하고, 수현의 열쇠가 '딸그락' 소리를 내며 상자 속으로 떨어졌다.

"……이렇게 보내버리는 게 나을 것 같습니다."

희주는 물끄러미 그를 바라보았다. 그에게 엉겨 붙어 있던 마지막 미련을 털어버린 표정이었다.

"혹시 이 상자를 묻고 싶은 특별한 장소가 있으신가요? 제가 거기에 함께 가 드릴게요."

미술치료사는 내담자가 애도의 시간을 지나갈 때, 그가 그 시간을 무사히 통과할 수 있도록 옆에서 동반하는 역할을 해야 한다. 누군가와 이 애도의 시간을 함께 보내주는 것만으로도 치유의 일부가 될 수 있기 때문이다. 수현은 또 한참을 생각하다가, 또 한참을 망설이다가 어렵게 말을 꺼냈다.

"……하늘공방 뒤뜰에 묻어도 괜찮겠습니까?"

뜻밖의 '부탁'에 희주의 깊어진 눈길이 수현의 먹먹한 눈길과 마주 쳤다. 그들의 시선 사이에 조그만 오솔길이 생겼지만, 그 길의 끝에 수현이 숫기 없는 소년처럼 결국 희주를 회피하고 말았다.

그는 이 공방 뒤뜰에 기억 상자를 묻으려는 게 아니었다. 희주의 마음에 그를 묻고 가려는 것이었다. 그러면 그녀의 마음에 조금이라 도 그의 흔적을 남길 수 있을 것 같아서 그런 소박한 욕심을 내본 것 이다. 그래서 감히 희주를 쳐다볼 수가 없었을 테고.

선선히 그러자고 허락하는 희주를 바라보던 그의 눈빛을 평생 잊 을 수 없을 것 같았다. 비록 감정을 숨기려고 애써 노력하고 있었지 만, 그의 얼굴에 생기는 아주 미세한 변화를 이제는 치료자의 감으로 알 수 있었다. 기쁨이었다.

그날, 하늘공방 뒤뜰에 조그만 무덤이 하나 생겼다. 목련 나무 옆, 남 향이어서 이른 아침부터 늦은 오후까지 햇살이 깃드는 자리였다. 수현 이 상자를 꼼꼼하게 땅에 묻자, 희주가 꽃집에서 사둔 연보라색 소국 을 그에게 건네주었다. 수현은 잠잠히 꽃을 무덤 곁에 놓아주었다.

'잘 가, 누나.'

바람이 나지막하게 불어온다. 바람에서 누나의 정다운 웃음소리 가 들려오는 것 같았다. 누나를 보내주기에 완벽한 날이라고 생각했 다. 누나는 웃으면서 마치 소풍이라도 가듯이 이 세상을 떠나가고 있었다. 누나는 이렇게 햇볕이 따뜻하게 바스락거리는 날을 좋아했었는데.

희주는 수현 홀로 애도의 시간을 가질 수 있게 조금 뒤로 물러나주었다. 그는 꽤 오랫동안 기억 상자가 묻힌 곳에 한쪽 무릎을 구부리고 앉아 있었다. 작별인사를 하는 것이다. 오랫동안 그의 심장에 박혀 그를 아프게 하던 커다란 상실의 기억에게 정식으로 이별을 고하는 것이다. 눈물을 흘리고 있지 않았지만, 희주의 눈에는 자꾸만 그의 눈물이 보이는 것만 같았다. 희주는 수현이 눈치채지 못하게 그의 모든 것을 유심히 바라보았다.

……왜 저 남자는 저렇게 초라한 순간에서조차 빛이 나는 걸까? 그 빛이 그녀를 붙잡고 있었다. 한순간도 그에게서 시선을 뗄 수 없었다. 처음 보는 것 같은 그의 옆모습이었다. 코가 저렇게 오뚝했구나. 목선이 저렇게 강인하게 생겼었구나. 팔 근육이 저렇게 팔꿈치까지 단단하게 뻗어 있었구나.

바로 이 자리였다. 그의 팔로 거세게 희주를 안아주던 곳. 희주는 그의 팔이 닿았던 그녀의 쇄골을 다시 한번 만져본다. 차 안에서 그의 손가락이 닿았던 그녀의 새끼손가락을 만져본다. 떨렸다. 여전히. 그의 하얀 손수건이 단단하게 매어져 있는 그녀의 약지 손가락을 만져본다. 그녀의 약지를 오랫동안 품어주던 그의 손의 듬직하고도 다정한 체온을 떠올린다. 오늘 처음 들었던 그의 웃음소리도 떠올린다. 스스로 끔찍한 괴물이라 생각하는 사람의 웃음소리라고 믿기 어려울 정도로 티 없는 소리였다. 그의 웃음소리가 너무나 듣기 좋아서, 그를 또 웃게 해주고 싶었다.

'짧은 시간이었지만, 기억에 남을 만한 순간들이 참 많았구나.'

⋯⋯그들만의 소박하고 조촐한 장례식이 끝나고 재킷을 걸쳐 입는 수현에게 희주가 말했다.

"보통 사람들은 장례식이 끝나면 밥을 먹으러 가던데."

수현이 조금은 놀란 눈으로 멋쩍게 웃고 있는 희주를 바라보았다.

"시장하지 않으세요? 저 지금 엄청 배고픈데⋯⋯."

생각을 온전히 끝내기도 전, 수현의 심장이 먼저 서늘해졌다. 희주는 그렇게 고분고분 배가 고프다고 할 여자가 아니었다. 생각해보니, 그녀는 그렇게 쉽게 깨방정이니 하는 농담을 던질 그런 여자도 아니었다.

'이 여자⋯⋯, 오늘이 마지막이라고 생각하고 있구나.'

그 말을 하려 그에게 저녁을 먹자고 제안하는 것이다. 그동안 그의 마음을 너무 들켜버린 것일까? 그래서 부담스러웠을까? 갖가지 상념이 수현의 머리 위를 지나갔지만, 어느 하나도 제대로 생각할 수 없었다. 어쩌면 희주의 선택이 옳은 것일지도 모른다. 만약 그녀가 자신의 정체를 알게 된다면⋯⋯. 그토록 죽이고 싶어 하는 복수의 대상이 바로 그였다는 것을 알게 된다면⋯⋯. 여태까지 그녀가 끔찍한 괴물을 살리는 일을 하고 있다는 것을 알게 된다면⋯⋯. 그런 희주가 그동안 그를 얼마나 많이 위로했는지 알게 된다면⋯⋯. 자신이 괴물이 아닐지도 모른다는 실낱같은 희망을 심어주면서 얼마나 그를 설레게 했는지 알게 된다면⋯⋯.

모든 것이 시간문제였다. 지금은 비록 수현이 그녀가 그렇게 찾아 헤매는 복수의 상대인 것을 모르고 있지만, 언젠가 그녀 역시 알게 될 것이다.

'그녀마저 나를 괴물로 보기 시작한다면……'

상상하는 것만으로도 수현의 마음이 무너져 내렸다. 수현은 무너져 내리는 심장을 애써 부여잡고 태연한 표정으로 희주에게 물었다.

"제가 저녁을 대접해도 되겠습니까?"

희주는 복잡한 수현의 마음을 아는지 모르는지 흔쾌히 그러자고 고개를 끄덕였다.

15

소년의 흔적

수현과 공방을 나서려는데 누군가가 반가운 목소리로 희주를 불렀다.

"강희주 씨! 어디 가십니까?"

목소리의 주인공은 정우성 경위였다.

"아……, 정 경위님. 이 시간에 웬일이세요?"

우성은 반갑게 웃어주는 희주 뒤에 그림자처럼 서 있는 수현을 힐끗 바라보았다. 그녀를 처음 만나러 왔을 때 잠시 마주쳤던 그 남자였다. 오늘도 그날처럼 멀끔한 양복 차림이었지만, 그에게서는 왠지 죽음의 냄새가 도사리고 있는 느낌이 든다.

"다른 사건 때문에 이 앞에 지나갈 일이 있어서 들러봤어요. 녹차 시폰 케이크 사 왔는데……."

희주는 난처하다는 표정을 지으며 "죄송하지만 오늘은 이분과 선약이 있어서요." 하고 양해를 구했다. 그냥 기분일 테지만, '싸한 기분'이 드는 그 남자가 자기에게 우월의 눈빛을 보내고 있다는 느낌이 들었다. 우성 자신보다 훨씬 키도 크고, 어깨도 직각이고, 기분 나쁘게 잘생긴 데다가, 일단 이 남자는 분위기가 죽여줬다. 딱 봐도 '치명적인 남자'의 조건을 충족시키는 그런 부류의 인간이다.

'재수 없는 자식.'

우성은 손사래를 치며 애써 괜찮은 척을 한다.

"괜찮습니다. 제가 그냥 온 건데요."

"다음번에는 연락을 먼저 주시면……."

희주가 미안하다는 듯이 말하자 우성은 다시 한번 희주를 안심시켰다.

"아, 아닙니다. 정말 저 원래 여기 오려고 했던 게 아니라, 진짜로 지나가는 길에 들른……"

그의 말이 채 끝나기도 전에 "그럼, 나중에 또 봬요."라고 말하는 희주의 표정이 평소와는 많이 다르다. 늘 가라앉아 있던 이 여자가 오늘은 어딘가 들떠 있는 느낌이랄까?

희주를 위해 차 문을 닫아주면서, 수현의 날 선 눈빛이 우성을 짧게 바라보았다. 그 둘의 시선이 10월의 눈부신 햇살 아래 펼쳐진 서촌의 골목길 중간에서 엉겨 붙었다. 정다운 가을의 배경과 전혀 어울리지 않는 살벌함이었다. 두 마리 맹수들이 서로를 견제하는 눈빛이었다.

수현이 서서히 먼저 시선을 떼어내고는 운전석 문을 열었다. 묘하게도 3주 전과는 판이한 풍경이 그려졌다. 그때는 어둡고 텅 빈 골목

길에 수현이 홀로 우두커니 서 있었다면, 지금은 연노란색 노을 지는 풍경 속에 우성 홀로 남아 그들이 지나간 흔적을 보고 있어야만 했다.

답답해진 마음으로 텅 빈 거리를 바라보고 있을 때 누군가 우성에게 다가와 말을 건넸다.

"지금 강희주 완전 설레고 있는 것 맞죠?"

"에휴, 그런 것 같습니다."

우성은 말 건넨 사람을 바라보지도 않고 대답했다.

"에휴, 내가 그렇게 말렸는데. 저 남자는 안 된다고."

"그러게 말입니다. 저 남자는 영 느낌이 싸한데……."

"지금 옆에 들고 있는 거, 혹시 케이크인가요? 제가 먹어도 될까요? 지금 당이 다 떨어져버려서."

우성은 보지도 않고 케이크가 든 상자를 영혼 없는 몸짓으로 그녀에게 넘겼다.

"아……, 포크가 없는 게 함정이지만, 뭐, 이렇게 먹으면 되죠."

옆에서 나는 쩝쩝거리는 소리에 그제야 우성은 '히익!' 놀라며 옆을 보았다. 훤칠하게 큰 키에, 쇼트커트를 하고, 다크써클이 얼굴의 중간까지 내려와 있는 여자가, 입에 크림을 잔뜩 묻혀가며 조각 케이크를 우걱우걱 먹고 있었다.

"아이 쫌. 입 좀 닦으면서 먹어요. 드럽습니다. 그런데 누구십니까? 어디서 만난 적이 있었던 것 같기도 하고……."

우성은 케이크가 들어 있던 종이백에서 주섬주섬 냅킨을 꺼내 여자에게 건네주며 물었다.

"저 정신 빠진 여자의 베프랍니다. 그러는 그쪽은 희주를 짝사랑이라도 하시는?"

우성은 정색을 한다.

"헐……. 뭐……, 짜, 짜, 짜, 짝사랑은 무슨……."

"말 더듬는 거 보니 맞네……. 어떻게……, 내가 좀 도와줄까요?"

케이크를 게 눈 감추듯 뚝딱 해치워버린 선미가 우성이 준 냅킨으로 쓱쓱 입을 닦으면서 선심 쓰듯 말했다.

"하아……, 저 남자에 비해 님의 외모가 아주 약간 많이 아쉽기는 하지만……."

"아, 뭐라는 거야?"

"그래도 저 남자보다는 님이 나을 것 같으네요. 실례지만 나이가?"

"서른셋입니다."

발끈 화를 내면서도 대답할 건 또 다 대답해주는 우성을 보며 선미가 피식 웃었다.

"우리 희주가 스물아홉이니, 어디 보자. 궁합도 안 본다는 네 살 차이. 직업은요?"

"아니, 지금 뭐 하는 겁니까?"

"싫으면 관두세요. 전 조금이나마 님의 아련한 짝사랑이 이루어지는 데 도움을 주고자……"

"서울지방경찰청 과학소속센터 소속 정우성 형사입니다."

어쩔 수 없다. 아쉬운 사람이 숙이고 들어가는 수밖에.

"오호라, 정우성 형사라……. 아쉬운 외모와는 달리, 직업과 이름은 새끈하네요. 가족관계는요?"

"아버지가 몇 달 전에 돌아가시고, 어머니와 형들이 두 명 있습니다. 그런데 대체 어떻게 도와주겠다는 겁니까?"

"흠……. 동서들 사이에서 벌어질 알력이 조금 신경 쓰이긴 하지만, 위로 시누이 두 명 있는 것보다는 괜찮겠죠, 뭐. 일단 제가 아직 점심도, 저녁도 못 먹어서 배가 좀 고파서 그러는데……, 밥이라도 좀 사주시면서 함께 말씀을 나누는 건 어떨까요?"

우성은 자기 옆에서 열심히 깐족거리고 있는 이 여자가 마음에 들지는 않았지만, 그래도 희주의 베프라니 지푸라기라도 잡는 심정으로 밥을 사기로 했다.

"여기서 조금만 걸어가면 유명한 곱창집이 나옵니다. 4인분까지는 제가 쏩니다. 그렇지만 그다음부터는 무조건 더치페이, 알겠습니까?"

"지금…… 혹시 곱창이라고 하셨나요?"

선미의 눈이 반짝거렸다. 곱창은 그녀가 세상에서 제일 사랑하는 음식이었다. 이 남자, 혹시 운명의 상대일까?

오늘은 수현이 직접 차를 몰고 온 듯했다. 창진의 모습은 보이지 않았다. 출발하기 전 수현이 "안전벨트 했습니까?" 하고 물어봤던 것을 빼고 차 안에는 대부분 정적이 흘렀다. 희주도, 수현도 그들 사이를 흐르는 고요함에 이제는 익숙해져 있었다. 마치 고요함이 그들의 일부가 된 것 같았다. 고요함 가운데 수현이 희주를 데리고 간 곳은 서울의 6성급 고급 호텔이었다. 순간 당황스러웠다.

그녀의 당황함을 아는지 모르는지, 수현은 차 키를 발레 주차요원에게 맡기고 희주의 차 문을 직접 열어주었다. 희주가 잠시 머뭇거리며 "호……호텔……이네요?" 하고 말까지 더듬으며 묻자, 수현이 '대체 지금 무슨 생각을 하는 겁니까?'라는 눈빛으로 희주를 바라보았다. 머쓱해진 희주가 엉거주춤 차에서 내렸다.

온통 생화로 데코레이션 된 호화로운 로비를 지나 수현이 희주를 데리고 간 곳은 호텔 내에 있는 고급 한정식집이었다. 그가 이곳을 고른 이유는 딱히 없었다. 일단 그가 아는 레스토랑이 그렇게 많지도 않았지만, 한식 요리가 코스로 나와서 꽤 오랜 시간 동안 식사를 했던 기억이 있는 곳이었다. 그리고 창밖으로 보이는 정경이 평화로웠던 기억 정도. 조용하고 고즈넉한 게, 그들의 마지막 만찬을 하기에는 아주 적당한 장소라는 생각이 들었던 것이다.

수현은 레스토랑 지배인에게 희주를 자리까지 안내해달라고 부탁한 후, 잠시 통화를 하고 오겠다고 희주에게 양해를 구했다. 시간이 좀 걸릴 수 있겠다고 말하는 수현의 표정이 영 어두워 보였다. 별로 좋은 일 같지 않아 신경이 쓰이기는 했지만, 희주는 선선히 그러라고 고개를 끄덕였다.

생각보다 수현의 통화가 길어지고 있었다. 모든 사물에까지 꼬박꼬박 존댓말을 써주는 공손한 웨이터가 벌써 희주의 찻잔을 세 번째로 채워주고 가는 중이었다. 희주는 찻잔에서 수증기가 조심스럽게 올라와 공기 중에 퍼지는 것을 가만히 바라보았다.

'표정이 많이 어두웠는데, 무슨 심각한 일이라도 생긴 건가?'

소년의 흔적

수현을 찾으러 나가봐야 하나 걱정이 되기 시작할 때쯤, 희주 옆을 지나가던 남자가 아는 척을 해왔다.

"혹시 강희주……? 희주 맞구나?"

희주가 고개를 돌려보니, 살면서 두 번 다시 보고 싶지 않았던 얼굴이 희주를 보며 웃고 있었다. 돈 때문에 희주와 사랑에 빠진 척을 하고, 더 많은 돈 때문에 희주를 무참하게 버리고 떠나버린 인간, 명훈이었다. 그는 마치 치졸한 돈의 전쟁에서 승리해 얻은 전리품들을 자랑스럽게 진열이라도 해놓은 것처럼 감청색 에르메네질도 제냐 양복을 쫙 빼입고, 에르메스 넥타이에, 브레게 시계, 페라가모 구두까지 온몸을 명품으로 휘감고 있었다. 명훈은 함께 있던 일행에게 '뉴욕에서 친하게 지내던 동생'을 만났다며 먼저 그들을 보내놓고는 희주의 테이블 앞자리에 앉았다.

"오랜만이야, 강희주."

"……."

희주는 태연한 척 하려 했지만, 불쾌함에 온몸이 파르르 떨리는 것까지 숨길 수는 없었다.

"컬럼비아 동기들한테 너 귀국했다는 말은 들었어. 서촌에 미술치료 공방 차렸다고……."

"얼마 전에 애 돌이었다고 들었어요. 축하해요."

얼음장같이 차가운 눈빛으로 마음에도 없는 축하 인사를 건네는 희주에게 명훈은 대수롭지 않다는 듯 피식 웃으며 말을 이어나갔다.

"선미 씨한테 들었구나. 그 친구 귀엽더라. 가족 모임에서 가끔 만날 때마다 얼마나 나한테 티 나게 틱틱거리는지……."

명훈이 만연의 미소를 띤다. 스스로는 꽤 매력적이라고 생각하며 짓는 미소였을 것이다. 그저 기름기 지글거리는 비계 같다고 희주는 생각했다.

"……그동안 네 생각 많이 했어."

이건 뭔가 싶어서 희주는 몹시 거슬린다는 눈빛으로 명훈을 바라보았다.

"혹시 아직도 나한테 화가 많이 나 있는 건가?"

"……더 이상 할 얘기 없는 것 같은데요."

명훈의 호의적인 톤에 비해 상당히 날이 서 있는 목소리로 희주가 맞받아쳤다. 그런 희주를 잠시 지긋하게 바라보다, 명훈이 어렵게 결심했다는 듯 말을 꺼냈다.

"……와이프가 낳은 애, 내 아이 아니야. 그거 덮어주는 조건으로 그 집에 들어간 거구. 그 집에서 나 사람대접도 못 받고 그 집 개처럼 산다."

'이건 또 무슨 상황인지……?'

희주는 갑작스런 명훈의 하소연에 멍하게 그를 쳐다보기만 했다.

"사실 진심으로 네 생각 많이 했어. 너…… 정말 나한테는 과분할 정도로 좋은 여자였는데……. 내가 너한테 그렇게 하는 게 아니었는데, 후회 많이 했다."

명훈은 한참 뜸을 들이며 희주의 눈치를 살피더니 말했다.

"……우리 다시 시작할 수 있을까?"

구역질이 나오는 것을 간신히 참아야 했다. 소리를 지르고 싶었지만, 분노가 그녀의 목소리를 모두 삼켜버린 것 같았다. 대체 이 상황에서 어떻게 화를 내야 하고, 어떤 험한 욕을 해야 하는 걸까?

"여기 계속 있을 거면 내가 자리를 옮기죠. 일행이 있어서."

"일행이라면…… 혹시 아까 함께 호텔로 들어온 그 남자를 말하는 건가? 살벌하게 생긴?"

희주가 자리에서 일어나려다가 멈칫 다시 명훈을 바라봤다. 명훈은 한껏 거들먹거리며 말을 이었다.

"사실 아까 로비에서 너 그 남자랑 같이 들어오는 거 보고, 뭐 하는 자식인지 궁금해서 그 사람 화장실 가는 거 따라가 봤어. 근데 이제 인생 막살기로 했니? 그 사람 무슨 약물 중독자 같던데. 손을 하도 떨어대서 약 뚜껑도 제대로 못 열고. 너, 그렇게 아무나 만나는 거 아니야. 너도 이제 나이가 있는데, 그런 남자랑 호텔을 다 다니고……."

더 이상 명훈이 지껄여대는 소음이 귀에 들어오지 않는다. ……그제야 왜 수현이 오랫동안 돌아오지 않는지 알 것 같기 때문이었다. 통증. 통증이 온 것이다. 하얗게 질려 있던 그의 얼굴이 떠올랐다. 그래서 그렇게 안색이 안 좋았던 것이다. 그가 통증을 참고 있었던 것을 왜 몰랐을까? 그를 찾아야 한다. 그가 어딘가에 쓰러져 있을지도 모른다.

희주는 허둥지둥 자리에서 일어났다. 여태까지 곡괭이로 자신의 속을 후벼 파던 명훈이 그 자리에 함께 있다는 사실도 잊었다. 수현을 찾아야 한다. 그런 희주를 멈춰 세운 건 명훈이었다. 그가 옆으로 지나가려던 희주의 팔을 붙잡은 것이다.

"너, 다시 나한테 와라. 아까 로비에서 너 보는데, 떨렸어. 아직도 나 너 사랑하고 있구나 싶더라. 내가 너 명의로 주상복합 하나 해줄

게. 이제 나 너한테 그런 거 하나쯤은 해줄 능력 있어. 거기 살면서 나랑 다시 연애 시작하자. 내가 자주 찾아갈게. 아니, 내가 집에 가기 전에 매일매일 꼭 들를게. 내가 잘해줄게. 정말로. 나한테 한 번만 더 기회를 주면⋯⋯."

'이건 또 무슨 소리인가?' 하는 생각들이 희주의 뇌에 입력이 채 되기도 전에, 누군가가 희주를 잡고 있던 명훈을 손을 거칠게 뿌리쳤다. 수현이었다.

"당신 뭐야?" 하고 의자에서 일어서며 반항하려는 명훈을 수현은 한 손으로 한순간에 제압했다. 어디서 그런 괴력이 나온 건지 수현은 눈 깜빡할 사이에 명훈의 멱살을 잡고 그를 뒤에 있던 벽 쪽으로 밀어 세웠다. 희주가 어떻게 말릴 겨를도 없이.

"한 번만 더 이 여자 모욕하면⋯⋯ 당신은 내 손에 죽습니다. 알겠습니까?"

숨이 막히는지 명훈이 캑캑거리기 시작했다.

"⋯⋯알겠습니까?"

한 번 더, 죽음같이 살벌한 수현의 목소리가 희주의 등 뒤로 들려왔다. 명훈을 죽여버릴 수도 있을 것 같은 목소리였다. 공포에 가득 질려 알겠다고 말하는 명훈의 비루한 목소리가 뒤를 이었다. 수현은 명훈의 비굴한 대답을 듣고 나서야 그를 땅바닥에 내팽개쳐 버렸다.

수현은 땅바닥에 찌그러져 있는 명훈에게 눈길 한 번 주지 않고, 사나운 눈빛으로 희주를 바라보았다. 희주는 수현의 눈빛을 오롯이 받아내야 했다. 이 세상 가장 깊은 곳에 숨어도 그 분노의 눈빛을 피할 수는 없을 것 같았다.

수현은 그녀의 손을 거세게 낚아채고 성큼성큼 걸어가 레스토랑의 주방 문을 거칠게 열었다. 주방에서 요리를 하던 조리사들 몇몇이 의아한 눈으로 그들을 바라보았지만, 수현은 개의치 않고 주방을 지나 직원들만 쓰는 비상구로 희주를 이끌고 갔다. 주방에서 비상구로 통하는 문으로 희주를 데리고 가서 아무도 못 들어오게 비상구 문을 걸어 잠그고는, 그녀를 다짜고짜 벽으로 몰아세웠다. 수현의 눈썹과 이마 사이로 푸른 핏대가 서기 시작했다. 그는 화를 참기라도 하듯 몇 번이나 숨을 고르더니 결국 버럭 소리를 질러댄다.

"왜 당신 같은 여자가 저런 말을 듣고만 있는 겁니까?"

그의 성난 목소리가 높게 뚫린 비상구 천장으로 올라가 뜨거운 울림이 되었다.

"당신 바봅니까? 말할 줄 모릅니까? 저 사람이 한 말이 정말 무슨 뜻인지 몰라?"

얼굴에 핏대가 드러날 정도로 흥분해 있는 수현과는 대조적으로, 침착하고 나직한 희주의 목소리가 허공으로 천천히, 그러나 힘있게 퍼지기 시작했다.

"아까…… 통증이 있었다면서요."

주춤. 그가 한 걸음 뒤로 물러났다.

"……뭐?"

그 순간 여태까지 쩌렁쩌렁 울려대던 수현의 분노가 여름 가뭄에 풀 죽은 잡초처럼 힘없이 내려앉았다. 그의 낯빛이 창백해지고 있었다. 한결 더 깊어진 목소리의 진동이 공기를 타고 수현의 고막을 다시 파고들어 왔다.

"약 뚜껑도 혼자서 열지 못할 만큼 통증이 심했다면서요."

"하아……."

허무한 탄식이 수현의 입술 사이를 비집고 나왔다. 그제야 수현은 희주와 레스토랑에 함께 있던 그 개자식을 어디서 봤는지 기억해 냈다. 화장실에서였다. 친절하게도 수현의 진통제 뚜껑을 열어주며 119를 불러야 하지 않겠느냐고 묻던 바로 그 남자. 그때는 통증이 너무 심해 그 사람의 얼굴을 제대로 볼 겨를조차 없었다. 그자가 바로 희주를 모욕하던 그 놈이었다. 수치스러웠다. 세상에서 가장 강한 모습을 보여도 시원치 않을 인간에게, 온몸에 엄습하는 무자비한 고통으로 사시나무처럼 떨며, 빌빌대는 꼴을 보이다니. 밀려드는 모멸감에 수현은 또 한 걸음 힘없이 물러났다.

"……이수현 씨, 그러다가 정말 큰일 나요! 그러다가 정말 잘못되면…… 그럼 나는……, 나는 어떻게……, 나 혼자 어떻게 하라고……, 내가 당신 이렇게……, 당신 어떻게 나한테 이럴……"

어느 문장도 제대로 끝을 맺을 수 없었다. 무슨 말이 하고 싶었고, 또 무슨 말이 듣고 싶었던 건지, 희주도, 수현도 알 수 없었다. 아니, 어쩌면 둘은 알고 있었을지도 모른다. 그 말은 입 밖으로 내뱉어지면 안 되는 말이고, 귀로 들어도 안 되는 말이라는 것도.

희주는 두 손으로 흘러내린 머리카락을 뒤로 넘기고는 얼굴에 흐르고 있던 눈물을 결연히 닦아냈다. 그러고는 주섬주섬 오른쪽 어깨에 메고 있던 가방을 열어서 무언가를 찾기 시작했다.

"최근에 의학 저널에 논문이 실렸는데, 백혈병 환자들은 치료만 제대로 받으면 일반인보다도 더 오래 살 수 있대요. 내가 여기 그 논문을 출력해 왔······"

고개를 숙여 가방에서 논문을 찾던 희주의 얼굴 위로 초여름 바람 같은 뜨거운 기운이 불었다. 깊은 산 속의 풀 냄새. 짙은 여름이 이제 곧 시작되는 것을 알리는 뜨거운 공기의 흐름.

그 낯선 공기의 흐름에 의아해진 희주가 고개를 들자, 그가 그녀에게로 성큼성큼 다가오는 것이 보였다. 아니, 그가 그녀에게로 "다가오고 있다"는 것을 인지했을 때, 그는 이미 그 큰 두 손으로 희주의 목덜미를 강하게 붙들었다. 여름 폭풍같이 성난 그의 호흡이 그녀의 입술 근처에서 뜨거운 기류를 흘려보내고 있을 때에서야······ 희주는 비로소 깨달았다.

'······키스하는구나, 우리.'

'······키스하려는구나' 하는 생각을 시작했을 때는, 이미 그의 입술이 희주의 입술을 거세게 밀착시킨 후였다. 저돌적으로 성큼성큼 달려온 걸음걸이에 비해, 그의 키스는 수줍은 소년의 것 같았다. 그는 마치 인생에서 처음으로 키스를 해보는 것처럼 조심스럽게 떨고 있었다.

그러나 소년의 서툰 키스에는 언제나 순수함의 열정이 따르는 법이었다. 그의 뜨거운 열정에 곧 희주의 온몸이 달아올랐다. '그가 나를 이렇게나 원하고 있어.' 그의 원함이 그녀의 마음으로 흘러들어오자, 심장이 미친 듯이 뛰다 못해 아리기 시작했다. 희주는 눈을 감아버렸다. 어둠 속에서 그녀 안의 모든 감각이 오로지 그만을 받아들이고 있었다. 뜨거움이 몰려들었다. 아니, 그녀 자체가 뜨거움이 되었다.

뜨거움에 취한 희주는 그만 손에 들고 있던 가방을 놓치고 말았다.

가방이 땅에 떨어지면서 안에 있던 물건들이 좌르르 쏟아지는 소리에 수현은 그제야 자신이 어떤 짓을 하고 있었는지 깨닫게 되었다.

그가 흠칫 놀라며 한 발짝 뒤로 물러서려는데, 수현의 옷소매를 이번에는 희주가 잡았다. 수현의 눈동자가 순간 태양같이 일렁이기 시작했다. 희주의 암묵적인 허락을 받고 나서야 비로소 소년은 남자로 변했다. 희주의 머리카락 사이사이를 그의 손가락이 파고들었고, 한층 더 깊어진 숨결이 희주의 입속을 파고들었다. 희주의 입술은 순식간에 그의 것으로 덮였다. 그들의 뜨거운 숨이 깊이 얽히기 시작했다. 좀 전 수줍어하던 소년의 흔적은 찾아볼 수 없을 정도로 격렬한 키스였다.

클림트의 작품 〈사랑〉을 떠올리게 하는 키스라고 희주는 생각했다. 애절함을 담고 있는 두 연인의 눈 맞춤과 서로를 향해 갈망하는 그들의 몸짓, 그리고 손끝의 떨림 뒤로 어둠이 깔리고 있었다. 어둠이 그들이 되었는지, 그들이 어둠이 되었는지, 그 경계를 찾기 힘들다. 그 어둠 속에서 그들을 지켜보는 시선들, 그들의 과거와 현재와 미래가 조용히 그들의 사랑을 위협하고 있을지라도, 지금은 뜨겁게 서로를 원한다. 지금이 곧 영원인 것처럼.

시간이 얼마나 흘렀을까? 시간이 흐르기는 했을까? 희주는 키스가 끝나고도 여전히 두 눈을 꼭 감고 있었다.

"……눈을 뜨면 너무 어색할 것 같아요."

수현은 그런 희주를 고요히 바라보다 아무 말 없이 그의 커다란 손으로 희주의 눈을 가려주었다. 이렇게 해서라도 가려줄 수 있다면.

이 세상의 모든 나쁜 것들과 추악한 것들로부터 이렇게 해서라도 자신의 정체도 가릴 수만 있다면. 이 세상에 오로지 그들만 남겨진 것 같은 아늑한 느낌이 들었다. 서로의 아픈 과거도, 처절한 현재도, 이 순간만큼은 아스라이 멀어져 가고 있었다. 저 멀리로 한 줄기 빛이 보이는 것 같다. 저 빛은 우리를 구원해줄 수 있을까?

또르르…… 또르르…… 통…… 통…….

키스할 때 희주의 가방에서 쏟아진 물건들이 이리저리로 흩어지고 있었다. 립스틱이며 펜 같은 둥그런 사물들은 하나씩 이미 계단으로 떨어지는 중이었다. "……어!" 하고 희주가 계단 쪽으로 달려가려는데, 수현이 한발 빨랐다. 수현은 신속한 몸짓으로 계단으로 떨어지는 희주의 물건들을 하나씩 주워주었다.

마지막으로 계단의 가장 위쪽에 떨어져 있는 다이어리를 주워들었을 때, 그 속에서 사진 한 장이 '툭' 떨어졌다.

수현은 아무 생각 없이 그 낡은 사진을 주워들었다. 그의 시선이 무심하게 사진을 향했다. 아직 완성되지 못한 그림을 찍은 사진 같았다. 채색이 다 끝나지 않아 중간중간에 여전히 4B 연필의 스케치 흔적이 남아 있는 그림이었다. 이 작품의 주인공인 반라의 여자 모델만 정성스럽게 채색이 되어 있었다. 마치 작품 속의 여자가 숨이라도 쉬는 것 같이 섬세한 그림이었다.

복숭아뼈에서부터 곧게 쭉 뻗어 올라가는 가녀린 다리. 몸매가 그대로 드러나는 얇은 하얀색 천이 아무렇게나 둘러 있었고, 연한 살굿

빛의 농염한 가슴골이 눈에 들어왔다. 그 위로 음영이 확연한 쇄골이 보였고, 그 사이로 곱다란 목선이 고결하게 뻗어 있었던 여자. 머리가 45도 각도로 측면을 향하고 있어 왼쪽 눈이 온전하게 다 보이지는 않았지만, 본능적으로 알 수 있었다. 이 여자가 누구인지. 그리워하고 또 그리워하고……, 그 오랜 세월 그리워하기만 했던 사람. 생각만 해도 너무나 마음이 시려서, 차마 입에 담지도 못할 만큼 조심스러워서, 함부로 부르지도 못했던 이름. 그러나 너무도 다시 소리 내어 불러보고 싶었던 그 이름, 시은 누나.

'……왜 누나가 여기에?'

인간의 '한'은 지독한 놈이었다. 불과 몇 시간 전에 희주와 둘이서 치른 조촐한 장례식에서, 마지막으로 가지고 있던 옥탑방 열쇠까지 탈탈 털어버리며, 마침내 누나를 가을 소풍 보내듯이 평안하게 하늘길로 보내줬다고 생각했는데…….

이 낡은 사진 한 장의 등장에 모든 것이 다시 제자리를 찾기 시작했다. '내가 언제 떠난 적이 있었어?' 그를 조롱하듯. 피를 철철 흘리며 죽어가는 누나의 모습이 다시 수현의 기억 속으로 스며들다가, 결국은 그의 심장에 다시 켜켜이 한으로 맺히고 있었다. 순식간에 누나의 죽음에 대한 끝없고 파괴적인 집착이 다시 시작되고 있었다. 자신의 영혼이 모조리 갉아 먹히는 것도 모르고. 아니, 알면서도 수현은 기꺼이 다시 한번 더 자신을 이 분노의 제물로 내어주고 있었다.

"제가 세상에서 제일 좋아하는 작가의 그림이에요. 돌아가시기 전 마지막 유작이요. 이 그림을 소장하고 계시는 분의 양해를 얻어서 간신히 사진만 몇 장 찍어왔어요."

무슨 그림이냐고 묻기도 전에 희주가 그의 옆에 와 앉으며 상냥하게 말해주었다. 그녀가 평소에 자주 꺼내서 보는 사진인 것 같았다. 사진의 끝이 너덜거릴 정도로 헤져 있었다.

"너무 예쁘죠. 그림 속의 이 여자……. 너무 옛날 일이라 가물가물하지만. 꼬마였을 때, 그 어린 마음에도 이 언니가 너무 예뻐서 넋을 잃고 보고만 있었던 게 아직도 기억이 나요."

"……아는 여자입니까?"

떨리는 목소리로 수현이 물었지만 희주는 그의 떨림을 감지하지 못했다. 곰곰이 생각해보면, '그가 왜 이런 질문을 했을까?' 의아할 법도 한데, 그와의 첫 키스로 도파민이 최대치로 분출되어버린 희주의 뇌는 그런 사소한 의아함을 감지할 능력을 이미 상실한 후였다.

"이 그림, 사실…… 저희 엄마 작품이에요. 이 언니는 엄마가 생전에 제일 아끼던 뮤즈였어요."

희주의 설명이 채 끝나기도 전, 수현이 집착은 이미 사악한 고개를 들이밀고 있었다. 기억 저편에 묻혀 있던 팩트들이 하나둘씩 "나 여기 있다"고 "나 좀 봐달라"고 비명을 질러대기 시작한다.

"……엄마같이 좋은 분……"

"……나를 그리고 싶으시다고……"

"……선생님이랑 오늘 쿠키도 굽고, 차도 마시고……"

"……굉장히 유명하다는 여류 화가 사모님……"

"……시은이를 모델로 그림을 그리는 화가 사모님이 시은이를 갑자기 부른다고 해서……"

악마적인 직감이 수현에게 속삭이고 있었다. 희주의 어머니가 누나의 죽음과 어떻게든 연관이 있을 거라고. 그가 기억하지 못하는 그 첫 번째 살인이 모든 것을 연결해주는 저주의 고리가 될 거라고. 편도체에서는 계속 수현에게 경고 메시지를 보내고 있었다.

'더 이상 파고들려 하지 마. 결국 너의 무덤이 될 거야. 여기서 멈춰.'

귀에서 날카로운 이명이 생기면서 송곳으로 머리를 쑤셔대는 것 같은 극심한 두통이 시작됐다. 무엇인지는 모르지만, 수현이 기억해내려고 하는 바로 그것을 막기 위해 온몸이 그에게 마지막 경고를 보내는 것이었다. 그러나 인간의 호기심은…… 육체적인 고통도, 눈앞에 닥친 불길한 위험도, 순식간에 무력하게 만들기에 충분했다. 판도라는 결국 재앙의 상자를 열지 않았던가?

"저에게는…… 잃어버린 기억이 있습니다. ……그 사건 때문에 내가 괴물이 됐다고."

결국 수현은 판도라의 상자를 열어버리고 말았다.

"……하지만, 정작 저는 그 사건을 기억하지 못합니다. 이유를 알 수 없지만. ……그 기억 찾는 것을 강희주 씨가 도와줄 수 있겠습니까? 그 기억을 찾고 나면……"

수현은 잠시 주춤한다. "그 기억을 찾고 나면 내가 떠나겠습니다"라고 말할 용기가 생기지 않았다. 떠나고 싶지 않았으니까. 희주가 그에게 눈길조차 주지 않는다고 해도, 어떻게든 그녀 곁을 맴돌고 싶었으니까. 결국 수현이 끝내지 못한 말을 희주가 맺어준다.

"……그 기억을 찾고 나면, 그때는 하늘공방에 그만 오셨으면 좋겠어요."

소년의 흔적

희주의 작지만 단호한 목소리가 수현에게 들려왔을 때, 툭, 툭, 그의 심장을 제자리에서 뛰게 해주던 근육이 하나씩 끊어지는 느낌이 들었다. 심장이 땅으로 떨어지기 일보 직전, 수현은 질끈 눈을 감았다. 인간이 괴물을 사랑해주리라고 기대한 적은 단 한 번도 없었다. 해서는 안 되는 기대라고 스스로 세뇌해 왔다. 아니, 여태까지 살아오면서 '사랑'이라는 단어를 마음에서 떠올려본 적조차 없었다. 하지만 왜 이리 마음이 서늘해지는가?

"그때는……"

희주는 뜸을 들이다 계속 말을 이어나갔다.

"……그때는 내담자와 상담자가 아니라, 남자와 여자로 만났으면 좋겠어요."

희주의 갑작스러운 고백에, 바닥에 떨궈져 있던 수현의 시선이 순간 고도를 높였다. 빛을 잃었던 그의 시선에 다시 빛이 깃들기 시작했다.

"저도 이수현 씨에게 요구사항이 하나 있어요."

수현은 고개를 끄덕이지도 않고 가만히 희주의 말을 듣고만 있었다.

"……항암 치료 당장 시작했으면 좋겠어요."

그는 그제야 고개를 돌려서 희주를 바라보았다. 그녀의 진심이 느껴지는 간절한 눈빛이 그의 것과 마주하는 순간, 그는 인생에서 처음으로 자신에게 관대해지고 있었다.

❖

그날, 갑작스러운 고백을 받은 건 수현뿐이 아니었다.

"그러니까, 대체 어떻게 하겠다는 겁니까? 지금 저 남자랑 사귀는 거에 대해 너무 심하게 반대를 하면 그건 또 안 된다는 겁니까?"

"그게 어려운 거라고요. 일단 살살 두고 보다가, 수위 조절을 잘해 서……."

"그래, 그래서 어떻게 하라고요?"

"아휴, 지난번도 어디서 바람둥이 또라이 같은 머릿기름 좔좔 흐르는 출세 지향적 변태남한테 폭 빠져서……. 그걸 내가 말리고 또 말리고, 결사, 결사, 결사반대했다가……."

"……강희주 씨가 1년 동안 일방적으로 연락을 끊었다면서요. 지금 이 얘기 아홉 번째 하는 거라고요. 한 번 더해서 열 번 채우고 이제 갑시다. 에휴."

곱창 타는 냄새가 지글지글 온몸에 배어들고 있었다. 병원에서는 자신을 '주 선생'이 아니라 '음주 선생'이라고 부른다며 주량을 자랑해대던 여자는 소주 석 잔을 마시고는 발음이 새기 시작하더니, 했던 말을 무한 반복하고 있었다.

"뭐야? 지금 자는 척하는 거죠? 에이, 설마……. 이봐요, 주 선생! 일어나 봐. 이봐!!"

아니, 그런데 이 여자 꼼짝하지 않고 가만히 엎드려 있는 자태 가……. 설마 정말 자는 건가?

"주선미 씨. 좀 일어나 봐요. 정말 이러깁니까?"

우성은 분명히 곱창 4인분까지만 쏜다고 했는데, 둘이 지금 8인분째 시켜 먹는 중에 이 여자가 저렇게 대책 없이 뻗어버린 거다. 우성은 일단 울며 겨자 먹기로 계산을 하고 테이블로 돌아왔다.

"이봐요, 주 선생. 일어나 봐요. 여기 이제 문 닫을 시간이라고요."

우성은 테이블에 엎어져 있는 선미를 뒤에서 부축하고 일으켰다. 개가 된 줄 알았던 선미는 어느새 오징어가 되어 있었다. 온몸을 흐느적거리고 있다.

"아 정말, 이 여자. ……이봐요, 주 선생. 발에 힘 딱 주고 좀 일어나 봐요." 하면서 한 번 더 힘을 줘서 선미를 부축하려는데, 그의 얼굴이 우연히 선미의 입술에 부딪혀버렸다.

그 순간을 포착한 선미가 "……풋, 스킨십이 너무 시시하잖아." 하면서 우성의 두 볼을 두 손으로 확 부여잡더니, 그녀의 입술을 우성의 입에 그대로 들이댔다. 순식간에 우성의 입속은 진공 상태가 되었다. 전혀 예상하지 못했던 그녀의 키스에 우성은 생각보다 오랫동안 선미에게 입술을 허락하고 말았다. 도통 연애에 숙맥인 그가 선미의 도발에 그 자리에서 바로 얼어버린 것이다.

'……이 키스……, 제법 괜찮……? 젠장. 내가 지금 무슨 생각을 하는 거야?'

그가 정신을 차렸을 때는 이미 반쯤 술에 취한 손님들이 우성의 속도 모르고 그들의 용감한 키스에 환호성을 지르고 박수를 쳐주고 있었다. 동시에 우성은 이것이 그의 생애 첫 키스였다는 것을 깨닫게 되었다. 이런…….

❖

'……여긴 어디? ……난 누구?'

눈을 뜬 선미는, 자신이 낯선 차 앞 좌석에 앉아 있다는 것을 알게 되었다. 좌석은 가장 뒤로 젖혀져 있었고, 안전벨트도 단단히 매어져 있었다. 창문 밖을 보니, 그녀의 오피스텔이 바로 보이는 곳에 차를 주차해놓은 것 같았다.

탁. 탁. 탁. 누군가 리드미컬하게 랩톱의 자판을 두들기는 소리가 들려왔다. 선미는 실눈을 뜨고 살짝 고개를 옆으로 돌렸다. 소매를 걷어 올리고, 운전석에 앉아서 랩탑을 켜놓고 일에 몰두하고 있는 저 남자는……. 헉, 정우성 형사다.

"정신이 좀 듭니까?"

우성은 랩톱의 모니터에서 눈을 떼지 않고, 선미에게 말을 건다.

'헉!'

선미는 다시 눈을 감았다. 그런데 이 유능한 형사에게는 그녀가 눈 감는 소리도 들리나 보다.

"잠 다 깬 거 압니다. 일단 이거……. 자면서 침을 엄청 흘려가지고."

우성의 손에 크리넥스 몇 장이 쥐어져 있었다.

"…… 헤헤. 나 깬 거 어떻게 알았어요?"

선미는 멋쩍게 크리넥스를 받아 들고 침을 닦았다. 얼마나 침을 흘려댔는지 어깨 부분이 축축하게 젖어 있었다.

"…… 그런데 왜 제가 여기서 자고 있는지?"

"오피스텔 이름만 가르쳐주고 몇 호인지 도무지 안 알려줘서……."

아……, 기억난다. 희미하긴 하지만, 만취 상태에서 두 손으로 가슴을 감싸 안으며 "벌써 여자 혼자 사는 집까지 들이기는 좀 그렇다"고 갑자기 정숙한 척을 했었다. 그런데 선미의 희미한 기억 속에 감지되는…… 한 단계 더 심각한 불길함.

"주선미 씨, 일단 똑바로 좀 앉아봐요."

선미는 형사에게 고분고분 취조당하는 초범처럼, 앞 좌석을 90도로 세웠다.

"……혹시 제가 무슨 실수라도……."

최대한 조신하게 말했지만, 선미의 머릿속은 이미 소용돌이치기 시작한 지 오래였다.

'나……, 무슨 일을 저지른 거지? 뭐지, 뭐지? 곱창집…… 곱창집…… 그리고…… 스킨십…… 그……그리고…… 설마…….'

선미는 고개를 절레절레 흔들었다. 키스……, 또 키스를 한 것이다. 레지던트와 펠로우들이 아무도 술자리에서 그녀 옆에 앉으려 하지 않을 만큼 악명 높은 선미의 술버릇이었다.

"……저, 정 형사님."

"……아, 일단 제 말씀부터 들어보시죠."

"……아, 예."

선미는 조신하게 고개를 숙이고 고분고분 우성의 말을 경청한다.

"이봐요. 저에 대한 그쪽 마음은 잘 알겠는데, 지금은 내 마음속에 다른 사람이 너무 깊숙이 들어와 있어서 선미 씨를 제대로 돌아봐 줄 마음의 여유가 없습니다."

뜬금없었지만, 의외로 소신 있는 우성의 발언에 선미는 똥그래진 눈으로 우성을 바라보았다.

"주선미 씨도 그 몹쓸 술버릇만 고치면, 뭐…… 나름 괜찮은 여자 같은데, 지금은 제 눈에 도무지 강희주 씨밖에 들어오지 않는다는 말입니다. 제가 조금 더 객관적으로 주선미 씨를 바라볼 수 있을 때 다시 시작해야지, 이게 선미 씨에게도 페어플레이가 되지 않겠습니까?"

그는 모든 것을 체념한 표정으로 말을 이었다.

"우리 이미…… 그, 그…… 뭐냐, 그것……도 한 사이인데, 내가 희주 씨에 대한 마음을 정리할 수 있을 때까지 나를 좀 기다려줄 수 있겠습니까?"

'설마 지금 키스한 것 때문에 저러는 거야?'

의아한 표정을 짓던 선미의 입가에 여릿한 미소가 걸렸다. 진지 마을에서 산지 직송된 진지 열매를 궤짝 채로 드신 것 같은 이 남자. '키스'라는 단어조차 똑바로 못 해 '그것'이라고 소심하게 말하는 저 순진한 남자.

"그러니까, 지금은 다른 사람이 눈에 들어오지도 않을 만큼 희주가 너무 좋은데, 뭐, 키스…… 해보니 저도 은근 괜찮은 것 같으니, 일단은 한동안 어장 관리를 하겠다는 말인가요?"

선미는 짐짓 처연한 톤으로 우성에게 물었지만, 사실은 이 상황이 너무나 재밌고 유쾌해 지금이라도 막 웃음이 터져 나오려는 것을 참고 있는 중이었다.

"……히익! 어, 어, 어장 관리라니요? 아니, 이 사람이 지금 나를 어떻게 보고……. 난 정말 나한테 어장이 있는지도 몰랐다고요.”

발끈하던 우성은 선미의 처연한 표정을 보고 또 이내 마음이 약해진 모양이었다.

“그게 그 뜻이 아니라……. 뭐 생각해보니 그렇게 들렸을 수도 있겠네요. 저 어장 관리할 만큼 능력 있는 놈 아닙니다. 에휴, 제 주제에……. 제가 뭐라고…….”

선미는 머리를 박박 긁으며 한없이 버벅거리는 우성을 사랑스럽다는 눈으로 바라보면서 말했다.

“뭐……, 이왕 일이 이렇게 된 거, 기다려드리죠. 그쪽이 희주에 대한 마음을 정리할 때까지.”

“앗! 정말 고맙습니다!”

기다려준다는 선미의 말에 우성은 넙죽 고맙다고 인사를 하다가, 찜찜한 표정으로 말을 덧붙였다.

“약간 주객이 전도된 상황 같지만……”

선미는 불쌍해 보이는 한숨을 팍 내쉬고는 말을 이었다.

“정 형사님을 향한 짝사랑 하느라 마음 앓이 시작한 저를 위해 가끔 밥이나 사주세요.”

안쓰럽게 그녀를 바라보던 우성은 친절하게도 그러겠다고, 언제나 밥 먹을 친구가 필요하면 연락하라고 명함까지 하나 꺼내준다. 그 순간……, ‘이 남자, 정말로 좋은 사람이구나’라고 선미는 생각했다.

반은 장난으로, 그리고 반은 진심으로 희주와 우성을 도와주려고 시작한 일이지만, 선미는 자기도 모르는 사이에 우성의 개미굴 같은 매력에 빠져들고 있었다. 마음이 넉넉하고 따뜻한 사람이었다. 진심으로 희주한테 필요한 사람인데⋯⋯. 희주의 상처를 잘 아물게 해줄 사람인데⋯⋯.

'희주 기집애는 그렇게 명훈에게 당해놓고도 왜 아직도 남자 보는 눈이 없는 건지. 에휴.'

16

고요한 온기

수현이 굳어진 표정으로 물었다.

"상기 형님이 별다른 말씀은 없으셨고?"

월요일 저녁, 갑자기 상기가 수현을 호출했다. 예전 둘의 관계가 좋았을 때는 가끔 상기가 수현을 불러 함께 식사도 하고 술도 마시고 했다. 그런데 하필이면 둘의 관계가 최악으로 치닫고 있는 이 시점, 호출이라니.

"……네. 다른 말씀은 없으셨습니다."

창진은 아는 대로 솔직하게 대답했다. 하지만 매일 아침 '오늘이 나의 마지막 날이 될지도 모르겠다'는 생각으로 집을 나서는 사내들만 감지할 수 있는 불길한 느낌을 왠지 지워버릴 수는 없었다. 필히 좋은 일은 아닐 것이다. 창진은 백미러로 수현을 슬쩍 보았다. 정말로 속을 알 수 없는 남자였다. 그가 창진에게 상기 형님이 부르신 이유를 물어보았다는 건 그가 알고 있다는 뜻이었다. 자신이 상기의 끄나풀이라는 것을.

수현은 사실을 알고 있으면서도 끝까지 창진을 내치지 않는다. 오히려 더 깊은 신뢰를 보이는 사람이었다. 그 신뢰는 창진만을 향하는 것은 아닐 것이다. 그것은 돌고 돌아 결국은 상기를 향한 신뢰이기도 했다. 상기가 이미 그를 견제하기 시작한 것을 알고 있으면서도 그를 향한 신의를 결코 져버리지 않는다. 배신과 음모가 난무하는 이 지옥 같은 세상에는 어울리지 않는 사람이었다. 창진은 머리카락이 한 올, 한 올 쭈뼛쭈뼛 서는 것 같은 불길한 느낌을 애써 무시하며 상기가 있다는 강남의 업소로 차를 몰기 시작했다.

상기는 청운파가 관리하는 강남의 고급 위스키 바에서 혼자 당구를 치고 있었다. 아직 이른 시간이어서, 업소는 텅 비어 있었다. 수현이 상기 곁으로 가려고 하자 수현보다 족히 머리 하나는 더 있을 법한 조직원 둘이 다가와 그의 온몸을 수색하려 했다. 수현에 대한 상기의 불신이 적나라하게 드러나는 순간이었다. 수현은 상기에게 '꼭 이렇게까지 해야 합니까?' 하는 눈빛을 보냈지만, 상기는 그 눈빛을 받고도 모른 척한다.

수현은 묵묵히 두 손을 허공으로 반쯤 들고 그들에게 그의 몸을 수색하는 것을 허락했다. 무기가 될 만한 것들은 하나도 나오지 않는 것을 확인한 후에야 조직원들이 수현을 상기에게 보내주었다.

"부르셨습니까?"

"……지난번에 갈빗대 나갔었다며. 어때, 좀 괜찮아졌어?"

"괜찮습니다."

상기는 수현에게 눈길 한 번 주지 않고 당구에 열중하고 있었다. 지금 막 경쾌한 소리를 내며 큐대로 친 공이 스리쿠션이 되려다 마지막 순간에 아깝게 빗겨 나가고 말았다. 상기는 아쉽다는 표정을 지으며 테이블에 있던 위스키 잔을 홀짝였다.

"한잔할래?"

"괜찮습니다."

상기는 계속 당구에 열중하며 천천히 말을 이어나간다. 큐대로 친 공이 엉뚱한 방향으로 가버린다.

"어떻게, 내가 지난주에 다시 맡긴 임무는……."

"……."

수현은 아무 말 없이 시선을 바닥으로 떨구었다.

"결국…… 그런 식으로 나오시겠다?"

상기의 표정이 서서히 뒤틀리고 있었다.

"시현아……."

수현은 뜻밖이라는 표정으로 상기를 바라보다. '시현.' 아주 오랜만에 들어보는 그의 이름이었다. 얼굴 한 번 보지 못했던 그의 친부모가 만들어줬다는 그 이름. 갖은 희망과 좋은 포부를 품고 만들었을 그 이름. 그러나 시은의 죽음과 동시에 함께 죽어버린 그의 옛 이름. 상기가 그의 본명까지 들먹이며 할 말이 있다면 그건 생과 사를 가를 만큼 중요한 말일 것이다.

"네가 예전에 나한테 와서 강해지고 싶다고 했을 때 내가 그랬지. 이 세상에 지켜줄 사람이 하나도 없는 자가 이 세상에서 가장 강한 사람이라고. 시은이가 그렇게 가버리고 난 후 우리는 세상에서 가장 강한 자들이 되었지. ……정말이지, 난 그 이후로 이 세상에 무서울 게 없었다. 시현아."

계속 당구에 열중하던 그가 처음으로 큐대를 테이블 위에 내려놓고 수현을 정면으로 바라보았다.

"……그런데 지금…… 니 꼴을 한번 봐라."

상기의 음산한 목소리가 공간을 거뭇하게 채워나갔다.

수현은 텅 빈 눈빛으로 상기를 바라보았다. 상기가 곁에 있던 조직원에게 눈짓을 하자, 그중 한 명이 노란 마닐라 봉투를 수현에게 건네주었다.

"너……, 이제 보니 은근 사진발 좀 받더라. 모델 해도 되겠던데."

상기는 입 끝만 올라가는 비열한 미소를 지었다.

수현은 천천히 봉투를 열어보았다. 가장 먼저 눈에 들어온 건 희주였다. 더 정확하게 말하자면, 희주가 찍혀 있는 사진. 그리고 그녀의 뒤를 따라 하늘공방을 나오고 있는 수현의 사진. 공방 밖에서 정 형사를 만나고 있는 사진. 희주와 수현이 함께 차에 타고 있는 사진. 호텔 발레파킹 서비스에 차를 맡기고 함께 호텔로 들어가는 사진이 줄줄이 따라 나왔다. 사진들이 수현의 손에서 힘없이 떨어져 버렸다.

"이게…… 무슨 뜻입니까?"

낮게 잠긴 수현의 질문을 완전히 무시하고 상기는 옆에 있던 부하에게 살벌한 목소리로 지시했다.

"연결해."

상기는 자신의 스마트폰 화면을 수현의 눈앞에 들이댔다. 화상 통화 창이 켜져 있었고, 그 안에 아이들과 그림을 그리면서 해맑게 웃고 있는 희주가 있었다. 순간, 이 세상의 시간이 서서히 파괴되기 시작했다. 그 시간을 살아왔던 모든 기억도, 그 시간을 함께 뛰어대던 심장도 녹아들기 시작했다. 고요히 사락사락 눈 녹듯 녹아내리는 것이 아니었다. 염산을 들이부은 듯, 모든 것이 고통스럽게 산화되고 있었다.

"……이게 무슨 뜻이냐고? 지금 저 여자가 내 명령 하나에 바로 살 수도, 죽을 수도, 아니면 이렇게 살 바엔 차라리 죽여달라고 꽥꽥거리게 만들어줄 수도 있다는 뜻이라고 해두지."

그제야 지금의 이 상황이 얼마나 급박한 상황인지 접수되기 시작했다. 누군가 지금 희주의 공방 문틈으로 실시간 촬영을 하고 있다. 이 여자는 자기가 지금 얼마나 위험한 상황에 부닥쳐 있는지도 모르고…… 저렇게 아이처럼 웃고 있다. 수현은 눈을 질끈 감았다.

"……이름이 강희주라고 했던가?"

"……!"

"……꽤 자주 만난다지? 그래, 진도는 좀 뽑았나?"

"그만!"

수현이 이성을 잃고 상기에게 달려들려는 순간, 뒤에 있던 조직원들이 수현의 어깨를 잡아 그를 단숨에 제압했다. 수현은 온몸이 그들에게 제압당한 상태에서도 한 점 흐트러짐 없이 상기를 쏘아보았다. 분노로 이글거리는 수현의 눈빛이 매우 거슬린다는 표정으로 상기가 말했다.

"이 여자 살리고 싶으면…… 꿇어."

뒤에서 수현을 제압하고 있던 상기의 조직원들이 강제로 그를 꿇어 앉히려 하자, 수현은 그들을 거칠게 팔로 밀쳐냈다. 그는 한동안 숨도 쉬지 않는 것 같이 가만히 서서 스마트폰 화면 속 희주를 뚫어져라 바라보고만 있었다. 상기는 다시 한번 또박또박 한 음절씩 꾹꾹 눌러 말했다.

"이 여자. 온. 전. 히. 살리고 싶으면…… 꿇어."

수현이 어금니를 물었다. 얼굴의 골격이 일그러져 보일 만큼 경직되고 있었다. 그가 서서히 몸을 낮추기 시작했다. 가장 먼저 오른쪽 무릎이 땅에 닿았고, 뒤이어 왼쪽 무릎도 땅에 닿았다. 그리고 맨 마지막으로 상기를 향해 있던 분노에 찬 시선도 낮추었다. 무릎 위에 꽉 쥐고 있던 수현의 주먹이 부르르 떨렸다. 그는 그렇게 상기의 앞에서 자신을 완전하게 무너트렸다.

'젠장. 니까짓 게 뭐라고……'

자신 앞에 납작 엎드려 있는 수현을 보면 기분이 한결 나아질 줄 알았는데, 그게 아니었다. 분명히 수현의 시선은 낮디낮은 땅바닥을 향해 있는데, 수현이 여전히 자신을 내리깔아 보고 있다는 불쾌한 느낌을 지울 수가 없었다. 기분이 더러워진 상기는 잔에 남아 있던 위스키를 단숨에 들이켜고 말했다.

"2주 후에 타깃이 중국으로 출국한다는 첩보가 들어왔어. 그 안에 해결 봤으면 좋겠는데……"

"……."

수현이 주먹을 다시 한번 꽉 쥐는 것이 상기의 시야에 포착되었다. 지금이라도 저 강직한 주먹으로 그의 숨통을 사정없이 비틀어버릴 것만 같아 간담이 서늘해졌지만, 그에게는 '희주'라는 강력한 무기가 있었다. 그 여자를 볼모로 잡고 있는 한, 수현은 아무것도 할 수 없을 것이다.

"……만약에 그 여자 손끝 하나라도 건드리면……."

"건드리면?"

수현은 깊이 숨을 한 번 들이쉬고는 천천히 대답했다.

"……당신 죽일 겁니다."

"……하!"

상기는 어이없다는 듯 과장된 코웃음을 쳤지만, 온몸에 소름이 끼친 건 사실이었다. 수현은 충분히 그러고도 남을 미친 괴물이었다. 상기는 그 앞에 무릎을 꿇고 백기를 들고 있는 수현의 얼굴을 풀스윙으로 후려치고 나가버렸다. 상기에게 맞은 눈 주위가 흉측하게 부어오르고 있었지만, 수현은 이를 악물고 꼿꼿하게 버텨냈다.

문이 거칠게 닫히는 소리, 상기의 발자국이 멀어지는 소리, 그리고 발걸음 소리가 거의 들리지 않게 돼서야 수현은 자리에서 일어났다. 그리고 큰 보폭으로 걸어나가기 시작했다. 점점 더 빠르게. 빠르게. 더 큰 보폭으로. 목을 죄오는 것 같은 넥타이를 느슨하게 풀고, 와이셔츠의 단추도 성의 없게 풀어헤쳤다. 그가 지나간 자리마다 뜨거운 바람이 일었다. 통제할 수 없는 분노와 두려움으로 온몸이 부들부들 떨리고 눈에 핏발이 서기 시작했다.

"……제발."

그의 입에서 기도 같은 절규가 새어 나왔다. 계단을 성큼성큼 내려가 지하 주차장의 문을 열자, 창진이 바로 대기하고 있었다.

"차 키 줘."

"제가 모시겠습니다"라며 따라오려는 창진을 마다하고, 수현은 성급한 몸짓으로 시동을 켰다. 수현이 모는 차는 귀가 찢어지는 마찰 소리를 내며 출구로 쏜살같이 달려나갔다.

업소로 다시 돌아온 창진을 맞이한 건 상기였다. 불쾌함과 두려움과 신경질로 가득 차 있던 상기는 창진을 보자마자 그의 턱이 돌아갈 만큼 세게 주먹을 날렸다.

"너……, 왜 맞았는지 알지?"

……알 것 같았다.

"너, 이 새끼. 수현이한테 여자 생긴 거 알고 있었지?"

창진은 울컥한 마음에 "그런 것까지 보고해야 합니까?" 하고 반항하려다가, 요양원에 계시는 어머니의 얼굴이 떠올라 애써 참았다.

희주의 등장은 비참하기 짝이 없던 수현의 인생에 생긴 가장 좋은 일이라고 창진은 생각했다. 희주를 만나고 나서 점점 더 인간 같아지는 수현을 보면서, 무슨 일이 있어도 희주의 존재에 대해서만은 함구하고 있기로 다짐했는데……. 대체 상기는 어떻게 그 여자에 대해 알았을까?

"다음 달 너희 어머님 요양원비, 어제 부쳤다. 원장하고 통화해 보니, 요즘 부쩍 외로워하신다고 하더라. 언제 한 번 날 잡아서 나랑 같이 인사드리러 다녀와야지."

"……."

창진은 아무 말 없이 고개를 숙여서 상기에게 감사를 표했다. 지켜야 할 사람이 있다는 것은 인간을 이토록이나 비루하고 비굴하게 만들고 있었다.

"……줄 잘 서. 어느 쪽인지 확실하게."

"알겠습니다."

상기를 도발하지 않으려 짧게 답했지만, 마음으로는 이미 결정을 하고 난 후였다. 무슨 일이 있더라도 수현의 백혈병 진단에 대해서는 함구하기로. 어머니의 목숨을 걸고라도, 살아 있는 모든 순간이 서글 프기 짝이 없는 수현을 위해 그것만은 지켜주기로.

❖

무슨 생각을 하며 강남에서 하늘공방이 있는 서촌까지 왔는지 알 수 없었다. 다른 생각을 할 겨를이 없었다. 오로지 희주 생각뿐이었 다. 만에 하나 그녀에게 무슨 일이 생겼다면……, 그는 절대로 자신 을 용서하지 않을 것이다. 절대로. 또다시 얼음 같은 차가운 분노가 밀려들었다.

그가 희주의 공방에 도착한 시간은 거의 9시가 다 되어서였다. 그 녀의 차도 보이지 않고, 공방의 불도 꺼져 있었지만, 그는 시동도 제 대로 끄지 않고 일단 하늘공방으로 뛰어 올라갔다. 공방의 문은 굳게 잠겨 있었다.

그녀는……, 희주는 어디에 있는가? 설마 상기가 납치라도 한 걸 까? ……벌써? 그건 아닐 것이다. 좀 전에 상기의 업소에서는 이성을 잃어서 객관적으로 생각하지 못했지만, 상기가 섣불리 이런 행동을 할 인물은 아니다. 그에게 수현은 아직 충분히 이용 가치가 있었다. 상기는 계산이 빠른 사람이었다. 수현에게 아직 빨아먹을 단물이 남아 있는 한, 그가 희주를 납치하는 무모한 일을 벌일 인물이 아니었다. 게다가 진심이었으니까. '희주의 손끝이라도 건드리면 죽여버리겠다'고 한 말.

극도로 예민한 수현은 왜 상기가 그의 얼굴을 후려치고 나갔는지 충분히 알 수 있었다. 그는 두려웠던 것이다. 수현이 미친 듯이 그에게 뿜어대던 살기를 그도 분명히 감지했을 것이다. 그렇다면 대체 그녀는 어디에 있는가? 어디로 가야 할지 감이 잡히지 않았지만, 어디론가 가야 할 것만 같았다. 희주에게 가야 한다. 희주를 찾아야 한다. 그녀를…….

희주가 일산 집에 도착한 것은 10시가 훌쩍 넘은 늦은 밤이었다. 어스름한 어둠이 온 사방에 깔려 있었다. 마지막 아이들과의 그룹 상담이 생각보다 늦게 끝난 데다가, 화방에 다녀와야 해서 퇴근이 평소보다 늦어졌다. 화방에서 새로 산 미술용품들을 다시 정리해두러 공방에 갔을 때, 얼핏 공방에서 급하게 뛰어나가는 수현을 언뜻 본 것 같기도 한데……. 설마 아니겠지. 그가 얼마나 보고 싶었으면 그런 헛것이 눈에 보였을까 싶어 희주는 피식 웃어버리고 말았다.

정말이지, 한순간도 그를 생각하지 않은 순간이 없었다. '그를 알기 전에는 대체 온종일 무슨 생각을 하고 살았을까?' 궁금해질 정도였다. 하루에도 문득문득 그의 시선이 느껴져, 몇 번이나 주위를 살펴봤는지 모른다. 물론 그는 그 어디에도 없었지만, 왜 이렇게도 그가 옆에서 자신을 지켜보고 있는 것 같은지. 이 남자는 그날 그렇게 뜨거운 키스를 해놓고, 전화 한 통이 없다.

수현과는 보통 사람들의 평범한 연애를 기대할 수 없다는 것을 알고 있다. 함께 손잡고 익선동 거리를 걸으면서 30cm가 넘는 아이스크림을 하나 사서 한 입씩 나누어 먹는 것도, 집에서 서로에게 편하게 기대고 앉아 개그 프로를 보면서 실없이 배꼽을 잡고 웃는 것도 아마 못 할 것이다. 이 사람과는. 그는 절대로 희주에게 "사랑한다" 혹은 "보고 싶다"는 말은 하지 않을 것이다. 아니, 너무나 하고 싶어도 감히 하지 못할 것이다. 차마 그러면 안 될 것 같아서…….

그것이 스스로 괴물이라고 생각하는 그가 그녀를 사랑하는 방식이었다. 그래도, 그래도 괜찮다는 생각이 든다. 그에게 그런 사랑의 언어들을 듣고 싶을 때마다 먼저 말해주면 되는 게 아닐까? 당신을 내 목숨같이 사랑한다고……. 당신을 죽을 만큼 좋아한다고……. 당신을 갈망한다고……. 당신을 원한다고……. 당신을 안고 싶다고……. 당신에게 안기고 싶다고……. 그래, 그러면 그만이다. 오히려 그런 말을 하고 싶어도 차마 해줄 수 없는 그를 가여워 해주면 된다.

"더는 설레지 않는다" 혹은 "권태기가 찾아왔다"며 불평해 대는 보통의 커플들이 한없이 부러워질지도 모르겠다. 오히려 어둠 속에 있어야 할 것이고, 웃음보다 눈물의 양이 더 많을지도 모르고, 함께 있는 시간보다는 기다림의 시간이 훨씬 더 길어질 수도 있다. 게다가 이 사람은 지금 당장 죽어도 이상할 것이 없는 시한부 환자였다.

그래도…… 사랑은 누구에게나 공평했다. 제각각 다른 모습의 사랑이지만, 새로운 사랑이 시작되려는 순간의 그 벅차오르는 감정은 모두에게 내려주시는 신의 선물이었다. 그와 연결된 모든 사소한 생각의 끝에 기다리고 있는 설렘 가득한 미소, 두근거림, 마음이 꽉 찬 것 같은 애틋함. 그것만으로도 이미 충분하다는 생각이다.

희주는 익숙한 동작으로 낮은 울타리 문을 열고, 조촐한 정원을 지나서 도어락 비밀번호를 눌렀다.

띠리릭.

문이 열리고, 여느 때와 마찬가지로 무심하게 문을 밀고 들어가려는데, 어둠에서 뭔가 거대한 힘이 나와서 희주의 손목을 거세게 잡았다. 그 힘은 희주의 손목을 이끌고 눈 깜빡할 사이에 그녀를 현관문 안쪽으로 이끌었다.

"……아!"

외마디 낮은 비명이 끝을 맺기도 전, 체취로 알 수 있었다. 비 오는 날 더 짙어진 풀 냄새……. 그녀의 인생 속에서 이토록 푸르른 향을 지닌 이는 단 한 사람뿐이었다. 현관문이 채 닫히기도 전에 수현은 희주를 현관으로 밀어 넣고는, 그 큰 품으로 격하게 그녀를 끌어안았다. 그의 단단한 허벅지가 그녀의 다리 사이를 조심스럽게 파고든다. 그 뒤로 현관문이 조용히 닫히는 소리가 들려왔다. 격렬한 그의 동작 사이사이로, 어린아이를 다루는 듯이 조심스러운 그의 손길과 그저 속으로만 간신히 삼키고 있는 그의 떨리는 숨소리가 그녀를 채워주고 있었다.

희주는 긴장하고 있었던 손의 힘을 풀었다. 그러고는 깊은 산 같은 그의 품 안에, 그녀를 온전히 맡겨버렸다. 마치 오랫동안 떠나 있다가 자신이 그렇게 그리워하던 고향으로 다시 돌아온 것처럼. 서로를 알아본 그들의 심장은 소리 없이 대화를 나눈다. ……드디어 우리들의 고향을 찾았구나. ……그동안 많이 외롭고, 또 많이 그리웠어. ……이제 우리 떠나지 말자. ……여기에 이렇게 함께 있자.

그들은 서로의 몸에 서로를 맡긴 채 한참 동안 아무런 미동 없이 현관에 서 있기만 했다. 이 세상의 모든 소리 내는 것들은 사라지고, 그들의 숨소리만 간간이 정적을 깨우는 이 순간들……. 존 앳킨슨의 작품 〈연인〉을 떠오르게 하는 고요한 온기가 어느새 그들을 에워싸고 있었다.

……괜찮은 겁니까?

……괜찮은 겁니까?

차마 음성이 되어 수현의 입 밖으로 나오지는 못했지만 속으로 몇 번이나 물었는지 모른다. 그 말을 내뱉는 순간 괜찮지 않을 것 같아서.

"……무슨 일 있어요? 괜찮은 거예요?"

수현의 품 안에 있던 희주가 마치 그의 마음을 읽기라도 한 듯이 먼저 물어봐 주었다. 그녀의 맑은 목소리를 듣고 나서야 긴장으로 가득 차 있던 폐 속의 음산한 공기가 힘없이 수현의 몸 밖으로 빠져나갔다. 지금 그녀가 그의 품 안에 안긴 이 순간만은, 정말이지, 모든 것이 괜찮아질 것만 같다.

……보고 싶었습니다.

……보고 싶었습니다.

음성이 되어 공기 중에 울려 퍼지지는 못했지만, 수현의 입속에서 맴돌고 또 맴돌던 그 말.

"……보고 ……싶었어요. 많이."

또 한 번 수현이 차마 못 하는 말을 그녀가 수줍어하면서 해주었다. 하고 싶어도 감히 자신이 해줄 수 없는 말이 희주의 목소리가 되어 그의 귓바퀴를 울리고 있었다.

뜨거운 것이 목 뒤에서 올라왔다. 꿀꺽 삼키지 않으면 눈물이 될 것 같아 수현은 억지로 그 뜨거움을 꾹꾹 내려보냈다.

그때 현관문 센서 등이 꺼졌다. 갑자기 찾아온 어둠에 용기를 얻어, 수현은 희주를 안고 있었던 그 강인한 팔을 서서히 풀고, 그녀의 얼굴을 떨리는 손으로 부드럽게 감싸 안았다. 그리고 그녀의 이마에 조용히 입을 맞추었다. 어둠 때문에 그녀의 얼굴이 잘 보이지 않는다. 얼마나 다행인가. 그녀도 그의 얼굴을 보지 못할 테니. 그녀가 그의 얼굴을 봤다면, 분명히 수현의 얼굴에 묻어 있는 참담함과 절박함도 함께 봤을 것이다. 그녀에게 그것들을 들키지 않아서 다행이었다.

❖

수현은 어색한 걸음으로 희주의 집으로 들어와 거실을 둘러보았다. 원목의 느낌을 그대로 살려서 만들어진 기다란 벤치와 커피 테이블, 그리고 2인용 식탁이 가구의 전부였다. 삭막할 정도로 텅 비었다는 느낌이 드는 공간이었다. 여자 집에는 처음 들어와 봐서 비교해볼 대상이 없긴 했지만, 조금 더 따뜻하고 아늑할 줄 알았는데.

희주는 집에 들어오자마자 차를 한 잔 내오겠다며 분주하게 부엌으로 들어갔다. 희주의 집으로 같이 들어오려고 했던 것은 아니었다. 아니, 같이 들어오면 안 되는 일이었다. 하지만 그녀를 본 순간, 언제나 머리의 명령만 듣던 그의 몸이 처음으로 가슴의 명령을 듣고 움직이기 시작했다. 위험하다. 이렇게 감정에 휘둘리는 건. 다시 차갑게 만들어야 한다. 그래야 살 수 있다. 그래야 살릴 수 있다.

수현은 몇 번이나 발코니 쪽으로 고개를 돌려 유심히 살펴보았다. 상기가 보낸 조직원들의 흔적은 보이지 않았다. 그의 짐작이 맞는다면 아무래도 오늘의 해프닝은 그야말로 100% 수현의 의중을 떠보고 수현을 협박하기 위해서 짜인 상기의 각본이었을 것이다.

봉투에서 쏟아진 희주의 사진을 본 순간, 이성을 잃고 그의 속마음을 적나라하게 상기에게 들켜버렸다. 실수였다! 적에게 본심을 보이는 그 순간, 본심은 자신을 향하는 칼날이 된다. 치명적인 실수였다. 하지만 이 사건을 통해 건진 소득도 하나 있었다. 상기 역시 그의 본심을 적나라하게 드러낸 것이다. 그동안 상기가 그럴 리 없다고 몇 번이나 자신을 설득시켜 왔지만, 이미 그들의 관계는 회복될 수 있는 한계점을 지난 지 오래라는 것을 이제는 인정할 수밖에 없을 터였다.

삐익.

주전자에서 물 끓는 소리가 수현의 생각의 흐름을 끊어놓았다. 수현이 고개를 돌려 부엌을 바라보니, 희주가 까치발을 하고 낑낑거리며 높은 선반에서 뭔가를 꺼내려고 하고 있었다. 수현은 아무 말 없이 뒤로 가서, 희주가 꺼내려고 하는 나무 상자를 꺼내주었다. 나무 상자 안에는 약간은 투박해 보이는 다기 세트가 들어 있었다. 희주가 직접 도자기 공방에서 만들었다고 했다.

희주는 다관에 찻잎을 넣고 차를 우려내는 시간 동안 뜨거운 물을 찻잔에 부어 찻잔을 따뜻하게 데웠다.

"다도를 배운 지 너무 오래돼서 어떻게 하는지 가물가물하네요. 이렇게 했나요?"

수현은 멋쩍어하는 그녀의 몸짓 하나하나를 가슴에 새겨두었다. 희주는 우선 우려진 차를 자신의 잔에 반쯤 따르고, 그다음으로 수현의 잔을 정성스럽게 채웠다. 그리고 다시 마지막으로 자신의 잔을 채웠다.

"배운 것 중에서 이것만 기억나네요. 맨 처음 잔은 가장 덜 우려져서 차 맛이 약하고, 가장 마지막 잔은 차가 너무 오래 우려져서 맛이 쓰니까, 가장 귀한 손님에게는 이렇게 가장 적당하고 맛있게 찻잎이 우려진 두 번째 잔으로 채워줘야 한다고……."

그저 어색한 침묵의 순간을 모면해보려고 주저리주저리 다도의 예법에 관해 설명한 것뿐이었는데, 그녀가 썼던 단어 하나가 거대한 감동이 되어 수현의 마음을 울렸다.

'가장 귀한 손님…….' 수현의 인생에서 처음 들어보는 단어였다. '귀하다'는 말. 하루아침에 천국을 잃어 절망에 빠져 있던 그 소년에게 누군가 단 한 명이라도 다가와서 빈말이라도 좋으니 "너는 참 귀한 아이다"라는 말을 해주었다면 그 아이는 지금 어떤 어른이 되었을까? 아무런 감정 없이 사람의 생명을 앗아갈 수 있는 그런 어른이 되었을까? 목숨같이 사랑하는 이 여자 앞에서 차마 "사랑한다"는 말

한마디 할 수 없는 비겁한 처지의 어른이 되었을까? 누군가 단 한 명이라도 절망 속에 움츠려 있던 어린 소년 안에 '너는 좋은 사람이 될 수 있다'는 먼지만큼의 소망을 심어주었다면……. 그랬다면 그는 누나가 떠나버린 그 텅 빈 옥탑방으로 돌아와 다시 어떻게든 열심히, 성실하게 잘 살아갈 궁리를 했을 것이다. 복수를 위해 자신의 영혼을 내주는 무모한 짓은 하지 않았을 것이고, 분노를 이기지 못해 사람을 죽이는 일 따위는 하지 않았을 것이다.

그녀의 숨결같이 따스한 녹차가 그의 몸 안으로 서서히 넘어갔다. 그때 희주의 전화벨이 울렸다.

"……잠시만요."

수현은 그러라고 고개를 끄덕였다.

"어, 선미야. 퇴근하는 중이야?"

[응. 피곤해 죽을 것 같아. 나, 지금 너희 집으로 바로 간다.]

화통을 삶아 먹은 것 같이 쩌렁쩌렁 울리는 선미의 솔직한 목소리가 전화 밖으로 흘러나왔다.

"어……, 선미야 미안한데, 내가 지금 손님이 오셔서. ……나중에 다시 전화할게."

[너, 뭐야? 혹시 그 남자랑 같이 있는 거야? 너, 그 사람 만나지 말라니까! 제발 좀.]

전화 속 선미의 목소리가 한층 더 흥분하고 있었다.

"……어, 그래. 알았어. 나중에 전화할게. 끊어."

당황해서 전화를 끊어버린 희주는 그것으로도 모자란다고 생각했는지 전원도 꺼버리고는 슬쩍 수현의 눈치를 살폈다.

"그때 응급실 갔을 때 병원에서 만났던 그 의사 친구……, 기억나시죠? 오늘 우리 집에서 만나기로 했는데, ……아, 이 친구가 약간 저를 과잉보호하는 스타일이어서."

"나이가 몇이냐" "여자 친구가 있느냐?" "무슨 헬스클럽을 다니느냐?" "누구랑 왜 싸웠느냐?" 유독 이상한 질문을 많이 했던 여의사였다. ……친구여서 그랬구나.

"……나하고 같이 있지 말라고 합니까?"

수현이 쓴웃음을 지으며 돌직구 질문을 던졌다.

"……죄송해요."

희주가 기어들어 가는 소리로 사과했다.

"……그 친구분이 사람을 잘 보는군요."

희주가 고개를 들어서 수현을 바라보았지만, 수현은 간발의 차로 희주의 눈빛을 피했다.

"미안합니다."

초라하고 쓸쓸한 사과였다.

……미안합니다. 당신 눈에서 눈물이 나게 만들어서.

……미안합니다. 당신을 위험에 처하게 만들어서.

……미안합니다. 당신을 사랑하게 되어서.

……미안합니다. 수많은 미안한 이유에도 불구하고 여전히 당신 옆에 있고 싶어서.

희주의 눈빛을 받아낼 자신이 없어, 괜스레 빈 찻잔을 만지작거리는 수현의 귀에 그녀의 의연한 목소리가 들려왔다.

"……내가 더 미안해요. 떠나지 못하게 해서."

수현은 그제야 가만히 고개를 들고 희주를 보았다.

"……그리고 고마워요. 내 곁에 있어 줘서."

이 여자가 이렇게 강인한 여자였던가? 그녀의 강인함이 눈물겹게 고마웠지만, 동시에 알 수 있었다. 그 강인함은 결국 그를 찾아낼 것이고, 곧 그의 목을 조르고 들어올 것이다. 저 강인함 속에는 그를 찾아 죽이고 싶어 하는 그녀의 욕망도 숨어 있을 것이다. 그 욕망은 그를 태워 없애버리는 그 순간까지 꺼지지 않을 것이다. 아니, 그를 태워 없앤 후에도 계속 타오를 것이다. 자신의 모든 좋은 것들까지 모조리 앗아가 버리는지도 모르고. 수현 자신이 그랬던 것처럼.

❖

〈여섯 번째 미술치료: 10월의 두 번째 수요일〉

《어린 왕자》에 나오는 여우는 참으로 잔망스럽기 짝이 없다. 어떻게 인간도 아니면서 오후 4시에 그가 온다면 3시부터 행복해지기 시작하리라는 것을 알았을까? 수요일, 오후 3시. 《어린 왕자》의 여우가 행복해지기 시작하리라고 했던 바로 그 시간. 희주는 마지막 남은 한 시간 분량의 설렘과 벅차오름을 이기지 못하고, 결국 공방 문을 나섰다. 때아닌 안개가 낮게 내려앉은 오후였다. 희주는 가장 먼저 작은 편의점에 들러서 2L 생수를 하나 사고는 건너편의 커피 전문점에서 테이크아웃 커피를 한 잔 사려고 줄을 섰다. 바람에는 가을이 성큼 묻어 있었지만, 물기를 가득 머금은 오후 안개는 아직 여름 끝자락의 티를 내고 있었다. 이제 30분만 있으면 그를 다시 본다. 긴장감인지 설렘인지 정체를 알 수 없는 감정이 서서히 희주의 마음을 물들이고 있었다. 인생에서 이렇게 기분 좋게 떨리던 순간들이 또 있었던가?

그때였다. 누군가 다가와 묵직한 생수병이 들어 있는 희주의 천 가방을 가만히 들어주었다. 희주는 깜짝 놀라서 다른 손으로 들고 있던 지갑을 떨어뜨리고 말았다. 그 사람이 희주 앞에 한쪽 무릎을 꿇고 지갑을 대신 주워주었다. 그였다.

"다음 손님, 주문 도와드리겠습니다."

그녀는 수현에게 인사를 할 겨를도 없이 아메리카노를 한 잔 주문하고는, 바리스타에게 허브 티에 대해 이것저것 꼼꼼하게 묻다가 라벤더 허니 티를 한 잔 더 시켰다. 희주는 라벤더 허니 티를 수현에게 건네주면서, 슬쩍 그를 바라보았다. 여태까지 그와 있을 땐 언제나 살얼음판을 걸어가는 것 같은 불안함과 긴장감이 감돌았던 것도 사실이다. 그런데 오늘은 노타이 차림에 셔츠 첫 번째 단추까지 자연스럽게 풀어두어서 그런지 몰라도, 그의 모습이 조금은 평안하고 온화해 보였다.

그를 다시 만나면 엄청 어색할 줄 알았는데, 막상 그를 이렇게 만나니 그건 기우였다. 가슴이 떨리기는 했지만, 기분 좋은 떨림이었다.

"근데 오늘은 좀 일찍 오셨네요?"

희주가 물었다.

"아……, 이쪽 근처에서 음……, 누구를 만날 일이 좀 있어서."

희주도 알아차릴 수 있을 만큼 수현이 거짓말하는 티가 났다. 거짓

말을 해놓고 멋쩍어하는 수현의 모습을 보고, 희주의 얼굴에 아이 같은 미소가 배어 나왔다. 희주가 "참, 가방 주세요." 하며 생수가 들어 있는 천 가방을 다시 가지고 오려 하자, 수현은 "괜찮습니다." 하고 짧게 거절한다. 희주는 두 개의 가방끈 중에 한쪽을 수현에게 건네주고 다른 한쪽은 자기가 들었다.

"그럼 우리 이렇게 해요."

서로 한쪽씩 들고 가자고 했다. 수현은 마지못해 동의했다.

둘은 천 가방을 사이에 두고 마치 신혼부부처럼 정답고 사이좋게 서촌 골목길을 걸어가기 시작했다. 이렇게 안개 낀 서촌길을 그와 함께 걸으니 예전 오르세 박물관에서 봤던 샤를 앙그랑의 〈길 위의 연인〉이라는 작품이 떠올랐다. 점묘법을 이용해 그린 그림이어서, 마치 지금 자욱한 안개가 깔린 이 서촌길과 아주 비슷하다는 생각이 들었다. 가까이서 보면 다양한 색의 점들이 의미 없이 찍혀 있는 것 같았지만, 멀리서 보면 색들이 서로 혼합되면서 선이 되고 그 선들이 모여 아련한 부부의 실루엣을 만들어나가는 모습이 인상 깊은 작품이었다. '저 연인들은 지금 무슨 대화를 나누는 걸까?' 궁금하게 만들었던 작품이기도 했다. 문득 '그와도 저렇게 소박하고 평범하게 나이 들어갈 수 있을까?' 하는 생각이 들었다. 남들은 지루한 일상이라고 투덜댈 만한 그 하찮은 소망 하나가, 왜 이리 커다란 욕심처럼 느껴지는 건지…….

"라벤더 티가 입에 맞으세요?"

"……좋습니다."

"바리스타가 그러는데 라벤더 차가 불면증에 좋다고 해서."

"저 커피집에는 자주 갑니까?"

"일주일에 서너 번쯤 가는 것 같아요."

"바리스타랑 쓸데없이 너무 친해 보이던데……."

수현은 말을 끝내지 않고 괜히 목을 가다듬는다. 희주는 '이 남자 혹시 질투하는 건가?' 하는 엉뚱한 생각이 들어, 살짝 곯려주고 싶다는 생각이 들었다. 그동안 그렇게나 그녀의 마음을 아프게 했던 것에 대한 소극적인 복수랄까?

"저 바리스타 정말 잘생겼죠? 키도 크고."

여전히 굳은 얼굴의 수현이 심각한 톤으로 물었다.

"주위에 남자가 너무 많은 거 아닙니까?"

"……에?"

전혀 예상치 못했던 수현의 발언에 희주는 놀란 표정으로 고개를 돌려 수현을 바라보았다.

"벌써 강희주 씨 주위에 있는 남자를 세 명이나 만난 것 같은데……."

……세 명? 지금 설마 정우성 형사, 명훈, 그리고 지금 저 커피집 바리스타까지 이렇게 세 명을 말하는 건가?

"……지금 농담, 하시는 거……죠?"

폭탄 같은 말들을 차례로 투하해 놓고, 정작 "농담이냐"는 희주의 질문에는 아무런 반응이 없다. 표정 없는 그를 보니 혹시 진담인 건가? 이 남자는 좀처럼 종잡을 수가 없다. 무슨 생각을 하는지, 무슨 말을 뱉을지, 무슨 행동을 할지 도무지 짐작할 수가 없게 굴다가, 단 한 번도 상상하지 못했던 말들을 아무렇지도 않게 던진다. 그게 바로 이 남자의 매력이기도 하지만.

희주는 분위기를 전환해야겠다는 생각이 들어, 농담을 가장한 진심으로 무리수를 두었다.

"조금 쑥스럽긴 한데……, 그 중에 이수현 씨가 젤 멋져요. 제일 싸움도 잘할 것 같고."

희주의 오글거리는 말을 듣고 수현이 입꼬리를 올리며 씩 웃었다.

"……어, 지금 웃은 거죠?" 하는 희주의 말에 그가 미소를 지워보려 애썼지만, 한 번 물들기 시작한 미소는 좀처럼 지워지지 않았다.

"이런 식으로 하면 호락호락 넘어가 줄 거라고 생각하는 겁니까?"

"……그럼 어떻게 하면 넘어가 줄 건데요?"

"조금 더 생각해봐야 할 것 같습니다."

"한 번만 넘어가 주세요, 네?"

그들의 오밀조밀한 대화 소리가 고즈넉한 서촌길의 담벼락에 부딪혀 아득한 메아리가 된다. 그 아득함이 다시 그들의 귀에 들려왔을 때, 희주는 생각했다. '샤를 앙그랑의 화폭에 있던 길 위의 연인들도, 지금 우리가 나누는 이런 시시한 이야기들을 나누지 않았을까?'

희주는 이 순간이 그녀가 그토록 바라던 '소박하고 평범하게 나이 들어가는 순간'이었음을 깨달았다. 그와 함께 있었던 10분 남짓한 시간 동안 10분의 분량만큼 함께 나이 들어가고 있었다. 그들만이 이해하는 농담을 나누고, 그들만의 호흡을 맞추어 같은 보폭으로 걸어가고 있는 바로 이 순간들이 차곡차곡 성실하게 모여, 평화로운 일상의 실루엣을 그려내고 있었다. 점들이 모여 선을 이루고, 선들이 모여 따뜻한 연인들의 뒷모습을 만들어낸 샤를 앙그랑의 점묘화처럼.

수현이 그 말을 꺼낸 건 하늘공방 입구에 다 와서 희주가 열쇠로 공방 문을 막 열려고 할 때였다. 희주의 뒤에 서 있던 수현이 대수롭지 않게 지나가는 말처럼 툭 물었다.

"항암 치료를 받기 시작하면 머리가 다 빠져버릴지도 모르는데, 괜찮겠습니까?"

"아……, 제가 제일 좋아하는 배우가 율 브리너예요."

"……네 번째 남자가 벌써 등장한 겁니까?" 하고 수현이 웃으면서 농담을 받아칠 때에서야 희주는 그가 지금 무슨 말을 하는지 알게 되었다.

그 순간……, 한 뼘 정도 열린 공방의 미닫이문 틈 사이로 은빛 햇살이 고요하게 쏟아져 내렸다. 마알간 습기를 머금고 있는 은은한 빛이었다. 자욱한 안개 속을 어렵게 어렵게 뚫고 나온 빛 한 줄기. 마치 이 세상에서 온전히 그들만 비춰주는 것 같은 그 빛이 그녀의 하얀 얼굴에 은색 가루들을 쏟아붓고 있었다.

공방 문이 열렸는데도 희주는 꼼짝하지 않고 가만히 문 앞에 서 있었다. 수현은 반쯤 열린 문을 더 열어주려고, 희주 옆을 스쳐 지나가며 또다시 덤덤하게 말했다.

"다음 주에 최태웅 박사님 만나서, 항암 치료에 필요한 추가 검사를……"

그의 말이 채 끝나기도 전에 희주가 뒤에서 힘껏 그를 끌어안았다. 세상에서 가장 따뜻한 온기로.

"……더 받기로 했습니다."

수현은 떨리는 심장을 가까스로 추스르며 간신히 문장을 마쳤다.

그의 심장이 이렇게 속절없이 떨리고 있다는 것을 희주에게 들켜버릴까 봐 긴장되었다. 그의 등 뒤로 가까이 밀착되어 있던 그녀의 심장 박동이 그에게로 고스란히 전해졌을 때 겨울 동안 죽어 있던 그의 마음도 살아나고 있었다. 아무런 여과 없이 전해지는 그녀의 뜨거운 숨결. 파르르 떨리는 그녀의 손가락. 그를 절대 놓아주지 않을 것 같이 거세게 안고 있는 그녀의 팔. 그녀의 그 부드러운 촉감도, 그 따스한 체온도, 들꽃 같은 체취도……. 그녀의 모든 것이 거대한 봄날이 되어 그를 부드럽게 감싸주고 있었다.

해가 잘 들지 않아 마지막 순간까지 고집스럽게 녹지 않고 남아 있던 잿빛 눈까지 한순간에 스르르 녹아내릴 만큼 따스한 봄날이었다. 누나가 죽고 나서, 그에게는 봄날이 영영 찾아오지 않을 줄 알았는데. 이렇게 또 한 번의 기적 같은 봄날이 그를 기다리고 있었던 것이다.

"고마워요……."

연한 풀 향기를 가득 품고 있던 봄의 속삭임을 들었을 때, 수현은 그의 허리쯤에 엉거주춤 놓여 있는 희주의 두 손을 조용히 감싸 안았다. 그리고 그녀의 손가락 사이사이로 그의 손가락을 촘촘히 끼워 넣었다.

그의 얼굴 위로 봄날 아지랑이 같은 미소가 서서히 번져가기 시작했다.

……살자.

……살자.

그의 마음속에 울리고 또 울리던 그 한 마디. 살을 에일 듯 혹독했

던 겨울이 지나가고 마침내 모든 생물이 다시 소생하기 시작하는 봄
이 찾아오는 소리가 들리는 듯했다.

〈2권에 계속〉

르네 마그리트의 '연인' 1

2023년 1월 18일 초판 1쇄 발행

지은이 유지나
펴낸이 박시형, 최세현

책임편집 김명래 **디자인** 박선향, 윤민지 **교정 교열** 노은정
마케팅 이주형, 양근모, 권금숙, 양봉호 **온라인마케팅** 신하은, 정문희, 현나래
디지털콘텐츠 김명래, 최은정, 김혜정 **해외기획** 우정민, 배혜림
경영지원 홍성택, 김현우, 강신우 **제작** 이진영
펴낸곳 팩토리나인 **출판신고** 2006년 9월 25일 제406-2006-000210호
주소 서울시 마포구 월드컵북로 396 누리꿈스퀘어 비즈니스타워 18층
전화 02-6712-9800 **팩스** 02-6712-9810 **이메일** info@smpk.kr

쌤앤파커스(Sam&Parkers)는 독자 여러분의 책에 관한 아이디어와 원고 투고를 설레는 마음으로 기다리
고 있습니다. 책으로 엮기를 원하는 아이디어가 있으신 분은 이메일 book@smpk.kr로 간단한 개요와 취지,
연락처 등을 보내주세요. 머뭇거리지 말고 문을 두드리세요. 길이 열립니다.